btb
Aus Freude am Lesen

Helene Tursten · Tod im Pfarrhaus

Helene Tursten

Tod im Pfarrhaus

Roman

Aus dem Schwedischen
von Holger Wolandt

btb

Die schwedische Originalausgabe erschien 2002
unter dem Titel »Glasdjävulen« bei Anamma Böcker, Göteborg

Umwelthinweis:
Dieses Buch und der Schutzumschlag wurden auf
chlorfrei gebleichtem Papier gedruckt.
Die Einschrumpffolie (zum Schutz vor Verschmutzung)
ist aus umweltschonender und recyclingfähiger PE-Folie.

btb Bücher erscheinen im Goldmann Verlag,
einem Unternehmen der Verlagsgruppe Random House

1. Auflage

Satz: IBV Satz- und Datentechnik GmbH, Berlin
Druck und Bindung: GGP Media, Pößneck
Printed in Germany
ISBN 3-442-75098-9
www.btb-verlag.de

FÜR HILMER UND CECILIA

PROLOG

Alles hatte perfekt gewirkt. Vielleicht zu perfekt, das sah er jetzt ein. In Sicherheit hatte er sich gewiegt, geglaubt, dass es ihn nie einholen würde. Und so hatte es ja auch ausgesehen. Bis jetzt.

Es war ganz einfach verdammtes Pech. Nichts anderes.

In der Großstadt war er anonym. Da hatte er seine Ruhe. Und nichts wollte er mehr als das.

Die langen Spaziergänge in der umliegenden Natur hatten ihm geholfen, seine seelischen Verletzungen zu überwinden. Er hatte begonnen, wieder ins Fitnessstudio zu gehen. Den Abend hatte er ebenfalls dort verbracht und sich gründlich verausgabt. Es war ein gutes Gefühl gewesen. Er war auf dem Weg zu einem neuen Körper und zu einer neuen Existenz.

Alles war in die richtige Richtung gegangen, bis sie in sein Leben getreten war.

Sie hatte alles, wovon er geträumt hatte. Langes, dunkelbraunes Haar, braune Augen und ein fantastisches Lächeln. Ihr warmer, anschmiegsamer Körper, wenn er sie in den Armen hielt …

Die ganze Zeit hatten sie gewusst, dass sie es geheim halten mussten. Wenn ihre Familie von ihrer Beziehung erfuhr, konnte alles passieren. Ihr Vater und ihre Brüder würden mit Sicherheit das Gesetz in die eigenen Hände nehmen. Mehrmals hatte er sie gebeten, bloß vorsichtig zu sein und niemandem etwas zu erzählen.

Und jetzt war alles zerstört. Sie hatte nicht die Kraft gehabt, den Fragen ihrer Familie standzuhalten. Sie hatte geredet.

Es war am besten, für eine Weile unterzutauchen, bis sich die Wogen geglättet hätten. In der nächsten Zeit würde er wohl bei seinen Eltern wohnen müssen. Aber wirklich helfen würde es wahrscheinlich nichts. Ihre Familie würde sowieso kein Verständnis für ihre Beziehung aufbringen, wie sehr sie sich auch liebten. Das war so sicher wie das Amen in der Kirche.

Er bog in den schmalen Kiesweg ein, der zu der Hütte führte. Sicher zum tausendsten Mal verfluchte er, dass es hier keine Straßenlaternen gab. Die Gemeinde wollte kein Geld dafür ausgeben, weil es sich bei den drei anliegenden Häusern ebenfalls nur um Sommerhäuser handelte. Er parkte auf dem kleinen Kiesplatz vor dem Gartentor. Als er die Scheinwerfer ausmachte, umfing ihn undurchdringliches Dunkel. Es war bereits nach elf, ein kalter Abend Ende März. Schwarze Wolken hatten sich am Himmel zusammengeballt, und es sah so aus, als würde es im Laufe der Nacht schneien oder regnen. Hier im Wald mit den vielen hohen Bäumen konnte man kaum die Hand vor den Augen sehen. Über der Haustür hing eine Lampe, aber ihr Schein reichte nicht bis zum Parkplatz.

Er stieg aus dem Wagen und reckte sich. Wie immer holte er tief Luft und füllte die Lungen mit der sauberen Waldluft. Und wie immer hatte er das Gefühl, die Stille dröhne ihm in den Ohren. Wobei, so ganz vollkommen war die Stille nicht. Die Autos auf der großen Straße waren, wenn man sich anstrengte, als schwaches Brausen auszumachen. Weit in der Ferne war das Dröhnen eines Flugzeugs zu hören, das sich auf dem Landeanflug auf den Flugplatz Landvetter befand.

Die Gedanken, die er sich eben im Auto gemacht hatte, holten ihn ein, und er sah sich nervös um. Alles wirkte wie immer, still und friedlich. Er richtete seine Aufmerksamkeit auf das kleine, rot gestrichene Holzhaus.

Ein winterfestes Sommerhaus, das seinen Eltern gehörte. Hier hatte er sich immer sicher und geborgen gefühlt. Jetzt ließ er den Blick unruhig über die Hütte schweifen. Nichts wirkte anormal. Alles sah aus wie am Morgen, als er aufgebrochen war. Da hatte er noch nicht geahnt, wie sich dieser Tag entwickeln würde. Eine totale Katastrophe! Was niemals hätte geschehen dürfen, war eingetreten.

Er nahm die Tasche mit den Trainingssachen und die Tüte mit den Lebensmitteln vom Rücksitz, verriegelte den Wagen und ging zur Haustür. Dort zog er den Schlüsselbund aus der Jackentasche, schloss auf und trat in die winzige Diele. Im Licht der Außenleuchte zeichnete sich seine Silhouette in der Türöffnung ab.

Ich gebe keine schlechte Zielscheibe ab, dachte er noch. Dann bemerkte er eine schwache Bewegung in der tiefen Dunkelheit.

»Wer ist da? Nein! So nicht!«, versuchte er zu schreien.

Aber kein Wort kam über seine Lippen.

Das Einzige, was er in dem schwachen Licht, das in die Diele drang, sah, war die schwarze Hand, die das Gewehr hielt. Der Rest der Gestalt war im Dunkel verborgen. »Handschuhe«, dachte er noch und war eine Sekunde lang seltsam stolz auf seine Schlussfolgerung.

Wie hypnotisiert starrte er in das runde, schwarze Auge.

Es blitzte auf in einer Tausendstelsekunde.

Danach war nur noch Dunkelheit.

KAPITEL 1

Die Wechselsprechanlage auf dem Schreibtisch von Kriminalinspektorin Irene Huss piepste.

»Hier Sven. Ist Tommy bei dir?«

»Nein. Er verhört gerade den Festgenommenen im Speedy-Mord. Vor fünf ist er sicher nicht fertig.«

Kriminalkommissar Sven Andersson schnaubte frustriert:

»Wenn er Asko Pihlainen mürbe machen will, hat er bei Gott zu tun. Wahrscheinlich ist er dann morgen früh um fünf noch nicht fertig!«

Irene Huss nickte zustimmend, obwohl ihr Chef sie nicht sehen konnte.

»Kann ich dir irgendwie helfen?«, fragte sie.

Hoffnung keimte in ihr auf, dass sie den langweiligen Stapeln mit den Berichten doch noch würde entrinnen können. Unerklärlicherweise türmten sich die immer nur auf ihrem Schreibtisch. Möglicherweise hing das aber auch damit zusammen, dass sie Schreibtischarbeit verabscheute und sie vor sich herschob, wann immer es ging.

»Komm zu mir rüber, dann erzähl ich dir alles.«

Der Kommissar hatte den Satz noch nicht beendet und die Wechselsprechanlage noch nicht abgestellt, da war Irene bereits aufgesprungen. Von ihrem Chef ließ sie sich bei Gott nicht zweimal bitten. Dass dabei der eine oder andere Bericht auf der Strecke blieb, war bedauerlich, aber nicht zu vermeiden.

Andersson sah nachdenklich aus. Er hatte sich in seinen Stuhl zurückgelehnt, der unter seinem Gewicht bedenklich ächzte. Er nickte Irene zu und bedeutete ihr, auf dem Besucherstuhl Platz zu nehmen. Lange saß er schweigend da. Offensichtlich wusste er nicht, wie er beginnen sollte. Allmählich wurde die Stille bedrückend. Vielleicht hallten seine asthmatischen Atemzüge auch deswegen so im Zimmer wider. Grübelnd presste er die Handflächen gegeneinander. Seine Gelenke knackten. Dann legte er sein Doppelkinn auf den Fingerspitzen ab und schien einen Punkt über Irenes Kopf zu fixieren. Schließlich knallte er die Handflächen auf den Schreibtisch, erhob sich ächzend und sagte:

»Da müssen wir wohl oder übel rausfahren.«

Ohne weitere Erklärungen kam er hinter dem Schreibtisch hervor und nahm seinen Mantel vom Haken neben der Tür.

»Los geht's«, verkündete er über die Schulter.

Irene sprang auf und eilte in ihr Zimmer, um ihre Jacke zu holen.

Ich bin genau wie Sammie, dachte sie selbstironisch. Er muss nur mit der Leine schwenken und schon komme ich angehechelt, ohne auch nur zu fragen, wohin die Reise geht.

»Erst wollte ich eine Streife schicken, aber es ist ja heutzutage fast unmöglich, eine aufzutreiben. Und sie dann auch noch in die Wälder am Norssjön rauszuschicken ... nein, da kümmere ich mich doch lieber gleich selber drum«, sagte Kommissar Andersson, als sie im Auto saßen und auf die Ausfallstraße Richtung Borås zufuhren.

Irene wollte ihn schon darauf hinweisen, dass sie ihm ja zur Seite stand, aber sie kannte ihren Chef nur zu gut und behielt die Bemerkung deswegen lieber für sich. Sie wollte ihn nicht unnötig reizen, denn sie mochte den Kommissar.

»Ich sollte das Ganze vielleicht erklären«, sagte Andersson plötzlich.

»Ja, bitte«, erwiderte Irene in der Hoffnung, nicht allzu ironisch geklungen zu haben.

Offensichtlich hatte es Andersson aber nicht so aufgefasst, denn er fuhr fort:

»Mein Cousin hat mich angerufen. Er ist hier in der Stadt Rektor an einer Privatschule.«

Es war eine Überraschung für Irene, dass Sven Andersson einen Cousin besaß. Fast fünfzehn Jahre lang waren sie nun schon Kollegen, und nie hatten sie über seine Verwandtschaft gesprochen. Sie hatte ihn immer für vollkommen allein stehend gehalten. Geschieden, ohne Kinder, ohne nähere Angehörige, ohne nennenswerte Freundschaften. Eigenbrötler, dieses Wort fiel ihr ein, wenn sie an ihren Chef dachte.

»Georg, also mein Cousin, ist sehr besorgt. Einer seiner Lehrer ist seit gestern nicht zur Arbeit erschienen. Ans Telefon geht er auch nicht. Bei seinen Eltern hebt auch niemand ab. Georg macht sich Sorgen, denn dieser Lehrer hat offensichtlich schwere Zeiten hinter sich und gelegentlich unter Depressionen gelitten. Ich weiß nicht, aber ich hatte den Eindruck, er befürchte, der Bursche könne Selbstmord begangen haben.«

»Aber das ist doch noch lange kein Grund, zwei Leute vom Dezernat für Gewaltverbrechen loszuschicken? Eine Funkstreife zu rufen, wäre irgendwie angebrachter gewesen«, meinte Irene.

Sie warf einen Seitenblick auf Andersson und sah, wie sich eine hastige Röte auf seinem Hals und seinen runden Wangen breit machte.

»Hier entscheide immer noch ich, was angebracht ist oder nicht«, bellte er gereizt.

Demonstrativ wandte er sich ab und schaute durchs Seitenfenster. Irene verfluchte innerlich ihr loses Mundwerk. Jetzt war er sauer und würde kein Wort mehr sagen.

Das Schweigen hielt an. Nur das leise Geräusch der Scheibenwischer war zu hören. Es sah nicht so aus, als wolle der Regen, der in der Nacht begonnen hatte, bald schwächer werden. Schließlich meinte Irene:

»Weißt du, wo wir hinmüssen?«

»Ja. Bieg Richtung Hällingsjö ab. Nach ein paar Kilometern steht auf einem Schild ›Norssjön‹. Da biegst du wieder ab, und dann zeige ich es dir.«

»Wieso kennst du den Weg so gut?«

»Ich war dort mal auf einem Krebsfest.«

»Bei dem Lehrer?«, fragte Irene erstaunt.

»Nein. Bei seinen Eltern.«

Sie hatte geahnt, dass irgendetwas nicht stimmte. Jetzt wusste sie es. Warum auch immer ihr Chef sich so seltsam benahm, eins war sicher: Er war selbst irgendwie in die Sache verstrickt.

Auf einem Krebsfest bei den Eltern ... Plötzlich tauchten sogar Freunde des Kommissars auf! Er hatte also ein Privatleben und besuchte sogar Feste. Alle Achtung! Falls es nicht sogar Verwandtschaft war. Irene beschloss, nachzuhaken.

»Dann kennst du den Lehrer also überhaupt nicht?«, fuhr sie fort.

»Nein. Den habe ich nie getroffen. Nur seine Schwester.«

»Ist sie ebenfalls Lehrerin?«

»Weiß ich nicht. Damals war sie noch ganz klein.«

Er holte tief Luft und sah Irene an.

»Ich weiß, worauf du hinauswillst. Das Ganze ist siebzehn Jahre her. Ich war frisch geschieden, und mein Cousin fand, dass ich etwas unter die Leute kommen müsse. So bin ich auf dieses Krebsfest geraten. Es sind Bekannte von Georg und Bettan.«

Sie schwiegen eine Weile, und Irene dachte nach. Dieser unerwartete Ausflug weckte ihre kriminalistischen Instinkte. Aber es war weniger die Sorge um das Schicksal des Lehrers, die sie wachriefen, sondern eher die Neugier auf das Privatleben des Kommissars. Jetzt kannten sie sich schon so lange, und sie hatte nicht einmal gewusst, dass er überhaupt über ein solches verfügte.

»Hast du sie jemals wiedergesehen?«, fragte sie.

»Nein.«

Offensichtlich war man sich nicht sonderlich sympathisch gewesen.

»Was machen die Eltern dieses Lehrers?«

»Der Vater ist Pfarrer. Sie ist wahrscheinlich Hausfrau. Pfarrfrauen haben wohl zu Hause mehr als genug zu tun. Nach dem Gottesdienst den Kaffee kochen und so«, antwortete Andersson vage.

Irene beschloss, weiterzubohren.

»Wie war das Fest? Ich meine ... bei einem Pfarrer! Auf Krebsfesten wird sonst schließlich immer eine ganze Menge getrunken.«

Zum ersten Mal während der ganzen Fahrt verzog der Kommissar den Mund zu einem Lächeln.

»Na, damals wurde auch eine ganze Menge gebechert! Es endete damit, dass der Pfarrer vollkommen betrunken in der Hollywoodschaukel lag. Seine Frau hatte schon Stunden vorher aufgegeben und sich im Haus schlafen gelegt. Sie schien überhaupt nichts zu vertragen. Wir anderen hatten auch ganz schön gebechert.«

»Waren viele Gäste da?«

»Neun, nein, zehn mit mir. Hier musst du abbiegen.«

Er deutete auf das Schild nach Hällingsjö. Irene bog ab, und Andersson lotste sie sofort nach links.

»Fahr etwa zwei Kilometer geradeaus, dann kommen wir zum Norssjön«, sagte er.

Irene war automatisch weitergefahren, während ihr Gehirn die Informationen, die sie bekommen hatte, zu verarbeiten suchte.

»Ist das Sommerhaus groß?«, fragte sie.

»Nein. Normaler Durchschnitt. Georg und Bettan hatten

ihren Wohnwagen dabei. In dem schliefen wir. Bettan ist Georgs Frau. Sie ist Lehrerin und unterrichtet an der Schule, an der Georg Rektor ist. Vermutlich war sie es, die fand, dass ich auf das Fest mitgehen sollte. Damals versuchte sie mich immer mit lauter langweiligen Kolleginnen zu verkuppeln.«

»Ist es ihr denn auf dem Fest geglückt?«, erkundigte sich Irene neugierig.

Andersson kicherte nur leise.

Sie schwiegen, bis die Abzweigung zum Norssjön auftauchte. Der Wald stand dicht zu beiden Seiten des schmalen asphaltierten Weges. Ab und zu tauchte eine kleine Lichtung mit einem einzelnen Haus auf, oder eine schmale Schotterstraße verschwand in der dichten Vegetation.

»Langsam. Hier muss es irgendwo sein«, sagte Andersson plötzlich.

Irene fand, dass das Gehölz um sie herum überall gleich aussah. Dass sich Andersson nach so vielen Jahren immer noch zurechtfand, war beeindruckend.

»Da. Bieg da ein«, sagte er.

Jetzt begriff sie, wie er wissen konnte, wo sie abbiegen mussten. Am Weg stand ein handgemaltes Schild. In blauen, verblichenen Buchstaben stand dort auf weißem Grund »Lyckan«, »Glück«. Die Blumengirlande, die den Namen umrankte, war kaum mehr zu erkennen.

Irene bog auf einen schmalen Kiesweg ein. Er war voller Schlaglöcher und in einem schlechten Zustand. Sie fuhren durch dichten Tannenwald. Nach einer Weile tauchten zwischen den Bäumen drei kleine Sommerhäuser auf. Irene bremste, aber der Kommissar sagte:

»Fahr weiter.«

Etwa hundert Meter weiter erreichten sie das Ende des Weges. Irene erblickte einen Zaun und eine dunkelrot gestrichene Hütte. Sie parkte den Dienstwagen vor dem Tor.

Dann stiegen sie aus und vertraten sich nach der langen

Autofahrt die Beine. Abgesehen vom Prasseln des Regens war es hier still und friedlich. Hinter dem offenen Holztor stand ein ziemlich neuer schwarzer Skoda. Er war auffallend schmutzig, und ein hochgeschleuderter Stein hatte die Windschutzscheibe an einer Stelle sternförmig splittern lassen.

Auf glatten, bemoosten Steinplatten gingen sie zur Hütte. Im Haus regte sich nichts. Kommissar Andersson drückte die Klinke, aber die Tür war verschlossen.

»Die Außenbeleuchtung brennt«, stellte er fest.

Irene begann, um das Haus herumzugehen, um durch die Sprossenfenster zu schauen.

Sie entdeckte ihn auf Anhieb, als sie durch das erste Fenster blickte.

»Sven!«, rief sie.

Mühsam kam der Kommissar die Treppe herunter und trottete auf sie zu. Wortlos deutete sie mit dem Finger.

Sie schauten in eine winzige Küche. Durch die offene Tür konnten sie einen Mann auf dem Rücken in der Diele liegen sehen. Seine Beine und sein Unterkörper waren verdeckt, seinen Oberkörper und Kopf oder das, was davon noch übrig war, sah man dafür umso besser. Ein einziger Blick genügte, um festzustellen, dass er tot war. Die Vorderseite seines hellen Pullovers war von rostrotem Blut getränkt. Die eine Hand lag auf der Schwelle zur Küche. Dahinter stand eine Plastiktüte mit Lebensmitteln, von denen einige auf den Küchenfußboden gefallen waren.

Andersson wandte sich mit finsterer Miene an Irene.

»Ruf die Truppe. Das hier ist kein Selbstmord.«

KAPITEL 2

Am Spätnachmittag informierten Irene und Kommissar Andersson die übrigen Inspektoren des Dezernats über den Mord im Sommerhaus. Irene begann:

»Mit größter Wahrscheinlichkeit handelt es sich bei der Leiche, die wir gefunden haben, um Jacob Schyttelius. Es ist uns noch nicht gelungen, seine Eltern aufzutreiben, um ihn eindeutig identifizieren zu können. Sein Chef hat uns jedoch eine Personenbeschreibung gegeben, die genau auf das Opfer passt. Er wurde einunddreißig Jahre alt. Heute um halb zwölf haben Sven und ich ihn erschossen in einem Sommerhaus gefunden. Der Schlüssel zur Haustür war unter einem großen Blumentopf auf der Außentreppe versteckt. Die Tür war also abgeschlossen. Die Leiche lag in der Diele und erweckte nicht den Anschein, als sei sie nach dem Mord noch bewegt worden. Er hatte eine Schusswunde in der Herzregion, die von einer großkalibrigen Waffe stammte. Außerdem eine im Kopfbereich, die gewaltige Zerstörungen anrichtete. Eine Waffe haben wir nicht gefunden. Während wir auf die Spurensicherung warteten, haben wir uns einen raschen Überblick verschafft. Das Haus verfügt über zwei kleine Schlafzimmer. Eines davon benutzte er offenbar als Arbeitszimmer. Dort stand ein Schreibtisch mit einem Computer. Auf den Monitor hat jemand ein Symbol gemalt. Dafür scheint Blut verwendet worden zu sein.«

»Was für ein Symbol?«, unterbrach sie Fredrik Stridh.

»Ein Stern von einem Ring umgeben. Svante behauptet, dass es sich um ein magisches Zeichen handelt. So eines, wie es Hexen und Satanisten bei ihren Ritualen verwenden. Er hat schon früher bei Ermittlungen mit solchen Symbolen zu tun gehabt, bei Brandstiftungen in Kirchen und Ähnlichem.«

»Satanisten! Dass ich nicht lache!«, schnaubte Jonny Blom.

Irene zuckte mit den Achseln und nickte Hannu Rauhala zu, der brav die Hand gehoben hatte.

»Warum hat er in einem Sommerhaus gewohnt?«, wollte er wissen.

»Laut dem Rektor der Schule, an der er unterrichtete, war er frisch geschieden und nach einigen Jahren im Norden eben erst wieder nach Göteborg gezogen. Es ist schließlich nicht leicht, eine Wohnung zu finden, also hat er sich das Sommerhaus seiner Eltern unter den Nagel gerissen und dort den ganzen Herbst und Winter gewohnt. Zuletzt wurde er gestern Nachmittag gesehen, als er gegen halb fünf von der Arbeit nach Hause fuhr. In einer Tasche lagen feuchte Trainingsklamotten. Möglicherweise war er also noch in einem Fitnessstudio. Wir haben in seiner Brieftasche einen entsprechenden Mitgliedsausweis gefunden und werden entsprechende Erkundigungen einziehen. Die Lebensmittel hatte er bei Hemköp am Mölndalsvägen gekauft. Er unterrichtete an einer Schule irgendwo in der Gegend von Heden. Seine Eltern wohnen nicht weit vom Sommerhaus entfernt, aber wie gesagt, wir haben sie noch nicht erreicht. Der Vater ist Pfarrer in einem kleinen Ort, der Kullahult heißt. Wir überlegen noch, wie wir es den Eltern schonend beibringen, dass ihr Sohn ermordet wurde. Normalerweise nehmen wir ja einen Pfarrer mit, wenn wir eine Trauernachricht überbringen. Aber was macht man, wenn der Empfänger selbst Pfarrer ist?«

Irene unterbrach ihr Referat und sah in die Runde. Es war kurz nach fünf, und Kommissar Andersson hatte alle verfügbaren Inspektoren zusammenrufen lassen.

Jonny Blom war wie immer dem Schlummer gefährlich nahe. Immer wenn sein Kopf nach vorne fiel, konnte Irene einen Blick auf die kahle Stelle an seinem Hinterkopf erhaschen. Sie war eindeutig größer geworden. Die Haare, die er am Morgen ordentlich mit Gel zurechtgekämmt hatte, waren verrutscht.

Neben ihm saß der Benjamin des Dezernats und sah umso wacher und außerdem vollhaarig aus. Fredrik Stridh war ebenso tüchtig wie energisch, und Irene hatte ihn in letzter Zeit zunehmend zu schätzen gelernt.

Hannu Rauhala saß schweigend rechts neben Irene, aber sie wusste, dass ihm nichts entging. Seine Frau Birgitta war die zweite Inspektorin des Dezernats. Sie befand sich noch im Mutterschutz und würde erst in zwei Monaten wiederkommen. Dann würde sich Hannu beurlauben lassen, um sich um den gemeinsamen Sohn zu kümmern. Das war vor einigen Tagen im Dezernat bekannt geworden, und Kommissar Andersson hatte richtiggehend schlechte Laune bekommen. Er hatte wütend vor sich hin gebrummelt. Sätze wie »Kleinkinder brauchen die Mutter« und »Männer taugen nicht als Kindermädchen« waren zu hören gewesen.

Auch Tommy Persson fehlte, konnte aber jederzeit wieder auftauchen. Er hatte den größten Teil des Tages damit verbracht, einen des Mordes Verdächtigen zu verhören. Es handelte sich um einen gewöhnlichen Junkiemord an einem Dealer. Das Opfer hieß Ronny »Speedy« Olofsson. Speedy hatte Geld unterschlagen, von dem sein Großhändler meinte, dass es ihm gehörte. Da es sich um eine beträchtliche Summe gehandelt hatte, war die Strafe entsprechend ausgefallen. Es hatte eher einer Hinrichtung als einem Mord geähnelt.

Speedy hatte an einem frühen Sonntagmorgen einen Kopfschuss erlitten. Die einzigen Zeugen waren ein paar Ornithologen in einem Auto gewesen. Zwei dieser Vogelliebhaber hatten das Gesicht des Mörders gesehen. Demzufolge hatte er eine große Narbe gehabt, die von der Nasenwurzel bis über die rechte Wange verlief. Als die Ermittler diese Beschreibung vernommen hatten, wussten sie sofort, nach wem sie zu suchen hatten.

Asko Pihlainen, der Tatverdächtige, war bereits mehrfach wegen schwerer Körperverletzung vorbestraft und hatte sich diverser Verstöße gegen das Betäubungsmittelgesetz, der Einschüchterung von Zeugen und Autodiebstählen schuldig gemacht. Jetzt tauchte sein Name zum ersten Mal im Zusammenhang mit einem Mord auf. Asko stritt jedoch alles ab. Er habe den Tatort nie betreten. Und im Übrigen habe er Zeugen dafür, dass er zum Zeitpunkt des Mordes beim Nachbarn gesessen und Poker gespielt habe.

Darin bestand das Problem. Der Nachbar und zwei Frauen bezeugten, dass Asko mit ihnen Sonntagmorgen um fünf Uhr Karten gespielt habe. Ihre Aussage war nicht zu erschüttern, und die Ermittlung somit festgefahren. Irene beneidete Tommy nicht um seine Aufgabe. Asko Pihlainen war berüchtigt dafür, dass er stets alles abstritt. Die Zeugen, die gegen ihn aussagten, zogen ihre Aussagen immer nach einiger Zeit wieder zurück. Noch konnte Asko nicht herausgefunden haben, wer die Ornithologen waren, aber das war nur eine Frage der Zeit.

Irene seufzte und beschloss, sich auf ihren eigenen Fall zu konzentrieren. Sie wiederholte ihre Frage:

»Findet ihr, dass wir einen Pfarrer zu den Eltern von Jacob Schyttelius mitnehmen sollten?«

»Ach was. Wenn er selbst Pfaffe ist, dann wird er schon allein damit fertig werden«, meinte Jonny Blom.

Hannu meldete sich zu Wort.

»Es ist eine Sache, professionell Beistand zu leisten. Wenn es um einen selbst geht, ist das etwas ganz anderes.«

Fredrik Stridh nickte zustimmend.

»Genau! Außerdem kann man wohl davon ausgehen, dass er als Pfarrer religiös ist.«

Er unterbrach sich, als die anderen zu lachen begannen, und fuhr dann erklärend fort:

»Ich meine, dass ein religiöser Mensch ein noch größeres Bedürfnis hat, sich mit einem Pfarrer zu unterhalten, als wir anderen.«

»Da hat Fredrik sicher Recht. Ich neige auch dazu, einen Pfarrer zum Ehepaar Schyttelius mitzunehmen«, sagte Irene.

Zum ersten Mal, seit sie ihr Referat begonnen hatte, ergriff Kommissar Andersson das Wort:

»Er heißt Sten. Sten Schyttelius. Wie sie heißt, daran erinnere ich mich nicht mehr.«

Fredrik Stridh zog die Augenbrauen hoch.

»Kennst du sie?«

»Eigentlich nicht. Bekannte von Bekannten.«

Sein Tonfall ließ keinen Zweifel daran, dass der Kommissar das Thema für beendet hielt. Fredrik nahm sich das zu Herzen und hakte nicht nach, aber der Blick, mit dem er seinen Chef musterte, war lang und nachdenklich.

Andersson räusperte sich und sagte:

»Irene, du kümmerst dich um einen Pfarrer und fährst dann zu den Schyttelius raus. Nimm noch jemanden mit.«

Fredrik meldete sich freiwillig. Mit einem spöttischen Blick auf Hannu sagte er:

»Schließlich springt man gern mal für einen Freund und Kollegen ein. Hannu muss nämlich heute Abend zum Training. Und wisst ihr auch, was für ein Training das ist?«

Seine Augen funkelten so frech, dass Irene neugierig wurde. Der weißblonde Finne mit den eisblauen Augen wirkte tatsächlich sehr durchtrainiert. Sie hatte aber nie darüber nachgedacht, ob er wohl irgendeinen Sport trieb. Die Kollegen am Tisch schlugen Krafttraining, Gewichtheben, Abhärtung vor der finnischen Meisterschaft im Saunabaden und Last-man-standing-Koskenkorva-vodka-Championship vor, aber nichts davon stimmte.

»Babyschwimmen!«, rief Fredrik fröhlich.

Eine schwache Röte legte sich auf Hannus Wangen. Seiner Stimme war jedoch nichts anzumerken, als er beiläufig fragte:

»Woher weißt du das?«

»Man ist schließlich nicht umsonst Ermittler! Scherz beiseite, Birgitta hat vorhin angerufen. Du warst nicht da, und sie hat mich gebeten, dich daran zu erinnern, dass ihr heute Abend zum Babyschwimmen wolltet. Ich muss gestehen, dass ich das vollkommen vergessen hatte, aber jetzt richte ich dir also hiermit ihre Grüße aus. Vergiss das Babyschwimmen nicht!« Fredrik lachte.

Der Kommissar unterbrach die Frotzelei:

»Okay. Bringt die Adresse in Erfahrung und fahrt zu den Eltern von Schyttelius raus. Ich bin hier im Präsidium. Wahrscheinlich hören wir bald von den Zeitungen.«

Irene hatte Glück. Der Pfarrer der Nachbargemeinde war zu Hause. Er hieß Jonas Burman, und seine Stimme klang angenehm. Als ihm klar wurde, worum es ging, erklärte er sich sofort bereit, sie zu begleiten, um ihnen beim Überbringen der Todesbotschaft moralischen Beistand zu leisten. Er beschrieb ihnen den Weg zu seinem Haus in Slättared. Von dort würde er ihnen dann zeigen, wie es zum Pfarrhaus von Kullahult, in dem Hauptpfarrer Schyttelius wohnte, ging.

Sie fanden das Haus in Slättared ohne Probleme. Vor dem Tor stand eine lange Gestalt frierend im Wind. Dieser hatte in den letzten Stunden an Stärke zugenommen und Schneeregen mit sich gebracht. Die Flocken schmolzen, sobald sie auf den nassen Boden trafen. Irene bremste und hielt an. Fredrik und sie stiegen aus, um Jonas Burman zu begrüßen.

Er war viel jünger, als seine Stimme am Telefon hätte vermuten lassen. Sein Haar war blond und blies ihm die ganze Zeit ins Gesicht. Als er Irene begrüßte, spürte sie, wie kalt seine Hand war, aber sein Handschlag war fest, und seine Finger waren schmalgliedrig und lang. Irene fühlte sich an einen Musiker erinnert. Seine blauen Augen blickten freundlich hinter einer rechteckigen, schmalen Brille hervor.

Im Wagen informierte Fredrik den Pfarrer darüber, was Jacob Schyttelius zugestoßen war. Jonas Burman hörte ihm schweigend zu. Als Fredrik fertig war, sagte der Pfarrer:

»Ich habe Jacob einige Male getroffen. Er ist ... war ... ein sehr netter Bursche. Es ist mir vollkommen unbegreiflich, wie so etwas geschehen konnte. Kann es sich um einen Raubüberfall gehandelt haben?«

»Keine Ahnung. Wir stehen ja erst am Anfang unserer Ermittlungen. Im Augenblick haben wir noch nicht den geringsten Hinweis. Vielleicht wissen ja seine Eltern mehr«, antwortete Fredrik.

»Sie haben doch nicht etwa vor, sie noch heute Abend zu verhören?«, wollte Jonas Burman besorgt wissen.

»Nein. Nur wenn sie dazu in der Verfassung sind. Sonst warten wir natürlich ab«, beruhigte ihn Fredrik.

Der Pfarrer deutete auf ein Schild und sagte:

»Da müssen wir abbiegen.«

Auf dem Schild stand: *Kullahult 2 km.*

Die angestrahlte Kirche war trotz zunehmender Dämmerung schon von ferne zu erkennen. Sie lag auf einer Anhöhe und thronte förmlich über der kleinen Ortschaft.

»Das Pfarrhaus liegt direkt neben der Kirche. Halten Sie einfach auf die Kirche zu«, sagte Jonas Burman.

Am Fuß der Anhöhe dirigierte er sie auf einen Schotterweg. Ein Stück oberhalb sah Irene die Friedhofsmauer. Sie verschwand bald aus ihrem Blickfeld, da der Weg geradeaus und nicht um den Hügel herumführte.

Ein großes weißes Haus, umgeben von einem parkähnlichen Garten, tauchte vor ihnen auf. Irene fuhr durch das offene Tor. Kies knirschte unter den Reifen.

»Merkwürdig ...«, begann Jonas Burman, hielt dann aber inne.

Er sah sich um, nachdem sie auf dem runden Hofplatz geparkt hatten. Einzig das Rauschen des Windes und des Regens in den Baumkronen war zu vernehmen.

»Sten und Elsa machen sonst immer die Garten- und Außenbeleuchtung an, sobald es dunkel wird. Hier auf der Rückseite des Kirchhügels ist es schließlich sehr dunkel und einsam«, fuhr er fort.

Nasse Schneeflocken schlugen ihnen ins Gesicht, als sie aus dem Auto stiegen. Das Dunkel unter den großen Bäumen und den Büschen war bereits undurchdringlich. Eine hohe und düstere Tannenhecke umgab den Garten und schottete ihn ab. Die schwarzen Fenster des Hauses sahen sehr abweisend aus.

»Könnten sie weggefahren sein?«, fragte Fredrik.

»Nein. Wir Pfarrer im Bezirk teilen uns immer gegenseitig mit, wenn wir verreisen«, antwortete Jonas Burman.

»Auch wenn es nur für einen Tag ist?«

»Ja. Wir haben einen entsprechenden Dienstplan in unserem Pfarrbezirk. An Werktagen ist immer einer von uns für den Notfall erreichbar. Auch wenn wir nicht Bereitschaft haben, sagen wir, wo wir zu erreichen sind. Zwei weitere Kirchengemeinden sind Teil dieses Systems. Im Ganzen also vier Pfarrer. Das funktioniert ausgezeichnet.«

Irene steckte die Taschenlampe ein, die im Handschuhfach lag, ehe sie auf das protzige Portal zugingen. Vier Säulen aus Holz trugen ein Vordach, das Vortreppe und Tür vor Regen und Schnee schützte. Das Ganze hatte den Charme eines alten Herrenhauses. Die Flügeltüren waren mit Schnitzereien verziert. Irene streckte die Hand aus, um den schweren Gusseisenklopfer anzuheben, hielt jedoch mitten in der Bewegung inne. Der eine Türflügel war nur angelehnt. Sie knipste die Taschenlampe an, um zu sehen, ob er vielleicht beschädigt war. Doch es gab keine Hinweise darauf. Vorsichtig drückte sie die Tür mit der Taschenlampe auf. Ehe sie eintraten, sagte sie zu dem Pfarrer:

»Dass die Tür offen steht, muss nichts bedeuten. Genauso

wenig muss es etwas bedeuten, dass das Haus verlassen wirkt, weil überall kein Licht brennt. Aber vor dem Hintergrund dessen, was der Familie gerade zugestoßen ist, möchte ich nicht, dass Sie irgendetwas berühren. Keine Lichtschalter, Treppengeländer und so weiter. Bleiben Sie einfach dicht hinter uns.«

Jonas Burman antwortete nicht. Er stellte sich schräg hinter Irene und folgte ihr dann ins Innere des Hauses. Irene leuchtete mit der Taschenlampe die Innenseite des Türrahmens ab und fand den Lichtschalter. Sie drückte ihn mit dem Griff der Taschenlampe.

Aus einem kleinen Kronleuchter in der großen Eingangshalle strömte Licht. Auf dem Boden lag ein großer Flickenteppich in fröhlichen Farben. Neben der Tür stand eine Truhe mit gebogenem Deckel. Sie war mit so vielen Blumen und Schmetterlingen bemalt, dass die Jahreszahl 1796 kaum zu erkennen war. Ein schönes Stück. Soweit Irene das beurteilen konnte, war die Truhe wirklich so alt, wie die Jahreszahl vorgab. Der Spiegel darüber schien kaum neuer zu sein. Er hatte einen schweren Goldrahmen und zwei Scheiben. Die Standuhr daneben trieb schwerfällig tickend die Zeit voran.

Jonas Burman legte die Hände an den Mund und rief nach oben:

»Hallo! Sten und Elsa! Ich bin's, Jonas!«

Er ließ die Hände sinken, und sie lauschten alle drei. Durchdringende Stille beantwortete den Ruf. In der Diele war es nicht besonders warm, aber das konnte daran liegen, dass die Tür einen Spalt offen gestanden hatte.

Mit einem resignierten Seufzer stellte sich der Pfarrer in die Mitte des Entrées und begann zu erklären:

»Unter der Treppe ins Obergeschoss liegt eine Toilette. Oben sind Schlafzimmer und einige andere Zimmer. Ich meine, mich zu erinnern, dass sich oben auch ein Badezimmer und eine separate Toilette befinden. Hier unten sind rechts das Esszimmer und das Wohnzimmer. Hier auf dem Land nennen wir es etwas altmodisch Salon. Aber da dieses Haus alt ist, ist der Raum recht groß und wird dieser Bezeichnung gerecht.«

Er drehte sich halb um und deutete auf die gegenüberliegende Tür.

»Da ist die Küche. Die Tür neben der Treppe führt zum Arbeitszimmer. Dahinter liegt die Bibliothek.«

Sie entschieden sich dafür, sich zuerst die Küche anzusehen. Sie war groß und hoch. Beim ersten Anblick fühlte sich Irene hundert Jahre zurückversetzt. Herd und Kühlschrank waren allerdings neu. Dasselbe galt für die Spülmaschine. Im Übrigen waren die Schränke dunkel und im Bauernstil gehalten. Die Deckenbalken waren zu sehen, und ein großer Tisch stand in der Mitte des lackierten Holzfußbodens. Irene zählte zwölf Stühle. Alles wirkte alt und gediegen. Sie konnte es sich nicht verkneifen, den Pfarrer zu fragen:

»Und hier wohnen also nur zwei Personen?«

»Ja. Das ist das Problem mit diesen großen, alten Pfarrhäusern. Es kostet ein Vermögen, sie zu heizen, und eine normale Familie kann die vielen Zimmer gar nicht mit Leben füllen. Früher hatten die Pfarrer oft große Familien und viele Dienstboten. Die Pfarrhäuser dienten gleichzeitig als Gemeindeheim. Deswegen baute man sie so groß.«

Irene hatte nur eine äußerst vage Vorstellung davon, was für eine Funktion ein Gemeindeheim hatte, beschloss aber, nicht nachzuhaken. Sie öffneten die Türen am gegenüberliegenden Ende der Küche. In der winzigen Kammer hatte vermutlich einmal ein Dienstmädchen gewohnt. Hinter der zweiten Tür befand sich eine modern ausgerüstete Spülküche. In einer Ecke stand eine große Tiefkühltruhe und brummte monoton. Eine Tür nach draußen, zum Garten, existierte auch. Irene drückte die Klinke. Abgeschlossen. Vorsichtig öffnete sie den Deckel der Tiefkühltruhe einen Spaltweit. Sie war bis zur Hälfte mit ordentlichen Paketen und Plastikgefäßen gefüllt. Sie gingen durch die Küche zurück und ließen das Licht brennen.

Danach absolvierten sie eine schnelle Runde durch Schyttelius' Arbeitszimmer und Bibliothek. Auch diese waren groß und mit Antiquitäten möbliert. In den Regalen an den Wänden der Bibliothek standen alte Bücher. Es roch nach Staub und altem Leder.

Das Esszimmer und der so genannte Salon gingen ineinander über, zwei große, hohe Räume, aber auch sehr kalt. Irene begriff, warum die Tür zwischen dem Entrée und den Zimmern geschlossen gewesen war. Hier wurde wahrscheinlich fast gar nicht geheizt. Die beiden großen Kachelöfen auf beiden Seiten des Saals waren sicher schon lange nicht mehr benutzt worden. Die Möblierung war spärlich. Im Saal stand eine lange Bank mit einer Sprossenlehne. Es sah aus, als hätten bis zu zehn Personen darauf Platz. Bequem wirkte es allerdings nicht. Entlang den Wänden standen Stühle, die zu der Bank passten. Den Boden bedeckte ein großer Teppich. Er war abgetreten und verschossen, aber sicher einmal ein Prachtstück gewesen. Im Speisezimmer stand ein langer, weiß lackierter Tisch mit nur sechs Stühlen. Daraus schloss Irene, dass die Familie in der Küche saß, wenn Gäste kamen.

Die Eingangshalle kam ihnen im Gegenzug dazu warm und einladend vor. Sie gingen die Treppe hoch. Die Galerie oben war sehr geräumig. Sie war mit braunen Ledersofas und einem großen Fernseher an der einen Wand überraschend modern möbliert. Mit ausdruckslosen Augen starrten drei ausgestopfte Elchköpfe auf die Besucher herab.

»Das Fernsehzimmer«, stellte Jonas Burman unnötigerweise fest.

Sie trennten sich. Irene ging nach links, und die Männer übernahmen den rechten Teil des Obergeschosses. Der erste Raum, den Irene inspizierte, war erstaunlicherweise ein Billardzimmer, das von einem riesigen Billardtisch dominiert wurde. Auch hier hingen Jagdtrophäen an den Wänden. In der hinteren Ecke standen ein paar Stühle und ein Tisch. Die nächste

Überraschung war der reichlich gefüllte Barwagen neben dem Tisch. Irene betrachtete ihn näher. Die meisten Flaschen waren böhmische Dörfer für sie. Sie stammten aus dem Ausland, und die Etiketten waren in der Landessprache gehalten. Offensichtlich reiste das Ehepaar Schyttelius recht viel und brachte dann immer ein paar exotische Flaschen mit, vielleicht als Souvenir.

Irene ging auf die Tür auf der gegenüberliegenden Seite des Zimmers zu. Ein Schlüssel steckte im Schloss. Sie war jedoch nicht abgeschlossen und ließ sich durch einen Druck mit der Taschenlampe auf die Klinke öffnen. Auf gleiche Weise machte sie die Deckenlampe an. Die Glühbirne hinter der in die Decke eingelassenen, gesprungenen Milchglasscheibe leuchtete schwach.

Im Zimmer war es auffallend kalt. Es war nur mit ein paar modernen Aktenschränken und einem großen Schreibtisch möbliert, auf dem sich ein Computer befand. Irene trat hinter den Schreibtisch, um einen Blick auf Tastatur und Monitor zu werfen. Sie konnte kaum glauben, was sie sah.

Gut möglich, dass der Stern, der sich inmitten eines Kreises befand, mit Blut auf den Computer geschmiert worden war.

KAPITEL 3

»Pfarrer Jonas Burman und ich fanden Sten und Elsa Schyttelius im Schlafzimmer vor. Ich wollte ihn noch davon abhalten, mir nachzukommen, aber leider ist er groß, und es gelang ihm, über meine Schulter zu schauen. Er erlitt einen Schock. Aber es war auch wirklich ein übles Blutbad«, sagte Fredrik Stridh.

Er sah über den Konferenztisch in die Runde. Außer ihm und Irene saßen dort noch Kommissar Andersson, Tommy Persson und Hannu Rauhala. Jonny Blom war bereits nach Hause gegangen, als wegen des Doppelmords im Pfarrhaus der Alarm im Präsidium eingegangen war. Hannu war gerade auf dem Sprung zum Babyschwimmen gewesen, hatte aber beschlossen zu bleiben, als er hörte, worum es ging.

»Ich hatte gerade Burman auf eines der Sofas gesetzt, da kam Irene. Sie hatte einen Computer entdeckt mit einem dieser Sternsymbole auf dem Monitor, wie Sven und ich es bei Jacob Schyttelius gesehen haben«, fuhr Fredrik fort.

»War es denn wirklich das gleiche Motiv?«, unterbrach ihn Andersson und sah Irene fragend an.

Diese nickte.

»Absolut.«

Fredrik räusperte sich.

»Sten und Elsa Schyttelius wurden mit einer großkalibrigen Waffe aus unmittelbarer Nähe erschossen. Sten Schyttelius war Jäger.«

»Woher weißt du das?«, unterbrach der Kommissar erneut.

»Von Jonas Burman. Außerdem hängen die Wände des Pfarrhauses voll mit ausgestopften Tierleichen. Burman ist schon seit zwei Jahren in der Gemeinde von Slättared tätig. Er wusste also einiges über seinen Chef und dessen Familie. Die Tochter heißt Rebecka und wohnt in London. Ihr ist er bisher erst einmal begegnet. Bei irgendeiner Weihnachtsfeier oder so.«

»Wir müssen sie sofort unter Polizeischutz stellen!«, rief Irene.

»Wieso denn das?«, wollte Andersson wissen.

»Im Hinblick darauf, was ihrer Familie zugestoßen ist. Sie ist die Einzige, die noch am Leben ist. Wir kennen das Motiv für die Morde noch nicht, aber es hat den Anschein, als versuche jemand, die Familie Schyttelius auszulöschen«, meinte Irene.

»Sie wohnt doch in England …«, begann der Kommissar, wurde aber von Tommy Persson unterbrochen.

»Die Eheleute Schyttelius scheinen etwa zur gleichen Zeit wie der Sohn gestorben zu sein. Der Mörder hat über vierundzwanzig Stunden Vorsprung. Er könnte sich bereits in London aufhalten.«

Der Kommissar murmelte etwas vor sich hin und nickte dann.

»Okay. Dann müssen wir eben versuchen, ihre Adresse herauszukriegen, und die Kollegen in London informieren. Erledigst du das, Hannu?«

Letzteres war keine Frage, sondern eine Aufforderung.

Kommissar Andersson bedeutete Fredrik, fortzufahren.

»Im Schlafzimmer fanden sich keine Spuren eines Kampfes. Sowohl Irene als auch ich sind der Ansicht, dass sie im Schlaf erschossen wurden. Beide lagen im Bett, mit dem Kopf auf dem Kopfkissen, genauer gesagt mit dem, was davon noch übrig war. Und beide wurden von vorne erschossen.«

»Haben die Nachbarn irgendwas gehört?«, fragte der Kommissar.

»Wir stehen hier vor demselben Problem wie bei dem Sommerhaus. In der Nähe der Kirche gibt es keine Nachbarn. Das Pfarrhaus liegt abgeschieden hinter dem Hügel mit der Kirche«, antwortete Irene.

»Wir haben die mutmaßliche Mordwaffe gefunden«, warf Fredrik ein.

Das war dem Kommissar neu.

»Und das sagst du erst jetzt! Was für eine ist es?«

»Eine Husqvarna Neunzehnhundert. Lag unterm Bett.«

»Soso. Unsere geliebte, alte Husqvarna«, seufzte der Kommissar.

Irene konnte seinen Seufzer verstehen. Die verschiedenen Typen von Schrotflinten und Elchstutzen der Marke Husqvarna stellten das Gros der Waffen, die für Morde und vor allen Dingen Selbstmorde in Schweden verwendet wurden. Die Erklärung dafür war einfach. Es handelte sich dabei um eine der gängigsten Jagdwaffen. Und es war leicht, an sie heranzukommen.

»Svante Malm rief vorhin an. Sie haben einen nicht verschlossenen Waffenschrank der Marke Zugil im Arbeitszimmer des Pfarrers gefunden«, sagte Fredrik.

»Meinst du das Arbeitszimmer im Obergeschoss oder das unten?«, wollte Irene wissen.

»Das mit dem Computer im Obergeschoss. Svante will morgen früh zu unserer morgendlichen Runde erscheinen und berichten, was sie eventuell noch im Verlauf der Nacht herausfinden werden.«

»Wie alt war das Ehepaar Schyttelius?«, fragte Tommy.

»Er war vierundsechzig und sie dreiundsechzig. Er wollte sich im Sommer pensionieren lassen«, wusste Fredrik zu berichten.

Er schaute in seine Papiere und sagte zögernd:

»Ich habe Jonas Burman gefragt, wie alt Rebecka ist, aber er war sich nicht sicher. Er glaubt, um die fünfundzwanzig.«

»Was macht sie in London?«, fragte Irene.

»Sie arbeitet als Softwarespezialistin. Laut Burman.«

»Dieser Burman war wirklich gesprächig«, murmelte der Kommissar.

»Ja. Er stand zwar unter Schock, versuchte aber trotzdem, unsere Fragen zu beantworten. Netter Kerl.«

»Was hat er denn noch gesagt?«, fragte Tommy.

»Er fand, dass wir uns mit der Gemeindeschwester unterhalten sollten. Sie hat viele Jahre mit Schyttelius zusammengearbeitet. Sie heißt ...«

Er blätterte in seinem Block zurück.

»... Rut Börjesson. Dann sind da noch Leute auf dem Gemeindeamt, die wir befragen können.«

»Okay. Ich habe bereits vier Leute losgeschickt, die in Kullahult von Haus zu Haus gehen. Zwei weitere sind damit seit heute Nachmittag am Norssjön beschäftigt. Sie melden sich, falls sich etwas ergeben sollte. Morgen früh nach der Morgenbesprechung könnt ihr drei ja nach Kullahult rausfahren. Hannu und Jonny übernehmen den Norssjön«, beendete Kommissar Andersson die Besprechung.

Die Uhr auf dem Armaturenbrett des alten Saabs stand auf 22.41 Uhr, als Irene in ihre Garage einbog. Die Garagen befanden sich am Rande der Reihenhaussiedlung. Sie öffnete das schwere Garagentor und fuhr den Wagen hinein. Nicht, weil sie dachte, der dreizehn Jahre alte Wagen könnte gestohlen werden, sondern weil sie verhindern wollte, dass er eiskalt war, wenn sie am nächsten Morgen wieder startete. Als sie das Tor verriegelte, spürte sie ihren Rücken und ihre Schultern. Sie beschloss, am nächsten Tag ein wenig Fitness einzulegen, stellte aber beim näheren Nachdenken fest, dass die Zeit dafür kaum reichen würde. Die Verhöre würden sicherlich den ganzen Tag und einen Teil des Abends in Anspruch nehmen. Sie würde also früh am Morgen joggen gehen müssen.

Früh aufzustehen war nicht ihre starke Seite. Um die Wahrheit zu sagen, war sie morgens immer fürchterlich müde. Aber wenn das die einzige Möglichkeit war, sich fit zu halten, dann würde sie eben frühmorgens joggen gehen.

Wenn man die vierzig erst einmal überschritten hat, dann muss man in dieser Hinsicht wirklich eisern sein, lautete ihre Devise. Sie war stolz darauf, so fit zu sein, und trainierte, wann immer sie die Gelegenheit dazu hatte. Vor zwanzig Jahren hatte sie bei der Europameisterschaft die Goldmedaille in Jiu-Jitsu errungen. Damit hatte sie auf der Polizeihochschule in Ulriksdal punkten können. Wenig später war sie Krister begegnet und fast sofort schwanger geworden. Die Geburt der Zwillinge hatte sie einiges ihrer Kondition gekostet, aber recht bald hatte sie wieder begonnen zu trainieren. Inzwischen trieb sie einmal in der Woche Krafttraining, joggte zweimal und unterwies jeden Sonntag eine Gruppe Polizistinnen in Jiu-Jitsu.

Das reine Training fiel ihr jedoch von Jahr zu Jahr schwerer. Alte Verletzungen brachten sich in Erinnerung, beispielsweise benötigte sie beim Joggen immer einen Knieschützer. Andererseits fühlte sie sich psychisch und physisch schlecht, wenn sie nichts tat.

Als sie die Tür des Reihenhauses öffnete, wurde sie von Sammie begeistert begrüßt. Freudig sprang er an ihr hoch und versuchte, ihr das Gesicht zu lecken, während sie sich vorbeugte, um seinen goldenweichen Pelz zu streicheln. Das Beste an Hunden ist, dass sie sich freuen, egal, wann man nach Hause kommt, dachte Irene. Nie ein Vorwurf, weil man spät dran ist.

Auf dem Küchentisch lag ein Zettel von Krister, die vegetarische Lasagne stehe im Kühlschrank. Irene seufzte. Das Essen bei Familie Huss war ihrer Ansicht nach immer ausgezeichnet gewesen, bis Jenny vor einiger Zeit Veganerin geworden war. Etwa gleichzeitig hatte es sich Krister in den Kopf gesetzt, abnehmen zu müssen, und nach einer Weile die neuen Essgewohnheiten seiner Tochter mit großer Begeisterung übernommen. Inzwischen aß Familie Huss dreimal in der Woche vegan und nur die übrigen Tage Fleisch und Fisch. Dann machte sich Jenny die Reste warm oder kochte sich selbst etwas. Irene seufzte und dachte sehnsuchtsvoll an ein großes, blutiges Steak mit einem cremigen, nach Knoblauch duftenden Kartoffelgratin.

Sie erwärmte ein Stück Lasagne in der Mikrowelle und trank im Stehen ein Glas Milch. Nachdem sie rasch geduscht hatte, ging sie ins Obergeschoss. Dort öffnete sie die Tür zum Zimmer der Mädchen einen Spaltbreit und sah, dass beide bereits schliefen. Sie hatten noch etwas mehr als ein Jahr auf dem Gymnasium, dann würden sie wahrscheinlich so schnell wie möglich von zu Hause verschwinden wollen. Es gab Irene einen Stich, als sie daran dachte. Dann war sie mit Krister allein im Haus. Und mit Sammie.

Sie schlich sich ins Schlafzimmer und hörte Kristers schwere Atemzüge. Er würde bald zu schnarchen anfangen. Natürlich hatte sich Sammie mitten auf Irenes Bett gelegt. Die Pfoten in der Luft, lag er auf dem Rücken und tat so, als schliefe er. Irene war zu müde, um ihn vorsichtig wegzuschubsen, und setzte ihn resolut auf den Fußboden. Tief gekränkt trottete Sammie nach draußen und legte sich auf den Teppich vor den Fernseher.

Als sie die Augen schloss, sah sie abwechselnd die blutigen Bilder aus dem Sommerhaus und aus dem Pfarrhof vor sich. Wer wollte Familie Schyttelius auslöschen? Und warum? War auch Rebecka Schyttelius in Gefahr? Vielleicht war die Bedrohung aber auch örtlich begrenzt und betraf sie gar nicht, da sie in London wohnte? Warum hatte der Mörder diese seltsamen Symbole mit Blut auf die Computermonitore gemalt?

Die Gedanken wirbelten in Irenes Kopf herum, bis sie endlich in einen unruhigen Schlaf fiel.

KAPITEL 4

Svante Malm erweckte nicht den Eindruck, als hätte er in den letzten vierundzwanzig Stunden auch nur eine Minute geschlafen, und dem war auch nicht so. Sein sonst immer so fröhliches Pferdegesicht war aschgrau vor Müdigkeit. Sogar seine Sommersprossen schienen blasser als sonst. Er blinzelte und fuhr sich mit den Fingern wiederholte Male durch seine rotgraumelierten Haare.

Falls das ein Versuch war, Fasson in seine nichtvorhandene Frisur zu bringen, war dieser jedenfalls vergebens. Er sah nur noch mehr wie ein in die Jahre gekommener Punker aus. Wir werden alle müder und verbrauchter, dachte Irene. Ein Glück, dass wir Fredrik haben.

Sie schielte auf Fredrik Stridh. Kerzengerade saß er auf seinem Stuhl und sah geradezu unverschämt munter aus. Der dünne, hellblaue Baumwollpullover harmonierte mit seinen Augen, und er duftete gut nach Duschgel und Rasierwasser.

Svante Malm wurde ungeduldig. Er räusperte sich und sagte:

»Ich habe mit Åhlén gesprochen. Er kommt gleich vorbei, um uns zu berichten, was sich im Sommerhaus ergeben hat. Ich referiere jetzt, was wir bisher im Pfarrhaus gefunden haben. In der Tat war Frau Professor Stridner so nett, gestern Abend noch rauszukommen und sich die Leichen anzusehen. Sie meinte, dass sie wahrscheinlich noch keine vierundzwanzig Stunden tot waren. Im Schlafzimmer war es kalt, höchstens siebzehn Grad. Sie hat versprochen, gleich heute Morgen die Obduktionen vorzunehmen.«

Er unterbrach sich und trank einen Schluck Kaffee. Irene bemerkte, dass seine Hand leicht zitterte, als er den Becher an die Lippen führte. Die Spurensicherung hatte noch weniger Personal als sonst, da die gegenwärtige Grippewelle immer noch Opfer forderte. Zwei davon arbeiteten bei der Spurensicherung.

»Um mit den Opfern zu beginnen, so wurden diese aus nächster Nähe mit mindestens einem Schuss in die Stirn getötet. Wenn man jemandem mit einem Elchgewehr zwischen die Augen schießt, gibt es nicht nur ein kleines, sauberes Loch, sondern der ganze Hinterkopf wird förmlich weggeblasen. Sie waren sofort tot. Nichts deutet auf einen Kampf hin. Die Verletzungen lassen darauf schließen, dass das Gewehr, das wir unter dem Bett fanden, die Mordwaffe ist. Keine Fingerabdrücke. Jemand hat es sorgfältig abgewischt.«

»Wie ist der Mörder ins Haus gekommen?«, unterbrach ihn Kommissar Andersson.

»Die Tür stand offen, als Irene und Fredrik ankamen. Der Schlüssel steckte von außen.«

Tommy pfiff leise und sagte dann:

»Der Mörder hatte also einen Hausschlüssel.«

»Nicht unbedingt. Irene und ich haben den Schlüssel zum Sommerhaus unter einem Blumentopf auf der Treppe gefunden«, mischte sich Andersson ein. »Stand auf der Treppe des Pfarrhauses auch ein Blumentopf?«

Irene dachte nach, aber noch ehe sie antworten konnte, kam ihr Fredrik zuvor:

»Ja, irgendein Nadelbaum. Ein großer weißer Blumentopf stand auf der Treppe. Du meinst, dass der Schlüssel darunter gelegen haben könnte?«

Der Kommissar nickte, zuckte aber gleichzeitig mit den Achseln. Möglich war alles. Die Familie hatte vielleicht immer einen Reserveschlüssel unter einem Blumentopf liegen gehabt.

Bei schwedischen Familien nicht gerade ungebräuchlich, sondern der statistisch gesehen wahrscheinlichste Aufbewahrungsort für Ersatzschlüssel.

»Es scheint auch keine der Außentüren aufgebrochen worden zu sein. Damit wären wir beim Computer. Das Symbol auf dem Monitor ist mit Menschenblut gemalt. Wessen Blut, werden wir später erfahren. Der Computer selbst blieb mausetot, als ich versucht habe, ihn hochzufahren. Wir haben ihn herbringen lassen. Ljunggren kennt sich mit den Dingern aus, er soll nachschauen, was da los ist. Åhlén hat den Computer aus dem Sommerhaus ebenfalls herbringen lassen. Bei dem war's genauso.«

Svante zog ein paar Polaroids aus einem Umschlag und reichte sie Tommy Persson.

»Hier haben wir Bilder von diesem Symbol.«

Rasch wurden sie unter die Anwesenden verteilt. Irene wurde es ganz unwohl, als sie den fünfzackigen, von einem Ring umschlossenen Stern sah. Svante hatte jeweils »Sommerhaus« und »Pfarrhof« oben in die Ecke geschrieben. Soweit Irene erkennen konnte, waren die Symbole identisch.

»Bei diesen Sternen handelt es sich um Pentagramme. Ein Pentagramm ist ein fünfzackiger Stern, der sich ohne abzusetzen mit fünf geraden Linien zeichnen lässt. Eine Spitze zeigt nach oben, zwei weitere nach unten und zwei zu den Seiten.«

Svante stand auf. Er zog die weiße Leinwand herab, die an der Decke hing, und knipste den Overheadprojektor an. Auf diesen legte er einen mit blauem Filzschreiber gemalten fünfzackigen Stern.

»Das hier ist ein Pentagramm. Vergleicht es mit denen auf den Fotos. Seht ihr den Unterschied?«

»Ja. Die auf den Monitoren stehen verkehrt herum«, antwortete Fredrik rasch.

»Genau. Jetzt drehe ich meine Zeichnung um.«

Mit einer raschen Handbewegung verrutschte Svante die Folie um einhundertachtzig Grad.

»Seht ihr, dass sich das Aussehen des Sterns verändert? Jetzt hat er plötzlich zwei Spitzen nach oben und eine nach unten. Dadurch wird er zu einem magischen Symbol, und auf dieses bin ich schon früher einige Male gestoßen. Jetzt male ich die beiden Spitzen oben und die eine unten aus.«

Rasch malte er die drei Zacken und die Mitte mit rotem Filzstift aus. Für die Zuschauer ergab sich ein schmales Dreieck mit zwei Spitzen nach oben. Svante trank einen Schluck Kaffee, ehe er fortfuhr:

»Das ist das Antlitz des Teufels. Zwei Hörner und der Bocksbart.«

Er verstummte, um zu sehen, welche Wirkung seine Worte hatten. Sämtliche Polizisten schauten mehr oder minder verwundert, während Kommissar Andersson prompt und eindeutig reagierte:

»Was soll der Unsinn? Antlitz des Teufels? Willst du uns verarschen?«, fauchte er wütend.

Svante versuchte zu lächeln, aber sein Gesicht glich eher einer bleichen Grimasse.

»Nein. Wie gesagt sind mir diese Symbole schon früher begegnet. Zwei Mal bei Brandstiftungen von Kirchen und einmal bei einem Mord. Der Mord wurde nie aufgeklärt, aber alles deutete darauf hin, dass es sich um das Werk von Satanisten handelte. Ich meine den Purpurmord, erinnert ihr euch?«

Alle außer Fredrik nickten. Svante sah ihn an und sagte:

»Du bist noch zu grün. Das ist schon mehr als zwanzig Jahre her. Der Ermordete wurde in seiner Wohnung gefunden. Die Nachbarn schlugen Alarm, als es in der Sommerhitze zu stinken begann. Wir fuhren also hin. Es schien sich um eine ganz gewöhnliche Wohnung zu handeln. Diele, Küche und Wohnzimmer sahen vollkommen normal aus. Aber das Schlafzimmer war eine Kammer des Schreckens. Boden, Wände und Decke waren schwarz. Vor dem Fenster hing ein schwerer schwarzer Vorhang. Auf die Wände hatte er eine Menge Symbole gemalt. Dort hingen Peitschen, Schwerter und Masken. Überall standen Kerzenhalter herum. Sämtliche Kerzen waren schwarz. Mitten auf dem Fußboden befand sich eine große Tonschale mit einer Menge merkwürdiger Sachen. Knochenstücke, Haarbüschel von Menschen und Tieren, eine Schlangenhaut und ich weiß nicht, was noch alles. Er selbst lag mit durchschnittener Kehle auf dem Bett. Die Mordwaffe wurde nie gefunden, aber es muss sich um ein Jagdmesser mit einer stabilen Klinge gehandelt haben. Superscharf. In seinen Bauch hatte der Mörder ein Pentagramm geritzt.«

»Warum hieß der Fall Purpurmord?«, wollte Fredrik wissen.

»Der Mann trug nur einen purpurfarbenen Umhang. Darunter war er nackt.«

»Warum war er purpurn? Bedeutet die Farbe was?«, wollte Irene wissen.

»Schwarz, Weiß und Rot sind die Farben, die gerne bei schwarzen Messen benutzt werden. Gelegentlich kommt auch Silber vor. Das weiß ich alles noch von damals – und außerdem, dass der Ring um das Pentagramm eine Schlange symbolisiert, die sich in den Schwanz beißt.«

»Haben die Nachbarn nichts gehört?«, setzte Irene ihre Befragung fort.

Als der Purpurmord begangen worden war, war sie Springerin im Außendienst gewesen und mit dem Streifenwagen in Angered herumgefahren. Über den Mord wusste sie nur, was sie in der Zeitung gelesen hatte.

»Nein, nichts. Aber der Mord geschah in der Ferienzeit, die meisten waren verreist. Außerdem war der Ermordete ein eher seltsamer Zeitgenosse, der keinerlei Umgang pflegte. Er grüßte kaum, störte aber auch niemanden, jedenfalls nicht, bevor er anfing zu stinken.«

»Du meinst also, dass wir unter den Satanisten suchen sollen? Die Pfarrer ermorden? Aber warum haben sie dann den Sohn ebenfalls umgebracht? Der war schließlich Lehrer und nicht Pastor. Und was ist mit Frau Schyttelius?«, wollte Jonny aufmüpfig wissen.

Svante machte eine abwehrende Handbewegung.

»Ich sage ja gar nicht, dass der Mörder Satanist ist. Ich sage nur, dass die Symbole auf den Computermonitoren in gewissen Kreisen als magische Symbole gelten und in okkulten und satanistischen Zusammenhängen relativ häufig vorkommen.«

Er klopfte mit einem Finger auf den blauen Stern mit den drei roten Ecken, der auf dem Overheadprojektor lag, und fuhr fort:

»Ich habe dieses Symbol auch schon auf Portalen von Kirchen gesehen, die von den Satanisten niedergebrannt wurden. In einem Fall haben wir die Täter gefasst, damals, als die alte Kirche von Kålltorp abbrannte. Zwei Jungen und zwei Mädchen hatten das Feuer gelegt. Sie behaupteten, überzeugte Satanisten zu sein und die Tat zur Ehre des Teufels begangen zu haben. Im Laufe der Ermittlung stellte sich heraus, dass es noch einen älteren Anführer gab und dass dieser die Brandstiftung angeordnet hatte. Den haben wir nie erwischt. Die jungen Leute kannten weder seinen richtigen Namen noch wussten sie, wie er aussah.«

»Sie müssen ihn doch mal gesehen haben?«, wandte Jonny ein.

»Nein. Immer wenn sie ihn trafen, trug er eine silberfarbene Maske. Sie hatten eine Kirche, jedenfalls nannten sie das so, in einem alten Lagerschuppen draußen auf Ringön. Perfekte, ungestörte Lage. Die so genannte Gemeinde bestand aus etwa zehn Jugendlichen, und diese vier hatten den ehrenvollen Auftrag erhalten, die Kirche niederzubrennen. Nach dem Brand war der Anführer allerdings wie vom Erdboden verschluckt. Um die jungen Leute kümmerten sich Sozialarbeiter, und ihre Truppe wurde aufgelöst. Aber es haben sich sicher wieder neue Vereinigungen gebildet, und vielleicht ist auch dieser besagte Anführer wieder auf der Bildfläche aufgetaucht. Was wissen wir schon?«

»Waren die Pentagramme ebenfalls mit Blut gemalt?«, wollte Tommy Persson wissen.

»Ja. Die Jugendlichen hatten eine Katze getötet und das Symbol hingepinselt, ehe sie das Feuer legten. Im anderen Fall hatten die Täter Hamsterblut verwendet.«

»Wo war das gewesen?«

»Bei der Sommerkirche am Norssjön.«

»Norssjön! Da liegt doch auch das Sommerhaus von den Schyttelius!«, rief Irene.

Svante Malm nickte.

»Genau. Die Kirche befindet sich auf der anderen Seite des Sees. Das ist jetzt bald zwei Jahre her. Eine kleine Holzkirche, die nur im Sommer benutzt wurde, weil es dort weder eine Heizung noch Strom gab.«

»Um einen Kurzschluss kann es sich also auch nicht gehandelt haben«, stellte der Kommissar fest.

»Nein. Ein Zeuge, der in der Sommernacht mit seinem Ruderboot eine Runde auf dem See drehte, hatte um Mitternacht Stimmen aus Richtung der Kirche vernommen. Er meinte, es habe wie ein eintöniges Gebet geklungen. Etwas später hat er dann hohe Flammen aus dem Gebäude schlagen sehen. Da will er dann auch im Feuerschein Gestalten gesehen haben. Da er allerdings schon über siebzig und außerdem herzkrank ist, wollte er allein den Kampf gegen das Feuer nicht aufnehmen. Stattdessen ruderte er nach Hause und rief von dort die Feuerwehr an. Aber als die eintraf, war bereits alles abgebrannt. Seltsamerweise war das Portal fast unbeschädigt, und da sah ich das umgekehrte Pentagramm dann zum zweiten Mal.«

»Mit Hamsterblut dorthin geschmiert«, ergänzte der Kommissar.

»Ja. Tieropfer sind in diesen Kreisen relativ gebräuchlich. Übrigens gibt es da noch etwas im Pfarrhaus, das auf die Satanisten hindeutet. Im Schlafzimmer der Eheleute Schyttelius hängt ein Kruzifix verkehrt herum. Bei ihren schwarzen Messen verwenden die Satanisten oft Kreuze, die verkehrt herum hängen.«

Irene versuchte, die Informationen, die sie erhalten hatten, zu verarbeiten. Sie wollten nicht recht in das Muster der Schytteliusmorde passen. Wohlerzogen hob sie die Hand und wartete mit ihrer Frage, bis Svante ihr zugenickt hatte:

»Hältst du es für wahrscheinlich, dass man die Opfer während eines Satanistenrituals erschossen hat?«

Svante schüttelte den Kopf.

»Nein. Rituale und Messer sind wichtige Bestandteile dieser Art von Morden. Schwerter sind auch nicht ungewöhnlich. Gift ebenfalls nicht. Auf den Opfern finden sich oft verschiedene Symbole, entweder gemalt oder eingeritzt. Sie sind gekennzeichnet, damit deutlich wird, dass sie dem Teufel gehören. Die Satanisten hegen einen starken Glauben an die Macht des Blutes. Sie trinken Blut und opfern Blut. Sicherlich, an den Schauplätzen unserer Verbrechen sah es blutig aus, aber eigentlich deutete nichts darauf hin, dass es sich um Satanistenmorde gehandelt hätte.«

»Abgesehen von Pentagramm und Kreuz«, meinte Tommy.

»Genau.«

Svante verbarg ein Gähnen hinter der Handfläche. Ein leises Klopfen war zu vernehmen, und die Tür öffnete sich, noch ehe jemand Herein gesagt hatte. Svantes Kollege Bosse Åhlén streckte seinen kahlen Kopf durch den Türspalt.

Ohne die Versammelten eines Blickes zu würdigen, trottete er vor zum Rednerpult, neben dem Svante saß. Irene wusste, dass Åhlén ein paar Jahre jünger war als sie, aber sein frühzeitiger Haarausfall und seine Korpulenz ließen ihn viel älter erscheinen. Im Übrigen war das Bemerkenswerteste an ihm, dass er sieben Kinder hatte. Das jüngste war erst ein paar Monate alt. Vielleicht war das der Hauptgrund dafür, dass er so müde aussah, aber natürlich hatte die Nachtschicht auch bei ihm ihre Spuren hinterlassen. Er nahm die Brille ab und rieb sich mit Daumen und Zeigefinger die Augen. Dann putzte er sich mit seinem recht schmutzigen Laborkittel die Brille. Nachdem er sie wieder auf seine unförmige Kartoffelnase gesetzt hatte, ergriff er das Wort:

»Der Bericht in Sachen Sommerhaus am Norssjön. Das Opfer wurde mit einer großkalibrigen Waffe aus nächster Nähe erschossen. Ein Schuss in die Herzregion, einer durch den Kopf. Er trug noch Jacke und Schuhe, als er gefunden wurde. Neben ihm lagen eine Plastiktüte mit Lebensmitteln von Hemköp sowie eine Tasche mit Sportsachen. Alles deutet darauf hin, dass das Opfer erschossen wurde, als es durch die Haustür trat. Keine Anzeichen eines Kampfes. Keine Waffe am oder in der Nähe des Tatorts. Wir durchkämmen heute das Gelände.«

»Hat sich Ljunggren den Computer angesehen?«, fragte Svante Malm.

»Ja. Vollkommen tote Hose oder, genauer gesagt, unbenutzbar. Laut Ljunggren hat jemand die Festplatte mithilfe der Pentagonmethode formatiert.«

»Pentagonmethode? Was zum Teufel …! Erklär mir das!«, fauchte Andersson.

»Man kann versuchen, die Informationen auf der Festplatte zu zerstören, indem man diese verbrennt, sie mit einem Hammer bearbeitet oder indem man den Computer zerlegt. Laut Ljunggren hat das alles nicht viel Sinn. Ein Teil des Inhalts lässt sich in jedem Fall rekonstruieren«, begann Åhlén seine Erklärung.

»Quatsch. Wer soll das können?«, unterbrach ihn Andersson.

»Einige von den wirklich sehr guten Hackern. Ljunggren sagt, dass es in Norwegen ein Unternehmen gibt, das sich auf so was spezialisiert hat. Kostet natürlich eine Menge Geld, aber in manchen Fällen lohnt es sich. In der Regel macht man das nach Bränden. Es ist also gar nicht so leicht, Informationen loszuwerden, die auf einer Festplatte gespeichert sind. Laut dem Pentagon, das natürlich wahnsinnig geheime Informationen in seinen Computern hat, gibt es nur eine sichere Methode. Man überschreibt alles mit einem Formatierungsprogramm, das überall Einsen und Nullen einträgt. Und das mehrfach. Anschließend findet sich nichts Vernünftiges mehr auf der Festplatte.«

»Und wo bekommt man solche Programme?«, wollte Tommy wissen.

»Die kann man in Computerläden kaufen. Sie lassen sich sicher auch vom Internet runterladen. Sind eigentlich dazu gedacht, um Dateien zu reparieren. Funktioniert aber wie gesagt auch andersrum.«

»Wie lange dauert es, eine ganze Festplatte zu löschen?«

»Laut Ljunggren ein bis zwei Stunden, wenn die Festplatte nicht allzu groß ist.«

Tommy runzelte konzentriert die Stirn. Plötzlich leuchtete sein Gesicht auf, und er fragte eifrig:

»Habt ihr eine Formatierungsdiskette im Sommerhaus gefunden?«

»Nein.«

Tommy wandte sich an Svante Malm.

»Habt ihr irgendeine Diskette im Pfarrhaus gefunden?«

Der Mann von der Spurensicherung schüttelte nur den Kopf.

»Das muss bedeuten, dass sich der Mörder ein bis zwei Stunden bei seinen Opfern aufgehalten hat, um das Formatierungsprogramm durchlaufen zu lassen.«

»Der Mörder hat also an beiden Tatorten die Computer gekillt.« Irene dachte laut nach.

»Und sie mit dem Antlitz des Teufels verziert«, ergänzte Tommy.

»Teufel! Das ist nur eine falsch Fährte. Ein Pfarrer hat doch wohl nichts mit Satanisten zu tun!«, rief Andersson verärgert.

»Sag das nicht. Die Sommerkirche am Norssjön wurde schließlich von Satanisten niedergebrannt, und Schyttelius hatte ein Häuschen an diesem See«, sagte Irene.

»Meinst du, dass auch Schyttelius Satanist war und die Kirche vielleicht selbst angesteckt hat?«, unterbrach sie Jonny Blom.

»Natürlich nicht. Trotzdem ist es merkwürdig. Und denkt an das Pentagramm.«

»Obwohl das damals mit Hamsterblut und nicht mit Menschenblut gemalt war«, murmelte der Kommissar.

»Es stellt sich trotzdem die Frage, ob beide Fälle etwas miteinander zu tun haben«, beharrte Irene auf ihrer Meinung.

»Es handelt sich um eine falsche Fährte, glaubt mir! Scheißt auf die Computer, Blutsymbole und diesen ganzen Unsinn und konzentriert euch auf die Morde!«, explodierte Andersson.

Irene wurde unruhig, als sie seine hochrote Gesichtsfarbe sah. Sie wusste, wie sehr er es hasste, nicht den geringsten Anhaltspunkt zu haben. Alles, was sie hatten, waren Mutmaßungen. Bei gewissen komplizierten Fällen wie bei den Schytteliusmorden gab es keine nahe liegenden Spuren oder Motive. Die Ermittler hatten dann immer das Gefühl, der Täter mache sich über sie lustig. Irene war sich nicht sicher, ob dies bei dieser Ermittlung wirklich der Fall war. Vielleicht hatte ihnen der Mörder ja auch eine Nachricht zukommen lassen? Dagegen sprach, dass der Täter die einzigen Zeugen, die ihnen einen Anhaltspunkt hätten liefern können, zum Schweigen gebracht hatte: die Computer.

Andersson holte tief Luft, um die Fassung wiederzugewinnen und seinen Blutdruck unter Kontrolle zu bringen.

»Ich habe mit den Kollegen in Borås vereinbart, dass wir die Ermittlungen übernehmen. Die Pfarrgemeinde liegt schließlich zum größten Teil auf unserem Territorium, und außerdem handelt es sich um einen großen und komplizierten Fall. Irene, Tommy und Fredrik, ihr fahrt raus nach Kullahult und verhört das Personal der Kirche und die Nachbarn. Jonny und Hannu reden mit den Leuten, die in der Nähe des Sommerhauses wohnen. Wahrscheinlich seid ihr draußen beim Sommerhaus schneller fertig, dann könnt ihr euch den anderen in Kullahult anschließen. Das Von-Haus-zu-Haus-Gehen hat offenbar noch nichts Konkretes ergeben, aber darüber unterhaltet ihr euch besser mit den Kollegen, die vor Ort waren. Um fünf Uhr treffen wir uns wieder hier. In einer Stunde rede ich mit der Presse. Danach werde ich Georg anrufen … den Rektor der Schule, an der Jacob Schyttelius gearbeitet hat. Dann ist es vielleicht auch eine gute Idee, die Akten des Purpurmords und des Brandes der Kirche am Norssjön herauszusuchen. Und dann sollte ich mich wohl auch noch mit Yvonne Stridner unterhalten.«

Beim letzten Satz seufzte er tief auf. Die anderen nickten verständnisvoll. Mit der Chefin der Gerichtsmedizin Yvonne Stridner war nicht gut Kirschen essen.

KAPITEL 5

Der Schneeregen vom Vortag war in einen unterkühlten, widerwärtigen Nieselregen übergegangen. Die Temperatur war über Nacht auf sieben Grad plus gestiegen, aber als Frühlingswärme konnte man das trotzdem kaum bezeichnen. Nieselschleier zogen über den Landvettersjön und ließen den Übergang zwischen Luft und Wasser verschwimmen. Alles verwandelte sich in feuchtgrauen Nebel.

Der zivile Polizeiwagen bog in Richtung Kullahult ab. Auf den Straßen war es bemerkenswert leer. Es schien, als hätten sich alle nach der Tragödie, die über den kleinen Ort hereingebrochen war, in ihren Häusern verkrochen. Nachdem sie den Hügel mit der Kirche passiert hatten, fanden sie endlich ein Schild, das zum Gemeindehaus wies. Es zeigte in Richtung eines niedrigen Gebäudes aus gelbem Backstein. Das Haus hatte ein niedriges Dach und stammte vermutlich aus der zweiten Hälfte der sechziger Jahre.

Bevor sie aufgebrochen waren, hatte Irene auf dem Pfarramt von Kullahult angerufen. Die Gemeindeschwester Rut Börjesson war am Apparat gewesen. Mit tränenerstickter Stimme hatte sie versprochen, alle Angestellten ins Gemeindehaus einzubestellen, um den Polizisten die Arbeit zu erleichtern. Es waren zehn, wie sich schließlich herausstellte.

Eine kleine, magere, ganz in Schwarz gekleidete Frau trat auf sie zu. Sie trug ihr dünnes, graues Haar kurz zu einem Pagenkopf geschnitten. Mit Farbe und Dauerwelle hatte sie nichts im Sinn. In ihren geröteten Augen hinter den dicken Brillengläsern standen die Tränen. Die Frau reichte den Polizisten ihre eiskalte Hand und stellte sich als Rut Börjesson, Gemeindeschwester, vor. Anschließend machte sie sie mit den weiteren Anwesenden bekannt.

Die erste war eine Frau mit rot gefärbten Haaren. Sie war sicher über fünfzig, aber schlank mit einem immer noch schönen Gesicht. Der Begriff »guterhalten« brachte die Sache auf den Punkt. Rut Börjesson stellte sie als Kirchenbuchhalterin Louise Måårdh vor.

»Mit zwei Å«, sagte Louise lächelnd und reichte ihnen die kühle Hand.

Irene war ohne Schuhe ein Meter achtzig groß, und Louise Måårdh war kaum kleiner. Ihrem Aussehen nach hätte sie als Fotomodell durchgehen können. Sie als Buchhalterin bei einer Dorfgemeinde anzutreffen, war erstaunlich. Die Erklärung dafür war vielleicht, dass sich der Mann neben ihr als Bengt Måårdh vorstellte, Pfarrer der Gemeinde Ledkulla. Aber es half nichts. Louise Måårdh hatte einfach keine Ähnlichkeit mit einer Pfarrersfrau. Wahrscheinlich sind das nichts als Vorurteile, dachte Irene. Unter einer Pfarrersfrau hatte sie sich immer eine runde, fröhliche Person vorgestellt, die nach frisch gebackenen Zimtschnecken duftete, die sie den Damen des Nähkränzchens lächelnd kredenzte.

Louise Måårdh erweckte eher den Anschein, als verbringe sie mehr von ihrer Freizeit auf dem Golfplatz als hinter dem Herd.

Ebenso ihr Mann. Er war groß, sehr schmal, mit scharfen Gesichtszügen. Das dunkle Haar wies deutliche eisengraue Strähnen auf, die ausgezeichnet mit seiner sonnengebräunten Haut harmonierten. Ein Blick auf Louises Gesichtsfarbe verriet Irene, dass Familie Måårdh gerade erst bei gutem Wetter Urlaub in den Bergen gemacht hatte.

Die braunen Augen von Bengt Måårdh blickten traurig und

ernst. Er umschloss Irenes Hand mit den seinen, und einen ratlosen Augenblick lang glaubte diese schon, er würde ihr kondolieren. Natürlich tat er das nicht, sondern murmelte nur, es sei nicht zu fassen, dass die Eheleute Schyttelius nicht mehr unter ihnen weilten. Und dann erst das mit dem Sohn ... Die Stimme des Pfarrers brach, und er schüttelte den Kopf, während er immer noch Irenes Hand umklammert hielt. Vorsichtig entzog sie sich seinem Griff.

Neben Bengt Måårdh stand Jonas Burman. Da sie sich bereits begegnet waren, begrüßten sie sich nur ganz kurz. Irene fiel auf, dass der junge Pfarrer bleich und verbissen aussah.

Die kleine, dunkelhäutige Frau an seiner Seite hieß Rosa Marques. Sie war noch jünger und sprach ausgezeichnetes Schwedisch, jedoch mit einem deutlichen Akzent. Die Gemeindeschwester erläuterte, sie würde sowohl im Gemeindehaus als auch im Pfarrhof putzen.

Und dann gab es noch ein weiteres Ehepaar. Sie schienen um die Sechzig zu sein und stellten sich als die Küster vor, Siv und Örjan Svensson. Diese Arbeit verrichteten sie in Kullahult und in Ledkulla. Er war recht klein und schmächtig. Sie war ebenfalls klein, aber recht kräftig. Da haben wir die Zimtschneckenbäckerin, schoss es Irene durch den Kopf.

Ein Mann in kariertem Flanellhemd und Latzhosen mit großen Taschen trat energisch auf sie zu und grüßte lächelnd.

»Stig Björk, Friedhofschef.«

Unzählige Lachfältchen umgaben seine blauen Augen. Weiße Zähne funkelten in seinem wettergegerbten Gesicht. Es war ihm anzusehen, dass er sich viel in der frischen Luft aufhielt. In seinem dichten Haar fanden sich einige graue Strähnen. Irene schätzte ihn auf etwa vierzig. Plötzlich schien ihm aufzugehen, dass sein Lächeln nicht ganz angebracht war, denn es erlosch abrupt. Nervös schielte er auf den Mann hinter sich.

Dieser hatte an die Wand gelehnt gewartet und trat nun ebenfalls ins Licht. Wie Bengt Måårdh trug er ein schwarzes Hemd mit weißen Beffchen, aber darüber ein kurzes schwarzes Jackett. Er stellte sich als Pfarrer Urban Berg aus Bäckared vor.

Sein Händedruck war trocken und kühl. Seine ganze Gestalt strahlte Selbstbeherrschung aus, fast schon Steifheit. Das grau melierte blonde Haar war perfekt gescheitelt. Auf dem Kopf ließ sich eine beginnende kahle Stelle erahnen. Er und Bengt Måårdh schienen etwa gleich alt zu sein.

Jetzt gab es nur noch eine Frau, deren Namen die Polizisten noch nicht kannten. Sie war klein und hübsch. Ihr Alter war schwer zu schätzen, lag aber wahrscheinlich irgendwo zwischen fünfundzwanzig und dreißig. Ihr langes blondes Haar wurde von einer Lederspange zusammengehalten, was ihre ebenmäßigen Gesichtszüge noch unterstrich. Ihre großen, veilchenblauen Augen wurden von langen Wimpern umrahmt. Das Gesicht wies keinerlei Spur von Make-up auf. Sie trug ein dunkelblaues Leinenkleid mit weiten Ärmeln und schwarze Stiefeletten. Irene fiel auf, dass der Friedhofschef ihr einen Blick voller Bewunderung zuwarf. Vielleicht war da auch noch mehr. Selbst in Urban Bergs beherrschten Augen funkelte es kurz, als er seinen Blick eine Sekunde lang über die Frau schweifen ließ.

»Ich heiße Eva Möller. Ich bin die Kantorin und Organistin hier«, sagte sie mit leiser, melodischer Stimme.

Der korpulente Mann, der auf einem laut knarrenden Stuhl neben der Tür saß, hieß Nils Bertilsson und arbeitete halbtags als Küster bei der Gemeinde in Bäckared und halbtags bei der in Slättared. Sein abgewetzter schwarzer Anzug war eindeutig zu eng, und er trocknete sich oft mit einem großen Taschentuch Stirn und Glatze ab. Als er sich erhob, um Irene zu begrüßen, stellte sie fest, dass er fast ebenso groß war wie sie, aber sicher doppelt so viel wog. Mindestens hundertvierzig Kilo.

Irene fielen die Gemeindeschwester Rut Börjesson, das Ehepaar Måårdh und die Reinemachefrau Rosa Marques zu.

»Sie können mein Zimmer benutzen«, meinte Louise Måårdh.

Sie öffnete eine Tür aus billigem Furnier, hinter der ein gemütliches Büro lag. Im Fenster standen umrahmt von sonnengelben Gardinen zwei Töpfe mit Miniosterglocken. Zusammen mit dem Strauß roter Tulpen auf dem Schreibtisch ließen sie Frühlingsgefühle wach werden. Die könnten sie wirklich gebrauchen, denn draußen hätte es genauso gut November sein können. An der Wand hing ein gerahmtes Plakat der Göteborger Oper von »Les Misérables«.

Irene beschloss, mit der Gemeindeschwester zu beginnen. Sie bat Rut Börjesson, ihr in das Büro zu folgen. Die schwarz gekleidete Frau setzte sich in den bequem wirkenden Besucherstuhl. Mit beiden Händen umklammerte sie die Armlehnen.

Irene begann mit Routinefragen. Sie erfuhr, dass die Gemeindeschwester achtundfünfzig Jahre alt war, verheiratet, aber kinderlos, und dass sie bereits seit siebzehn Jahren in Kullahult arbeitete.

»Haben Sie bereits hier gearbeitet, bevor Pfarrer Schyttelius in diese Gemeinde kam?«, fragte Irene.

»Hauptpfarrer Schyttelius. Sten Schyttelius kam vor genau zwanzig Jahren als Hauptpfarrer hierher. Er hat hier also drei Jahre vor mir angefangen.«

Irene waren die unterschiedlichen Ränge der schwedischen Kirche ein Rätsel. Vorsichtig fragte sie:

»Er war also der Chef der anderen Pfarrer?«

»Ja. Ledkulla, Bäckared und Slättared haben jeweils einen Pfarrer. Da Kullahult die größte Gemeinde mit der größten Kirche ist, lag hier immer der Amtssitz des Hauptpfarrers.«

Die Gemeindeschwester antwortete sachlich und direkt auf alle Fragen, klammerte sich aber trotzdem die ganze Zeit so an die Armlehnen, dass ihre Knöchel weiß wurden. Irene konnte verstehen, dass sie aufgewühlt war. Vermutlich hatte sie ihren Chef sehr gut gekannt, da sie so viele Jahre für ihn gearbeitet hatte. Deswegen beschloss Irene, die Sache anders anzugehen.

»Kannten Sie Elsa Schyttelius?«

»Ja. Wir hatten über die Jahre einiges miteinander zu tun.«

»Wie war sie so als Person?«

Die Gemeindeschwester zögerte unmerklich.

»Sie war sehr nett ... sehr zurückhaltend. Sehr angenehm und freundlich, wenn sie gesund war.«

»Wenn sie gesund war, war sie also freundlich. An was für einer Krankheit litt sie denn?«

»Nun, es war traurig ... Sie litt an Depressionen. Sie kamen in Schüben. Offenbar hatte sie die seit ihrer Jugend, und es wurde noch schlimmer, nachdem die Kinder da waren.«

»Wie war sie denn, wenn sie krank war?«

»Dann war sie sehr verschlossen. Sie wollte niemanden sehen und war außer Stande, irgendetwas Praktisches zu erledigen. Sie lag einfach nur im Bett.«

»Kennen Sie Jacob und Rebecka?«

»Natürlich. Jacob war ein Teenager und Rebecka gerade eingeschult worden, als ich herkam. Wirklich nette Kinder. So wohlerzogen. Jacob ähnelt vom Aussehen her mehr der Mutter, von der Art her eher dem Vater. Bei Rebecka ist es genau umgekehrt.«

»Leidet sie ebenfalls an Depressionen?«

»Nein, aber sie ist auch eher reserviert. Jacob ist ... war ebenso offen und gut gelaunt wie Sten. Und jetzt hat jemand ... Sten und Jacob und Elsa ...«

Mit ihrer Selbstbeherrschung war es vorbei, und die Tränen flossen in Strömen. Irene wartete, bis sie sich wieder etwas beruhigt hatte, und fragte dann vorsichtig:

»Können wir weitermachen?«

Rut Börjesson nickte und putzte sich dann mit einem nassen Taschentuch die Nase. Mit schwacher, zitternder Stimme sagte sie:

»Ich würde so gern helfen, wenn ich kann ...«

»Haben Sie irgendeinen Verdacht, welches Motiv hinter den Morden stecken könnte?«

Die Gemeindeschwester schien gründlich nachzudenken, ehe sie den Kopf schüttelte.

»Nein. Es ist einfach nicht zu fassen!«

»Hat einer aus der Familie Schyttelius etwas gesagt, was darauf hindeuten könnte, dass er oder sie sich bedroht fühlte?«

Wieder dauerte es, bis Rut Börjesson antwortete. Schließlich sagte sie:

»Das Einzige, woran ich mich erinnere, sind Stens Worte letzten Sommer und Herbst. Nachdem die Satanisten die Sommerkapelle am Norssjön niedergebrannt hatten, versuchte er herauszufinden, wer für diese Schandtat verantwortlich war. Man kann fast behaupten, dass er davon besessen war.«

Sie unterbrach sich, um sich die Augen zu wischen und die Nase zu putzen. Ihre Hände zitterten.

»An einem Vormittag war ich einmal gezwungen, mit ihm über eine wichtige Frage zu sprechen. Sten war noch nicht im Gemeindehaus, also ging ich rüber zum Pfarrhof. Elsa ließ mich rein, und ich erinnere mich noch, dass sie sich offensichtlich wieder in einer schlechten Phase befand. Jedenfalls deutete sie zum Obergeschoss, als ich fragte, wo Sten sei. Sie sagte, im Arbeitszimmer hinter dem Billardzimmer. Tatsächlich ...«

Sie unterbrach sich und sah Irene unsicher an, ehe sie fortfuhr:

»Tatsächlich hatte ich nicht gewusst, dass er ein weiteres Arbeitszimmer im Obergeschoss hatte. Aber das unten ist natürlich zu groß und außerdem altmodisch. Als ich klopfte und öffnen wollte, war die Tür abgeschlossen. Sten rief: ›Einen Augenblick‹, und machte dann auf. Dann deutete er auf seinen Computer und sagte, er sei den Satanisten auf der Spur. Ich habe das so verstanden, dass er Anhaltspunkte im Internet gefunden hatte. Er sagte, man müsse sehr vorsichtig sein, damit sie keinen Verdacht schöpften, denn das könne gefährlich werden.«

»Sagte er, inwiefern das gefährlich werden könnte?«

»Nein. Nur, dass es gefährlich werden könnte. Das klang gar nicht schön, fand ich. Wer weiß, was sich diese Verrückten alles einfallen lassen.«

»Hatten Sie den Eindruck, dass Sten Schyttelius Angst vor den Satanisten hatte?«

Rut Börjesson zögerte erneut.

»Angst ... na ja, er sagte nur, man müsse sehr vorsichtig sein.«

»War der Computer an?«

»Ja. Ich ging auf den Schreibtisch zu, um ihm ein paar Papiere zur Unterschrift vorzulegen. Ich erinnere mich, dass ein sehr schönes Bild auf dem Monitor war. Eine Menge bunter Fische, die in einem Korallenriff herumschwammen.«

Sten Schyttelius hatte also den Bildschirmschoner aktiviert, ehe er der Gemeindeschwester die Tür geöffnet hatte. Waren die Informationen im Netz wirklich gefährlich? Irene nahm sich vor, jemanden zu beauftragen, das herauszufinden.

»Wissen Sie, ob er mit seinen Nachforschungen weitergemacht hat?«

»Ja. Jacob kennt ... kannte sich sehr gut mit Computern aus. Vor einem Monat war er hier und hat Sten geholfen ...«

»Entschuldigen Sie, dass ich Sie unterbreche, aber waren die beiden im Gemeindehaus und haben die Computer hier benutzt?«, fragte Irene und deutete auf Louise Måårdhs Computer, der vor ihnen auf dem Tisch stand.

»Nein. Sie saßen am Computer im Pfarrhof. Ich war dort nachmittags zum Kaffee eingeladen. Elsa ging es recht gut, und sie hatte mich gebeten, vorbeizukommen. Als ich eintraf, war Jacob ebenfalls dort. Elsa sagte, sie hätten den ganzen Vormittag am Computer gehangen, und Sten meinte, er und Jacob seien einer wichtigen Sache auf der Spur. Ich fragte, ob es um die Satanisten ginge, und da nickte Sten.«

»Er nickte? Gesagt hat er nichts?«

»Nein. Aber Jacob und er tauschten einen Blick, als seien sie ... Verschworene.«

Verschworene. Vater und Sohn waren den Satanisten, die die Kirche gebranntschatzt hatten, auf der Spur gewesen. Waren sie den Tätern zu nahe gekommen? Gewisse Umstände am Tatort deuteten auf einen Zusammenhang hin. Sten und Jacob Schyttelius hatten die Brandstifter übers Internet gejagt. Da war es nicht mehr so unbegreiflich, dass die Monitore mit einem Pentagramm beschmiert worden waren.

»Wussten viele davon, dass sie die Satanisten via Internet jagten?«, fuhr Irene fort.

Zögernd schüttelte Rut Börjesson den Kopf.

»Das glaube ich nicht. Direkt nach dem Brand redete er viel davon, dass man die Schuldigen festnehmen und eine spürbare Strafe verhängen müsse. Aber je mehr Zeit verging, desto mehr rückten andere Dinge in den Vordergrund. Ich war tatsächlich recht erstaunt, als ich hörte, dass er immer noch damit beschäftigt war, die Satanisten zu jagen.«

»Und dass Sie davon erfahren haben, war reiner Zufall«, stellte Irene fest.

»Ja.«

Einen Augenblick wurde es still. Irene dachte nach.

»Wie war Sten Schyttelius als Mensch?«, fragte sie dann.

Das traurige Gesicht der Gemeindeschwester leuchtete auf.

»Zutiefst gottesfürchtig. Gutherzig. Er hat es mit Elsa und ihrer Krankheit in all den Jahren nicht leicht gehabt, hat aber nie geklagt. Er kümmerte sich um die Kinder und tat seine Pflicht. Eine Putzhilfe hatten sie immer, aber im Übrigen hat er sich um das meiste selbst gekümmert. Er hatte Spaß am Essen und war ein guter Koch und außerdem ein ausgezeichneter Weinkenner. Und ein begeisterter Jäger war er auch. Jedes Jahr nahm er sich zur Elchjagd frei.«

»Und Jacob war wie sein Vater?«

»Ja. Vielleicht kochte er nicht ganz so gut, aber Jäger war er auch. Beide haben sich in den letzten Jahren auch sehr für die Schwedischen Ökumenischen Kinderdörfer engagiert. Sie haben wirklich eine Riesenarbeit geleistet. Vor allem Sten, aber letzten Herbst wurde auch Jacob aktiv.«

»Was war da?«

Eine schwache Röte überzog Rut Börjessons bleiche Wangen, während sie sich vorbeugte und die engagierte Arbeit von Vater und Sohn Schyttelius beschrieb.

»Sie sind mit Hilfssendungen zu bedürftigen Kindern in die von Kriegen und Katastrophen heimgesuchten Länder Afrikas gefahren. Verschiedene christliche Gemeinden in Schweden haben dort Dörfer für Waisenkinder gebaut. Von solchen Dörfern gibt es etwa zehn auf der ganzen Welt. Alles durch den Einsatz von Freiwilligen. Sten und Jacob haben sich sehr engagiert. Die Reisekosten wurden von den schwedischen Gemeinden übernommen, aber sonst bekamen sie nichts.«

»Hilft Rebecka da auch mit?«

»Nein. Sie hat die letzten zwei Jahre in London gelebt und dort als EDV-Beraterin, oder wie immer die sich nennen, gearbeitet. Ich glaube nicht, dass sie irgendwie kirchlich aktiv ist.«

»Hat Elsa Schyttelius die Kinderdörfer ebenfalls unterstützt?«

»Nein. Elsa hatte mit ihrer Krankheit schon genug zu tun.«

Irene sah, dass die dünne Frau vollkommen erschöpft war, und beschloss, das Verhör abzubrechen. Sie erhob sich und brachte Rut Börjesson zur Tür. Dann bat sie die Reinemachefrau Rosa Marques, einzutreten.

Rosa war klein und recht füllig. Ihr dunkles Haar mit einzelnen silbernen Einsprengseln darin trug sie in einem dicken Zopf, der auf den Rücken herabhing. Ihr Gesicht war hübsch und wurde von einem breiten Mund dominiert, der gerne zu lächeln schien. Jetzt allerdings strahlte sie nur Trauer und größten Ernst aus. Vorsichtig setzte sie sich auf die äußerste Stuhlkante und faltete die Hände im Schoß. Irene nahm als Erstes ihre Personalien auf. Sie war achtunddreißig Jahre alt, verheiratet und hatte vier Kinder. Rosa hatte in den vier Jahren, in denen sie beim Ehepaar Schyttelius einmal in der Woche geputzt hatte, keinen näheren Kontakt zu ihren Arbeitgebern gehabt. Den Kindern war sie auch nie begegnet, da diese ja erwachsen und bereits ausgezogen waren, als sie im Pfarrhof angefangen hatte. Spontan erwähnte sie jedoch Elsa Schyttelius' Krankheitsphasen. Da hatte Frau Schyttelius sich immer in ihrem Schlafzimmer eingeschlossen, und sie hatte dort nicht putzen können.

»Putzen Sie jede Woche das ganze Haus?«, fragte Irene.

»Nein. Die großen, guten Zimmer im Erdgeschoss und einige Zimmer im Obergeschoss putze ich nur, wenn es nötig ist.«

»Wer entscheidet, wann das nötig ist?«

»Der Pfarrer sagt mir Bescheid.«

»Putzen Sie auch das Arbeitszimmer im Obergeschoss?«

Erstaunt zog Rosa ihre Augenbrauen hoch.

»Das Arbeitszimmer ist doch unten.«

»Sten Schyttelius hat ein kleineres Zimmer mit einem Computer im Obergeschoss. Es liegt hinter dem Billardzimmer.«

Rosa runzelte ihre dichten Brauen. Dann schüttelte sie energisch den Kopf.

»Nein. Dieses Zimmer habe ich nie geputzt. Die Tür ist immer abgeschlossen.«

In vier Jahren hatte Rosa also nie das Computerzimmer geputzt. Irene erinnerte sich, dass der Waffenschrank ebenfalls dort gestanden hatte. Sie hätte gerne gewusst, welche Waffen in ihm aufbewahrt worden waren. War das Zimmer deswegen immer verriegelt gewesen? Eigentlich unnötig, falls der Waffenschrank immer wie vorgeschrieben verschlossen gewesen war.

»Erinnern Sie sich, ob an den Wänden im Schlafzimmer irgendetwas hing?«

»Das Kreuz. Das schöne Kreuz«, antwortete Rosa sofort. »Ich schaue es mir immer an, wenn ich dieses Zimmer putze. Es ist so schön. Frau Schyttelius sagt, es ist sehr alt. Aus Italien. Und Jesus Christus ist aus Silber«, meinte sie noch.

Im Schlafzimmer der Eheleute Schyttelius hing ein Kruzifix an der Wand, eine Antiquität aus dem katholischen Italien, das nach dem Mord umgedreht worden war. War das nun unwesentlich oder war das wichtig? Irene wusste es nicht, aber vielleicht hatte der Mörder gerade das beabsichtigt.

Von den Måårdhs rief Irene als Erste die Buchhalterin Louise herein. Diese setzte sich in den Bürostuhl mit den Armlehnen und lächelte schwach.

»Ich kann mich nicht erinnern, jemals in diesem Stuhl gesessen zu haben.«

»Für mich spielt es keine Rolle, in welchem Stuhl ich sitze. Sollen wir tauschen?«, fragte Irene.

»Nein! Nein! Ich meine nur, man ist so festgefahren in seinen Gewohnheiten. Dieser Stuhl ist wirklich richtig bequem.«

Louise Måårdh lehnte sich zurück und schlug ihre schlanken Beine übereinander. Irene schaute die Frau auf der anderen Seite des Schreibtischs durchdringend an. Ihr Gesicht war ernst und der Blick traurig, aber sie schien trotzdem nicht so aufgewühlt wie die Gemeindeschwester. Das strenge schwarze Kostüm mit den Nadelstreifen wirkte zusammen mit der weißen Bluse ausgesprochen förmlich. Sie trug eine beeindruckende Perlenkette und sah richtiggehend elegant aus.

Und doch war sie Pfarrersfrau in einer Dorfgemeinde geworden. Merkwürdig.

Auch hier begann Irene mit den Personalien. Louise und Bengt Måårdh hatten zwei Söhne, fünfundzwanzig und zwanzig Jahre alt. Die Familie wohnte jetzt schon seit fast zehn Jahren in Kullahult, und Bengt war in dieser Zeit Pfarrer der Gemeinde Ledkulla gewesen.

»Und Sie haben währenddessen als Kirchenbuchhalterin gearbeitet?«, fragte Irene.

»Ja. Vorher war ich bei einer kleineren Firma in der Buchhaltung beschäftigt, aber als wir hierher zogen, hat mich Sten gefragt, ob ich interessiert sei. Ich dachte mir, dass ich es zumindest mal versuchen könnte, und … tja, hier sitze ich immer noch.«

»Wenn Ihr ältester Sohn fünfundzwanzig ist, kennt er vielleicht Rebecka Schyttelius?«

»Natürlich. Sie sind im Gymnasium in dieselbe Klasse gegangen.«

»Hatten sie viel miteinander zu tun?«

»Dafür sind sie viel zu verschieden. Mein Per ist gesellig und hatte immer viele Freunde. Rebecka war mehr für sich. Bereits auf dem Gymnasium war sie am liebsten mit ihren Computern zusammen. Warten Sie, ich zeige Ihnen was …«

Sie erhob sich, ging um den Schreibtisch herum und zog eine Schublade heraus. Zuoberst lagen zwei dicke, bunte Umschläge.

»Die Bilder sind von vorletztem Weihnachten. Ich habe die Filme vor einem Jahr zum Entwickeln gegeben, und dann sind sie hier auf der Arbeit liegen geblieben.«

Rasch begann sie, die Fotos durchzusehen. In regelmäßigen Abständen legte sie eins auf den Schreibtisch. Als sie fertig war, lagen etwa zehn Fotos auf der Tischplatte.

»Rebecka war letztes Jahr an Weihnachten nicht zu Hause. Sie hatte wohl eine Grippe. Aber das Jahr davor war sie hier. Wir haben hier die Tradition, dass alle Pfarrersfamilien nach der Christmette zusammen frühstücken. Und zwar hier im Gemeindehaus. Natürlich ist das übrige Personal auch eingeladen.«

Während sie sprach, sortierte sie die Fotos. Als sie mit der Reihenfolge zufrieden war, sagte sie:

»Auf den ersten Bildern sehen Sie die Familie Schyttelius. Und da haben Sie unsere Familie, und auf den letzten das übrige Personal.«

Zum ersten Mal sah Irene, wie Familie Schyttelius ausgesehen hatte, als alle noch am Leben gewesen waren.

Sten Schyttelius lächelte auf dreien von vier Bildern. Auf dem vierten lachte er aus vollem Hals und trank Bengt Måårdh mit einem Schnapsglas zu.

»Ist die Christmette der einzige Gottesdienst, den ein Pfarrer am Weihnachtstag hält?«, fragte Irene.

»Nein. Danach kommen noch Hauptgottesdienst und Abendandacht. Wieso?«

»Sten Schyttelius und Ihr Mann trinken schon morgens einen Schnaps.«

»Nur ein Gläschen zum Hering. Das merkt man beim Hauptgottesdienst schon gar nicht mehr. Außerdem teilen die Pfarrer die Gottesdienste unter sich auf. Sonst wird es zu viel.«

Sten Schyttelius war groß und korpulent gewesen. Irene sah das an seiner riesigen Pranke, mit der er den Fuß des Schnapsglases hielt. Sie schien einem Schwerstarbeiter und nicht einem Diener der Kirche zu gehören. Das Gesicht war kräftig und wurde von einer fleischigen Nase beherrscht. Der Haaransatz war nach hinten verschoben, aber das stahlgraue Haar war immer noch dick und kräftig. Auf den Fotos lächelte er warm und herzlich. Auf der Aufnahme, auf der er in die Kamera lachte, verschwanden seine Augen fast ganz in den Lachfältchen.

Neben dem Hauptpfarrer saß seine Gattin. Neben ihrem strahlenden Mann wirkte sie unansehnlich. Eine dunkelgraue Kostümjacke und eine ebenfalls graue Bluse mit Stehkragen trugen sicher zu diesem Eindruck noch bei. Das dünne graue Haar war kurz und lag platt am Kopf an. Irene fand, dass sie an Rut Börjesson erinnerte, aber die Gemeindeschwester strahlte im Gegensatz dazu immerhin noch eine gewisse Lebhaftigkeit aus. Diese fehlte Elsa Schyttelius vollkommen. Auf einem Foto schaute sie direkt in die Kamera. Ihr Blick war leer, und ihre Gesichtszüge wirkten starr. Hatte sie sich damals in einer ihrer Krankheitsphasen befunden?

Neben Elsa saß eine junge Frau. Das konnte nur Rebecka sein. Auch sie war groß und kräftig, was ebenfalls dazu beitrug, dass Elsa klein und farblos wirkte. Die Ähnlichkeit mit dem Vater war deutlich. Rebecka war aber nicht dick wie ihr Vater, sondern hatte einfach ein kräftiges Knochengerüst. Das hatte Irenes Mutter immer über Leute gesagt, die groß waren und breite Schultern hatten. Sie trug ein hellbraunes Sakko, unter dem ein gelber Rolli hervorschimmerte. Ihr kräftiges Haar war dunkel und schulterlang. Große Locken umrahmten ihr Gesicht. Soweit Irene das auf dem Foto erkennen konnte, trug sie kein Make-up, das hatte sie aber auch gar nicht nötig, die Kontraste waren auch so ausreichend. Irene fühlte sich beim Anblick ihres Gesichts an südländische Filmstars aus den fünfziger Jahren erinnert. Es passte nicht zu dem anorektischen Schönheitsideal des 21. Jahrhunderts, aber sie war eindeutig eine schöne Frau.

»Sie muss recht groß sein«, sagte Irene und sah zu Louise Måårdh hoch.

»Wir sind gleich groß. Ein Meter achtundsiebzig«, erwiderte Louise Måårdh rasch.

Sie lächelte, als sie sah, wie erstaunt Irene über diese genaue Auskunft war.

»Wir haben uns damals darüber unterhalten. Sie hatte das hübsche braune Sakko in einem Spezialgeschäft in London gekauft. Long Tall Sally hieß es, glaube ich. Sie wissen selbst, wie schwer es sein kann, was Gescheites zum Anziehen zu finden«, sagte sie.

Irene nickte. Das Problem kannte sie. Die Kirchenbuchhalterin legte einen langen manikürten Zeigefinger auf eines der Fotos und sagte:

»Da sitzt Jacob neben Per. Wenn wir schon über Größe reden: Jacob und Rebecka waren gleich groß.«

Jacob Schyttelius lächelte in die Kamera. Er wirkte fröhlich und entspannt. Er war blond und schmächtig. Irene konnte nicht die geringste Ähnlichkeit mit dem Vater oder der Schwester erkennen, gewisse Züge der Mutter waren jedoch zu erahnen. Das Einzige, was die Geschwister gemeinsam hatten, waren die braunen Augen und die dunklen Brauen.

Auf den drei letzten Fotos waren die Personen zu sehen, die Irene eben erst kennen gelernt hatte, aber auch eine ganze Reihe von Leuten, die sie bisher nicht kannte.

»Wer sind die hier?«, fragte sie und deutete auf die Fotos.

»Das gesamte restliche Personal der Gemeinden. Der Sekretär für Öffentlichkeitsarbeit, die Hausmutter des Gemeindehauses, die Leute für die Jugendarbeit und die Kindergärtnerinnen.«

Rasch deutete Louise nacheinander auf die Gesichter.

»Kindergärtnerinnen, Sekretär für Öffentlichkeitsarbeit? Sind die alle bei der Kirche angestellt?«, fragte Irene.

»Wir haben einen Kindergarten und eine gut funktionierende Jugendarbeit. Hier am Ort ist die Kirche mit der größte Arbeitgeber. Und meine Aufgabe ist es, dafür zu sorgen, dass das Geld reicht. Schließlich müssen die Kirchen, die Gemeindehäuser, Pfarrhöfe und übrigen Gebäude hin und wieder renoviert werden. Ich kümmere mich um sämtliche Rechnungen und Löhne, die gesamte Buchhaltung.«

Irene hatte sich die Kirche nie als Arbeitgeber mit einem großen Umsatz vorgestellt, aber genau das war sie. Und Sten Schyttelius war für alles in diesem Pfarrbezirk verantwortlich gewesen.

»Sie tragen also die Verantwortung für die Finanzen, aber Hauptpfarrer Schyttelius stand dem Gesamten vor. Wie war er so als Chef?«

Zum ersten Mal blieb Louise Måårdh einen Augenblick stumm. Schließlich sagte sie zögernd:

»Sten war ein netter Mensch, aber als Chef hatte er gewisse … schlechtere Seiten. Er stand kurz vor der Pensionierung. Vielleicht hing es damit zusammen, dass er ziemlich altmodisch und autoritär war. Aber manchmal war wirklich kaum mit ihm auszukommen. Er geriet sehr schnell außer sich und konnte fürchterlich wütend werden. Frauen betrachtete er als seine persönlichen Handlanger und nicht als Mitarbeiterinnen. Hin und wieder gerieten wir aneinander ... Meine Vorgängerin hat deswegen gekündigt. Es war viel von Mobbing die Rede, aber die Sache verlief im Sand. Ganz zu schweigen von seinen Meinungsverschiedenheiten mit dem Kirchenvorstand. Der neue Vorsitzende und Sten verstanden sich überhaupt nicht.«

Während Louise sprach, glitt einer der Fotoumschläge von ihrem Knie und fiel zu Boden. Die Bilder lagen überall verstreut, und Irene stand auf, um dabei mitzuhelfen, sie wieder einzusammeln. Sie nahm das erste Foto und zögerte dann.

Ganz links im Bild hob Sten Schyttelius ein randvolles Schnapsglas. In der Mitte saß Bengt Måårdh, das Gesicht halb vom Hauptpfarrer abgewandt. Den einen Arm hatte er um die Schultern der Kantorin Eva Möller gelegt. Er flüsterte ihr etwas ins Ohr. In ihrem roten bestickten Kleid mit dem rechteckigen Halsausschnitt sah sie bezaubernd aus. Sie lächelte. Soweit Irene das beurteilen konnte, schien ihr der Pfarrer in den Ausschnitt zu schielen.

Louise Måårdh merkte, dass Irene das Foto von ihrem Mann und der schönen Kantorin gesehen hatte, sagte aber nichts. Sie streckte die Hand aus, um die Bilder in Empfang zu nehmen.

»Danke«, meinte sie tonlos.

Irene fand, es sei an der Zeit, das Verhör der Kirchenbuchhalterin zu beenden.

»Wissen Sie, ob sich jemand aus der Familie Schyttelius bedroht fühlte?«, fragte sie.

Louise schüttelte ihre rotbraune Mähne.

»Nein. Davon habe ich nie gehört.«

»Hat Sten Schyttelius jemals etwas über Satanisten gesagt?«

»Ja. Nachdem die Sommerkapelle niedergebrannt worden war. Er war rasend vor Wut!«

»Hat er in letzter Zeit noch von den Satanisten gesprochen?«

»Nein. Jedenfalls nicht, soweit ich mich erinnern kann. Das war überwiegend in den Monaten direkt nach dem Brand.«

»Davon, dass er versucht haben soll, die Satanisten über das Internet aufzuspüren, haben Sie nichts gehört?«

»Internet? Nein, davon habe ich nie gehört«, sagte Louise aufrichtig erstaunt.

»Dann habe ich im Augenblick keine weiteren Fragen. Wären Sie so nett, Ihren Mann hereinzurufen?«

Bengt Måårdh sah bekümmert aus, als er im Besucherstuhl Platz nahm. Er faltete die Hände, stützte die Ellbogen auf die Armlehnen und ließ seinen ernsten Blick auf Irene ruhen. Erneut hatte sie das Gefühl, einem Trost spendenden Pfarrer zu begegnen, und dass sie es war, die den Zuspruch nötig hatte. Das Gefühl war absurd, aber trotzdem konnte sie es nicht abschütteln. Vielleicht lag es an seinen mitfühlenden braunen Augen hinter der randlosen Brille.

Möglicherweise war es aber auch nichts als eine professionelle Haltung. Ein Werkzeug, das Bengt Måårdh in Trauersituationen einsetzte: Mitgefühl. Sicher funktionierte es auch bei denen, die es nötig hatten, vorzugsweise bei Frauen. In der heutigen Gesellschaft war Mitgefühl sicher eine begehrte Ware. Unser Bedarf an Trost ist unermesslich.

Sie wurde aus ihren Gedanken gerissen, als der Pfarrer leise sagte:

»Ich bin bereit, Ihre Fragen zu beantworten. Wenn ich etwas dazu beitragen kann, den Mörder von Sten, Elsa und Jacob zu fassen, will ich alles in meiner Macht Stehende tun.«

Immer noch mit gefalteten Händen lehnte er sich zurück.

»Haben Sie eines der drei Mordopfer jemals sagen hören, er oder sie fühle sich bedroht?«, begann Irene.

»Nein. Nie. Wer sollte einen von ihnen bedrohen? Sie waren die nettesten Menschen, die man sich vorstellen kann und ...«

»Hat Sten Schyttelius mit Ihnen jemals über die Satanisten gesprochen?«, unterbrach ihn Irene.

»Direkt nach dem Brand sprach er sehr viel darüber. Der gute alte Sten konnte ziemlich aufbrausend sein, er war aber nie nachtragend. Aber auf die Satanisten und ihren Anhang war er wirklich ausgesprochen wütend. Sie müssen entschuldigen, aber er fand, dass sich die Polizei nicht genügend einsetzt. Manchmal klang es fast so, als hätte er vor, sie selbst zu jagen.«

Beim letzten Satz verzog Bengt Måårdh seinen Mund zu einem leichten Lächeln.

»Sprach er in den letzten Monaten davon, dass er die Satanisten jagen würde?«, fragte Irene.

Sein Erstaunen war echt.

»Nein. Überhaupt nicht! Das war vorigen Sommer und Herbst, also in der Zeit direkt nach dem Brand. Im letzten Halbjahr habe ich keinen Ton mehr von ihm über irgendeine Satanistenjagd gehört. Sten hatte andere große Projekte, die immer mehr seiner Zeit in Anspruch nahmen. Er engagierte sich sehr stark bei den Schwedischen Ökumenischen Kinderdörfern. Sie lagen ihm sehr am Herzen, und er wollte sich nach seiner Pensionierung noch stärker für dieses Projekt einsetzen.«

»Ich habe gehört, dass Jacob ebenfalls an dieser Arbeit beteiligt war ...«

»Ja. Sten weckte sein Interesse. Im Herbst haben sie dann zusammen eine Reise unternommen. Sten war schließlich kein junger Mann mehr, es war also sicher gut für ihn, Jacob dabei zu haben.«

»Konnte Jacob denn mitten im Schuljahr freinehmen?«

Zum ersten Mal schien der Pfarrer zu zögern.

»Ich glaube, er hatte das ganze Winterhalbjahr frei. Vielleicht war er krankgeschrieben. Wie Sie wahrscheinlich wissen, hatte er sich letzten Sommer scheiden lassen.«

Das war Irene neu, aber sie nickte.

»Jacob und seine Frau wohnten irgendwo in Nordschweden. Sie unterrichtet ebenfalls.«

»Hatten sie Kinder?«

»Nein. So lange waren sie nicht verheiratet.«

»Ist er nach der Scheidung hierher gezogen?«

»Ja. Dort im Norden hatte er keine Verwandtschaft. Seine ganze Familie lebte hier.«

»Ist er bereits letzten Herbst in das Sommerhaus am Norssjön gezogen?«

»Ja. Jacob war immer rücksichtsvoll. Er wollte seine Eltern sicher nicht belasten. Besonders wegen Elsa und ihrer Krankheit. Ich weiß nicht, ob Ihnen jemand erzählt hat, dass Elsa an Depressionen litt, aber so war es leider.«

»Das weiß ich bereits. Wie war Elsa Schyttelius als Mensch?«

Erst hatte es den Anschein, als hätte Bengt Måårdh die Frage nicht verstanden, aber nach einer Weile runzelte er die Stirn. Er sah nachdenklich aus.

»Tja ... Sie war nett, recht unauffällig. Sten hingegen war richtig gesellig und feierte gern. Elsa verabscheute das alles. Sie war zwar manchmal dabei, aber geredet hat sie eigentlich nie viel.«

»Hat sie nie was gesagt?«

»Doch, doch, das schon, aber sie war einsilbig.«

Plötzlich beugte er sich zu Irene vor und sah ihr direkt in die Augen. Seine Stimme und sein Blick verrieten deutliche Unruhe, als er fragte:

»Haben Sie Rebecka erreicht?«

»Ja. Die englische Polizei und ein Pfarrer der Schwedischen Seemannsmission haben sie davon in Kenntnis gesetzt, was passiert ist. Es hat eine Weile gedauert, sie ausfindig zu machen, weil sie gerade erst umgezogen war.«

»Das stimmt. Sten hat erwähnt, dass sie umziehen wollte. Irgendwann im Herbst muss das gewesen sein.«

»Erinnern Sie sich, ob er sonst noch was gesagt hat?«

»Er hat gesagt, das Unternehmen gehe richtig gut. Rebecka arbeitete bei irgendeinem Computerunternehmen, irgendwelche Spezialaufträge für verschiedene Auftraggeber. Ich habe keine Ahnung von Computern, aber so viel habe ich zumindest begriffen. Dann sagte er noch, die neue Wohnung sei sehr groß, dafür dass sie im Zentrum von London liege. Rebecka sei froh, dass sie sie bekommen habe.«

»Sie muss teuer gewesen sein.«

»Sicher. Aber Geld scheint in der Computerbranche keine Rolle zu spielen. Es freut mich wirklich, dass sie so viel Erfolg hat.«

»Sie kennen sie doch schon seit zehn Jahren. Hatten Sie erwartet, dass Rebecka so viel Erfolg haben würde?«

»Aufrichtig gesagt, nein. Sie war gut in der Schule, fand aber nur schwer Anschluss. Schlecht sah sie nicht aus, aber sie war ... ernst. Man kam nur schwer an sie ran. In der Zeit auf dem Gymnasium, also in den letzten drei Klassen, war sie sicher sehr einsam, aber als sie nach Linköping zog – oder war es jetzt Lidköping –, jedenfalls, als sie auszog und anfing, Informatik zu studieren, schien sie aufzutauen. Ich fand, sie blühte regelrecht auf. Ich habe sie immer nur beim Weihnachtsfrühstück gesehen, aber mir fiel trotzdem auf, dass sie sich in den letzten Jahren verändert hat.«

»Wie veränderte sie sich denn?«

»Sie schien fröhlicher und gesprächiger zu werden. Man merkte auch, dass sich ihr Aussehen veränderte ... ihre Kleidung und so. Sie sprach von ihren Freunden, und Elsa erzählte Louise, Rebecka habe einen Freund. Aber das ging wohl auseinander, bevor Rebecka nach London zog. Vielleicht ist sie auch deswegen weg? Ich weiß, dass Sten und Elsa ihn nie getroffen haben.«

»Woher wissen Sie das?«

Bengt Måårdh zog bei Irenes Frage erstaunt die Augenbrauen hoch.

»Von Elsa natürlich. Sie hat es mir erzählt. Irgendwann sagte sie, die Sache sei vorbei. Einige Monate später zog Rebecka nach London. Obwohl es gerüchteweise hieß, Rebecka hätte in London einen neuen Freund. Laut Louise waren sie letzten Sommer zusammen hier in Kullahult, aber ich weiß nicht, ob das stimmt.«

»Hat Louise ihn getroffen?«

»Nein. Das hat sie nur gehört. Sie fragen sie besser selbst.«

Irene nickte und wollte gerade die nächste Frage stellen, als ihr plötzlich eine Idee kam.

»Wissen Sie, ob Rebecka ihrem Vater behilflich war, den Satanisten im Internet auf die Spur zu kommen?«

Erstaunt sah Bengt Måårdh Irene an.

»Das wäre mir neu! Gewiss, Sten hatte viele Ideen, wie er die Schuldigen drankriegen könnte, aber davon, dass er es übers Internet versuchen wollte, war nie die Rede.«

Aber bei anderen, dachte Irene. Falls Rebecka irgendwie in die Nachforschungen ihres Vaters via Internet verwickelt war, dann besaß sie vielleicht irgendwelche Informationen. Befand sie sich doch in Gefahr? Das war im Augenblick nicht auszuschließen. Die englische Polizei hatte versprochen, sie unter Bewachung zu stellen. Das war beruhigend.

Irene beschloss, das Thema zu wechseln.

»Wer wird jetzt nach Sten Schyttelius Hauptpfarrer?«, wollte sie wissen.

»Die Stelle ist bereits seit einigen Wochen ausgeschrieben. Urban Berg und ich haben uns beworben. Natürlich gibt es weitere Bewerber, aber einer von uns wird es wohl werden. Wir sind beide im richtigen Alter und haben die nötigen Voraussetzungen dafür. Gegen Urban könnten allerdings gewisse Probleme sprechen.«

Aus reiner Neugier stellte Irene die logische Frage:

»Was für Probleme?«

»Leider kann er nicht mit Alkohol umgehen. Zweimal hat er

schon wegen Trunkenheit am Steuer den Führerschein verloren. Das ist natürlich alles sehr tragisch. Vor ein paar Jahren wurde er Witwer, und seither trinkt er.«

Bengt Måårdh sah sehr ernst und mitfühlend aus, als er von dem Problem seines Kollegen erzählte, aber Irene meinte aus seiner Stimme eine gewisse Zufriedenheit herauszuhören. Wenn Urban diesen Makel in seinem Lebenslauf aufzuweisen hatte, dann wuchsen Bengts Chancen, die Stelle zu bekommen, natürlich gewaltig. Dann würde Louise Hauptpfarrfrau werden. Irgendwie hatte Irene das Gefühl, dass das besser war als einfach nur Pfarrfrau.

»Hat sich Jonas Burman nicht um die Stelle beworben?«, wollte Irene wissen.

Jetzt lächelte Bengt Måårdh.

»Jonas ist noch viel zu jung, um sich um die Stelle eines Hauptpfarrers zu bewerben. Und ...«

Er unterbrach sich einen Augenblick, beschloss dann aber, das, was er hatte sagen wollen, auch auszusprechen.

»Es gab da Gerüchte ... Jonas ist einunddreißig, aber es scheint nie eine Frau in seinem Leben gegeben zu haben. Einige meinen, er sei homosexuell, aber das glaube ich nicht. Ehrlich gesagt glaube ich, dass er einfach nur prüde und moralisch ist. Er gehört nämlich zum Konvent.«

Einen Augenblick lang glaubte Irene, der Konvent hätte etwas mit Satanismus zu tun, sah dann aber ein, dass das wenig wahrscheinlich war.

»Was ist ein Konvent?«, fragte sie und kam sich dabei dumm vor.

Bengt Måårdh schien über ihre mangelnden Kenntnisse nicht weiter erstaunt zu sein. Mit einem vielsagenden Lächeln antwortete er:

»Eine Gruppe Pfarrer, die sich für rechtgläubiger halten. Am bekanntesten sind sie vermutlich wegen ihrer kategorischen Ablehnung von Pfarrerinnen.«

»Sind Sie auch gegen Pfarrerinnen?«

»Nein.«

»War Sten Schyttelius das?«

»Tja ... nicht direkt. Aber er zog Kollegen vor. Zu Frauen in der Kirche hatte er eine altmodische Einstellung.«

»Dem Konvent gehörte er also nicht an?«

»Nein.«

»Wie hätte Sten Schyttelius sich verhalten, falls sich herausgestellt hätte, dass Jonas Burman wirklich homosexuell ist?«

Wiederum dachte Bengt Måårdh lange nach, ehe er antwortete:

»Akzeptiert hätte er das nicht. Er war sehr bestimmt, was Homosexualität anging. Er fand das vollkommen inakzeptabel. Letztes Jahr hatten wir eine Diskussion. Zwei Frauen wollten sich in Kullahult in der Kirche segnen lassen, nachdem sie die Lebenspartnerschaft eingegangen waren, aber für Sten kam das nicht in Frage. Für ihn war Homosexualität ganz klar ein Verbrechen gegen Gott. Der Herr habe Mann und Frau erschaffen, damit sie Freude aneinander hätten und sich um ihre Kinder kümmern könnten.«

Aus seinem Ton hörte Irene heraus, dass er diese Ansicht seines verblichenen Hauptpfarrers teilte. Sie beschloss, das Thema vorerst auf sich beruhen zu lassen.

»Ich habe gehört, Sten und Jacob Schyttelius hätten gejagt. Interessieren Sie sich ebenfalls für die Jagd?«

»Nein.«

»Geht von den anderen Pfarrern einer auf die Jagd?«

»Soweit ich weiß, nicht. Ich bin mir fast sicher, dass nicht.«

Irene hatte das Gefühl, am Ende angekommen zu sein, und dankte Bengt Måårdh für seine Hilfsbereitschaft. Dieser erhob sich und gab ihr einen festen Händedruck. Er wünschte ihr viel Glück bei ihren Nachforschungen und meinte dann, er hoffe von Herzen, der widerwärtige Mörder würde gefasst werden.

Die drei Polizisten entdeckten gegenüber vom Konsum eine Pizzeria mit vier Tischen. Da sich die meisten Kunden ihre Pizzen mitnahmen, hatten sie freie Wahl. Sie setzten sich so weit wie möglich vom Tresen entfernt. Nicht, weil sie Angst gehabt hätten, der Pizzabäcker könnte ihrer Unterhaltung folgen, sondern um überhaupt eine führen zu können. Hinter dem Tresen stand ein riesiger mehlbedeckter Kassettenrekorder, Modell Gettoblaster. Türkische Schlager dröhnten in voller Lautstärke ins Lokal.

Irene beugte sich über den kleinen Tisch, nachdem sie sich davon überzeugt hatte, dass sie mit ihren Ellbogen nicht in die eigenen oder in fremde Pizzareste geraten würde. Tommy und Fredrik taten es ihr nach. Der Lärm war ohrenbetäubend.

»Das Bild, das ich mir von den Opfern gebildet habe, ist recht eindeutig. Sten Schyttelius war fröhlich, extrovertiert und gesellig. Wie sein Sohn ging er gern auf die Jagd. In den Phasen, in denen Elsa Schyttelius an Depressionen litt, kümmerte er sich um die Familie. Als Chef war er autoritär und altmodisch, und sein Frauenbild war alles andere als aufgeklärt. Da er noch vor dem Sommer pensioniert werden sollte, spielte das aber auch keine große Rolle. Bengt Måårdh und Urban Berg haben sich wohl um die Stelle beworben. Bengt hat ziemlich aus dem Nähkästchen geplaudert. Urban trinkt. Offensichtlich ist er zweimal wegen Trunkenheit am Steuer verurteilt worden.«

Tommy grinste.

»Was für Klatschweiber! Mir hat Urban Berg erzählt, dass Bengt Måårdh ein notorischer Schürzenjäger ist. Laut Urban ist keine Frau vor ihm sicher.«

»Und laut Måårdh kursieren Gerüchte, dass Jonas Burman schwul ist. Das hätte Sten Schyttelius nie geduldet. Außerdem gehört Jonas zum Konvent«, ergänzte Irene.

»Du meinst wohl, zu den Sündern.« Fredrik lachte.

»Man hört, dass du auch nicht weißt, was das ist. Laut Bengt Måårdh handelt es sich um einen Zusammenschluss von Pfarrern, die sich für frömmer halten als der Rest der Welt. Rechtgläubig, glaube ich, hat er gesagt. Vor allem sind sie gegen die Ordination von Frauen.«

»Pfui, was für üble Zeitgenossen!«, sagte Tommy und verdrehte die Augen.

»Seit wann bist du Feminist? Um mit Elsa weiterzumachen: Meist scheint sie nur ein grauer Schatten gewesen zu sein. Das lag natürlich an ihren Depressionen. Bin gespannt, was Hannu uns über das Ehepaar Schyttelius sonst noch erzählen kann, auch ob es nahe Verwandtschaft gibt, mit der wir sprechen können.«

»Apropos Verwandte. Dieser Jacob scheint ein netter Kerl gewesen zu sein, aber niemand scheint ihn näher gekannt zu haben. Offensichtlich pflegte er nach seiner Scheidung hauptsächlich mit seinen Eltern Umgang. Wäre es nicht normaler, auszugehen und die Korken knallen zu lassen, wenn man gerade wieder vogelfrei ist?«, wollte der Junggeselle Fredrik wissen.

»Vielleicht hat er das ja auch gemacht, allerdings während seiner Ehe«, meinte Irene gleichmütig.

»Möglich. Wir sollten uns mit seiner Exfrau unterhalten«, meinte Tommy.

»Und mit Rebecka«, ergänzte Irene rasch.

»Genau. Aber das ist vermutlich leichter gesagt als getan. Bevor wir nichts über das Motiv wissen, sollten wir sie nicht herkommen lassen. Andernfalls braucht sie Polizeischutz«, sagte Tommy ernst.

Seine beiden Kollegen nickten zustimmend. Irene fuhr fort:

»Es gibt ein Gerücht, wonach Rebecka einen Freund in London haben soll, der letzten Sommer zusammen mit ihr in Kullahult gewesen ist. Laut Louise Måårdh wiederum ist das nichts als Gerede. Weder sie noch irgendjemand sonst hat diesen Burschen je gesehen. Vorletztes Weihnachtsfest kam Rebecka jedenfalls allein.«

»Es sollte wirklich jemand mit ihr reden. Vielleicht weiß sie ja etwas, was uns einen Hinweis auf das Motiv geben könnte«, beharrte Tommy.

»Wenn man nach den Pentagrammen und dem umgedrehten Kruzifix geht, könnte die Sache doch mit den Satanisten zu tun haben. Noch vor einem Monat hat die Gemeindeschwester Sten Schyttelius sagen hören, dass er die Satanisten immer noch im Internet jagen würde, aber dass das gefährlich sein könnte«, meinte Irene.

»Gefährlich? Tja, vielleicht. Wer surft, hinterlässt immer eine Spur«, sagte Fredrik.

Es wurde still, und alle drei hingen ihren Gedanken nach. Schließlich sagte Irene:

»Merkwürdig. Nur die Gemeindeschwester hat den Hauptpfarrer in letzter Zeit über die Satanisten reden hören. Und das auch eher zufällig. Die anderen haben gesagt, dass Sten Schyttelius über die Satanisten nur in den Monaten direkt nach dem Brand gesprochen hätte.«

»Ich habe mit dieser Eva geredet, der Kantorin. Sie behauptet, dass Sten Schyttelius ein Mann mit verborgenen Abgründen gewesen sei. Was kann sie damit gemeint haben?«, wollte Tommy wissen.

Da die anderen beiden darauf auch keine Antwort wussten, zuckten sie nur mit den Achseln.

»Vielleicht sollten wir uns das Pfarrhaus noch einmal ansehen, bevor wir zurückfahren? Die Spurensicherung ist inzwischen bestimmt fertig«, sagte Irene.

Und das taten sie dann auch.

»Ich will mir zuerst die Bibliothek im Erdgeschoss ansehen«, sagte Irene. Sie gingen in das große Zimmer mit den Bücherregalen. Der Geruch von Staub und muffigen, alten Büchern war durchdringend. Fredrik musste niesen. Irene stand eine Weile da und ließ alles auf sich wirken. Schließlich war sie sich ihrer Sache sicher. Laut sagte sie:

»Hier hat in letzter Zeit niemand gearbeitet. Das hier ist ein Museum. Sten Schyttelius hat im oberen Arbeitszimmer gesessen.«

Sie gingen zurück in die Diele und die Treppe hinauf. Svante Malm kam gerade aus dem Schlafzimmer.

»Hallo. Könnt ihr noch zehn Minuten warten? Dann sind wir hier fertig«, meinte er und verschwand, ohne auf eine Antwort zu warten.

»Kein Problem«, rief ihm Tommy hinterher.

»Das Arbeitszimmer«, sagte Irene.

Das Billardzimmer war unverändert. Instinktiv zog Irene den Kopf ein, als sie an den Jagdtrophäen vorbeikam. Die lebensechten Glasaugen schauten traurig und anklagend.

Fredrik blieb vor dem gut sortierten Barwagen stehen und pfiff durch die Zähne.

»War das nicht dieser Urban, der ein Problem mit dem Alkohol hatte?«, fragte er grinsend.

»Wenn diese Flaschen Urban gehörten, dann wären sie sicher leer. Falls das, was Bengt Måårdh behauptet, überhaupt wahr ist«, gab Irene zurück.

Sie traten ins Arbeitszimmer. Der Schreibtisch war leer. Der Computer war verschwunden und hatte im Staub der Tischplatte deutliche Abdrücke hinterlassen. Die Türen der Schränke standen weit offen, auch der Waffenschrank. Er war ebenfalls leer. Irene zählte neun Halterungen für Gewehre.

»War der Schrank voll?«, fragte sie.

»Weiß nicht. Da müssen wir Svante fragen«, erwiderte Tommy.

Er machte auf dem Absatz kehrt und ging ins Schlafzimmer.

In den hohen Schränken lagen ein paar Bücher und Bibeln und stapelweise Zeitschriften, die »Unsere Kirche« und »Nachrichten aus dem Pfarrbezirk Kullahult« hießen, außerdem Papier, Stempel, Locher und anderes Büromaterial. Ganz unten in einem Schrank stand ein Karton, auf dem »Schwedens Ökumenische Kinderdörfer« stand. Irene begann, in den Broschüren zu blättern, wurde aber unterbrochen, als Tommy zurückkam.

»Im Schrank befanden sich fünf Gewehre und Unmengen von Munition. Ist jetzt alles bei der Spurensicherung. Das Interessante ist, dass der Schrank unverschlossen war und dass der Schlüssel steckte«, sagte er.

»Waren die Waffen zerlegt?«, wollte Irene wissen.

»Nein. Das ist auch nicht nötig, wenn Waffen in einem zugelassenen Waffenschrank weggeschlossen sind. Und dieser hier ist zugelassen, einmal abgesehen davon, dass er unverschlossen war.«

»Der Mörder scheint gewusst zu haben, wo sämtliche Schlüssel lagen.« Irene dachte laut nach.

»Oder Familie Schyttelius bewahrte ihre Schlüssel an Stellen auf, die leicht zu finden sind. Denk nur an den Schlüssel unter dem Blumentopf vor dem Sommerhaus«, erinnerte sie Tommy.

Irene nickte und wühlte weiter in dem Karton. Das Meiste waren dünne Broschüren über verschiedene Kinderdörfer, in denen die Waisenkinder wohnen und die Schule besuchen konnten. Wahrscheinlich genossen sie auch grundsoliden, altmodischen Religionsunterricht, dachte Irene, als sie das Foto einer Gruppe dunkelhäutiger Kinder sah, die mit gebeugten Köpfen und gefalteten Händen vor einem Altar standen. Der Pfarrer war jung und blond und hatte die Rechte zum Segen erhoben. Sein Blick war auf einen Punkt über den Köpfen der Kinder gerichtet. Die Bildunterschrift lautete: »Die Kleinen sind wissbegierig und nehmen dankbar Gottes Botschaft an.«

Die Häuser wurden als einfach, aber ordentlich bezeichnet. Die Kinder erhielten Essen, medizinische Versorgung und Schulunterricht. Sämtliche Arbeit wurde von Freiwilligen geleistet.

Irene dachte eine Weile nach. Vater und Sohn hatten sich für dieses begrüßenswerte Projekt engagiert. Warum waren diese idealistischen und augenscheinlich netten Männer so brutal ermordet worden? Ganz zu schweigen von der gehemmten Ehefrau und Mutter, die niemandem was zu Leide getan zu haben schien.

»Jetzt sind wir im Schlafzimmer fertig«, rief Svante durch die Tür des Billardzimmers.

Irene legte die Broschüren wieder zurück in den Karton und stellte diesen zurück in den Schrank. Ehe sie das Zimmer verließ, drehte sie sich in der Tür noch einmal um.

Das Arbeitszimmer war sicher benutzt worden, wirkte jedoch merkwürdig unpersönlich. Nur die ausgestopften Vögel hingen an den Wänden. Keine Bilder, Fotos oder Ähnliches, was dem Zimmer einen persönlichen Zug verliehen hätte. Sie dachte darüber nach, ohne dass sie eine gute Erklärung dafür gefunden hätte, und trottete schließlich hinter den anderen her ins Schlafzimmer.

Auch dieses war recht unpersönlich, fast schon spartanisch, jedoch geräumig und hoch. Beherrschendes Möbelstück war ein Doppelbett mit zwei Nachttischchen. Im Übrigen gab es zwei unbequeme Holzstühle und eine hübsche Kommode. Auf dem Boden lag ein verschlissener Flickenteppich in Hellblau und Beige. Sämtliche Bettwäsche und die Matratzen waren entfernt. Über dem Kopfende des Bettes waren an der hellen Tapete große Blutflecke zu sehen.

Zwischen den beiden Fenstern hing das Kruzifix immer noch verkehrt herum. Es war aus schwarzem Holz, die Christusfigur vermutlich aus Silber.

Mit seinen ausgebreiteten Armen und dem hängenden Kopf wirkte Jesus noch hilfloser als sonst.

Als hätte er ihre Gedanken gelesen, sagte Tommy:

»Ich hätte wirklich Lust, es wieder richtig herum zu hängen.«

Irene nickte, aber keiner schritt zur Tat.

»Den Satanisten ist am meisten daran gelegen, den Leuten Angst einzujagen. Deswegen benutzen sie kirchliche Symbole und machen sich über sie lustig«, meinte Irene nachdenklich.

»Ich bin mir nicht sicher, ob das die ganze Wahrheit ist. Schließlich haben sie auch eigene Symbole. Wo in der Kirche gibt es denn das Pentagramm? In unserer modernen Gesellschaft vergisst man gern, dass Symbole die Kraft haben, die wir ihnen verleihen. Der gekreuzigte Jesus ist das mächtigste Symbol des Christentums und hat deswegen ganz klar die größte Kraft. Einem Hindu, der ein umgedrehtes Kruzifix sieht, würde das wahrscheinlich gar nichts ausmachen.«

Zögernd sagte Irene:

»Ich bin nicht besonders religiös. Ich gehe fast nie in die Kirche. Und die Zwillinge wollten sich nicht konfirmieren lassen und mussten auch nicht. Aber du hast Recht ... Mich berührt es unangenehm.«

»Genau. Und deshalb beziehen die Satanisten religiöse Zeichen in ihre Riten ein. Dass sie es wagen, diese Symbole zu schänden und zu verhöhnen, ist ein Ausdruck für das sattsam bekannte Wir-scheißen-auf-das-Establishment, in diesem Fall auf die Kirche. Aber das ist noch nicht alles: Sie brechen damit auch die Kraft der Symbole, derer sie sich bedienen.«

Als Irene erneut auf das Kreuz schaute, schauderte es sie.

KAPITEL 6

Bei der Abendbesprechung sah Kommissar Andersson müde aus. Irene wurde richtiggehend unruhig, als sie die Ringe um seine Augen betrachtete und die Falten, die sich innerhalb weniger Stunden noch tiefer eingegraben zu haben schienen. Er näherte sich trotz allem der Pensionierung. Kein Wunder, dass er so ausgelaugt wirkte.

»Die Journalisten waren wie die Blutegel! Nicht mal vors Haus kann ich mich wagen. Außerdem habe ich angeordnet, keine Gespräche von der Presse durchzustellen. Von den Pentagrammen und diesem ganzen Satanistenmist wissen sie noch nichts, aber es ist nur eine Frage der Zeit, bis das durchsickert.«

Vorsichtig trank er einen Schluck von seinem heißen Kaffee. Auf dem Becher stand: »I'm the boss«. Vor einem Jahr hatte er ihn zu Weihnachten bekommen und sich wie ein Kind darüber gefreut. Gestärkt fuhr er fort:

»Ich habe noch mal mit Georg gesprochen.«

Im ersten Augenblick war Irene verwirrt. Mit welchem »Georg« wollte sie schon sagen. Dann fiel ihr wieder ein, dass der Cousin des Kommissars, der Rektor und Jacob Schyttelius' Chef, Georg Andersson hieß.

»Laut Georg war Jacob Schyttelius ein guter und geschätzter Lehrer. Er unterrichtete Informatik und Sport und ... was noch mal?«

Andersson fing an, in dem Packen Papier vor sich zu wühlen,

und zog schließlich einen zerknickten Spiralblock daraus hervor. Sein müdes Gesicht wurde munterer, als er darin zu blättern begann. Offensichtlich war es der richtige Block.

»Hier! Informatik, Sport und Mathe von der ersten bis zur siebten Klasse. Besteht nicht ein gewaltiger Unterschied zwischen Schülern in der ersten und in der siebten Klasse? Zu meiner Zeit ...« Er unterbrach sich und schaute wieder auf den Block. »Offensichtlich hat er vertretungsweise Ende des Winterhalbjahres angefangen und wurde zum Sommerhalbjahr übernommen. Er hat beste Referenzen. Georg sagt, er sei sehr zufrieden mit Jacob gewesen. Bei der Schule handele es sich um eine Privatschule mit ökumenischer Ausrichtung. Für Jacob sei sein Hintergrund also ein großes Plus gewesen. Außerdem kannte Georg seine Eltern seit vielen Jahren.«

Diszipliniert hob Fredrik die Hand, ehe er fragte:

»Was heißt, ökumenische Ausrichtung?«

»Das hab ich auch gefragt. Sie nehmen Schüler aller christlichen Kirchen auf. Beispielsweise christliche Perser und Russen, die sich zur Pfingstbewegung bekennen.«

Jetzt meldete sich Irene zu Wort:

»Wir sind letzten Dienstag ja nur zum Norssjön rausgefahren, weil dein Cousin angerufen hatte. Er machte sich Sorgen um Jacob Schyttelius. Er war weder zum Unterricht erschienen noch ans Telefon gegangen. Aber ich erinnere mich, dass du gesagt hast, der Rektor hätte gemeint, Jacob sei hin und wieder deprimiert gewesen. Wieso nahm er das an?«

»Jacob hatte sich im Herbst wegen Depressionen krankschreiben lassen. Vermutlich wegen der Scheidung«, antwortete Andersson.

Eine Scheidung konnte natürlich Depressionen auslösen, besonders vor dem familiären Hintergrund.

»Aber da war doch schon mehr als ein halbes Jahr vergangen, und er hatte wieder angefangen zu arbeiten. Warum traten die Depressionen dann erneut auf?«, beharrte Irene.

Das Gesicht des Kommissars verfärbte sich. Seine Stimme klang ärgerlich, als er entgegnete:

»Ich bin zwar kein Seelenklempner, aber können Depressionen nicht auch ohne besonderen Anlass auftreten?«

Irene nickte. Vielleicht hatte er Recht.

Finster schaute der Kommissar auf seinen Block und ergriff dann wieder das Wort.

»Unsere Frau Gerichtsmedizinerin rief vorhin an. Jacob sei in der Herzregion getroffen worden, von einem Schuss, den jemand aus ein paar Metern Entfernung abgefeuert habe. Der andere Schuss ging durchs Gehirn und wurde aus nächster Nähe abgegeben, als er bereits am Boden lag. Die Kugel steckte in einem Dielenbrett. Beide Schüsse waren tödlich. Den Pfarrer und seine Frau erwischte es jeweils mit einem Schuss zwischen die Augen. Beide waren ebenfalls sofort tot, da die Munition großkalibrig war und die Verletzungen deswegen sehr umfassend. Die Kugeln werden gerade näher untersucht, aber die Stridner glaubt, dass es sich um dasselbe Kaliber handelt. Die ballistische Untersuchung ist noch nicht abgeschlossen. Interessant ist, dass Jacob mindestens zwei Stunden vor seinen Eltern erschossen worden zu sein scheint.«

»Was tat der Mörder zwischen den Morden?«, fragte Irene.

»Er löschte die Festplatte«, antwortete Fredrik Stridh rasch.

»Peng, peng. Ein Schuss in die Herzregion und einen in die Stirn von Jacob. Peng, peng. Einen Schuss zwischen die Augen der anderen beiden Opfer. Die Husqvarna Neunzehnhundert ist eine Art Mausergewehr mit fünf Schuss, aber er gab nie mehr als zwei Schüsse ab. Unser Mörder ist ein geübter Schütze. Die beiden Schüsse im Pfarrhaus müssen schnell hintereinander gekommen sein«, dachte Tommy laut nach.

»Ein geübter Schütze braucht weniger als eine Sekunde, um ein Mausergewehr durchzuladen. Ich glaube, dass er Sten Schyttelius zuerst erschossen hat und dann Elsa«, sagte der Kommissar.

»Das klingt wahrscheinlich, aber sicher können wir uns da nicht sein«, meinte Tommy.

»Das ist das Wahrscheinlichste, da Elsa laut der Stridner mit Schlafmitteln voll gepumpt war.«

Irene war erleichtert, als sie das hörte. Auch wenn Elsa in den letzten Sekunden vor ihrem Tod aufgewacht sein sollte, war sie sicher zu benebelt gewesen, um zu begreifen, was eigentlich vorging.

»Ich habe die Lizenzen für die Gewehre überprüft. Die im Waffenschrank gehörten alle Sten Schyttelius. Die Husqvarna unterm Bett ist auf Jacob Schyttelius zugelassen«, sagte Hannu.

»Gibt es draußen im Sommerhaus einen Waffenschrank?«, fragte Irene.

Hannu schüttelte als Antwort nur den Kopf.

»Dann muss er seine Waffe im Schrank seines Vaters aufbewahrt haben. Zufällig suchte sich der Mörder dann dieses Gewehr aus«, meinte Tommy.

»Gut möglich. Aber das würde bedeuten, dass der Mörder Waffe und Munition zuerst im Pfarrhaus geholt hat, um dann zum Sommerhaus zu fahren, um Jacob zu erschießen. Dann kehrte er zwei Stunden später wieder in den Pfarrhof zurück und erschoss Sten und Elsa. Sehr ungewöhnlich. Vor allem, wie sollte er das machen, ohne dass es jemand merkte? Die beiden waren schließlich noch am Leben und verbrachten, soweit ich weiß, den ganzen Nachmittag und Abend im Pfarrhaus«, wandte Irene ein.

Alle dachten stirnrunzelnd über ihren Einwand nach.

»Könnte er das Gewehr nicht schon früher an sich genommen haben? Vielleicht schon mehrere Tage vorher?«, schlug Tommy vor.

»Aber das wäre ziemlich riskant gewesen. Sten Schyttelius hätte merken können, dass eine Waffe fehlt. Er ...«

Irene wurde davon gestört, dass es an der Tür klopfte. Åhlén streckte sein rundes Gesicht durch den Spalt.

»Interessanter Fund draußen im Sommerhaus«, teilte er mit und marschierte in den Raum.

In einer Hand hielt er eine Stofftasche aus ungebleichter Baumwolle. Aus dieser zog er eine stabile durchsichtige Plastiktüte mit einem Buch.

»Ein Buch über Satanismus. Auf Englisch. Wir haben es im Schlafzimmer hinter ein paar losen Brettern der Wandverkleidung gefunden und daneben eine Schachtel Patronen.«

Er legte das Buch vor dem Kommissar auf den Tisch und zog eine neue Plastiktüte hervor. Irene warf einen Blick auf die Schachtel. Norma 30-06, die gebräuchlichste Munition für die Elchjagd.

»Reichte der Platz hinter der Wandverkleidung für ein größeres Gewehr?«, fragte Tommy.

»Ja. Aber nicht für mehrere. So groß war die Nische nicht.«

»Aber das Buch hatte noch Platz«, meinte Irene mehr zu sich.

Sie streckte die Hand aus und nahm das in Plastik verpackte Buch. Es war recht dick. Der Titel lautete: »Church of Satan«. Der Autor hieß Anton LaVey. Åhlén deutete auf das Buch und sagte: »Ljunggren kennt diesen Burschen. Offensichtlich eine Art Oberguru der Satanisten in den USA. Möglicherweise weiß Svante mehr über ihn, aber er hat schon Feierabend. Er hat seit anderthalb Tagen keinen Schlaf mehr gekriegt.«

Vermutlich du auch nicht, dachte Irene. Aber vielleicht war es in der Arbeit ruhiger als zu Hause bei all den Kindern.

»Fingerabdrücke?«, fragte der Kommissar.

»Ja. Die von Jacob Schyttelius und noch ein paar andere. Aber die sind undeutlich und könnten aus der Buchhandlung stammen. Schyttelius hat Unmengen von Abdrücken hinterlassen und scheint das Buch ganz eindeutig gelesen zu haben. Mehrere Stellen hat er unterstrichen.«

»Können wir das Buch hier behalten?«, wollte Irene wissen.

»Nein. Wir sind noch nicht ganz damit fertig. Ich bringe es euch anschließend aber sofort vorbei.«

Mit dieser Auskunft mussten sie sich zufrieden geben. Rasch legte der Mann von der Spurensicherung die beiden Plastiktüten zurück in die Tasche. Dann winkte er einmal in die Runde und verschwand. Nach seinem Abgang blieb es lange still. Schließlich räusperte sich Andersson und sagte:

»Das verändert die Sachlage. Wahrscheinlich hatte Jacob ein Gewehr und Patronen in der Hütte versteckt. Außerdem hatte er im selben Versteck noch ein Buch von irgendeinem Oberteufel der Satanisten in den USA liegen. Wieso das?«

Hannu brach als Erster das Schweigen.

»Das Gewehr könnte darauf hindeuten, dass er sich bedroht fühlte.«

»Yes. Sonst hätte er die Waffe und die Patronen im Waffenschrank seines Vaters haben müssen. So wie er darf man diese Sachen keinesfalls aufbewahren«, konstatierte Tommy.

Irene nickte zustimmend.

»Da Jacob als Erster erschossen wurde, ist wohl davon auszugehen, dass der Mörder Gewehr und Munition hinter der Wandverkleidung gefunden und ihn damit erschossen hat. Anschließend nahm er die geladene Waffe ins Pfarrhaus mit und erschoss dort das Ehepaar Schyttelius. Wie viele Patronen waren noch im Magazin der Mordwaffe?«

Der Kommissar schaute in seine Notizen, ehe er antwortete:

»Drei.«

Irene nickte.

»Dann hat er zwischen dem Mord an Jacob und den Morden an Sten und Elsa nachgeladen.«

Sie wandte sich an Hannu.

»Wann hat Jacob sein Gewehr gekauft?«

»Vergangenes Jahr im Juni.«

»Aber die Elchjagd beginnt doch erst im Oktober?«

»Er wollte wohl vor der Herbstjagd üben. Oder Hannu hat Recht. Vielleicht fühlte er sich wirklich bedroht«, warf Tommy ein.

»Von wem? Und woher wusste der Mörder, dass Jacob das Gewehr hinter der Wandverkleidung versteckt hatte?«

»Keine Ahnung.«

»Mit dem Gewehr kommen wir nicht weiter. Aber ich frage mich, warum er das Buch versteckt hat?«, meinte Andersson.

»Wegen des Inhalts. War wohl nicht so gut, wenn es gleichzeitig hieß, dass er seinem Alten dabei helfe, die Satanisten im Internet zu jagen«, sagte Fredrik.

Irene dachte eine Weile nach und sagte dann:

»Vielleicht versuchte er damit ja nur, die Satanisten zu verstehen. Vielleicht erleichterte ihm das die Suche, und er konnte die gefundenen Informationen besser einordnen.«

»Möglich. Aber das wissen wir nicht. Wie ich die Sache sehe, müssen wir Rebecka Schyttelius baldmöglichst verhören. Wie steht es mit ihr?«

Der Kommissar wandte sich an Hannu mit seiner Frage.

»Ich habe mit Inspector Glen Thomsen von der Metropolitan Police gesprochen. Er kümmert sich um ihre Sicherheit. Ihr geht es immer noch schlecht. Vielleicht darf sie aber morgen schon das Krankenhaus verlassen. Er hat sie gestern gefragt, ob sie sich ein Motiv für die Morde vorstellen kann. Sie sagt, nein.«

»Hast du irgendwelche anderen Verwandten der Schyttelius aufgetan?«

»Eine vierzehn Jahre ältere Schwester von Sten Schyttelius wohnt in einer betreuten Wohnung für Demenzkranke in Mariestad. Nie verheiratet gewesen. Keine Kinder. Die Schwester dazwischen ist vor zwei Jahren gestorben. Sie war zehn Jahre älter als ihr Bruder. Starb an Brustkrebs. Die tote Schwester hat zwei Söhne. Einer wohnt in Stockholm, der andere hier. Der aus Stockholm reist morgen an, und dann kommen beide her. Ich habe sie um vierzehn Uhr einbestellt.«

»Und Elsa?«

»Einzelkind. Es gibt ein paar Cousinen, aber die habe ich nicht erreicht. Alle scheinen älter als sie zu sein.«

»Okay. Einer von euch fährt nach London und spricht mit Rebecka Schyttelius. Am besten Tommy oder Irene«, sagte der Kommissar.

Tommy wirkte unsicher.

»Hat das nicht bis nächste Woche Zeit?«, fragte er.

»Warum nicht. Dann hat sie auch Zeit, sich wieder zu fangen. Hoffentlich erfahren wir dann mehr. Vorher kann schon mal jemand versuchen, Jacob Schyttelius' Exfrau ausfindig zu machen und sich mit ihr unterhalten.«

Tommy beugte sich zu Hannu hinüber und flüsterte halblaut: »Hast du was über sie rausgekriegt?«

Hannu lächelte nur schwach und nickte. Gewisse Fragen waren so blödsinnig, dass sich eine Antwort darauf erübrigte.

»Ich war noch nie in London. Und du?«

»Ich schon. Vierundsiebzig auf einer Sprachreise. Das Einzige, was ich lernte, war, eine Menge Bier zu trinken. Und dann war da noch dieses rothaarige Mädchen ... Patricia hieß sie, und sie brachte mir bei ...«

Tommy beendete den Satz nicht, sondern zog nur vielsagend die Augenbrauen hoch. Er deutete einen Pfiff an.

Irenes Eltern hatten nie so viel Geld gehabt, ihr eine Sprachreise zu finanzieren. In den Sommerferien hatte sie immer arbeiten müssen. Im Sommer '74 hatte sie, wenn sie sich recht erinnerte, auf dem Drottningtorget Eis verkauft. Schwarz und illegal, da sie noch keine fünfzehn gewesen war.

Tommy blieb stehen und deutete in den seitlich abzweigenden Korridor.

»Ich schau nur noch eben schnell bei Hannu vorbei. Er hat die Infos über Jacobs Exfrau«, sagte er.

Irene ging in ihr gemeinsames Büro weiter, um ihre Jacke zu holen.

Der Tag war lang und ermüdend gewesen, aber ein wenig waren sie immerhin weitergekommen. Wenn sie jetzt nur noch das

Motiv für die Morde herausfinden könnten. Oder gab es mehrere? Kaum denkbar, da es sich mit größter Wahrscheinlichkeit um ein- und denselben Mörder handelte. Alles deutete darauf hin, dass Jacobs Gewehr bei allen drei Morden verwendet worden war, die Festplatten waren an beiden Tatorten gelöscht und Pentagramme waren mit Menschenblut auf die Computermonitore der Opfer gemalt worden. Im Schlafzimmer des Ehepaars Schyttelius war ein Kruzifix umgedreht worden. Bei Jacob hatte die Spurensicherung ein Buch über Satanisten gefunden.

Irene stutzte, einen Arm bereits in der Jacke. Das Buch handelte nicht nur von den Satanisten, es war von einem ihrer Gründer geschrieben worden. Wenn Jacob mehr über die Satanisten und darüber, wie diese denken und agieren, hätte erfahren wollen, hätte er doch wohl versucht, sich ein Buch zu beschaffen, in dem diese so objektiv wie möglich dargestellt wurden. Das Buch eines Obersatanisten konnte wohl kaum als objektiv gelten.

Tommy kam herein und wedelte mit einem Blatt Papier.

»Gute Neuigkeiten. Sie wohnt jetzt in Karlstad. Ist vor Weihnachten aus Nordschweden hergezogen und hat ihren Mädchennamen wieder angenommen.«

»Wie heißt sie jetzt?«

»Kristina Olsson. Sie ist geboren ... dann ist sie ... warte mal ... achtunddreißig Jahre alt.«

Tommy tat so, als sei er schwer von Begriff und stöhnte angesichts dieser intellektuellen Herausforderung. Beim Kopfrechnen verdrehte er die Augen. Irene und er kannten sich ziemlich gut, und er wusste genau, wie er sie zum Lachen bringen konnte.

Aber Irene fasste sich schnell wieder.

»Aber dann ist sie ja sieben Jahre älter als Jacob«, meinte sie.

»Sieben Jahre. Das ist doch nicht viel.«

»Nein. Aber sonderlich häufig ist es auch nicht.«

»Vielleicht nicht. Glaubst du, dass du dich morgen mal mit dieser Dame unterhalten kannst? Ich habe einen Tipp im Speedy-Fall bekommen, dem ich nachgehen muss.«

»Okay. Gib mir den Zettel.«

»Hallöchen, Liebling«, ließ sich Kristers Stimme aus dem Wohnzimmer vernehmen.

Die Erkennungsmelodie von Aktuellt, den Nachrichten, war ebenfalls zu hören, und dazu erzählte eine tiefe Männerstimme etwas von der neuesten Bombe, die in Spanien explodiert war.

Irene streichelte Sammie, der sie schwanzwedelnd begrüßte und versuchte, sie davon zu überzeugen, dass er den ganzen Tag vernachlässigt worden sei. Aber sein frisch gebürsteter Pelz glänzte, die Pfoten waren feucht vom letzten Spaziergang, und sein Futternapf stand an seinem üblichen Platz. Etwas Trockenfutter war noch übrig, aber sonst war alles leer geputzt. Irene gab ihm einen Kuss auf die Schnauze. Er schnaubte, sah aber ein, dass er durchschaut worden war. Trotzdem recht zufrieden mit seinem Dasein trottete er zu seinem Herrchen ins Wohnzimmer und machte es sich auf dem Teppich unter dem Glastisch bequem.

Irene wärmte sich die Gemüsesuppe auf, die auf dem Herd stand, und strich sich dazu einige Brote: Leberpastete und Unmengen von Salzgurken. Sie wusste, dass noch Bier da sein müsste, und nach einigem Suchen fand sie ganz hinten im Kühlschrank eine Dose Leichtbier. Dann stellte sie alles auf ein Tablett und trug es ins Wohnzimmer. Es hatte ihr nicht gefallen, dass sie einen zweiten Fernseher angeschafft hatten, aber wenn sie und Krister nicht nur MTV schauen wollten, blieb ihnen nichts anderes übrig. Das Einzige, worin sich die Zwillinge immer einig waren, war die Wahl des Fernsehprogramms.

Ihr Mann gab ihr einen zerstreuten Kuss und schielte gleichzeitig mit einem Auge auf den Bildschirm. Irene war zu hungrig, um sich über den Mangel an Begeisterung und Leidenschaft zu ärgern. Mit riesigem Appetit schaufelte sie die Suppe in sich hinein und verdrückte sämtliche Brote.

Sammie unternahm einen halbherzigen Versuch, unterernährt und elend zu wirken, aber Irene weigerte sich hartherzig, ihm eines ihrer Brote abzugeben. Unwirsch befahl sie ihm Platz unter dem Tisch. Murrend legte er sich wieder hin und schaute sie mit flehenden Augen durch die Tischplatte aus Glas an. Sicher zum tausendsten Mal bedauerte es Irene, dass sie sich damals beim Kauf der Couchgarnitur nicht für den rustikalen Tisch aus massiver Kiefer entschieden hatten.

»Schön, dich essen zu sehen, Liebes.«

Krister verlor das Interesse an den Nachrichten, als es zur Wirtschaft kam.

»Ich habe mittags nichts als eine Pizza gegessen und ein paar Tassen Kaffee getrunken.«

»Da können deine Kollegen ja von Glück sagen, dass wenigstens deine Koffeinzufuhr gesichert war!«

Krister sagte das in breitestem Dialekt. Da er in Säffle aufgewachsen war und seine Verwandtschaft immer noch dort lebte, klang sein Värmländisch immer noch sehr echt.

»Danke für dein Verständnis!«

Irene hatte versucht, ihren Kaffeekonsum einzuschränken, war aber kläglich gescheitert. Sie war davon nur müde und gereizt geworden. Da die Summe der Laster angeblich immer konstant bleibt und sie kaum was trank und auch nicht rauchte, hatte sie sich damit abgefunden, dass sie kaffeesüchtig war.

Krister wurde wieder ernst.

»Katarina hat nämlich kaum was von der Suppe gegessen. Bestenfalls zehn Erbsen und ebenso viele Möhrenwürfel«, sagte er.

»Wieso denn das? Sonst hat sie doch immer Appetit? Nach dem Training müsste sie doch wahnsinnigen Hunger haben.«

»Sie hat es sich in den Kopf gesetzt, an einem Miss-West-Coast-Wettbewerb teilzunehmen.«

»Miss …! Etwa einem Schönheitswettbewerb?«

»Genau. Sie hat sich offenbar bereits angemeldet, und jetzt ist sie in irgendein Vorortsfinale gekommen. Gewinnt sie, kommt sie in die Endrunde.«

Irene fehlten die Worte. Sie versuchte zu verarbeiten, was ihr Mann da gerade gesagt hatte. Sie wäre nie auf den Gedanken gekommen, sich an einem Schönheitswettbewerb zu beteiligen, und dass eine ihrer Töchter genau dieses vorhatte, erschien ihr gleichermaßen unbegreiflich. Obwohl sie zugeben musste, dass Katarina schöner war als sie in ihrer Jugend. Aber deswegen musste sie doch noch lange nicht bei einem Schönheitswettbewerb antreten! Obwohl sie die Antwort bereits ahnte, stellte sie die Frage:

»Kann sie deswegen nichts essen, weil sie Miss West Coast werden will?«

»Sie hält sich für zu dick.«

Zu dick! Katarina war genau wie ihre Mutter ein Meter achtzig groß, wog aber sicher zehn Kilo weniger. Irene galt als schlank. Katarina war schon fast mager, fand Irene.

»Wo ist sie jetzt?«

»Beim Jiu-Jitsu-Training. Sie ist sicher jeden Augenblick zurück.«

Irene saß da und versuchte, das Essen und die Neuigkeit über die Karriere ihrer Tochter als Schönheitskönigin zu verdauen. Dann fiel ihr plötzlich ihre Arbeit wieder ein.

»Ich muss wahrscheinlich morgen nach Karlstad. Aber abends bin ich wieder zurück.«

»Hm«, erwiderte ihr Mann zerstreut, ganz versunken in die regionalen Nachrichten.

KAPITEL 7

Irene nahm einen Bus des Unternehmens Säfflebussen vom Nils Ericsonplatsen. Das war bedeutend billiger als mit dem Auto und außerdem weniger ermüdend. Sie hatte sich vorgenommen, sich während der Fahrt zu entspannen und zu lesen. Mit der Göteborgs-Posten, einem eben erst gekauften Taschenbuch, einer Thermoskanne Kaffee und zwei belegten Broten bestieg sie kurz nach zehn den Bus. Die Sonne schien von einem wolkenlosen Himmel. Die Temperatur betrug nur fünf Grad, aber es war zu spüren, dass es im Verlauf des Tages milder werden würde. Vielleicht würden sie endlich den ersten Frühlingstag erleben. Die Vögel, die in den Büschen vor dem Präsidium zwitscherten, schienen jedenfalls an den Frühling zu glauben.

Weder die Zeitung noch das Buch hatte sie aufgeschlagen, da war sie schon eingenickt.

Sie erwachte, als der Bus den Bahnhof von Säffle verließ. Mit vor Müdigkeit klammen Fingern goss sie Kaffee in die Verschlusskappe der Thermosflasche und trank. Es war bereits Mittag, und die beiden schon lappigen Käsebrote schmeckten himmlisch.

Sie saß da, schlürfte den letzten Kaffee und dachte an das Telefongespräch mit Jacob Schyttelius' Exfrau, das sie am Morgen geführt hatte.

Irene hatte gegen halb acht angerufen. Nach nur zweimaligem Klingeln sagte eine Frauenstimme:

»Ja, bitte?«

Die Stimme klang schwach und unsicher.

»Hier ist Kriminalinspektorin Irene Huss. Es geht um die Morde an ihrem geschiedenen Mann und seinen Eltern. Ich würde gerne wissen, ob Sie vielleicht Zeit hätten, sich heute oder morgen mit mir zu treffen?«, begann Irene.

Es blieb lange still. Irene befürchtete schon, dass die Frau am anderen Ende auflegen würde. Da brach sie endlich ihr Schweigen.

»Ich will nicht«, flüsterte Kristina Olsson.

Eine Sekunde später begann sie zu schluchzen. Irene war ratlos, beschloss jedoch, nicht nachzugeben.

»Mir ist klar, dass das eine Menge Gefühle aufwühlt, aber ich muss Sie trotzdem bitten, mir ein Gespräch zu gewähren. Wir versuchen, ein fürchterliches Verbrechen aufzuklären, und haben bisher nicht den geringsten Anhaltspunkt. Schließlich kannten Sie Jacob und ...«

»Ich weiß nicht. Ich weiß nicht!«

Letzteres klang mehr wie ein verzweifelter Hilferuf. Irene überlegte bereits, ob Kristina Olsson ganz zurechnungsfähig war. Jacobs Exfrau benahm sich überaus seltsam, und Irene fand, dass sie wirklich allen Grund dazu hatte, die Dame so schnell wie möglich zu befragen.

»Was passt Ihnen denn besser? Heute Nachmittag oder morgen Nachmittag?«, fragte sie ruhig, aber bestimmt.

Erneut blieb es lange still, aber schließlich war ein resignierter Seufzer zu hören, und Kristina Olsson flüsterte mit ihrer schwachen Stimme:

»Heute nach zwei Uhr.«

Irene war erstaunt darüber gewesen, wie schlecht die Verbindungen zwischen Göteborg und Karlstad waren. Der erste Zug war bereits weg, und der nächste ging viel zu spät. Glücklicherweise würde sie den Bus noch erwischen. Nach Hause konnte sie ihn dann allerdings nicht mehr nehmen: Der letzte verließ Karlstad bereits um halb drei. Dafür gab es dann aber kurz vor fünf einen Zug.

Der Bus schlängelte sich zwischen den Taxis hindurch und blieb vor dem Hauptbahnhof von Karlstad stehen. Irene winkte sich ein Taxi heran, da sie sich nicht auskannte und keine Ahnung hatte, wo der Sundstavägen lag. Das Taxi hielt schließlich vor einem dreistöckigen Mietshaus aus gelbem Ziegel. Es hatte schon einige Jahre auf dem Buckel, aber die Gegend wirkte ordentlich. Irene drückte auf den Klingelknopf neben dem Namen K. Olsson. Die Wechselsprechanlage knackte. Irene lehnte sich vor und sagte:

»Hier ist Irene Huss.«

Niemand antwortete, aber der Türöffner summte. Irene öffnete die Haustür und trat ein.

Das Treppenhaus war sauber, hatte aber frische Farbe nötig. Es gab keinen Aufzug, sie musste in den dritten Stock laufen.

Als Irene auf dem obersten Treppenabsatz ankam, öffnete Kristina Olsson die halb offene Tür ganz. Wie angewurzelt blieb Irene stehen, als sie die Frau in der Türöffnung sah. Auf den Fotos hatte es zwischen Jacob und Rebecka kaum eine Ähnlichkeit gegeben. Jacob und Kristina hätten jedoch Geschwister sein können. Sie waren beide schmächtig und flachsblond. Und nicht nur das: Irene ging auf, dass nicht nur Jacob und Kristina sich ähnlich sahen. Jacob hatte seine Mutter geheiratet, nur eben jünger.

Kristina trug ihr schulterlanges Haar ordentlich zu einem Pferdeschwanz gebunden. Das Gesicht wies nicht die geringste Spur von Make-up auf. Sie hatte eine schöne Haut, auch wenn diese jetzt bleich war. Die dunklen Ringe um die Augen verstärkten diesen Eindruck noch. Vielleicht war es aber auch ihr hellrosa Pullover, der sie so vollkommen farblos erscheinen ließ. Der glatte graue Rock trug ebenfalls nicht dazu bei, sie etwas farbenfroher wirken zu lassen, aber erstaunlicherweise tat das ihr Schuhwerk. Sie trug gehäkelte Pantoffeln in Knallorange.

Kristina Olsson zog die Schultern hoch und zwang sich zu einer Grimasse, die wohl einem Lächeln ähneln sollte. Die Hand, die sie Irene hinhielt, zitterte vor Nervosität. Eiskalt war sie außerdem. Es war, als schüttele man die Hand einer Toten.

Kristina trat beiseite, um Irene in die winzige Diele zu lassen. Das Erste, was diese bemerkte, war der schwache Ajaxduft, der ihr entgegenschlug. An der Garderobe hing ein dunkelblauer Wollmantel und eine tannengrüne Daunenjacke. Darunter standen ein Paar stabile braune Halbschuhe und halbhohe schwarze Stiefel. Auf der Hutablage lag eine schwarze Baskenmütze.

Der Flickenteppich in der Diele zeichnete sich durch frische Farben aus. Irene meinte, diese Art Teppich schon einmal irgendwo gesehen zu haben. Als sie dann im Wohnzimmer einen weiteren solchen Teppich unter dem Couchtisch entdeckte, wusste sie auch, wo. Wer diese Teppiche gewebt hatte, hatte auch den in der Diele des Pfarrhauses von Kullahult gemacht.

Irene setzte sich auf das mit gelber Seide bezogene, unbequeme Sofa. Kristina nahm auf der Kante des dazu passenden Sessels Platz. Eine seltsame Einrichtung für eine so junge Frau.

»Sieht schön aus, wenn die Sonne auf den Teppich fällt«, begann Irene die Unterhaltung.

»Ja«, lautete die tonlose Antwort.

Irene beschloss, nicht gleich aufzugeben, und fuhr fort:

»Haben Sie die Teppiche selbst gewebt?«

»Nein. Meine Schwester.«

»So ein Teppich liegt in der Diele Ihrer ehemaligen Schwiegereltern. Hat Ihre Schwester den auch gewebt?«

»Ja.«

Irene unterdrückte einen Seufzer und beschloss, direkt zur Sache zu kommen.

»Unsere Ermittlungen laufen etwas ins Leere, weil wir einfach auf kein Motiv stoßen. Können Sie sich eins vorstellen?«

Als Antwort schüttelte Kristina nur den Kopf. Tränen traten ihr in die Augen. Warum war sie so nervös? Oder war sie so dermaßen aus dem Lot, dass sie nicht über ihren Exmann sprechen konnte?

In den Zeitungen hatte noch nichts über die Pentagramme gestanden, aber es war sicher nur eine Frage der Zeit, bis jemand ins Plaudern kam. Irene beschloss, es in dieser Richtung zu versuchen.

»Wussten Sie, dass Jacob seinem Vater bei dem Versuch behilflich war, über das Internet Satanisten aufzuspüren?«

Kristina zuckte zusammen und riss die Augen weit auf. Sie öffnete den Mund, um etwas zu sagen, sank dann aber in sich zusammen und nickte.

»Können Sie mir darüber mehr erzählen?«

Kristina nickte erneut, wie ein kleines, wohlerzogenes Mädchen, aber bis sie mit ihrer schwachen Stimme zu sprechen begann, dauerte es eine Weile.

»Sein Vater kam auf diese Idee. Nach dem Brand. Sie hatten die Sommerkapelle niedergebrannt. Ich meine, die Satanisten …«

Sie beendete den Satz nicht und warf Irene mit ihren großen graublauen Augen einen hilflos-verzweifelten Blick zu. Zum ersten Mal hatte sie ausreichend viele Silben gesagt, sodass Irene ihren norrländischen Dialekt heraushören konnte. Wie kann diese Frau als Lehrerin arbeiten, fuhr es Irene durch den Kopf. Als hätte sie ihre Gedanken erraten, sagte Kristina:

»Ich bin krankgeschrieben, seit … dem Mord … den Morden.«

»Waren Sie an der Jagd auf die Satanisten ebenfalls beteiligt?«

»Nein. Ich kenne mich mit Computern nicht aus.«

Ihre Stimme erstarb. Sie sah auf ihre gefalteten Hände.

»Hatten Sie nach der Scheidung noch Kontakt zu Jacob?«

»Nein.«

»Haben Sie anschließend Sten oder Elsa noch getroffen?«

»Nein.«

Seltsam, wie mitgenommen sie wirkte, obwohl sie in den letzten neun Monaten offenbar keinen Kontakt mehr zu Jacob oder seinen Eltern gehabt hatte.

»Wann haben Sie das letzte Mal mit Jacob gesprochen?«

»Im Juli. Als alles vorbei war ... nach ...«

»Und wann haben Sie zuletzt von seinen Eltern gehört?«

»Im Juni. Sein Vater rief an und war ... aufgebracht darüber ... dass wir uns ... dass wir uns ...«

Leise und verzweifelt begann sie zu schluchzen.

Anscheinend brachte sie es nicht über sich, das Wort Scheidung auch nur in den Mund zu nehmen. Die entscheidende Frage näherte sich und verlangte nach einer Antwort. Irene gab Kristina Zeit, sich zu sammeln. Dann fragte sie:

»Warum haben Sie sich eigentlich scheiden lassen?«

Kristina reckte sich, holte tief Luft und antwortete dann ausatmend:

»Er wollte keine Kinder.«

Das war nicht die Antwort, die Irene erwartet hatte. Kristina sah sie nicht an, sondern fixierte einen Punkt hinter ihr. Sie biss sich auf die Unterlippe, um deren Zittern zu verhindern.

»Aber er war doch Lehrer. Er muss Kinder doch gemocht haben?«, erwiderte Irene dumm.

»Das schon. Aber er wollte keine eigenen.«

Seltsam. Irene dachte angestrengt nach, konnte das Ganze aber nicht einordnen.

»Hatte er andere Frauen?«, fragte sie, weil ihr nichts Besseres einfiel.

»Nein.«

Kristina saß wieder mit gebeugtem Kopf da, als warte sie auf ein Urteil oder eine Strafe.

Erst jetzt bemerkte Irene das Motiv des gestickten Bilds über dem Fernseher. Es war ein Christusbild. Die Lichtgestalt hob die Hände segnend dem Betrachter entgegen. Irene drehte den Kopf zur Seite und schaute durch die halb offene Tür ins Schlafzimmer. Über dem Kopfende des Betts hing ein schlichtes, helles Holzkreuz. Im Übrigen waren die Wände leer.

»Haben Sie oder Ihre Schwester dieses schöne Bild gestickt?«, fragte Irene und nickte in Richtung des Christus.

»Ja. Meine Schwester.«

»Woher in Norrland kommen Sie?«

»Aus Vilhelmina. Obwohl wir einige Male umgezogen sind. Vater war Prediger.«

»Prediger? Bei der Pfingstgemeinde oder bei einer anderen Freikirche?«

»Er … wir waren Laestadianer.«

Irene hatte eine undeutliche Erinnerung an den Religionsunterricht, irgendwas mit einer ekstatisch-religiösen Bewegung, die im 19. Jahrhundert in Norrland gegründet worden war. Waren das nicht die, die keine Vorhänge haben durften? Bei Kristina hingen hübsche weiße Stores vor den Fenstern.

»Sie sagen, ›waren Laestadianer‹. Sind Sie das nicht mehr?«

»Nein. Meine große Schwester verließ die Gemeinde und trat der Staatskirche bei. Sie ist Pfarrerin und arbeitet hier.«

»Sind Sie deswegen nach Karlstad gezogen?«

Kristina zögerte und nickte dann energisch.

»Heißt sie auch Olsson?«

»Ja. Kerstin Olsson. Sie hat nie geheiratet.«

»Wohnen Ihre Eltern noch in Norrland?«

»Vater ist tot. Mutter wohnt ganz in der Nähe unseres Bruders bei Vitangi.«

»Haben Sie noch weitere Geschwister?«

»Nein.«

Irene holte, ohne es selbst zu merken, tief Luft, bevor sie ihre letzte Frage stellte:

»Wer von Ihnen beiden wollte sich scheiden lassen? Sie oder Jacob?«

»Das war ich.«

Kristina sah erneut auf die fest gefalteten Hände in ihrem Schoß.

»Weil er keine Kinder von Ihnen mochte?«, fragte Irene, die sich das noch einmal bestätigen lassen wollte.

Kristina nickte, ohne den Blick zu heben.

Irene hatte das Gefühl, dass es ihr unmöglich war, auf die richtigen Fragen zu kommen. Und auch wenn sie die richtigen Fragen stellte, bekam sie doch nie zufrieden stellende Antworten. Hielt Kristina etwas zurück? Irene wurde nicht schlau aus ihr.

Irene ging zurück Richtung Zentrum. Sie folgte der Beschilderung. Außerdem hatte sie eine gute Orientierung. Die strahlende Frühlingssonne war wunderbar, obwohl sie bereits wieder unterging und nicht sonderlich wärmte. Es war einige Grad kälter als in Göteborg. Hier und da lagen noch schmutzige Schneehaufen herum.

Sie überquerte einen glitzernden Fluss. An seinen Ufern spazierten schnatternde Enten und kreischende Kanadagänse. Wie er hieß, wusste sie nicht. Obwohl Kristers Verwandte in Säffle wohnten und ihre Familie jedes Jahr ein paar Wochen im Sommerhaus ihrer Schwiegereltern bei Sunne verbrachte, war sie höchstens drei Mal in Karlstad gewesen. Eigentlich schade, die Stadt war hübsch, viel Wasser und viele Läden.

Sie schlenderte herum, betrachtete die Schaufenster und merkte plötzlich, wie hungrig sie war. Der Zug ging erst in anderthalb Stunden. Genug Zeit zum Essen.

Vor vielen Jahren hatte sie mit Krister und den Kindern in einem gemütlichen Restaurant am Stora Torget gegessen. Es lag auf derselben Seite des Platzes wie das protzige Rathaus, das wusste sie noch, aber ein Stück weit in einer Seitenstraße. Ihre

Erinnerung war vage, aber es gelang ihr, den Källaren Munken, den Mönchskeller, ohne größere Schwierigkeiten zu finden.

Nachdem sie die schwere Tür geöffnet hatte und die ausgetretene Treppe hinuntergegangen war, erkannte sie das Kellerlokal mit seinen engen Durchgängen und Gewölben wieder. Natürlich war es seit ihrem letzten Besuch renoviert worden, aber gemütlich war es noch immer.

Der Oberkellner führte sie zu einem Tisch mit einer weißen Tischdecke. Er empfahl das Tagesgericht, gebratenen Saibling mit kleinen so genannten Mandelkartoffeln und Schnittlauchsauce. Irene beschloss, seinem Rat zu folgen, und bestellte dazu ein Carlsberger Hof. Nach der Begegnung mit Kristina Olsson hatte sie das starke Bedürfnis, ein Bier zu trinken, wenn nicht gar zwei. Das Brot war so frisch, dass die Butter schmolz. Ein Gefühl von Wohlbehagen überkam sie, und sie versuchte, nicht an das eben geführte Gespräch zu denken. Auf der Bahnfahrt war noch Zeit genug.

War Kristina Olsson psychisch krank? Die Antwort lautete vermutlich Nein. Sie schien allerdings einem Nervenzusammenbruch gefährlich nahe zu sein. Wenn sie nicht schon einen hinter sich hatte. Das war für sie als Laie nur schwer zu entscheiden.

Hielt sie etwas zurück?

Die Frage stellte sich erneut. Irene war immer mehr davon überzeugt, dass das der Fall war. Aber was? Und wieso? Wovor hatte sie solche Angst?

Siedend heiß fiel ihr ein, dass sie vergessen hatte, Kristina zu fragen, ob sie bedroht worden sei. Wie hatte sie eine so nahe liegende Frage nur vergessen können?

Gab es etwas in Kristinas Vergangenheit, das von Bedeutung sein konnte? Sie und ihre Geschwister waren streng religiös erzogen worden, aber sie und ihre Schwester hatten sich vom Glauben ihrer Kindheit befreit. Trotzdem waren beide immer noch sehr fromm. Kristinas ganze Wohnung war von christlichem Glauben und Askese geprägt. Obwohl sie Vorhänge besaß …

Irene nahm sich vor, in einem Lexikon unter »Laestadianismus« nachzuschlagen. Sie interessierte sich zwar nicht für religiöse Fragen, aber während der laufenden Ermittlung war es ihr jetzt schon mehrmals aufgefallen, wie beschämend ahnungslos sie war. Familie Huss war vermutlich genauso religiös wie die meisten Schweden. Zu Taufen, Hochzeiten und Beerdigungen ging man in die Kirche, aber sonst nie.

Als Gegengewicht zum Christentum mit seinen Laestadianern, Konventen und was auch immer war dann der Satanismus aufgetaucht. Wie relevant für die Ermittlung war dieses Element des Negativen eigentlich? Spuren existierten, aber bedeuteten sie etwas?

Diese Fragen wirbelten durch ihren Kopf, ohne dass sie eine vernünftige Antwort darauf gefunden hätte.

Als sie auf dem Hauptbahnhof von Göteborg aus dem Zug stieg, schrien es ihr die druckfrischen Aushänge der Göteborgs-Tidning entgegen: **»Extraausgabe! Extraausgabe! Satanistenspur im DREIFACHMORD!«**

KAPITEL 8

Irgendein Schwein hat was ausgeplaudert!«

Kommissar Andersson war fürchterlicher Laune. Düster starrte er die bei der Morgenbesprechung an diesem Freitag Versammelten an. Keiner der Anwesenden wirkte schuldbewusst, und das hatte er auch nicht erwartet. Dumm war es trotzdem, dass niemand da war, den er ausschimpfen konnte.

Svante Malm tauchte in der Tür auf und sagte gelassen:

»Das einzig Merkwürdige ist, dass es nicht schon früher passiert ist.«

Der Kommissar drehte sich auf dem Absatz um und fauchte:

»Wie meinst du das?«

»Na ja. Ist doch ’ne Sensation. Pfarrersfamilie von Satanisten ermordet. Gefundenes Fressen für die Boulevardpresse. Wer das ausgeplaudert hat, hat sich sicher eine goldene Nase verdient.«

Andersson murmelte etwas in seinen Bart hinein. Er war noch immer hochrot. Nachdem er ein paar Mal tief Luft geholt hatte, bat er Svante, die neuesten Erkenntnisse der Spurensicherung zu referieren.

Svante setzte sich und schaute in seine Papiere, die er vor sich auf dem Tisch ausgebreitet hatte.

»Die Analysen der Pentagramme sind fertig. Auf dem Monitor im Sommerhaus war wie erwartet das Blut von Jacob Schyttelius. Wir haben auch das Werkzeug gefunden, das der Mörder benutzt hat: Ein blutiger Backpinsel lag im Papierkorb unter dem Schreibtisch. Das Blut stammte von Jacob.«

Er machte eine kurze Pause und legte ein paar Papiere nach oben.

»Die Analyse des Pfarrhaus-Pentagramms ist einigermaßen überraschend. Der Stern ist aus dem Blut von Sten Schyttelius, aber der ihn umgebende Kreis aus dem von Elsa. Auch hier hat sich der Mörder eines Backpinsels bedient. Wir haben ihn hinten in einer Schreibtischschublade gefunden.«

»Irgendwelche Spuren des Mörders?« fragte Irene.

»Bisher noch keine. Natürlich gibt es haufenweise Haare und Fasern an beiden Tatorten, aber nichts davon erscheint bisher verdächtig. Wir haben auf dem Fußboden des Schlafzimmers im Pfarrhaus Erde aus dem Garten gefunden. Die muss jedoch nicht unbedingt vom Mörder stammen. Entweder das Ehepaar Schyttelius oder einer von euch hat sie reingetragen.«

»Keine Fußabdrücke oder so?«, wollte Andersson hoffnungsvoll wissen.

»Nein. Auch keine Spuren von Körperflüssigkeiten oder anderen obskuren Stoffen.«

»Was meinst du mit obskuren Stoffen?«, unterbrach ihn Fredrik Stridh.

»Stoffe, die bei den Ritualen der Satanisten Verwendung finden. Weihrauch, verschiedene Typen von Narkotika, Alkohol, Blut von Opfertieren beispielsweise. Blut war da, eine ganze Menge, aber es stammte alles von den Opfern.«

Ein Mörder, der keinerlei Spuren hinterlassen hatte. Kaum zu glauben, wenn man daran dachte, dass Blut und Gewebe der Opfer in alle Richtungen gespritzt sein mussten. Irene wandte sich an den Mann von der Spurensicherung:

»Bist du dir ganz sicher, dass bei allen drei Morden dieselbe Waffe verwendet wurde?«

»Ja. Alle drei sind mit dem Gewehr erschossen worden, das unter dem Ehebett der Schyttelius lag, und mit derselben Munition, Norma dreißig null sechs. Auf der Mordwaffe waren keinerlei Fingerabdrücke.«

Svante sammelte seine Unterlagen wieder ein und schob sie in eine verschlissene Stofftasche. Rasch erhob er sich, nickte und verschwand durch die Tür. Der Kommissar ging nach vorne und nahm seinen Platz vor dem Auditorium wieder ein.

»Ein Mann, der etwas weiter die Straße entlang wohnt, also noch vor der Abzweigung zum Sommerhaus der Schyttelius, hat von sich hören lassen. Montagabend war er kurz vor elf noch mit dem Hund draußen. Da sah er auf einem Forstweg ein Stück weiter einen dunkel lackierten Wagen, den jemand dort abgestellt hatte.«

Andersson schaltete den Overheadprojektor ein, machte sich aber nicht die Mühe, die Leinwand herabzulassen. Eine mit blauem Filzstift skizzierte Karte wurde auf die Wand geworfen.

»Hier verläuft der Kiesweg zum Sommerhaus der Schyttelius. Hier liegt das Haus. Hier ist die nächste Abzweigung vom Hauptweg, und ein Stück hinter dieser Abzweigung stand das Auto. An diesem Weg gibt es keine Häuser. Er führt auf einen Kahlschlag. Die Spurensicherung hat undeutliche Reifenabdrücke gefunden, aber dieser verdammte Regen in den letzten Tagen hat das meiste vermutlich weggespült. Das gilt auch für eventuelle Fußabdrücke. Die sind inzwischen sicher alle weg.«

»Weiß er, was für ein Auto es war?«, fragte Hannu.

»Nein. Der Mann hatte eine Taschenlampe, um nicht zu stolpern, war aber zu weit entfernt, um Details erkennen zu können. Er wollte ja nur den Hund ausführen.«

Andersson deutete auf eine gestrichelte Linie in entgegengesetzter Richtung, die vom Sommerhaus wegführte.

»Hier verläuft der Pfad, und hier stand das Auto. Der Zeuge glaubt, dass es sich um einen Kleinwagen gehandelt hat, möglicherweise um einen Mazda oder so was Ähnliches. Er war schwarz, dunkelblau oder dunkelgrau. Er glaubt, dass er in Schweden zugelassen war.«

»Er ist sich da also nicht ganz sicher?«, fragte Irene.

»Nein. Er sah den Wagen nur teilweise. Offensichtlich war er direkt neben einer Tannenpflanzung geparkt. Er meint, er sei vom Hauptweg aus nicht zu sehen gewesen.«

»Sieht so aus, als hätte jemand den Wagen verstecken wollen«, konstatierte Irene.

»Allerdings. Ich habe auf der Karte nachgesehen. Vom Auto zum Sommerdomizil der Schyttelius sind es zu Fuß fast genau einen Kilometer, wenn man die Wege benutzt. Die Frage lautet, ob man nicht auch quer durch den Wald gehen könnte oder ob da zu viel Unterholz ist. Luftlinie beträgt der Abstand nämlich nur zweihundert Meter. Das sollte jemand näher untersuchen.«

Fredrik hob die Hand. Langsam folgte Irene seinem Beispiel. Sie dachte an die Berichte, die sie schreiben musste, und die Papierstapel, die sie noch nicht durchgearbeitet hatte ...

Es klopfte. Ein Kopf tauchte im Türspalt auf. Eine Frauenstimme sagte:

»Telefon für Huss. Betrifft den Pfarrermord.«

Die Tür wurde wieder geschlossen, und Irene ging in ihr Büro. Das Gespräch wurde durchgestellt. Sie war erstaunt, die Stimme von Louise Måårdh am anderen Ende zu hören. Diese kam sofort zur Sache:

»Ich habe in der Zeitung das mit diesen Symbolen gelesen, die mit Blut gemalt waren. Wie heißen sie jetzt wieder ...? Pentagramme! Es fiel mir ein, dass ich gerade erst vor kurzem so ein Symbol gesehen habe, im Auto von Eva Möller.«

Sie verstummte, um Irenes Reaktion abzuwarten. Wahrscheinlich war sie enttäuscht. Irene hatte sich am Telefon schon so manches anhören müssen. Obwohl das Gehörte eine Überraschung darstellte, ließ sie sich nichts anmerken.

»In Eva Möllers Auto? Wo?«, fragte sie nur.

»Am Schalthebel. Auf dem Knauf ist ein Pentagramm.«

»Sind Sie sich sicher?«

»Ja. Ich bin mehrere Male bei ihr mitgefahren, wenn der Kirchenchor geprobt hat. Bei schlechtem Wetter nimmt sie mich immer mit. Nach Weihnachten fiel mir der Schalthebel auf, und als ich sie fragte, warum sie den alten gegen diesen merkwürdigen ausgetauscht hätte, lachte sie nur und sagte, sie hätte ihn zu Weihnachten bekommen.«

»Wie sieht dieser Knauf denn aus?«

»Schwarz. Das Pentagramm ist silbern.«

»Vielen Dank. Ich rede mit ihr.«

Irene legte auf und starrte ins Leere, während sich ihre Gedanken überschlugen. Warum hatte die süße, kleine Kantorin ein Pentagramm auf ihrem Schalthebel? Wusste sie vielleicht gar nicht, was für ein Symbol das war? Wenig wahrscheinlich. Zum ersten Mal gab es einen Hinweis auf eine Verbindung zu den Satanisten in der Umgebung der Familie Schyttelius, aber der kam von höchst unerwarteter Seite.

Tommy rauschte den Gang entlang und sagte im Vorbeigehen rasch:

»Im Speedy-Fall tut sich was!«

Irene wunderte sich einen Augenblick, warum er eine Videokamera mit sich herumschleppte, aber als Fredrik mit den Autoschlüsseln in der Hand auftauchte, verfolgte sie diesen Gedanken nicht weiter. Man musste sich beeilen, wenn man bei Inspektor Stridhs Tempo mithalten wollte.

Sie fuhren Richtung Borås. Atemlos, da sie recht schnell die vier Treppen hinuntergegangen waren, sagte Irene:

»Eva Möller hat erst um eins Zeit. Offensichtlich ist sie auch noch Musiklehrerin und hat bis dann Unterricht.«

»Sollen wir vorher oder nachher Mittag essen?«

»Vorher. Dadurch sparen wir Zeit.«

Irene hatte die Wegbeschreibung zum Haus von Eva Möller in der Tasche. Es hatte sie einigermaßen erstaunt, dass die Kantorin allein in einem Häuschen mitten im Wald wohnte. Sie sollten von der Ausfallstraße nach Borås zur Kirche von Landvetter abbiegen. Dort ging es dann auf Nebenstraßen weiter. »Right out in the middle of nowhere«, hatte Eva Möller gesagt.

Aber zunächst nahmen sie die Straße zum Norssjön, die sie mittlerweile gut kannten. Dieses Mal bogen sie jedoch nicht bei dem kleinen Holzschild mit dem verblassten Namen »Lyckan« ab. Sie fuhren noch ein paar hundert Meter weiter, bis sie einen Forstweg erreichten. Hier stand kein Schild, das verraten hätte, wo es hinführte. Fredrik wurde langsamer und holperte den schmalen Weg entlang. Er schien kaum mehr als ein breiter Pfad zu sein. Der Wagen rumpelte durch tiefe Löcher und Rinnen.

»Nicht ganz einfach, hier mit einem Kleinwagen durchzukommen«, meinte Fredrik, als sie mit dem Boden des Saabs aufschlugen.

Um sie herum war dichter Wald. Hohe Kiefern, die vermutlich vor mehreren Jahrzehnten gepflanzt worden waren, wuchsen diszipliniert auf Abstand, aber zwischen ihnen war Unterholz. Der Waldbesitzer hatte die Pflanzung gründlich vernachlässigt. Weiter vorne standen die Bäume weniger dicht. Sie kamen zu einem Kahlschlag.

Das schöne Wetter des Vortags dauerte an. Die Stille war überwältigend, der Wind hatte sich gelegt. Die Sonne fiel schräg zwischen den Bäumen hindurch. Es roch schwer nach nasser Erde und Pflanzen, die in der ersten Frühlingswärme zum Leben erwachten.

»Das hier muss die Tannenpflanzung sein«, sagte Fredrik.

Ein paar Meter vor einer Gruppe Tannen blieb er stehen. Sie standen so dicht, dass sie eine undurchdringliche Wand aus Nadeln bildeten.

Den Blick nach unten gerichtet, gingen Irene und Fredrik auf die Tannen zu. Alte Reifenspuren von schweren Fahrzeugen, aber auch ein paar – kaum zu erkennen – von Personenwagen.

»Jetzt wissen wir, warum er hier geparkt hat. Weiter kommt man nicht.«

Fredrik deutete auf die Fortsetzung des Wegs hinter der Tannenpflanzung. Dort war eine wassergefüllte Senke. Das Risiko wäre zu groß gewesen, im Morast stecken zu bleiben.

Irene ging den Weg ein Stück zurück. Als sie den Pfad erreichte, den der Zeuge mit dem Hund entlanggegangen war, schaute sie über ihre Schulter. Ihr Saab war kaum noch zu sehen, da der Forstweg in einer Biegung um die Tannen herumführte. Der Kleinwagen, den der Zeuge bemerkt hatte, hatte noch näher an den Tannen gestanden. Mit einem Seufzer musste Irene dem Zeugen Recht geben. Es war unmöglich, das Nummernschild zu erkennen, und ganz sicher auch schwer, die Automarke zu bestimmen, besonders wenn man bedachte, dass Kleinwagen alle gleich aussahen.

Sie ging zu Fredrik zurück. Der stand in Gedanken versunken neben der wassergefüllten Senke.

»Ich würde es mit dem Kahlschlag versuchen, wenn ich durch diesen dichten Wald kommen wollte. Wahrscheinlich ist es einfacher, am Rand des Kahlschlags entlangzugehen«, sagte er.

»Keine schlechte Idee. Wir gehen mal nachschauen.«

Sie umrundeten die riesige Pfütze und marschierten auf den Kahlschlag zu. Davor blieben sie stehen, um sich einen Überblick zu verschaffen. Der Kahlschlag war lang und recht schmal.

»Hier kann man mindestens hundert Meter weit gehen. Dann muss man seine Machete schwingen«, stellte Fredrik fest.

Obwohl sie Büschen und Bäumen nicht ständig ausweichen mussten, war es trotzdem schwer, auf der von den großen Maschinen der Holzfäller aufgewühlten Erde vorwärts zu kommen. Die Erde war feucht und gab nach, und sie sanken mit ihren Schuhen ein. Irene würde ihre Curling-Schuhe abwaschen und bürsten müssen, ehe sie sich wieder unter Menschen wagen konnte. Bei Fredrik war es noch schlimmer. Er trug Segelschuhe, allerdings die stabilere Ausführung, die zum Spazierengehen taugte, allerdings nicht zu Wanderungen im regennassen Wald. Das vernünftigste Schuhwerk wären Gummistiefel gewesen.

Sie blieben stehen, als sie das Ende des Kahlschlags erreicht hatten. Die Vegetation war hier dicht und wirkte undurchdringlich.

»Was machen wir jetzt? Ich wünschte mir wirklich, wir hätten eine Machete dabei«, stöhnte Fredrik.

»Ich schlage vor, wir machen es wie mein Hund.«

»Und was macht dein Hund?«

»Er folgt den Tierspuren.«

Sie gab Fredrik ein Zeichen, ihr zu folgen. Etwas weiter hatte sie eine schmale Öffnung zwischen den Ästen entdeckt, einen Wildwechsel. Dort lag die Losung eines Elchs.

»Wahrscheinlich führt der zum See, denn die Tiere trinken, nachdem sie auf dem Kahlschlag geäst haben. Wir nehmen den Wildwechsel, um zu sehen, wie nahe wir an das Sommerhaus herankommen«, sagte Irene.

Sie bückten sich und schoben einige herabhängende Äste beiseite. Gleichzeitig mussten sie aufpassen, wo sie hintraten. Irene rutschte einige Male beinahe auf feuchtglatten Wurzeln aus.

»Ein Glück, dass es noch keine Zecken gibt«, meinte Fredrik schwer atmend.

Irene wollte antworten, als sie merkte, dass sie einen Faden im Mund hatte. Sie spuckte angewidert aus. Musste sich um eine Spinnwebe handeln. Angeekelt strich sie sich mit der Hand über den Mund, um sie loszuwerden. Glücklicherweise warf sie vor dem Wegwerfen einen Blick auf die vermeintliche Spinnwebe. Sie blieb wie angewurzelt stehen und hielt sie in die Sonnenstrahlen, die zwischen den Tannen hindurchfielen.

Diesen Faden hatte keine Spinne gesponnen. Wahrscheinlich stammte er von einem Schaf. Es war ein dünner, tannengrüner Wollfaden, etwa drei bis vier Zentimeter lang.

»Was ist los? Wieso bleibst du stehen?«, fragte Fredrik verärgert. Er war mit ihr zusammengestoßen und wie wild damit beschäftigt, sich alles Mögliche aus den Haaren zu klauben. Das Gel, das er am Morgen immer in die Haare tat, damit sie hochstanden, war ein idealer Klebstoff für feine Zweige und Tannennadeln.

»Ein Wollfaden. Jemand ist vor uns diesen Pfad entlanggegangen. Er kann noch nicht lange hier gehangen haben, denn er ist weder verblichen noch schmutzig.«

Sie zeigte Fredrik ihren Fund. Dieser pfiff leise.

»Wir sollten nach weiteren Fäden Ausschau halten.«

Etwa zwanzig Meter weiter entdeckte Irene noch einen. Dieser war hellrot. Er hing am äußersten Ast eines dichten Weidenbuschs. Irene blieb stehen und deutete darauf:

»Der hängt in Achselhöhe. Der Faden ist in etwa gleich lang wie der grüne. Wo könnten diese Garnstücke wohl herstammen?«

»Sie liefern uns eine Menge wertvoller Informationen. Wir suchen nach einem kleinwüchsigen Mörder, höchstens eins sechzig, mit Pudelmütze. Der Bommel ist aus rotem und grünem Garn.«

Irene lachte und zog eine der schwarzen Tüten, mit denen sie sonst den Hundedreck aufklaubte, aus der Tasche. Vorsichtig legte sie beide Wollfäden hinein. Vielleicht konnte die Spurensicherung etwas damit anfangen.

Der Wildwechsel führte ganz richtig hinunter zum See. Sie überschlugen, dass sie höchstens noch fünfzig Meter das Seeufer entlangzugehen brauchten. Anschließend mussten sie dem See den Rücken kehren und geradewegs durch die Büsche gehen. Dann müssten sie eigentlich direkt vor dem Sommerhaus der Schyttelius landen.

Zu ihrer Erleichterung war am Seeufer die Vegetation nicht mehr ganz so dicht. Ein schmaler Sandstrand war dort auch. Vom Strand aus führte ein schmaler Kiesweg direkt in den

Wald. Sie folgten dem Pfad, der kaum breiter war als der Wildwechsel. Etwa zehn Meter von Schyttelius' Gartentor entfernt mündete er auf den Fahrweg.

»Das ist wohl der gemeinsame Weg für alle Sommerhausbesitzer«, vermutete Irene.

»Wahrscheinlich. Nichts hindert einen jedoch daran, schon früher von diesem Weg abzuzweigen und an der Rückseite des Hauses über den Zaun zu klettern. Dann sieht einen niemand. Sollen wir das mal nachprüfen?«

Fredrik hatte sich bereits umgedreht und ging denselben Weg zurück, den er gekommen war. Nach dreißig Metern blieb er stehen und deutete mit dem Finger.

Irene sah den kaum noch sichtbaren Weg durch die Himbeerbüsche ebenfalls. Er führte an dem baufälligen Holzzaun auf der Seeseite vom Schyttelius-Grundstück entlang. In der Mitte war der Zaun bereits zusammengesackt, vermutlich weil er recht alt und nicht in Stand gehalten worden war.

»Hier heißt es einfach: Hereinspaziert«, stellte Fredrik fest.

Sie kletterten über die verrotteten Bretter und passten auf, wo sie auftraten.

»Falls der Mörder am Montag hier entlanggegangen ist, war die Erde noch gefroren. Inzwischen hat es geregnet, und oben hat es getaut. Für den Mörder war es nicht so mühsam vorwärts zu kommen wie für uns«, sagte Irene.

»Wenn man daran denkt, wo das Auto geparkt war und dass er diese Wege alle gefunden hat, um ungesehen hierherzukommen, muss er sich auskennen.«

Fredrik hatte Recht. Der Mord war geplant gewesen, und der Mörder hatte gewusst, wie er ungesehen zum Sommerhaus kommen und dieses wieder verlassen konnte.

Sie gingen auf die Rückseite des Hauses zu. Hier hatten die Schyttelius in ganzer Länge eine große Glasveranda angebaut. Hier hatte der Kommissar also vor siebzehn Jahren beim Krebsfest gesessen. Irene wandte der Veranda den Rücken zu und schaute zum See hinunter. Zwischen den Büschen funkelte das Wasser.

»Schade, dass ihnen nicht das Land bis runter zum See gehörte. Dann hätten sie die Bäume fällen können, um eine bessere Aussicht zu haben«, meinte sie.

»Das muss wirklich ärgerlich gewesen sein.«

»Sicher.«

»Sollen wir auf dem Weg zurückgehen? Der ist länger …«

»… aber besser«, entschied Irene.

Sie hielten an einer Imbissbude und stärkten sich, ehe sie sich auf die Suche nach dem Haus von Eva Möller machten. Es war kein Problem, die Kirche von Landvetter zu finden, aber anschließend bedeutend schwieriger, sich auf den kleinen, kurvenreichen Sträßchen zurechtzufinden. Die Schotterstraße, die sie das letzte Stück entlanggefahren waren, führte stetig bergauf. Laut Eva Möller mussten sie ganz bis nach oben auf die Anhöhe. Dann waren sie fast da. Hier standen die Nadelbäume nicht mehr so dicht, sondern es gab auch Laubbäume und Wiesen.

»Nach der gespaltenen Eiche rechts«, las Irene von ihrem Zettel ab.

»Ja, seh ich«, sagte Fredrik und nickte in Richtung eines großen, ziemlich mitgenommenen Baums.

Der größte Teil der Krone war weg, und die Äste, die noch übrig waren, ragten alle in dieselbe Richtung. Der Baum war regelrecht halbiert worden.

Hinter der Eiche bogen sie auf einen von Schlaglöchern übersäten Kiesweg ein. Langsam rumpelten sie vorwärts. Anders wäre es auch kaum gegangen.

»Wie kann man nur so wohnen?«, meinte Irene und klammerte sich am Armaturenbrett fest.

Nachdem sie ein gutes Stück durch das Unterholz weitergerumpelt waren, tauchte endlich ein rotes Häuslerhaus vor ihnen auf. Es lag inmitten einer Lichtung und badete im Sonnenlicht. Auf drei Seiten war es von Wald umgeben, aber Richtung Westen war das Land offen. Sie parkten neben einem recht neuen knallroten Honda und stiegen aus. Da das Haus auf der Anhöhe lag, war die Aussicht nach Westen fantastisch. Irene und Fredrik blieben eine Weile bewundernd stehen. Ehe sie zum Haus gingen, warf Irene einen Blick in Eva Möllers Wagen. Louise Måårdh hatte Recht. Auf dem Schalthebel saß ein schwarzer Knauf mit einem silbernen Pentagramm.

Die kleine blau gestrichene Tür wurde geöffnet, Eva Möller trat auf den überdachten Treppenabsatz. Sie trug ein langes, taubenblaues Kleid mit weiten Ärmeln. Um den Halsausschnitt und auf der Brust war es hübsch dunkelblau bestickt. Das Kleid passte zu ihren Augen. Das blonde Haar trug sie offen. Es schimmerte in der Sonne wie Silber.

»Reife Leistung, dass Sie hergefunden haben.« Sie lachte leise.

Bei ihrem herzlichen Lächeln und dem Duft von Kaffee, der durch die offene Tür drang, wurde Irene gleich viel wohler.

Sie hängten ihre Jacken auf und zogen bei der Tür ihre schmutzigen Schuhe aus. Dann gingen sie direkt in die Küche. Die Sonnenstrahlen fielen durch die dünnen hellgelben Gardinen im Westfenster und verliehen der Küche eine gemütliche Wärme. Die rustikale Einrichtung, viel Holz, wirkte relativ neu, die Küchengeräte auch. Eine Spülmaschine war nicht zu sehen, dafür hatte sie bei der Renovierung den alten Kohlenherd stehen lassen. Darüber war ein Bord mit alten Haushaltsgegenständen angebracht. Ein dreibeiniger Topf stand da neben einem hübschen Glaskelch und einem faustgroßen Stein, der in der Mitte durchtrennt worden war. Die Kristalle in seinem Innern funkelten in der Sonne. Vor den drei Gegenständen lag ein etwa halbmeterlanger Glasstab und ganz am Rande des Bords ein kleiner runder Briefbeschwerer, ebenfalls aus Glas. Über dem Bord waren ein paar stabile Eisenhaken angebracht. An einem hing ein zweischneidiges Messer mit einem hübsch verzierten Handgriff und ein altmodisches Tischmesser mit einem Griff aus Rentierknochen. Die Sonne spiegelte sich in den scharfen Klingen.

Eva Möller hatte den Tisch am Fenster mit zierlichen Kaffeetassen mit Goldrand und einem Teller Zimtschnecken eingedeckt. Die gelbweiß karierte Tischdecke war frisch gebügelt. In der Tischmitte stand eine flache blaue Keramikschale mit eben aufgeblühten Gänseblümchen.

Eva Möller forderte die Polizisten auf, sich zu setzen. Sie goss Kaffee ein. Er duftete wunderbar. Sie bot ihnen von den Zimtschnecken an.

»Langen Sie ruhig zu. In der Tiefkühltruhe ist noch mehr. Leider habe ich sonst nichts zum Kaffee, was ich Ihnen anbieten könnte«, sagte sie.

»Schmecken klasse, die Zimtschnecken«, sagte Fredrik mit vollem Mund.

Die Kantorin warf ihm ein verzücktes Lächeln zu und sah ihm dabei tief in die Augen. Irene bemerkte, dass er ein paar Sekunden im Kauen innehielt. Eva Möller lächelte immer noch, als sie sich anmutig umdrehte und zum Herd davonschwebte, um die Kaffeekanne abzustellen. Fredrik fiel es schwer, seinen Blick von der ätherischen Erscheinung loszureißen. Unter Aufbietung seiner ganzen Willenskraft schaute er in seine Kaffeetasse, kaute ein letztes Mal und schluckte laut und vernehmlich.

Irene kannte das bei ihm. Genauso hatten sich allerdings auch der Chef der Friedhofsverwaltung Stig Björk und der Pfarrer Urban Berg am Mittwoch im Gemeindehaus benommen. Vielleicht war Urban Berg eine Spur beherrschter als Fredrik und der Chef der Friedhofsverwaltung gewesen. Tommy hatte die Kantorin letzten Mittwoch verhört. Hatte Eva Möller auf ihn dieselbe Anziehungskraft ausgeübt? Irene und Tommy kannten sich so gut, dass sie ihn problemlos danach fragen konnte.

»Wirklich hübsch, die Gänseblümchen«, begann Irene den Einstieg ins Gespräch.

Eva Möller lächelte.

»Ja. Die habe ich mir von Mutter Erde geliehen. Sind sie verblüht, setze ich sie zurück. Vielleicht darf ich mir dann ein paar Schlüsselblumen ausleihen.«

»Die Sie dann ebenfalls wieder einpflanzen, wenn sie welk sind«, vermutete Irene.

»Genau.«

Eva Möller ließ den Teller mit den Zimtschnecken ein weiteres Mal kreisen, ehe sie fragte:

»Wieso wollten Sie mit mir sprechen?«

Da Fredrik kaute, erwiderte Irene:

»Wir haben noch ein paar Fragen. Das Bild der Opfer nimmt langsam Gestalt an, aber ständig tauchen neue Fragen auf. Wir hoffen, dass Sie uns dabei behilflich sein können, sie zu beantworten.«

»Tu ich gern, wenn ich kann.«

Irene beschloss, die Sache mit dem Pentagramm noch aufzuschieben und mit dem zu beginnen, was ihr Tommy erzählt hatte.

»Unser Kollege, der Sie vergangenen Mittwoch vernommen hat, erwähnte, Sie hätten Sten Schyttelius als einen Mann mit verborgenen Abgründen bezeichnet. Könnten Sie das näher erklären?«

Eva Möller sah Irene nachdenklich an, ehe sie antwortete:

»Stens Persönlichkeit hatte wie die von uns allen viele Seiten. Er war gesellig und umgänglich. Er war ungezwungen und trank auch gern mal ein Glas. Hingegen veranstaltete er nur selten irgendwelche Feste. Das lag wohl an Elsas Krankheit. Was die Arbeit betraf, war er stockkonservativ, sowohl in der Gemeindearbeit als auch in der eigentlichen Liturgie. Beim Gottesdienst sollte alles genau der Liturgie entsprechen. Angefangen mit den golddurchwirkten Messgewändern bis hin zu den polierten Leuchtern. Dann sang er die Liturgie auch gern selbst. Hätte man ihn ein Weihrauchfass schwenken lassen, hätte er auch das getan. Vermutlich waren es diese beiden gegensätzlichen Seiten, die mir am deutlichsten an ihm auffielen. Aber manchmal habe ich bei ihm auch noch etwas anderes gespürt. Etwas Dunkles ... Geheimnisvolles ... vielleicht auch eine tiefe Trauer. Ich weiß nicht recht.«

»War Ihnen Sten Schyttelius sympathisch?«

Eva Möller ließ sich Zeit mit der Antwort:

»Ich akzeptierte ihn, so wie er war. Er war alt und wollte sich bald pensionieren lassen. Wir hatten nie Streit miteinander. Sicher lag das daran, dass er mir mit der Musik und dem Kirchenchor freie Hand ließ. Er hat sich in der Tat nie eingemischt, deswegen habe ich alles andere einfach hingenommen.«

»Wie lange sind Sie schon hier in der Gemeinde?«

»Ziemlich genau vier Jahre. Ich bin wegen dieses Hauses hierher gekommen.«

»Erst haben Sie sich ein Haus besorgt und dann die Arbeit«, stellte Irene fest.

»Ja. Ich konnte es billig von einem Bekannten erstehen, der es renoviert hatte, aber dann einsah, dass er gar nicht die Zeit hatte, hier zu sein. Er hatte es sich als Sommerhaus gekauft, aber seine neue Frau konnte sich nicht vorstellen, ihre Freizeit mitten im Wald zu verbringen. Ich wusste bereits beim ersten Sehen, dass es mein Haus war.«

»Stand es da schon zum Verkauf?«

»Nein. Aber ich wusste, dass es einmal mir gehören würde.«

Von Fredrik schien keine einzige vernünftige Frage zu kommen. Er aß eine Zimtschnecke nach der anderen und starrte verzückt die liebreizende Eva an. Irene ärgerte sich über die Passivität ihres Kollegen, ein wenig Hilfe bei der Befragung wäre ihr durchaus willkommen gewesen. Sie beschloss, auf ihr eigentliches Anliegen zu sprechen zu kommen.

»Wie Sie sicher schon in der Zeitung gelesen oder in den Nachrichten gehört haben, haben wir Pentagramme an den Tatorten gefunden. Sie waren mit dem Blut der Opfer auf die Computermonitore gemalt.«

Eva Möller nickte. Das wusste sie bereits.

»Ich habe heute Morgen mit Louise Måårdh gesprochen. Sie erwähnte, dass Sie in Ihrem Auto ein Pentagramm auf dem Schalthebel haben. Können Sie uns sagen, warum?«

Irene war erstaunt, als Eva Möller lachte. Nachdem sie sich wieder beruhigt hatte, sagte sie, immer noch belustigt:

»Ich habe es von einem Freund zu Weihnachten bekommen. Er fand, ich hätte zu viel Luft und Feuer in mir. Das Pentagramm ist ein Hilfsmittel der Erde. Es steht für Stabilität. Ich bekam diesen Knauf, damit ich mich auf der Erde halte, genauer gesagt auf der Straße.«

War die Antwort wirklich so simpel?

»Warum fährt eine Kantorin mit dem Antlitz des Teufels auf dem Schalthebel herum?«, fasste Irene unfreundlich nach.

Eva Möller wurde ernst.

»Stand das Pentagramm auf den Monitoren verkehrt herum?«

»Ja.«

»Dann ist es unter satanistischen Vorzeichen verwendet worden. Das Pentagramm an sich ist ein starkes Hilfsmittel, aber nur die Satanisten verwenden es falsch herum. Mein Pentagramm ist richtig herum. Aber ...«

Eva presste die Lippen zusammen und sah Irene durchdringend an. Hastig erhob sie sich und ging auf das Bord über dem Herd zu. Sie nahm den Briefbeschwerer herab, presste ihn fest gegen die Brust und ging mit ihm zurück zum Tisch.

»Hier ist mein Pentagramm«, sagte sie.

Vorsichtig legte sie den Briefbeschwerer vor Irene auf den Tisch und bedeutete ihr, genauer hinzuschauen. In das Halbrund aus Glas war unten ein Pentagramm eingraviert.

»Das Pentagramm ist kein Symbol für das Böse, aber wie alle magischen Hilfsmittel hat es eine starke Kraft, die sich auch missbrauchen lässt. Man kann mein Pentagramm einfach umdrehen, und schon erhält man das Antlitz des Teufels.«

Sie drehte das Glas. Zwei Zacken zeigten nun nach oben und eine nach unten.

Das Teufelsantlitz blickte durch das Glas zu Irene hoch.

Der Glasteufel.

Das Wort tauchte in Irenes Kopf auf und setzte sich in ihm fest, ohne dass sie recht wusste, warum. Die Kraft des Pentagramms hing davon ab, wie man es benutzte. Und ob man daran glaubte. Eva Möller glaubte ganz eindeutig an seine Kraft. War sie verrückt, oder war das irgendein New-Age-Unsinn, dem sie verfallen war?

»Wie können Sie Ihren Glauben an Pentagramme mit Ihrer Arbeit bei der Kirche vereinbaren?«, fragte Irene weiter.

Die Kantorin sah aufrichtig erstaunt aus.

»Das hat nichts miteinander zu tun. Meine Arbeit ist die Musik, und die liebe ich. Ich liebe die Kirche als einen Ort heiliger Energie. Aber ich kenne die Macht der Werkzeuge.«

Werkzeuge? Was für Werkzeuge? Plötzlich war Irene von Eva genervt. Schwafelte herum und versuchte, sich mit ihrem New-Age-Unsinn interessant zu machen!

Das Schlimmste war, dass es funktionierte. Mit einem dümmlichen Grinsen saß Fredrik wie verzaubert da.

Unnötig barsch fragte Irene:

»Was haben Sie für eine Ansicht über Elsa und Jacob?«

Ernst und forschend sah Eva sie an, ehe sie antwortete:

»Elsa war ein zutiefst tragischer Mensch. In ihr herrschte das Dunkel. Sie trug an einer Trauer, die sie in sich eingeschlossen hatte. Zeitweilig ging es ihr besser, aber ich sah den Schatten immer direkt hinter ihr stehen. Er hatte sie in seiner Gewalt. Manchmal war sie kurz davor, sich das Leben zu nehmen, aber nicht einmal dazu besaß sie die Kraft.«

»Wie wollen Sie wissen, dass sie einen Selbstmord erwog?«

»Das spürte ich. Für manche Leute ist das der einzige Ausweg.«

Eva saß ganz entspannt da, die Hände lose im Schoß gefaltet.

Das offene Haar glänzte wie ein Heiligenschein, und das dünne, hemdartige Kleid verstärkte den Eindruck eines liebreizenden Engels noch. Irene begann bereits, sich zu überlegen, wie gestört die süße Kantorin eigentlich war.

»Und Jacob?«

»Den kannte ich überhaupt nicht. Ich habe ihn nur zweimal gesehen. Die Angestellten der Großgemeinde frühstücken nach der Christmette immer gemeinsam ...«

»Das weiß ich. Sind Sie ihm nur dort begegnet?«

»Ja. Das erste Mal hatte er seine Frau dabei. Sie waren frisch verheiratet.«

»Was hatten Sie für einen Eindruck von ihnen?«

Eva saß lange schweigend da.

»Es gab keine Energie zwischen ihnen. Keine Glut. Da war nur Kälte.«

Irene war erstaunt. War diese Ehe von Anfang an nicht im Lot gewesen? Dann fing sie sich wieder. Dies war Eva Möllers Meinung, und sie sollte sie nicht einfach übernehmen.

»Haben Sie sich nie mit Jacob unterhalten?«

»Doch. Letzte Weihnachten. Aber wir haben nur ein paar Gemeinplätze ausgetauscht.«

»Was machte er da für einen Eindruck?«

Eva spielte mit einer Haarsträhne, während sie nachdachte.

»Neutral. Niedrige Energie. Kaum Kontaktfläche.«

Ein Blick auf Fredrik genügte. Hier war voller Kontakt. Er schien von innen heraus zu leuchten. Irene begann, sich immer mehr zu ärgern. Nur um das Verhör ordentlich zu einem Ende zu bringen, fragte sie:

»Haben Sie irgendwann auch Rebecka getroffen?«

»Ja. Damals, als ich auch Jacob und seiner Frau begegnet bin. Das Weihnachten davor.«

»Was hatten Sie für einen Eindruck von Rebecka?«

Erneut war Eva lange still.

»Sie verfügt über große innere Energie. Aber diese ist nicht dunkel wie bei ihrer Mutter. Und doch versteckt sie sie. Ihr Inneres ähnelt wohl mehr dem des Vaters, aber nach außen sind keine Gemeinsamkeiten zu erkennen.«

»Da haben Sie Unrecht. Rebecka hat rein äußerlich sehr starke Ähnlichkeit mit ihrem Vater«, wandte Irene ein.

»Äußerlich, ja. Ich spreche aber nicht über ihr Aussehen, sondern über ihre Seele. An der Oberfläche ist sie äußerst beherrscht. Sie lässt niemanden an sich heran. Keinen Menschen.«

Irene fand, dass es höchste Zeit war, aufzubrechen. Fredrik saß noch immer mit einem Lächeln da, das nicht nachzulassen schien.

Die Inspektorin stand auf und dankte für den Kaffee. Widerwillig erhob Fredrik sich ebenfalls. Sie gingen zur Haustür und zogen ihre Jacken an. Ihre schmutzigen Schuhe nahmen sie mit auf die Vortreppe. Der Reißverschluss von Irenes Stiefel klemmte. Der Schweiß brach ihr aus, so sehr musste sie sich mit ihm abmühen. Während Fredrik auf das Auto zuging, berührte Eva sie leicht an der Schulter und sagte leise:

»Du hast die rechte Energie und kannst zu deinem Inneren vordringen. Der Kontakt mit deinem Innersten ist stark. Du kannst meditieren und dich versenken.«

Irene war so verblüfft, dass sie nur nickte. Wie konnte Eva wissen, dass sie beim Jiu-Jitsu meditierte?

»Zusammen können wir die verborgenen Tiefen von Sten Schyttelius erkunden. Ich schaffe es nicht allein, denn dafür ist zu viel Energie nötig. Ruf mich an, wenn du es versuchen willst.«

Ehe Irene sich noch besinnen konnte, war Eva zurück ins Haus gegangen. Sie lächelte und winkte Fredrik zu, der freudig zurückwinkte. Dann schloss sie bedächtig ihre blaue Tür.

»Das Gladiator Fitnessstudio am Mölndalsvägen hat bestätigt, dass Jacob Schyttelius dort am Montag zwischen zwanzig und zweiundzwanzig Uhr trainiert hat. Von den Kassiererinnen bei

Hemköp erinnert sich keine an ihn. Da dieser Laden um zweiundzwanzig Uhr schließt, muss er vor dem Training dort gewesen sein. Was hat das Verhör von Jacobs und Rebeckas Cousins ergeben?«, fragte Kommissar Andersson an Hannu gewandt.

»Die Cousins kannten sich kaum. Der Altersunterschied war zu groß. Der jüngste der Brüder ist neun Jahre älter als Jacob.«

»Konnte er etwas über seinen Onkel erzählen?«, fragte Irene.

»Nicht viel. Sten Schyttelius war ein Nachzügler. Er hatte, als er erwachsen war, nicht mehr viel mit seinen Schwestern zu tun. Ihr Vater war Pfarrer einer kleinen Gemeinde bei Skövde.«

»Also kam Sten selbst aus einer Pfarrersfamilie?«

»Ja. Elsa auch. Ihr Vater war Pfarrer der Nachbargemeinde. Elsa und Sten kannten sich schon als Kinder.«

Irene biss von ihrem Käsebrötchen ab und dachte einen Augenblick über Hannus neue Informationen nach. Außer ihnen befanden sich noch Sven Andersson und Fredrik Stridh im Zimmer. Die Sonne ging gerade unter. Freitagabend in Göteborg. Bald würde freudige Erwartung in enttäuschte Hoffnung und Trunkenheit übergehen, und die Sirenen der Streifenwagen würden wie an jedem normalen Freitagabend vor dem Präsidium zu hören sein.

Hannu brach das Schweigen.

»Ich habe inzwischen Rebecka Schyttelius' Telefonnummer. Ich habe allerdings noch nicht mit ihr selbst gesprochen, sondern nur mit Chief Inspector Thomsen. Er hat offenbar schon versucht, Rebecka zum Reden zu bringen. Sie sagt, dass sie nicht in der nötigen Verfassung dafür ist. Thomsen hat sich auch mit ihrem Arzt unterhalten, und der hält sie für sehr angeschlagen. Es wird dauern, bis sie wieder auf die Beine kommt.«

Er reichte Irene einen Zettel mit Rebeckas Adresse und Telefonnummer. Sie wohnte in der Ossington Street. Das sagte Irene überhaupt nichts. In London kannte sie nur Carnaby Street und Oxford Street und dann noch Piccadilly Circus, New Scotland Yard und Buckingham Palace. Das war alles.

»Wenn sie mit Computern zu tun hat, dann müsste sie auch eine Mail-Adresse haben.«

»Wahrscheinlich. Aber die habe ich nicht bekommen«, antwortete Hannu.

»Ich warte noch mit dem Anruf.«

Irene faltete den Zettel zusammen und steckte ihn in eine Tasche ihrer Jeans.

»Wie gehen wir weiter vor?«, fragte Andersson knapp.

Alle im Zimmer hatten das sattsam bekannte Gefühl, in einer Sackgasse zu stecken. Sie dachten einen Augenblick nach. Schließlich meinte Irene:

»Ich rufe Rebecka am Wochenende an. Am Montag will ich mich noch mal mit Eva Möller treffen. Allein.«

Letzteres sagte sie mit Blick auf Fredrik, der bereits wieder angefangen hatte zu strahlen.

»Wieso das?«, wollte der Kommissar wissen.

»Sie beschäftigt sich irgendwie mit Esoterik. Sie ist die Einzige im Umfeld von Familie Schyttelius, die an diesen Hokuspokus glaubt und die mindestens zwei Pentagramme besitzt. Vielleicht weiß sie ja mehr, als sie uns bisher gesagt hat.«

Bewusst erzählte Irene nicht, was ihr die Kantorin beim Gehen zugeflüstert hatte. Gewisse Absonderlichkeiten sollte man besser für sich behalten.

»Okay. Rede du mit der Kantorin. Hannu und Fredrik sollen sich darum kümmern, was die Befragungen der Nachbarn ergeben haben. Das war nicht viel. Vielleicht müsst ihr ja noch mal die Runde machen«, sagte Andersson.

Das war zwar wahnsinnig langweilig und anstrengend, aber musste trotzdem getan werden. Fredrik nickte und zuckte gleichzeitig resigniert die Achseln. Hannu ließ wie immer mit keiner Miene erkennen, was er dachte. Hannu und Fredrik waren schon lange im Geschäft. Sie wussten, dass man Mörder oft nur mit der ganz normalen Routine zu packen bekam.

KAPITEL 9

»Dieser verdammte Idiot, dieser blöde Kackhaufen will Sammie umbringen!«

Breitbeinig stand Jenny in der Diele, die Arme über der Brust verschränkt. Das Licht der Deckenlampe wurde von ihrem im Augenblick platinblonden Haar mit den hellblauen Strähnchen reflektiert. Da sie Sängerin in einer immer erfolgreicheren Band war, musste sie sich schon was Besonderes für ihr Aussehen einfallen lassen. Deswegen trug sie auch neun Goldringe im linken Ohr und einen Penis aus Glas im rechten.

Irene, die gerade dabei war, ihre Jacke aufzuhängen, erstarrte. Sie schaute auf ihren Hund, der freudig an ihr hochsprang. Von der Drohung allein hatte er noch keine ernsten Schäden davongetragen.

»Warum das?«, fragte sie erstaunt.

»Er hat Felix totgebissen.«

Irene hatte das Gefühl, eine eiskalte Hand würde ihr Herz umklammern. Der einzige Felix, den sie kannte, war die fette rote Katze der Nachbarn. Hoffentlich war nicht sie das Opfer!

»Du weißt, die rote Katze von den Kackhaufens«, fuhr Jenny fort.

Irene hielt sich an einem Kleiderbügel fest. Das Verhältnis zu den Nachbarn war alles andere als gut. Um die Wahrheit zu sagen, war es miserabel.

Seit sie und Krister vor vierzehn Jahren in die Reihenhaussiedlung gezogen waren, hatte es ständig kleinere Reibereien gegeben. Da die kinderlosen Karlhögs bereits direkt nach dem Bau der Siedlung hergekommen waren, fanden sie, dass sie alles bestimmen konnten, und lebhafte Zwillinge im Alter von vier Jahren wollten sie wirklich nicht als unmittelbare Nachbarn. Die Zwillinge brachten sämtliche Kinder aus der Nachbarschaft mit, spielten wilde Spiele, lärmten und schrien. Frau Karlhögs Migräne wurde schlimmer, und Herr Karlhög sah seine ordentlichen Blumenbeete von wuselnden Kinderfüßen zerstört. Sowohl die Kinder als auch die Eltern schimpfte er aus. Die Folge war nur, dass sämtliche Kinder jetzt die Abkürzung durch seine Rabatten nahmen und die Eheleute Karlhög den Spitznamen Kackhaufen bekamen.

Karlhögs hatten auf beiden Seiten ihres Reihenhauses einen hohen Zaun. Sie grüßten niemanden. Dafür legten sie wütende Mitteilungen in die Briefkästen ihrer Nachbarn, wenn ihnen etwas nicht passte. Meist ging es um nachlässiges Schneeschippen oder Sandstreuen auf dem gemeinsamen Straßenstummel vor dem Haus. Seit Sammie vor neun Jahren zu Familie Huss gekommen war, war der Krieg erst richtig ausgebrochen. Nun wurde plötzlich geklagt, dass überall Hundehaufen herumlägen, obwohl das gar nicht sein konnte, weil sie alles immer mit speziellen Tüten aufsammelten.

»Wer klaubt denn die Haufen der herumstreunenden Katzen auf?« Irene hatte sich einmal erdreistet, diese Frage an Herrn Karlhög zu richten, nachdem sie wieder einmal einen Beschwerdezettel erhalten hatten. Eine kräftige Röte überzog Herrn Karlhögs bebende Wangen, und sein kleiner, schmallippiger Mund öffnete und schloss sich, ohne dass er einen Ton herausgebracht hätte. Irene hatte an einen fetten Goldfisch denken müssen, den man in seinem Aquarium gestört hatte. Ein leises Klopfen am Glas des Aquariums, und schon wirbelte seine kleine, heile Welt durcheinander. Hätte sie kräftiger geklopft, wäre vollständiges Chaos ausgebrochen.

Sammie war ein Irish Softcoated Wheaten Terrier. Der Name der Rasse war umständlich, drückte aber das Wichtigste aus: Er war ein Terrier. Alle Terrier sind geborene Jagdhunde. Sie sind fröhliche und anhängliche Tiere und haben ein lebhaftes Temperament. Sammie hatte immer gerne alles gejagt, was sich bewegte. Seine absolute Lieblingsbeute waren Katzen. Er war als Katzenjäger berüchtigt. Einmal hatte Irene deswegen sogar einen Hundepsychologen konsultiert. Dieser hatte gemeint, dass ein ererbter Jagdinstinkt nicht zu beseitigen sei. Sie müssten eben darauf achten, dass der Hund immer angeleint sei. Das war leichter gesagt als getan. Laut Krister hätte Sammie der Hund des Ausbrecherkönigs Houdini sein können – wie das Herrchen, so der Hund …

Die Karlhögs hatten immer eine Katze besessen. Die erste war vor einigen Jahren an Altersschwäche gestorben. Umgehend hatten sie sich dann Felix zugelegt. Dieser wurde verwöhnt, gemästet und unendlich geliebt.

Und jetzt hatte Sammie diesen Kater getötet.

»Wie … wie ist das denn passiert?«, fragte Irene matt.

»Wir sind vor etwa einer Stunde Gassi gegangen. Sammie war vollkommen ruhig. Plötzlich prescht er wie ein Irrer nach vorne und wirft sich in die Thujahecke. Drinnen saß Felix. Es ging alles so schnell. Ich konnte gar nicht reagieren. Alles war in zwei Sekunden vorbei. So was auch! Sammie hat nur ein paar Mal geschüttelt, und dann war die Katze auch schon tot. Hat keinen Piceps mehr von sich gegeben. Er hat ihr die Kehle durchgebissen, es blutete … wie eklig!«

Als Veganerin war Jenny eine große Tierfreundin. Anklagend sah sie jetzt ihren Hund an. Sammie wirkte nicht im Geringsten schuldbewusst, spürte aber, dass die Spannung in der Luft negativ und nicht zu seinem Vorteil war. Er tat das, was er in solchen Situationen immer tut. Er verdrückte sich die Treppe hinauf ins Obergeschoss und versteckte sich unter einem der Betten. Dort lag er immer, bis sich die Wogen wieder geglättet hatten.

»Hat Kack … Karlhög gesehen, wie Sammie Felix totgebissen hat?«

»Ja. Er stand nur ein paar Meter weit entfernt und hat vor dem Gartentor gefegt. Als er begriff, was passiert war, hat er mich und Sammie mit dem Besen gejagt, aber ich bin ins Haus geflüchtet und habe abgeschlossen. Dann hat er vor der Tür gestanden und geschrien, er würde Sammie umbringen.«

Irene merkte, dass sie plötzlich wütend wurde. Ruhig fragte sie:

»Hat er mit dem Besen etwa auch nach dir geschlagen?«

Jenny sah sie erstaunt an.

»Natürlich. Ich habe schließlich die Leine gehalten.«

Irene machte sich nicht die Mühe, ihre Jacke wieder anzuziehen, ehe sie aus der Haustür trat. Sie öffnete die Gartenpforte der Karlhögs und marschierte auf die stets frisch gestrichene Haustür zu. Diese wurde aufgerissen, noch bevor sie auf die Klingel drücken konnte.

»Das wird Sie teuer zu stehen kommen …«, begann Karlhög.

Mit autoritärer Polizistinnenstimme unterbrach ihn Irene:

»Jetzt halten Sie erst mal den Mund. Ich verstehe, dass Sie traurig sind, dass Felix tot ist, aber das ist nun wirklich Ihre eigene Schuld. Schließlich haben Sie Ihre Katze frei herumlaufen lassen, und damit gehen Sie ein großes Risiko ein. Sie kann überfahren werden, oder sie wird bei einer Kabbelei mit anderen Tieren getötet. Dieses Risiko lässt sich nur vermeiden, wenn man eine Stubenkatze hat. Mein Hund war angeleint. Er hat Ihre Katze nicht gejagt. Dass Felix nicht die Kraft hatte, sich aus Sammies Reichweite zu begeben, das ist nun wirklich nicht unsere Schuld oder die unseres Hundes. Was ich hingegen sehr schwerwiegend finde, ist, dass Sie meine Tochter bedroht und mit dem Besen nach ihr geschlagen haben. Wenn das noch mal vorkommt, erstatte ich Anzeige!«

Wieder machte Karlhög einen Goldfisch nach. Er sah aus, als könne ihn jeden Augenblick der Schlag treffen, aber Irene war so wütend, dass sie dieses Risiko gerne einging. Sein Zustand ließ es in jedem Fall zu, Leute und Hunde mit dem Besen zu jagen. Nachdem sie so viele Jahre geschwiegen und ihre Wut hinuntergeschluckt hatte, war es äußerst wohltuend, endlich einmal Dampf abzulassen. Ein letztes Mal sah sie ihn durchdringend an, dann machte sie auf dem Absatz kehrt und marschierte nach Hause zurück.

Sie hatte überreagiert. Das musste sie zugeben. Für den Moment war es angenehm gewesen, den jahrelang angestauten Zorn loszuwerden, aber jetzt machte ihr das schlechte Gewissen zu schaffen. Schließlich hatten die armen Karlhögs ihre geliebte Katze verloren. Und das war eindeutig die Schuld der Familie Huss. Jedenfalls von Teilen der Familie. Irene warf einen anklagenden Blick auf Sammie, was diesen allerdings nicht im Geringsten kümmerte. Laut schnarchend lag er unter dem Glastisch und hielt sein Verdauungsschläfchen. Irene saß mit einer Tasse Kaffee auf dem Sofa. Im Fernsehen lief eines dieser ewigen Quizprogramme, bei denen man Millionen oder gar nichts gewinnen kann, aber sie musste ständig an den toten Felix denken und nahm gar nicht wahr, was auf dem Bildschirm vor sich ging.

Jenny war irgendwohin gegangen, und Katarina konnte jeden Augenblick vom Training nach Hause kommen. Krister hatte Spätschicht. Sie erwartete ihn frühestens um kurz nach eins.

Nach einer Weile wanderten ihre Gedanken wieder zu den Schyttelius-Morden. Morgen wollte sie versuchen, Rebecka zu erreichen, und entscheiden, ob sie nach London fahren sollte. Sie durfte auch nicht vergessen, diesen Thomsen von Scotland Yard anzurufen. Wie wohl das Wetter in England um diese Jahreszeit war? Was sollte sie anziehen? Ihren Pass durfte sie auch nicht vergessen. Er war ganz neu. Sie hatte ihn beantragt, weil sie mit Krister im August nach Griechenland fahren wollte. Ihre ersten Ferien im Ausland, seit die Zwillinge zur Welt gekommen waren. Auf Kreta würde es sicher warm und angenehm sein ...

Sie schreckte aus dem Schlaf hoch. Im Fernsehen verfolgte ein Streifenwagen mit Blaulicht einen weißen Lieferwagen. Der Lärm der Sirenen hatte sie geweckt. Schlaftrunken schaute sie auf die Digitaluhr des Videorekorders und stellte fest, dass es schon fast Mitternacht war.

Steif und mit knackenden Gliedern stand sie vom Sofa auf und schaltete den Fernseher aus. Sammie sprang von seinem Platz unter dem Glastisch auf und baute sich vor der Haustür auf. Er musste raus. Dringend. Seit dem Mord an der Katze war er nicht mehr auf der Straße gewesen.

Seufzend zog Irene Jacke und Stiefel an. Die laue Nachtluft machte sie etwas munterer. Es war eine klare Nacht mit leuchtenden Sternen und einem Halbmond am Himmel.

Auf dem Weg zurück kam sie am Haus der Karlhögs vorbei. Durch das Küchenfenster sah Irene Margit Karlhög, ein volles Glas Milch vor sich, am Tisch sitzen. Mit geröteten Augen starrte sie geradewegs durchs Fenster. Es war deutlich zu sehen, dass sie geweint hatte. Irene wusste, dass Margit sie nicht sehen konnte, da die Lampe über dem Küchentisch brannte und die im Fenster ebenfalls.

Irene war elend zu Mute, als sie wieder ihr Haus betrat. Sammie trottete vor ihr her ins Schlafzimmer. Es galt, sich ins Bett von Herrchen zu legen, ehe Frauchen kam, und dann so zu tun, als läge man im Tiefschlaf.

Irene schaute in Katarinas Zimmer und hörte die gleichmäßigen Atemzüge ihrer Tochter.

In Jennys Zimmer war das Bett immer noch leer.

Samstagmorgen schliefen alle Mitglieder der Familie Huss in der Regel aus. Erst kurz vor zehn kam Irene wieder zu sich. Nach einer Weile merkte sie, dass das an Sammie lag, der ihr den rechten Fuß leckte, der unter der Decke hervorgerutscht war. Füßen konnte er nicht widerstehen, je verschwitzter, desto besser.

»Pfui, Hunde sind wirklich eklig!«, fauchte sie und stupste ihm mit den Zehen gegen die Schnauze.

Krister murmelte etwas Unverständliches und drehte sich auf die Seite, um weiterzuschlafen. Es half also nichts. Sie musste sich dazu aufraffen, aufzustehen und mit dem Hund rauszugehen. In den Zimmern der Mädchen regte sich noch nichts. Das hatte Irene auch nicht erwartet.

Die Sonne schien von einem leuchtend blauen Himmel, und es war fast windstill. Irene ging Richtung Fiskebäck Marina. In den Gärten der Einfamilienhäuser blühten die Schneeglöckchen und Krokusse, und an den Hauswänden schossen bereits die Osterglocken aus dem Boden. Am Meer wehte ein schwacher Wind, der nach Salz und fauligem Tang roch. Irene füllte ihre Lungen und merkte, dass ihre Lebensfreude neue Nahrung bekam. Das war wirklicher Reichtum, die Nähe des Meeres.

Katarina deckte den Tisch und machte das Frühstück, als Irene nach Hause kam. Sie hatte Sammie das Halsband noch kaum ausgezogen, da raste er schon in die Küche, um zu verstehen zu geben, dass ihm ein oder zwei Brote mit Leberpastete jetzt ausgezeichnet munden würden. Jemand von den anderen beiden war ebenfalls auf. Irene hörte oben die Dusche.

»Hallo, Liebes. Hast du gestern gesehen, dass ich im Sofa saß und schlief, als du nach Hause gekommen bist?«, fragte Irene.

»Wie hätte ich das nicht bemerken sollen? Du hast geschnarcht«, antwortete Katarina und grinste spöttisch.

»Warum hast du mich nicht geweckt?«

»Aber hör mal! Ich habe dich angesprochen, aber du hast geschlafen wie eine Tote.«

Irene musste zugeben, dass sie sehr müde gewesen war. Der Schyttelius-Fall hatte ihr in der vergangenen Woche einiges an

Überstunden eingebracht. Da sie Katarina jetzt schon mehrere Tage fast gar nicht gesehen hatte, nutzte sie die Gelegenheit, das anzusprechen, was sie beschäftigte, seit sie es erfahren hatte.

»Papa sagt, dass du dich an einem Schönheitswettbewerb beteiligen willst«, sagte sie leichthin.

Katarinas Lächeln verschwand sofort von ihren Lippen.

»Ja. Witzig, das auch mal auszuprobieren.«

»Wieso?«

»Was, wieso?«, fauchte Katarina.

»Wieso beteiligst du dich an einem Schönheitswettbewerb?«

»Da trifft man eine Menge interessanter Leute und kommt rum. Man wird so etwas wie eine Botschafterin für seine Stadt und ein Vorbild für andere Mädchen. Hat irgendwas mit der Smoke-free-Generation zu tun. Dann gibt's außerdem noch fünfundzwanzigtausend auf die Kralle. Und die Möglichkeit, als Modell zu arbeiten. Saugut bezahlt das Ganze.«

Verblüfft schaute Irene ihre Tochter an. Noch vor einigen Jahren hatte Katarina gesagt, Schönheitswettbewerbe seien das Allerletzte. Was sie jetzt äußerte, klang wie auswendig gelernt und wenig überzeugend. Mit ruhiger Stimme stellte Irene die Frage noch einmal:

»Wieso nimmst *du* eigentlich an einem Schönheitswettbewerb teil?«

Das Gesicht ihrer Tochter war wutverzerrt, aber als sie sich wieder in die Augen sahen, stellte Irene erstaunt fest, dass Katarinas voll Tränen waren.

»Um zu zeigen, wie Unrecht er hat«, flüsterte sie.

Irene machte ein paar große Schritte auf sie zu und nahm sie in die Arme. Sie wiegte sie unbewusst wie damals vor langer Zeit, als sie noch ein kleines Kind gewesen war und sich Trost suchend in ihre Arme geflüchtet hatte.

»Er? Etwa Micke?«, fragte sie leise.

Katarina nickte und schluchzte. Lange standen sie reglos so da.

Die Dusche im Obergeschoss rauschte nicht mehr, und Kristers falscher Bass war zu vernehmen: »I can't get no da-da-da-da-da-daaa sa-tis-fac-tion, I can't get no bam-bam-bam-bam-bam sa-tis-faction, but I'll try and I'll try and I'll try-hai-ai …«

Irene hielt ihre Tochter etwas auf Abstand und fing ihren Blick auf. Trotz ihrer Tränen musste Katarina lächeln.

»Dass er immer alte Stones-Songs unter der Dusche singen muss«, sagte sie.

Mutter und Tochter mussten lachen. Katarina riss ein Stück Küchenpapier ab, um ihre Tränen zu trocknen und sich die Nase zu putzen. Sie stand mit dem Rücken zu Irene. Ohne sich umzudrehen, sagte sie tonlos:

»Als wir … als Micke Schluss gemacht hat, hat er gesagt, ich sei eine hässliche fette Kuh.«

»Fette Kuh! Du weißt, dass das nicht wahr ist! So was sagen Leute nur, wenn sie außer sich und ganz wütend sind«, sagte Irene.

Katarina drehte sich um und sah ihr ins Gesicht.

»Nein. Er war eiskalt. Keine Spur aufgeregt.«

»Das ist auch eine Art, seine Wut zu zeigen.«

»Er war verdammt nochmal nicht wütend! Nur verdammt gemein!«

Irene nickte und versuchte, einen ruhigeren Ton anzuschlagen.

»Okay. Er war gemein. Aber wieso musst du deswegen Diät halten und an …«

»Um zu zeigen, dass er Unrecht hat, das sage ich dir doch die ganze Zeit!«

»Was beweist du dadurch, dass du an diesem Wettbewerb teilnimmst?«

»Dass ich gut aussehe und eine schöne Frau bin und keine verdammte fette Kuh!«

»Damit beweist du überhaupt nichts. Kommst du nicht in die nächste Runde, dann quälen dich noch größere Selbstzweifel.

Aber es wäre noch schlimmer, wenn du gewinnen würdest, denn du willst doch sicher nicht das Leben einer Schönheitskönigin führen.«

»Doch, das will ich …«, begann Katarina, wusste dann aber nicht mehr weiter.

»Nein, das willst du nicht. Du bist hübsch, eine Schönheit, daran ist wirklich nicht zu zweifeln, aber du bist noch so viel mehr. Du bist sportlich und aktiv und gut in der Schule. Du hast eine Unmenge Freunde und Freizeitinteressen und was weiß ich nicht noch alles. Für nichts brauchst du dich zu schämen. Du brauchst dir auch nichts zu beweisen und anderen erst recht nicht.«

»Wer hat behauptet, dass du eine fette Kuh bist?«

Krister stand in dem weißen Frotteebademantel, den er von Irene zu Weihnachten bekommen hatte, in der Tür. Weder Irene noch Katarina hatten ihn die Treppe herunterkommen hören. Sein rötliches Haar stand in alle Richtungen ab. Offenbar hatte er es trockengerubbelt, aber noch nicht gekämmt.

Irene machte eine resignierte Handbewegung.

»Micke. Und deswegen will sie auch an diesem Wettbewerb teilnehmen.«

Krister trat auf seine Tochter zu. Er strich ihr leicht über die Wange und sagte:

»Dass du dich so manipulieren lässt. Wir Männer können richtige Schweine sein. Wir wissen genau, wo es am meisten wehtut. Unsere Gesellschaft ist total schönheitsfixiert, und mit nichts kann man eine Frau besser fertig machen, als wenn man zu ihr sagt, dass sie hässlich ist.«

»Und wie macht man einen Typen fertig?«, fragte Katarina mürrisch.

»Sag mit honigsüßer Stimme, dass er das süßeste winzige Schwänzchen der Welt hat. Und dass er ein miserabler Liebhaber ist, aber dass das in Zukunft sicher in Ordnung kommt, wenn er sich nur traut, sich helfen zu lassen. Dann beendest du das Ganze mit einem weiteren strahlenden Lächeln und sagst, dass es ja schließlich Viagra gibt«, mischte sich Irene ein, ehe ihr Mann antworten konnte.

Krister und Katarina begannen zu lachen, und Irenes Laune hob sich schlagartig.

Krister ging zum Herd und goss den Tee auf. Der Kaffee war bereits durchgelaufen. Er schlurfte zum Kühlschrank.

»Will noch jemand ein Ei?«, fragte er.

Ohne auf eine Antwort zu warten, legte er vier Eier in einen Topf, füllte Wasser ein und stellte das Ganze auf die noch heiße Herdplatte. Erst nachdem er das alles erledigt hatte, wandte er sich wieder an Katarina.

»Ausnahmsweise finde ich, dass du einmal auf deine Mutter hören solltest. Wie gesagt, Männer können richtige Schweine sein, aber Frauen auch. Dafür hast du ja gerade ein schönes Beispiel gehört. Es hält sich also die Waage.«

Katarina öffnete den Mund, um zu antworten, schloss ihn dann aber rasch wieder. Sie warf ihren Eltern einen langen Blick zu und sagte dann:

»Okay. Können wir frühstücken, ohne das weiter zu vertiefen?«

Ihre Eltern nickten und warfen sich einen Blick des Einvernehmens zu.

Nachdem sie am Frölunda Torg ihren wöchentlichen Großeinkauf erledigt hatten, rief Irene bei Rebecka Schyttelius an. Sie ließ es lange klingeln und wollte schon wieder auflegen, als eine dunkle Männerstimme sagte:

»Yes?«

Das brachte Irene aus dem Konzept. Einen Mann am anderen Ende zu hören, hatte sie nicht erwartet. Außerdem war sie nervös, weil sie am Telefon Englisch reden musste. Zögernd sagte sie in ihrem holprigen Schulenglisch:

»Entschuldigen Sie bitte. Ich hätte gern mit Rebecka Schyttelius gesprochen, aber das ist möglicherweise die falsche Nummer?«

Der Mann am anderen Ende lachte leise.

»Ganz und gar nicht. Das ist Rebeckas Nummer, aber sie ist nicht zu Hause. Mit wem spreche ich, bitte?«, erkundigte er sich freundlich.

Nachdem sie ihren Namen gesagt hatte, wurde es am anderen Ende der Leitung wieder still, ehe der Mann von der Insel meinte:

»Ich verstehe. Einer Ihrer Kollegen aus Göteborg hat die letzten Tage auch schon mal nach ihr gefragt ... Sie ist wieder in der Klinik. Sie hat einen furchtbaren Schock erlitten, es ist schließlich erst ein paar Tage her, dass sie erfahren hat ... na ja, dieses Ungeheuerliche, Sie wissen schon. Aber ich habe mit ihrem Arzt gesprochen, und der sagt, dass sie vielleicht am Montag nach Hause darf.«

»Darf ich fragen, wer Sie sind?«

»Christian Lefèvre. Rebecka ist meine Angestellte.«

»In der Computerfirma?«

»Ja.«

Und was haben Sie in Rebeckas Wohnung zu suchen?, lag es Irene auf der Zunge.

»Könnten Sie Rebecka ausrichten, dass ich mit ihr sprechen möchte?«, meinte sie dann aber nur.

»Natürlich.«

Irene gab ihm ihre Büronummer, ihre Privatnummer und die Nummer ihres Handys. Dann legte sie auf.

Sie hatten eine Menge köstlicher Dinge eingekauft und bereiteten sich auf einen richtig gemütlichen Abend vor. Eigentlich hätte Krister an diesem Wochenende arbeiten sollen, aber sein Kollege Lenny musste das folgende Wochenende freinehmen. Krister war es egal, und deswegen hatten sie getauscht.

Jenny war schon am frühen Nachmittag verschwunden, um

mit ihrer Band zu proben. Bevor die Haustür hinter ihr ins Schloss fiel, hatte sie noch verkündet, dass sie bei Martin übernachten würde.

Katarina zuckte mit den Achseln, als sie wenig später nach Martin gefragt wurde.

»Keine Ahnung. Sie treffen sich schon seit einer Weile. Irgendein Musiker, glaube ich.«

Das hätte sich Irene gerade noch selbst zusammenreimen können.

Irene wählte Jennys Handynummer und verlangte von ihrer Tochter Martins vollständigen Namen, seine Adresse und Telefonnummer. Das war die Bedingung zum Übernachten. Die Alternative war, von der Polizei abgeholt zu werden, im Klartext von einer Mutter, die Kriminalinspektorin war. Sie stutzte, als sie die Adresse hörte. Wohnungen an der Avenyn waren nicht billig. Offenbar ein Knabe mit reichen Eltern.

Katarina verschwand zu einer Klassenkameradin, die ein Fest veranstaltete. Abgesehen vom Klappern der Töpfe und anderer Küchengeräte, die der Küchenchef für seine Kreationen benötigte, senkte sich der Wochenendfrieden über das Reihenhaus der Familie Huss. Irene nahm Sammie auf einen Abendspaziergang mit, um nicht im Weg zu sein. Später würde sie den Tisch decken. Gelegentlich durfte sie auch schon mal den Salat machen. Sie hatte nichts auszusetzen an diesem Arrangement, da sie lausig kochte. Bevor sie Krister begegnet war, hatte sie es nicht gelernt, und nachdem sie zusammengezogen waren, war es nicht mehr nötig gewesen.

Es war fast acht. Ihr Hunger machte sich bemerkbar. Vor ihrem inneren Auge sah sie bereits die leckeren Gerichte, die Krister zubereitete. Da sie zusammen eingekauft hatten, kannte sie das Menü. Als Vorspeise gab es im Ofen gebackenen und mit Honig gesüßten Ziegenkäse auf einer Scheibe Weißbrot mit Basilikum, als Hauptgang gegrillten Dorsch mit Gemüse aus dem Wok, dazu Weißweinsauce und Kartoffelbrei. Zum Nachtisch dann Irenes Lieblingsessen: Mousse au Chocolat. Nichts für Gewichtsbewusste, aber wahnsinnig gut. Der Wein kam aus Südafrika und hieß lustigerweise Something Else. Sie probierten ihn zum ersten Mal.

Ohne es eigentlich zu wollen, schielte sie im Vorbeigehen durchs Küchenfenster der Karlhögs. Das Ehepaar Karlhög saß am Küchentisch, und die Lampe darüber brannte. Bei denen gibt es wirklich kein Dinner bei Kerzenschein, dachte Irene. Im nächsten Augenblick sah sie, wie Margit Karlhög zum Taschentuch griff und sich die Augen trocknete. Ihr Mann stierte auf den Tisch und löffelte mechanisch. Auf der Arbeitsplatte hinter ihnen stand eine geöffnete Dose Bongs-Fleischsuppe.

Die Freude auf das bevorstehende Abendessen verschwand. Die beiden Karlhögs wirkten so traurig, vollständig am Boden zerstört, dass sie Samstagabend nicht einmal die Kraft hatten, richtig zu kochen. Da Sammie vollkommen unbekümmert an seinem Ende der Leine zog, war es sein Frauchen am anderen Ende, das sich mit dem schlechten Gewissen abplagen musste.

Sie beschloss, Krister nichts davon zu sagen, um die Stimmung nicht zu verderben.

Natürlich merkte er sofort, dass etwas nicht stimmte, und noch ehe sie mit der Vorspeise fertig waren, erzählte sie ihm, was sie durch das Fenster der Karlhögs beobachtet hatte.

»Sie trauern wirklich um ihre Katze«, schloss sie.

Krister nickte.

»Scheint ganz so zu sein. Wir werden ihnen eine neue besorgen müssen.«

Hoffnung keimte in Irene auf.

»Kennst du jemanden, der eine Katze loswerden will? Oder ein Katzenjunges?«

»Nein. Aber wir können uns ja umhören. Vielleicht weiß ja jemand bei der Arbeit was?«

Irene fühlte sich schon besser. Wäre doch gelacht, wenn sie den Karlhögs nicht eine Katze besorgen könnten!

Irene gab beim Jiu-Jitsu-Training am Sonntag ihr Letztes. Sie spürte ihren Puls. Sie fühlte sich nie wohler, als wenn sie sich richtig verausgabte. In letzter Zeit ging sie nur noch höchstens einmal pro Woche zum Sport, und das war entschieden zu wenig.

Die Polizistinnen, die sie trainierte, begannen, richtig gut zu werden. Im nächsten Monat würden sie ihre Gürtel bekommen, die Anfänger in Orange, vier den grünen und drei den blauen Gürtel. Gar nicht schlecht, Irene war zufrieden. Sie mussten jedoch noch einige zusätzliche Trainingsstunden einlegen. Und ausgerechnet jetzt sollte Irene nach England fahren. Zwei Tage London mussten reichen, beschloss sie.

Auf dem Nachhauseweg vom Dojo fuhr sie bei der Doktor Bex Gata in Guldheden vorbei und nahm ihre Mutter mit. Krister hatte gefunden, dass sie seine Schwiegermutter genauso gut an diesem Sonntag einladen könnten, da er die nächsten drei Wochenenden arbeiten musste. Das hatte ihrer Mutter ausgezeichnet gepasst. Ihr Freund, mit dem sie nicht zusammenwohnte, wollte mit seiner Pokerrunde nach Dänemark.

»Ich war gestern an Papas Grab«, sagte sie plötzlich, als sie am Sahlgrenska Krankenhaus vorbeifuhren.

Dort war Irenes Vater vor fast zehn Jahren gestorben, auf der Onkologie. Der Krebs hatte einen schnellen Verlauf genommen, und nach nur zweiwöchigem Krankenhausaufenthalt war er tot gewesen.

»Ich möchte neben ihm liegen und wünsche ebenfalls ein Urnenbegräbnis«, fuhr ihre Mutter fort.

Irene schaute sie von der Seite an. Etwas besorgt fragte sie:

»Wieso fängst du jetzt damit an? Geht es dir nicht gut?«

»Ganz und gar nicht. Ich habe mich nie gesünder gefühlt. Ich will nur, dass du das weißt. Für den Notfall. In meinem Alter kann das wie ein Blitz aus heiterem Himmel kommen. Du weißt doch, Stina und Bertil Karlsson, die aus dem Nachbarhaus …«

Irene nickte. Sie hatte mit der jüngsten Tochter gespielt.

»Er ist letzten Freitag gestorben. Herzinfarkt. Knall auf Fall! Drei Jahre jünger als ich.«

Deswegen fing sie also damit an. Falls Irene geglaubt hatte, dass ihre Mutter es dabei bewenden lassen würde, hatte sie sich allerdings geirrt. Sie fuhr fort:

»Und dann will ich, dass ›Nur ein Tag‹ und ›Der Bettler von Luossa‹ gesungen werden.«

»›Der Bettler von Luossa‹ ist doch gar kein Kirchenlied!«

»Nein, aber mein Lieblingslied, und auf das bestehe ich. Und falls möglich mit Trompete. Du weißt schon, so, wie Arne Lambert es immer spielt. Dieses ›... heim zu den tiefblauen Himmeln der Ukraine, unter denen die duftenden ...‹«

Als ihre Mutter zu singen begann, erinnerte sich Irene wieder.

»Ist da nicht irgendwas mit ›... hm-hm läutet die kleine Glocke‹?«

»Keine Ahnung, aber das soll jedenfalls gespielt werden.«

Irene nickte. Das Thema der Unterhaltung gefiel ihr gar nicht. Auch wenn sie nicht die Zeit hatte, ihre Mutter hinlänglich oft zu besuchen, wussten sie doch beide, dass sie sich sehr viel bedeuteten. Ihre Mutter war eingesprungen, als die Zwillinge klein gewesen waren und Irene hatte arbeiten müssen. Kriminalinspektoren im Außendienst kriegen keinen Halbtagsjob. Wenn Krister damals nicht Teilzeit gearbeitet und ihre Mutter die Kinder nicht von der Krippe abgeholt hätte, hätte Irene nie bei der Kriminalpolizei Dienst schieben können.

Katarina und Jenny waren beide zu Hause. Sie mochten ihre Großmutter sehr. Vielleicht lag das daran, dass sie die Eltern von Krister in Säffle nur selten sahen. Diese waren schon über achtzig und hatten außerdem fünf Kinder und elf Enkel. Großmutter Gerd hatte nur Jenny und Katarina, da Irene die Einzige gewesen war.

Krister hatte ein richtiges Frühlingsmenü zubereitet. Frischer Spargel mit zerlassener Butter als Vorspeise, als Hauptgang gebratenes Hühnchen mit Rosmarinsauce und Ofenkartoffeln. Jenny aß statt des Huhns gebratene Champignons. Sie hatte auch den Nachtisch gemacht: Rührkuchen mit Schlagsahne. Das war eine ihrer Spezialitäten, obwohl sie keine Schlagsahne mehr aß. Statt Butter hatte sie für den Kuchen natürlich pflanzliche Margarine verwendet. Jenny war von den beiden diejenige, die zumindest etwas von Kristers Interesse am Kochen geerbt hatte. Katarina war wie ihre Mutter: Man aß, weil es zum Überleben notwendig war. Schmeckte es, war es gut, schmeckte es nicht, hatte man Pech gehabt. Hauptsache, man musste nicht selbst am Herd stehen.

Eine Weile nach dem Essen klingelte das Telefon. Jenny war am nächsten dran und hob ab. Sie kam mit dem schnurlosen Telefon in der Hand zurück und reichte es Irene. Leise sagte sie:

»Irgendein Typ, der Englisch redet und mit dir sprechen will.«

»Wenn er Englisch redet, brauchst du doch nicht so zu flüstern. Er versteht ohnehin kein Wort«, meinte Katarina spöttisch.

Irene nahm den Hörer und ging in die Diele, um dem Gerede der Zwillinge zu entgehen, ehe sie antwortete:

»Irene Huss.«

»Hier ist Christian Lefèvre. Wir haben schon einmal miteinander telefoniert.«

»Ich erinnere mich.«

»Rebecka bat mich, Sie anzurufen. Es geht ihr nicht gut, und sie hat das Gefühl, dass sie nicht die Kraft hat über … das, was vorgefallen ist, zu sprechen.«

»Will sie sich überhaupt nicht mit mir unterhalten?«

»Nein.«

Irene dachte fieberhaft nach. Schließlich sagte sie bestimmt:

»Sie muss aber. Wir kommen ohne sie mit unseren Ermittlungen nicht weiter.«

»Sie sagt, dass sie nichts weiß.«

»Das tut sie bestimmt. Vielleicht erscheint ihr vieles nicht wichtig, aber sie kann uns mit Sicherheit helfen«, sagte Irene und versuchte, überzeugter zu klingen, als sie in Wirklichkeit war.

Christian Lefèvre schwieg lange, ehe er sagte:

»Was haben Sie herausgefunden, das Sie annehmen lässt, dass Rebecka etwas Wichtiges wissen könnte?«

Diese Frage überraschte Irene, aber sie fing sich rasch.

»Das kann ich Ihnen nicht sagen«, erwiderte sie kurz angebunden.

Wieder wurde es am anderen Ende still. Schließlich räusperte sich Lefèvre und sagte:

»Ihr Arzt sagt, dass sie Ruhe braucht. Man darf sie nicht noch mehr beunruhigen. Ich kannte zwar ihre Familie nicht, aber ich kenne Rebecka, und sie bedeutet mir sehr viel.«

»Waren Sie deswegen in ihrer Wohnung?«

»Ihrer Wohnung? Das ist genauso meine Wohnung.«

»Leben Sie zusammen?«

»Nein, aber fast«, antwortete er kurz.

Eine merkwürdige Antwort. Entweder wohnt man zusammen oder nicht, fand Irene, beschloss aber, die Sache bis auf weiteres auf sich beruhen zu lassen. Ebenso kurz angebunden sagte sie:

»Sie können Rebecka ausrichten, dass ich in ein paar Tagen vorbeikomme. Wann genau, werde ich noch sagen.«

Ihr »Good-bye« wurde von Schweigen beantwortet, und dann knallte der Hörer auf die Gabel.

KAPITEL 10

Wir beginnen mit Jacob Schyttelius. Einunddreißig. Aufgefunden in einem Sommerhaus mit einer Schusswunde im Brustkorb und einer im Kopf. Bei der Leiche wurde keine Waffe gefunden, aber die ballistische Untersuchung hat ergeben, dass er mit derselben Waffe erschossen wurde wie seine Eltern. Die Einschussstelle der ersten Kugel befindet sich ein paar Zentimeter schräg über dem Herzen in Richtung Brustbein. Die Kugel hat die Hauptschlagader durchtrennt und ist in der Wirbelsäule stecken geblieben. Um die Einschussstelle herum sind keine Schmauchspuren zu finden. Der zweite Schuss hat den Kopf durchschlagen. Vermutlich lag die Einschussstelle einen Fingerbreit über der Nasenwurzel. Die noch vorhandenen Gesichtspartien sind von Ruß- und Pulverpartikeln in großen Mengen bedeckt. Da die Munition großkalibrig war, wurde der gesamte Hinterkopf weggerissen.«

Hier unterbrach Kommissar Andersson das Vorlesen des vorläufigen Obduktionsberichts, den er am Morgen erhalten hatte. Er blinzelte über den Rand seiner billigen Lesebrille.

»Jetzt kommt eine ellenlange Auslassung, welche Teile des Gehirns geschädigt wurden. Das lasse ich aus.«

Er räusperte sich und fuhr dann mit dem Vorlesen fort.

»Die Kugel wurde auf dem Fußboden gefunden. Beide Schusswunden waren tödlich. Das Opfer muss sofort das Bewusstsein verloren haben und innerhalb von kürzester Zeit gestorben sein. Bei der Untersuchung war der Rigor mortis bereits vollständig eingetreten. Die Körpertemperatur lässt darauf schließen, dass Schyttelius ca. sechzehn Stunden tot war, als man ihn fand. Er starb etwa um dreiundzwanzig Uhr am Montagabend, plus-minus eine Stunde.«

Der Kommissar sah erneut von seinen Papieren auf.

»Wir wissen, dass er bis zweiundzwanzig Uhr trainierte. Dann war er in der Sauna und hat geduscht. Wann genau er das Fitnessstudio verließ, wissen wir nicht. Am wahrscheinlichsten ist, dass er zwischen elf und zwölf Uhr nachts ermordet wurde. Genauer können wir den Zeitpunkt noch nicht eingrenzen.«

Er sah auf sein Papier. Es dauerte eine Weile, bis er die Stelle fand, die er suchte.

»Die toxikologischen Tests sind negativ. Das Fehlen von Waffen, der Tatort und die Verletzungen des Opfers sprechen dafür, dass Jacob Schyttelius ermordet wurde.«

Andersson legte das Papier wieder vor sich auf den Tisch und betrachtete seine an diesem Montagmorgen versammelten Inspektoren. Alle Angehörigen des Dezernats außer Jonny waren erschienen. Der hatte sich krankgemeldet.

»Irgendwelche Kommentare?«

»Das Ganze wirkt ziemlich kaltblütig. Obwohl der Schuss ins Herz bereits ein Treffer war, trat der Täter vor und schoss seinem am Boden liegenden Opfer noch in den Kopf. Unnötig und übermäßig brutal«, meinte Tommy.

Die anderen nickten. Auch der Kommissar nickte, ehe er sich den beiden anderen Berichten zuwandte.

»Sten Schyttelius, vierundsechzig Jahre alt. Tot im Bett aufgefunden, in den Kopf geschossen, ein Schuss. Die Einschussstelle liegt direkt über der Nasenwurzel, kräftige Schmauchspuren auf den noch übrigen Teilen des Gesichts. Die Waffe wurde in nur ein paar Zentimetern Abstand abgefeuert. Die Kugel lag unter dem Bett.«

Andersson schaute erneut auf.

»Die Kopfverletzungen bei allen drei Opfern sind identisch, das lasse ich aus. Der Tod dürfte augenblicklich eingetreten sein. Die Leichenstarre und die Körpertemperatur lassen darauf schließen, dass der Mord achtzehn Stunden vor Auffindung des Opfers verübt wurde, das heißt, etwa um eins in der Nacht auf Dienstag. Die toxikologischen Tests zeigen, dass Sten Schyttelius getrunken hatte. Er hatte 1,1 Promille. In Elsas Blut fanden sich hohe Werte von Nitrazepam und Citralopam. Dazu schreibt die Pathologie in Klammern, dass es sich um ein Schlafmittel und ein Antidepressivum handelt. In Stens Fall ging die Kugel leicht nach links und bei Elsa Schyttelius stark nach links. Daraus schließt die Obduzentin, dass der Mörder bei beiden Schüssen direkt neben Sten Schyttelius' Bett stand und außerdem Rechtshänder ist. Zweifellos sind beide Toten ermordet worden. Kommentare?«

Einige Sekunden blieb es still. Dann meldete sich Irene zu Wort.

»Der Mörder hat sich ins Schlafzimmer geschlichen, nachdem Sten Schyttelius eingeschlafen war. Wahrscheinlich schlief er sehr tief, so viel Alkohol, wie er im Blut hatte. Elsa schlief wahrscheinlich bereits, weil sie mit Schlafmitteln voll gepumpt war. Deswegen erschießt er auch erst Sten und dann Elsa. Außerdem finde ich es erstaunlich, dass auch Elsa nur aus wenigen Zentimetern Abstand erschossen wurde. Er muss sich also mit einem Knie auf Sten Schyttelius' Bett abgestützt und außerdem vorgebeugt haben, um ihr so nahe zu kommen.«

»Pfui Teufel«, murmelte Andersson.

»Zwei Schüsse auf Jacob und je ein hundertprozentig tödlicher für Sten und Elsa.«

»Fakt ist, dass niemand nach Mitternacht überhaupt einen Schuss gehört hat«, stellte Fredrik fest.

»Der Pfarrhof ist zu abgelegen. Die Nachbarn, die vielleicht etwas hätten hören können, schliefen bereits«, vermutete Irene.

»Wir haben auch nichts von verdächtigen Fahrzeugen in der Nähe des Pfarrhauses gehört. In so einem kleinen Nest wie Kullahult hätte sicher jemand gesehen, wenn abends oder nachts ein fremdes Auto aufgetaucht wäre«, sagte der Kommissar mürrisch.

»Aber da ist noch das Auto im Wald beim Norssjön. Die Spurensicherung hat bestätigt, dass die Wollfäden, die wir gefunden haben, vom selben Kleidungsstück stammen. Natürlich wissen wir nicht, ob dieses Kleidungsstück dem Mörder gehörte, aber jedenfalls ist jemand vor nicht allzu langer Zeit den Weg zwischen dem Kahlschlag und dem Strand unterhalb des Sommerhauses entlanggegangen«, sagte Irene.

Nachdenklich blickte Andersson Irene an. Plötzlich sprang er auf und verließ das Zimmer. Die anderen sahen sich erstaunt an. Da die Tür nur angelehnt war, konnten sie hören, wie der Kommissar halblaut vor sich hin murmelnd, wahrscheinlich fluchend, in seinem Zimmer etwas suchte. Hochrot im Gesicht, aber mit einem triumphierenden Lächeln, kehrte er nach einer Minute zurück. In der Hand hielt er einen Atlas von Göteborg und Umgebung.

»Schaut mal her. Das ist genauer als die Karte an der Wand«, sagte er und blätterte bis zur Seite mit der Gegend von Kullahult und Norssjön.

»Ich dachte an Fredriks und Irenes Spaziergang im Wald bis zum Sommerhaus der Schyttelius, und da kam mir eine Idee. Wenn man sich an die Straßen hält, dann liegen zwischen Sommerhaus und Pfarrhaus sicher zehn Kilometer. Mal sehen ...«

Umständlich versuchte Andersson, die Abstände auf der Karte in Kilometer zu verwandeln.

»Etwa zwölf Kilometer und dann noch einmal zweihundert Meter dubioser Weg durch den Wald«, stellte er schließlich fest.

Resolut riss er die Karte heraus und legte sie neben die Karte von Kullahult. Er deutete mit seinem dicken Zeigefinger auf die Stelle, an der das Sommerhaus lag, und sagte:

»Wenn der Mörder am Norssjön entlang und dann durch den Wald gegangen ist, war der Weg bedeutend kürzer. Mal sehen …«

Der Abstand zwischen den Mordplätzen betrug tatsächlich nur viereinhalb Kilometer, wenn man den Waldweg benutzte.

»Dazu noch die zweihundert Meter zum Auto. Insgesamt neun Komma zwei Kilometer hin und zurück. Lässt sich durchaus zu Fuß bewältigen«, sagte der Kommissar.

»Ist aber fürchterlich anstrengend! Wir waren schon ganz schön durchgeschwitzt, als wir nur die zweihundert Meter durch den Wald genommen haben«, wandte Irene ein.

»Wir hatten natürlich auch die falschen Schuhe an. Wenn der Typ viel im Wald unterwegs ist und das richtige Schuhwerk trägt, ist das kein Problem«, fand Fredrik.

»Aber im Wald muss es stockdunkel gewesen sein, falls sich der Täter direkt nach dem Mord an Jacob auf den Weg gemacht hat. Da verläuft man sich schnell oder stolpert und bricht sich ein Bein. Obwohl er sicher eine Taschenlampe benutzen konnte, ohne befürchten zu müssen, entdeckt zu werden«, meinte Tommy nachdenklich.

»Der Mörder scheint sich wirklich gut auszukennen. Er weiß, wo die Schlüssel für die Haustüren, das Computerzimmer im Pfarrhof und für den Waffenschrank liegen. Das Geheimfach hinter der Wandverkleidung im Sommerhaus kennt er ebenfalls. Vielleicht ist er durch den Wald auf direktem Weg vom Sommerhaus zum Pfarrhaus gegangen. Sollte das stimmen, wäre seine Ortskenntnis wirklich auffällig«, meinte Irene.

»Wir sind doch gar nicht am Sommerhaus vorbeigegangen. Vielleicht gibt es da noch einen Weg oder einen Pfad, der uns entgangen ist. Vielleicht sollten wir noch mal rausfahren und uns umsehen?«, erklärte Fredrik.

Irene begriff sofort, worum es ging, und sagte barsch:

»Du kannst dich gern im Wald umsehen. Ich fahre zu Eva Möller.«

Sie wollte ihn wirklich nicht dabeihaben. Gleichzeitig fragte sie sich, ob sie noch ganz bei Trost war, dass sie dieser wirren Person überhaupt Bedeutung beimaß.

Der letzte Satz der Kantorin ließ ihr keine Ruhe: »Zusammen können wir die verborgenen Tiefen von Sten Schyttelius erkunden ...«

Als Irene Eva Möller anrief, einigten sie sich darauf, dass sie irgendwann nach zwei bei ihr sein würde. Das erlaubte es Irene, sich einige Stunden ihren Akten und dem Berichteschreiben zu widmen. Glücklicherweise kam schon bald Tommy hereingestürmt und bestand darauf, dass sie sich die letzten Neuigkeiten im Speedy-Fall anhörte.

»Der Durchbruch kam, als ich bei Asko Pihlainens Nachbarin auf der anderen Straßenseite anklopfte, einer achtzigjährigen Dame, die Gertrud Ritzman heißt. Sie ist schwer herzkrank und hat nicht mehr lange zu leben. Das sagt sie jedenfalls. Sie ist jedoch noch vollkommen klar im Kopf. Es war ihre Idee, ihre Zeugenaussage auf Video aufzunehmen, falls sich ihr Zustand vor dem Prozess verschlechtern sollte oder falls sie vorher sterben würde. Als ich sie nach dem fraglichen Morgen fragte, an dem Asko und seine Nachbarn, das Ehepaar Wisköö, Karten gespielt haben wollen, meinte sie sofort, dass das nicht stimmen kann. Sie schläft sehr schlecht und steht nachts oft auf. Gerade an diesen Morgen erinnert sie sich sehr gut. Gegen halb sechs bremste Wisköös Auto vor Pihlainens Hütte, und Asko sprang heraus, fast noch während des Fahrens. Er rannte rein, und Paul Wisköö fuhr den Wagen in seinen Carport. Asko und Paul Wisköö spielten gegen fünf ebenfalls nicht Karten mit ihren Frauen. Ich habe einige Nachforschungen angestellt, was Paul Wisköö angeht, und wie du sicher schon vermutet hast, ist Wisköö nicht sein richtiger Name. Rate mal, wie der gute Nachbar Paul in Wirklichkeit heißt?«

»Keine Ahnung.«

»Paul Larsson alias Pepsi!«

Irene hatte diesen Namen schon mal gehört, aber es dauerte einige Sekunden, bis bei ihr der Groschen fiel. Dann rief sie:

»Der alte Kumpel von Clark Olofsson! Gib mir Kraft und Stärke! Seine Vorstrafenliste ist sicher so lang wie die Straße von hier nach Kungsbacka. Wenn er in die Sache verwickelt ist, geht es ganz sicher um Drogen. Und zwar um riesige Mengen!«

»Treffer. Er hat immer mal wieder wegen Drogendelikten und Bankraub gesessen. Vor einigen Jahren hockten Asko und Pepsi im selben Knast. Offenbar haben sie sich dort gefunden und sind Freunde geworden. Jetzt sind sie sogar Nachbarn.«

»Und Geldsorgen scheinen sie auch nicht zu haben. Große, neugebaute Einfamilienhäuser in Strandnähe bei Kungsbacka. Was machen sie offiziell?«

»Sie handeln mit Autos. Sie sind bei einer Firma angestellt, die ausschließlich Luxuslimousinen verkauft, neu und gebraucht.«

»Kann man mit gebrauchten Luxuslimousinen so viel Geld verdienen?«

»Lass es mich so sagen: lieber ein gebrauchter Porsche als überhaupt keiner.«

»Okay. Es besteht also der Verdacht, dass sie neben den Geschäften mit den Autos noch andere einträglichere Geschäfte getätigt haben?«

»Yes. Pepsi und Asko haben beide wegen Drogendelikten und Körperverletzung gesessen. Ich stelle mir vor, dass die Typen den Auftrag erhalten haben, Speedy zu beseitigen. Es heißt, Speedy hätte Geld unterschlagen, das seinem Lieferanten gehörte. Da Speedy einer der Großdealer war, handelte es sich natürlich um sehr viel Geld. Um ein Exempel zu statuieren, beschloss der Boss, Speedy um die Ecke zu bringen.«

»Hast du eine Ahnung, wer der Boss ist?«

»Keinen Schimmer. Der Plan ist, genau das via Pepsi und Asko rauszukriegen. Es wird nicht leicht sein, den Bekanntenkreis dieser Burschen aufzudröseln, aber wir arbeiten mit dem Rauschgiftdezernat zusammen. Die sind schon eine ganze Weile an dieser Importsache von Luxusautos nach Schweden dran. Es besteht der Verdacht, dass das Rauschgift in den Autos geschmuggelt wird. Eingeschweißt in die Rahmen, du weißt schon.«

»Haben sie schon was gefunden?«

»Einen Jaguar, der plötzlich keinen Eigentümer mehr hatte. Er steht noch in der Garage. Aber niemand ist vermutlich so dumm, nach einem Wagen zu fragen, in dem fünf Kilo Heroin und die doppelte Menge Kokain versteckt sind.«

Irene dachte eine Weile nach.

»Da hast du die nächste Zeit wirklich gut zu tun«, meinte sie schließlich.

»Yes. Du musst wohl allein nach London fahren. Wenn du versprichst, keine privaten Ermittlungen anzustellen. Wir haben uns noch nicht von deiner letzten Auslandsreise erholt.«

Das war als Scherz gemeint, und Tommy grinste breit, aber Irene konnte beim besten Willen nicht einmal lächeln. Die Vorfälle in Kopenhagen vor bald einem Jahr waren mehr als traumatisch gewesen.

Obwohl nur wenige Tage vergangen waren, seit Fredrik und sie den Weg zu Eva Möllers Häuschen ausfindig gemacht hatten, verfuhr sie sich mehrmals. Es lag wirklich sehr abgeschieden. Erst bei der gespaltenen Eiche war sie sich wieder ganz sicher, auf dem richtigen Weg zu sein. Die Sonne hatte sich während der ganzen Fahrt von Göteborg hinter einer dichten Wolkendecke versteckt, aber als sie neben Eva Möllers rotem Wagen einparkte und den Motor abstellte, brach sie wieder durch. Sie verbreitete großzügig Licht und Wärme über die Kate, und Irene verstand jetzt schon besser, warum die Kantorin sich für diesen Wohnort entschieden hatte. Die Aussicht verschlug ihr wie schon beim ersten Mal die Sprache. Wahrscheinlich ging es ihr damit nicht anders als allen Besuchern von Eva Möller.

Als Irene sich vom Tal und den blauen Bergen abwandte, sah sie Eva schon in der Tür stehen.

»Es freut mich, dass du gekommen bist! Nur herein«, sagte Eva, und es klang wirklich so, als würde sie es meinen.

Irene trat in die gemütliche Küche und wollte sich schon die Jacke ausziehen, als Eva sagte:

»Behalt die Jacke an. Wir machen es draußen. Vor der Hauswand ist es warm. Es lässt sich also aushalten. Du kannst mir helfen, die Sachen rauszutragen.«

Ohne eine Antwort abzuwarten, drückte sie Irene den Eisenkessel und den Glasstab vom Bord über dem Herd in die Hand. Sie selbst nahm eine Holzkiste, über die ein blaues Tuch gebreitet war. Ratlos folgte ihr Irene durch die Tür nach draußen. Worauf hatte sie sich da bloß eingelassen? Irene bereute ihr Vorgehen aufrichtig, aber jetzt war es zu spät.

Eva ging zur westlichen Hauswand, auf der die Sonne stand. Sie stellte die Kiste ab und legte das ordentlich gebügelte Tuch auf den Tisch. Dann deutete sie auf die beiden Plastikstühle, die ebenfalls dort standen.

»Jetzt setzen wir uns erst mal und reden. Du kannst die Sachen solange auf den Tisch legen.«

Irene tat wie ihr geheißen und setzte sich auf den Stuhl. Er war kalt. Kein Kissen weit und breit. Anmutig ließ sich Eva auf den anderen Stuhl sinken. Ihr dunkelblauer Kaftan wirkte dramatischer als der dünne hellblaue, den sie bei Irenes letztem Besuch getragen hatte. Die Ärmel hatten lange Schlitze. Im Übrigen war der Schnitt gerade. Der V-Ausschnitt war tief. Man konnte ihr bis weit ins Dekolleté blicken. Dort hing an einer dünnen Kette eine kleine Silberglocke. Über dem Kleid trug Eva eine knöchellange, ärmellose Weste aus einem dünnen schwarzen Garn. Sie bestand aus zusammengenähten, gehäkelten Sternen.

»Mir ist klar, dass du findest, dass das, was wir hier tun, vollkommen irrsinnig ist, aber es handelt sich einfach um reine Magie«, begann Eva.

Irene sagte nichts, aus dem einfachen Grund, dass sie nicht wusste, was sie sagen sollte.

»Mit gewöhnlicher Magie kommen alle zurecht, aber was wir versuchen wollen, fordert viel mehr. Wir wollen versuchen, die innersten Geheimnisse eines Toten herauszufinden. Ob es gelingt, steht in den Sternen, aber einen Versuch ist es wert.«

Eva lächelte, und ihre Augen leuchteten. Die Sonne funkelte in ihrem offenen Haar, und sie sah ganz bezaubernd aus. Überhaupt nicht wie die Hexe, für die sie sich sicherlich hielt. Bei Irene war der Groschen gefallen, als sie von Magie gesprochen hatte. Allmählich ahnte sie, worum es ging. Ihre Neugierde war geweckt.

»Zuerst müssen wir einen heiligen Raum schaffen. Und einen besseren als den heiligen Tempel der Mutter Erde können wir uns nicht wünschen.«

Sie machte eine Geste, die die gesamte, sie umgebende Natur umfasste. Irene musste zugeben, dass alles sehr schön war. Sämtliche Büsche und Bäume bei Evas Haus ließen das erste Hellgrün erkennen. Vor der Hauswand war es warm, und eine Hummel, die früh unterwegs war, summte träge unter der Dachrinne und versuchte, einen guten Platz für ihren Bau zu finden. Irene war es warm, und sie fühlte sich entspannt.

Plötzlich tauchte das Bild des zerfleischten Felix vor ihrem inneren Auge auf. Lächerlich war das, denn sie hatte die tote Katze schließlich nicht gesehen. Wahrscheinlich machte sie eine abwehrende Bewegung, vielleicht zuckte sie auch nur zusammen, aber Eva bemerkte es sofort.

»Irgendwas bedrückt dich. Erzähl mir davon, dann wirst du es los. Wenn du es zurückhältst, kann es deine Entspannung stören, und das schwächt die Kraft. Wir brauchen wirklich alle Energie, die wir aufbieten können«, sagte sie energisch.

Irene war erstaunt, wie bereitwillig sie berichtete, dass Sammie Felix totgebissen hatte und dass die Nachbarn sehr trauerten. Und wo sie schon einmal dabei war, sagte sie auch gleich, dass sie den Karlhögs eine neue Katze besorgen wolle. Eva sah sie lange an, stand dann auf und ging ins Haus.

Nach ein paar Minuten war sie zurück und sagte mit einem sonnigen Lächeln: »Das ist geregelt. Wir holen das Kätzchen, bevor du nach Hause fährst.«

Irene war leicht betreten, was sich im strahlenden Sonnenschein aber schnell verflüchtigte. Stattdessen fühlte sie sich plötzlich wie befreit. Sie hatte gar nicht gemerkt, wie sehr ihr diese Sache zu schaffen gemacht hatte. Plötzlich war ihr viel leichter ums Herz.

»Hier habe ich einen Ring aus Kieselsteinen. Wenn wir in ihn eingetreten sind und ihn geheiligt haben, sollten wir ihn möglichst nicht mehr verlassen, ehe wir alles getan haben, was wir tun wollten. Denn das schwächt die Kraft. Falls du noch einmal auf die Toilette musst, geh bitte jetzt.«

Irene schüttelte den Kopf.

»Gut. Dann stelle ich jetzt den Tisch in den Ring. Dann haben wir einen Altar.«

Eva nahm die Sachen vom Tisch, ehe sie ihn ein paar Meter weiter in den Ring stellte. Sie zupfte das Tischtuch zurecht und trat ein paar Schritte zurück, wie um sich zu vergewissern, dass der Altar auch ordentlich aussah. Irene erhob sich und betrachtete den Ring aus faustgroßen weißen Steinen, die in dem frischen Grün des Rasens lagen. In der Mitte des Rings lag ein großer Stein mit flacher Oberfläche.

»Jetzt hebe ich meine Utensilien in den Kreis und erkläre sie dir dabei. Wenn du weißt, was es für Gegenstände sind und wofür sie gebraucht werden, stören sie nachher deine Konzentration nicht mehr so.«

Eva beugte sich vor und hob den Glasstab vom Rasen auf. Sie hielt ihn in die Sonne, und seine Spitze funkelte.

»Natürlich ist das hier mein Zauberstab. Der steht für das Feuer. Das Feuer symbolisiert Leidenschaft, Willen, Verwandlung, Reinigung und Sexualität. Es gehört der Sonne.«

Vorsichtig legte sie den Stab auf den Tisch. Dann nahm sie die zweischneidigen Messer. Ihre scharf geschliffenen Klingen glänzten gefährlich in der Sonne. Sie hielt das größte Messer hoch.

»Das hier ist mein Atme, das Werkzeug der Luft. Man darf es nicht verwenden, um irgendwelche Lebewesen zu verletzen, und trotzdem handelt es sich um eine scharf geschliffene Waffe. Zielgerichtet lassen sich damit Energien bewegen. Wenn ich Kräuter sammle, verwende ich dieses alte Messer mit dem speziellen Handgriff, das ebenfalls sehr scharf ist, und nie mein Atme.«

Eva drehte sich um und schien förmlich zum Tisch zu schweben. Sie kam mit einem Gegenstand zurück, der in funkelnde gelbe Seide gewickelt war. In dem Tuch lag der hübsche Glaskelch, den Irene bereits auf dem Bord in der Küche bewundert hatte.

»Mein Kelch. Das Symbol für die Kraft des Wassers und für den Westen. Deswegen habe ich mich auch für die Westwand des Hauses entschieden. Der Becher soll uns dabei helfen zu sehen.«

Jetzt hob sie mit der anderen Hand den kleinen dreibeinigen Eisenkessel in die Luft.

»Der Kessel ist das Werkzeug des Geistes. Er symbolisiert kein Element. Er soll uns zur Ewigkeit bringen und die Gegenwart der Gottheit bescheren. Er vertieft unsere Trance.«

Mit kleinen Schritten entfernte sie sich von Irene, die Gegenstände in der Hand, und Irene überlegte einmal mehr, ob Eva wirklich noch ganz richtig im Kopf war. Gleichzeitig war sie fasziniert. Eva glaubte tatsächlich daran, über magische Kräfte zu verfügen.

Schließlich kam Eva mit einer Flasche schwarzem Johannisbeersaft, einem kleinen Teller runder Plätzchen und dem Briefbeschwerer mit dem Pentagramm zurück.

»Das Pentagramm ist das Werkzeug der Erde, das Symbol allen Lebens auf Erden. Es ist sehr stark. Deswegen verwenden es die Satanisten auch so gerne.«

Sie ging auf ihren Altar zu und bedeutete Irene, ihr zu folgen. Irene war hin- und hergerissen, beschloss dann aber, sich auf die Sache einzulassen. Möglicherweise wusste Eva etwas über Sten Schyttelius, was sie ihr während dieses Hokuspokus sagen wollte. Was tat sie nicht alles, um die Wahrheit zu erfahren ... Irene verzog leicht den Mund und stieg anschließend mit einem energischen Schritt in den Ring.

Eva sah sie mit ihren durchdringend blauen Augen an. Leise begann sie, eine Melodie zu summen, eine hübsche Melodie, und Irene spürte, wie ihr innerer Frieden zurückkehrte. Immer wieder bimmelte Eva mit dem silbernen Glöckchen, das sie um den Hals trug. Irene spürte den Klang mehr, als ihn wirklich zu hören. Er trug zu der feierlichen Stimmung bei. Summend ging Eva zum Tisch und hob den Glasstab in die Höhe. Langsam und im Uhrzeigersinn ging sie dann innerhalb der Kieselsteine entlang. Die ganze Zeit hielt sie die Spitze des Stabs auf die Steine gerichtet. Nachdem sie eine Runde gegangen war, blieb sie stehen und hob den Stab hoch. Ein blendender Lichtstrahl fiel von seiner Spitze in Irenes Augen. Sie presste sie zu und ließ sich auf den flachen Stein sinken.

Als sie die Augen wieder einen Spalt öffnete, sah sie, dass Eva den Glasstab mit dem größten der zweischneidigen Messer vertauscht hatte, dem, das sie Atme nannte. Sie stand mit ausgebreiteten Armen, das Gesicht zum Haus gewandt, da. Langsam machte sie eine Viertelumdrehung Richtung Wald. Nachdem sie die nächste Viertelumdrehung nach Westen gemacht hatte, begriff Irene, dass sie die Himmelsrichtungen grüßte. Die ganze Zeit war ihr leises Summen zu hören, manchmal konnte Irene jetzt sogar einzelne Worte verstehen. Plötzlich blieb Eva stehen und wandte ihr Gesicht der Sonne zu. Laut und deutlich sagte sie:

»Mutter des All. Durch die vier Elemente und ihre vier Himmelsrichtungen, die in uns ruhen und unseren Geist verfeinern, rufe ich dich an. Gesegnet seist du und willkommen.«

Plötzlich wurde es vollkommen windstill. Die leichte Frühlingsbrise war zum Erliegen gekommen. Es wurde wärmer. Irene fühlte sich angenehm ruhig.

Eva öffnete die Flasche und goss die dunkelrote Flüssigkeit in den Glaskelch. Dann nahm sie aus dem Kessel ein Foto und legte es auf den Tisch. Sie wandte sich Irene zu und flüsterte summend:

»Jetzt wollen wir uns in Trance versetzen. Das Foto ist von Sten. Ich habe es aus einer Zeitung geschnitten. Jetzt wollen wir uns auf Sten konzentrieren und die Göttin bitten, uns zu helfen. Hoffentlich erfahren wir dann, worin sein großes Dunkel besteht.«

Erneut wandte sie sich ihrem Altar zu. Das Zeitungsbild legte sie in die Mitte und stellte den Kelch mit dem rubinroten Trank darauf. Mit erhobenen Händen sang sie eine kurze Beschwörung, ehe sie das Atme mit beiden Händen wieder ergriff und die Klinge gegen die Stirn drückte. Dann stand sie mit geschlossenen Augen da und richtete ihr Bewusstsein ganz nach innen.

Irene hatte es noch nie erlebt, dass es so schnell gegangen war, sich in Mokuso, das schweigende Sitzen, zu versenken. Behagliche Wärme und friedliche Stimmung breiteten sich in ihr aus, und sie fühlte sich federleicht. Wunderbare Seifenblasen in schillernden Farben schwebten durch ihre Gedanken, und sie fühlte sich zum Licht hingezogen. Als sie fast dort war, versuchte sie, sich auf Sten Schyttelius zu konzentrieren.

Die Veränderung geschah unmerklich. Erst bemerkte sie gar nichts. Nach einer Weile sah sie, dass sie auf dem Weg fort vom Licht war. Sie begann zu frieren und versuchte, ihre Jacke enger um sich zu ziehen. Aber das ging nicht, da sie so tief in Trance war. Ihre Glieder waren schwer und gehorchten ihr nicht mehr. Ein dunkler Nebel begann, das Licht zu verdrängen. Plötzlich hörte sie eine Stimme sagen:

»Keikotu! Mate!«

Die Stimme warnte sie, bat sie, die Séance abzubrechen. Ein Gefühl von Gefahr machte sich in ihr breit. Sie musste die Meditation beenden. Irgendetwas war nicht in Ordnung.

Mit ungeheurer Willensanstrengung tauchte sie aus der Trance auf und begann, sich wieder an die Oberfläche des Bewusstseins zurückzuarbeiten. Schließlich gelang es ihr, die Augen zu öffnen und den Blick auf Eva am Altar zu richten.

Dann ging alles wahnsinnig schnell. Anschließend war sich Irene nicht sicher, ob sie das alles wirklich gesehen oder doch eher geträumt hatte.

Die Sonne war hinter einer Wolke verschwunden, und es hatte angefangen, kräftig zu winden. Die Augen vor Entsetzen geweitet, starrte Eva in den Kelch. Sie summte nicht mehr, sie jammerte. Irene sah undeutlich, dass sie plötzlich einige Handbreit über der Erde schwebte und dann nach hinten Richtung Haus geschleudert wurde. Mit einem dumpfen Knall schlug sie mit dem Kopf gegen den Steinsockel des Holzhauses und blieb reglos liegen.

Mit einem Mal war Irene hellwach und auf den Beinen. Sie eilte zu Eva und fühlte ihren Puls. Der war kräftig und regelmäßig, auch die Atmung wirkte normal. Erleichtert sah Irene, dass Evas Augenlider zu zucken begannen. Sie schlug die Augen auf. Ihr Blick war matt und verwirrt.

»Was … was ist passiert?«, fragte sie mit schwacher Stimme.

Ehe Irene noch etwas sagen konnte, schrie Eva:

»Das war der Teufel selbst!«

Nach dem ersten Schreck fühlte Irene ihr die Stirn und ermahnte sie, still liegen zu bleiben und sich zu beruhigen. Möglicherweise hatte sie eine Gehirnerschütterung erlitten, und da war es besser, wenn sie sich nicht aufregte. Vorsichtig betastete Irene Evas Hinterkopf: keine offene Wunde, dafür aber eine große Beule, die anschwoll. Eva versuchte aufzustehen. Irene musste ihr dabei helfen, so zittrig war sie. Gemeinsam wankten sie dann zum Haus, ins kleine Wohnzimmer hinter der Küche hinein. Eva legte sich auf das Sofa, das bequem und einladend wirkte.

»Ich gehe draußen die Sachen holen. Es kann jeden Moment zu regnen anfangen«, sagte Irene.

Eva nickte und schloss die Augen, als sei sie sehr müde.

Als Irene mit der vollen Kiste wieder hereinkam, saß Eva aufrecht auf dem Sofa. Sie schaute aus dem Fenster. Die ersten Tropfen schlugen schwer gegen die Scheibe. Ohne Irene anzuschauen, fragte sie:

»Was ist passiert? Ich erinnere mich nur noch, dass ich im Kelch ein Gesicht gesehen habe und fürchterliche Angst bekam … dann wird alles schwarz. Ich erinnere mich auch, dass ich das Gefühl hatte, mich in der Gegenwart des Bösen zu befinden.«

Sie riss ihren Blick vom Fenster los und sah Irene an. Irene ärgerte sich, dass sie stotterte, als sie zu erzählen begann:

»Ja … ich befand mich ebenfalls in tiefer Trance … möglicherweise war ich nicht ganz wach …«

Irene versuchte zu erzählen, was sie gesehen hatte. Evas veilchenblaue Augen wurden munterer, und sie sagte spöttisch:

»Du willst nicht glauben, was du selbst gesehen hast. Das macht nichts. Irgendwie haben wir trotzdem etwas Wichtiges erfahren.«

»Was?«

»Sten hatte eine dunkle Seite. Und die kam vom Bösen.«

Vorsichtig betastete Eva die Schwellung an ihrem Hinterkopf. »Kannst du mir etwas Kaltes aus dem Kühlschrank holen? Ich muss die Beule kühlen.«

Irene ging in die Küche und nahm eine Flasche Mineralwasser aus dem Kühlschrank. Als sie sie Eva hinhielt, fragte sie:

»Was meinst du damit, dass sie vom Bösen kam?«

»Wo auch immer sich Sten jetzt befindet, jedenfalls sind es nicht die Gefilde der Seligen!«, stellte Eva sachlich fest.

»Meinst du, dass er in der Hölle ist?«

»Nein. Es gibt keinen Ort, der Hölle heißt. Weißt du, was die Hölle ist?«, fragte Eva und sah Irene an.

»Nein.«

»Dass alles zu spät ist. Dass man nichts mehr ändern oder wieder gutmachen kann. Dass man auch nach dem Tod noch der ist, der man im Leben gewesen ist. Dass du nichts mehr, was du gesagt oder getan hast, ändern kannst, und dass das alle Menschen, denen du begegnet bist oder die dir nahe waren, noch lange nach deinem Tod beeinflusst. Generationen lang, Jahrhunderte ... ja, vielleicht für alle Ewigkeit. Alle Religionen versprechen Frieden und Erlösung von den Sünden nach dem Tod. Die Wahrheit ist, dass man nicht von sich erlöst werden kann.«

Es dauerte lange, bis Irene verinnerlicht hatte, was die Kantorin gesagt hatte. Eva stellte die Flasche auf den Tisch.

»Jetzt fahren wir und holen das Kätzchen.«

Irene fuhr, und Eva lotste sie die pfützen- und schlaglochreichen Kieswege entlang. Eva erzählte, die Katze guter Freunde von ihr hätte sich dieses Jahr ungewöhnlich zeitig schwängern lassen. Die Kätzchen seien schon so gut wie entwöhnt. Da die neue Familie bereits Katzen gehabt habe, sollte es eigentlich keine Probleme geben.

»Da wohnen sie«, sagte Eva plötzlich und deutete auf einen kleineren Bauernhof, der etwas abseits vom Weg lag. Irene bog in die Einfahrt ein. Ihr taten die Stoßdämpfer Leid. Die hatten es jetzt bald hinter sich. Irene parkte vor dem Haus, und Eva stieg aus, ohne sie zu fragen, ob sie mitkommen wollte.

Der kleine Hof wirkte sehr ordentlich. Das Wohnhaus war weiß verputzt und stach gegen die rot gestrichenen Nebengebäude und Stallungen ab. Die Beete waren zum Bepflanzen umgegraben.

Nach einer Weile kam Eva durch den Regenguss angelaufen.

In den Armen hielt sie einen Pappkarton. Irene öffnete die Beifahrertür, damit sie ins Auto springen konnte. Als sie sich mit dem Karton auf dem Schoß hingesetzt hatte, sah Irene, dass auf dem Deckel, in den Luftlöcher gebohrt waren, »Ecco« stand. Vorsichtig öffnete Eva den Deckel einen Spaltweit und flüsterte:

»Guck mal, wie süß! Sie heißt Felicia. Denk dran, dass du ihrer neuen Familie sagst, dass sie auf keinen Fall den Namen ändern dürfen.«

Irene sah ein aprikosenfarbenes Pelzknäuel, das auf einem gelben Frotteehandtuch lag.

»Felicia«, wiederholte sie, um es ja nicht zu vergessen.

Den ganzen Weg zurück in die Reihenhaussiedlung schlief Felicia in ihrem Karton. Der Regen hörte in dem Moment auf, in dem Irene in den Fiskebäcksvägen einbog. Die untergehende Sonne schaute unter den Wolkenbänken hervor und färbte deren Unterseiten funkelnd goldrot. Ein großartiges Farbenspiel.

Nachdem Irene ihren Wagen abgestellt hatte, ging sie auf direktem Weg zur Haustür der Karlhögs und klingelte. Nach dem zweiten Klingeln öffnete Margit Karlhög die Tür einen Spalt. Irene versuchte, unbekümmert zu klingen, als sie die Sätze sagte, die sie sich auf der Fahrt zurechtgelegt hatte:

»Hallo, Margit. Ich frage mich, ob Sie sich nicht um die kleine Felicia kümmern könnten. Eine Freundin von mir sucht für sie ein neues Zuhause. Sonst müssten sie sie einschläfern lassen, und das wäre traurig.«

Beim letzten Satz zuckte Margit Karlhög zusammen und sah Irene entsetzt an. Fast unfreiwillig schaute sie dann auf den Karton. Irene öffnete den Deckel und hielt ihn Margit hin.

Die kleine Felicia erwachte genau im rechten Augenblick. Sie reckte ihre wolligen Glieder, gähnte und streckte dabei ihre kleine hellrosa Zunge heraus. Vorsichtig hob Margit das schlaftrunkene Kätzchen hoch und vergrub vorsichtig ihre Nase in seinem weichen Pelz.

»Wie süß … kleine Felicia … vielen Dank«, stammelte sie leise, ohne Irene anzusehen.

Sie wurde von dem aprikosenfarbenen Pelzbündel völlig in Anspruch genommen. Da drehte Felicia den Kopf zur Seite und sah Irene mit ihren runden veilchenblauen Augen an.

KAPITEL 11

So ein verdammter Eiertanz wegen Rebeckas Nerven!«, ereiferte sich Kommissar Andersson.

Er war alles andere als froh, dass sich Irenes Londonreise verzögern würde.

»Dieser Franzose will die Vernehmung sabotieren«, stellte er wütend fest.

Mit so langen Schritten, wie es seine kurzen und krummen Beine erlaubten, marschierte er dann in seinem Zimmer auf und ab. Irene saß auf dem Besucherstuhl und wartete darauf, dass der Sturm nachlassen würde. Andersson blieb vor seinem Fenster stehen und tat so, als würde er durch die dicke Schmutzschicht die Aussicht auf den Ernst-Fontells-Platz genießen. Er holte ein paarmal tief Luft und wandte sich dann wieder an Irene.

»Ich kann verstehen, dass sie bei Erhalt der Nachricht einen Schock erlitten hat, und zwar einen ordentlichen. Das ist nicht weiter merkwürdig. Aber wir müssen uns endlich mit ihr unterhalten! Schließlich geht es um ihre eigene Sicherheit! Nicht mal annäherungsweise ein Motiv haben wir. Das Einzige, was wir haben, sind diese verdammten Satanistensterne!«

Fast wäre ihm Irene ins Wort gefallen und hätte ihm erklärt, was die Pentagramme symbolisierten, doch sie konnte sich gerade noch beherrschen. Was sie bei Eva Möller erlebt hatte, ließ sich schwer in Worte fassen.

Dem Kommissar fiel ihr Schweigen nicht weiter auf. Grübelnd fuhr er fort:

»Kann sie nach Schweden zur Beerdigung kommen, ohne sich in Gefahr zu begeben, oder müssen wir sie bewachen lassen? Wir wissen noch überhaupt nichts! Verdammt noch mal, sie muss uns doch einen Hinweis auf das Motiv geben können!«

Irene nickte:

»Ganz deiner Meinung. Ich rufe Glen Thomsen noch mal an. Vielleicht hat er eine Idee.«

»Sie hat nicht die Kraft zum Sprechen, sagt sie. Ich habe es versucht, aber sie fängt immer sofort an zu weinen.«

Die Stimme von Inspector Glen Thomsen klang ruhig und angenehm. Irene versuchte, sich vorzustellen, wie er aussah, aber es gelang ihr nicht.

»Mir ist allerdings klar, dass es Ihnen auf den Nägeln brennt. Die Sache mit dem Motiv scheint ja wirklich schwierig zu sein. Diese Morde sind ziemlich Aufsehen erregend. Sogar für englische Verhältnisse. Stimmt das mit den Satanistensymbolen?«

»Die Symbole waren mit dem Blut der Opfer auf die Computermonitore gepinselt.«

»Dann stimmt also, was in den hiesigen Zeitungen stand. Als ich Rebecka zuletzt gesehen habe, habe ich sie danach gefragt, ob ihre Familie von Satanisten bedroht worden sei, aber sie hat nur den Kopf geschüttelt und angefangen zu weinen. Es ist unmöglich, mit ihr zu reden.«

»Es war natürlich ein wahnsinniger Schock ...«, begann Irene, aber Thomsen unterbrach sie.

»Natürlich, aber vorher war sie auch nicht ganz gesund. Ich meine, psychisch.«

»Ach?«

»Nein. Dr. Fischer sagt, sie sei seit September bei ihm wegen Depressionen in Behandlung.«

Irene dachte angestrengt nach. Rebecka hatte also bereits vor den Morden Depressionen gehabt. Ihr Bruder war im Herbst wegen psychischer Probleme krankgeschrieben worden. Alle nahmen an, dass dies mit der Scheidung zusammenhing. War vielleicht etwas anderes der Grund gewesen? Sie wurde von Thomsens Stimme aus ihren Überlegungen gerissen:

»Vielleicht bekommen Sie als Frau und Landsmännin leichter Kontakt zu ihr.«

»Vermutlich sollte ich einen Versuch machen. Unsere Ermittlungen sind vollkommen festgefahren. Außerdem wissen wir immer noch nicht, ob Rebecka ebenfalls in Gefahr ist.«

»Sie bestreitet, dass jemals irgendwelche Drohungen existiert haben, aber wie sollen wir wissen, ob das wahr ist. Ich habe den starken Eindruck, dass sie etwas zurückhält. Es ist zwar nur ein Gefühl, aber trotzdem.«

»Rebecka ist wie ihr Vater ... Sie hat verborgene Abgründe.« Irene erinnerte sich wieder an Eva Möllers Worte.

»Ich brauche noch ein paar Tage, um Doktor Fischer und Rebecka vorzubereiten. Sie muss begreifen, dass ihr nichts anderes übrig bleibt, als mit Ihnen zu sprechen. Schlimmstenfalls muss die Vernehmung in der Klinik stattfinden.«

»Wenn Sie mir dabei helfen würden, wäre ich Ihnen sehr dankbar«, sagte Irene und meinte es auch so.

»Keine Ursache. Mal sehen ... heute ist Dienstag. Wenn Sie am Donnerstag kommen und eine Nacht bleiben, dann haben wir zwei Tage Zeit. Das müsste reichen.«

Irene konnte eine gewisse Enttäuschung nicht verhehlen. Sie wäre gerne noch einen weiteren Tag geblieben, aber natürlich sah auch sie ein, dass es sich nicht um eine Urlaubsreise handelte.

»Meine Schwester hat ein nettes kleines Hotel in Bayswater. Ich reserviere für Sie dort für die Nacht von Donnerstag auf Freitag ein Zimmer. Rufen Sie mich an, wenn Sie den Flug gebucht haben, dann hole ich Sie ab. Vergessen Sie nicht zu fragen, auf welchem Flughafen Sie ankommen.«

»Danke«, sagte Irene. Fast fehlten ihr die Worte.

Telefonisch bestellte Irene ein Ticket für die Frühmaschine um 7.10 Uhr nach London. Die freundliche Stimme am anderen Ende der Leitung teilte ihr mit, dass sie auf dem Flughafen Heathrow landen würde. Für die Rückreise wählte sie Freitag einen so späten Zeitpunkt wie möglich. Die Maschine flog erst um 19.20 Uhr. Wenn die Vernehmung von Rebecka nicht allzu viel Zeit in Anspruch nahm, würde sie sich vielleicht noch etwas von London anschauen können.

Seufzend fiel ihr Blick auf den Papierberg. Er hatte die erstaunliche Eigenschaft, von Tag zu Tag höher zu werden, obwohl sie ihn in jedem freien Augenblick abzutragen suchte. Konnte sich Papier durch Urzeugung vermehren? Ihre düsteren Gedanken verflogen, als Svante Malms sommersprossiges Gesicht in der Tür auftauchte.

»Tachchen! Ich wollte dir das Buch geben, das wir bei Jacob Schyttelius gefunden haben.«

Er stiefelte ins Zimmer und knallte Anton LaVeys Buch auf den Schreibtisch. »Church of Satan«. Sie hatte nicht übel Lust, es einfach aus dem Fenster zu schmeißen, es einfach sein zu lassen, sich mit »dem Bösen«, wie Eva Möller es sicher genannt hätte, auseinanderzusetzen.

»Es sind Unmengen von Jakobs Fingerabdrücken im Buch – und nur seine. Auf dem Umschlag haben wir ein paar, die wir nicht identifizieren können, stammen wahrscheinlich aus der Buchhandlung. Jacob hat eine Menge unterstrichen und ein paar Schnörkel an den Rand gemalt.«

»Hast du das Buch gelesen?«

»Nur darin geblättert. Ich hatte keine Zeit, es gründlich zu lesen, aber ich leihe es mir gern wieder aus. Es ist interessant.«

»Wieso?«

Svante schien seine Antwort genauestens zu überlegen. Zögernd sagte er dann:

»Das liegt vermutlich an den vielen Satanistenfällen, mit denen ich mich schon beschäftigen musste. Zuerst findet man es nur vollkommen unbegreiflich, wie Leute sich der Teufelsverehrung und diesen merkwürdigen Riten verschreiben können. Aber dann findet man es gegen seinen Willen doch irgendwie interessant. Man fragt sich, was diese Menschen antreibt.«

»Was treibt sie denn an?«

»Macht. Es verlangt sie nach Macht über andere Menschen und nach der Macht, ihr eigenes Ich zu bejahen. Laut LaVey existiert nichts, was dich mehr einschränkt als dein eigenes Ich. Niemand soll über dich bestimmen dürfen. Niemand soll über deine Taten urteilen. Du bist frei, nur du und deine Bedürfnisse zählen. Wenn du dich selbst wohl fühlst, ist alles okay.«

»Alles?«

»Alles. Es ist kein Zufall, dass man bei Ermittlungen in den USA beispielweise auf den Missbrauch kleiner Kinder gestoßen ist. Sie wurden erst betäubt und dann rituell missbraucht. Der Satanismus gesteht es seinen Anhängern zu, verbotene Gelüste auszuleben. Die meisten Zusammenkünfte enden mit Gruppensex. Sodomie kommt ebenfalls vor. Wie wir wissen, gibt es bei ihren schwarzen Messen auch Tieropfer. Das größte Opfer ist natürlich immer ein Menschenopfer. Das kommt allerdings nicht sonderlich häufig vor.«

Irene dachte darüber nach.

»Kann man sagen, dass der Teufel für sie so etwas wie ein Gott ist?«

Erneut schien Svante zu zögern, ehe er antwortete.

»Nicht ganz. So wie ich das verstehe, dienen die schwarzen Messen dazu, an der Kraft des Teufels zu partizipieren. Diese Kraft dient dazu, sich von allen kulturellen und religiösen Konventionen zu befreien. Erst dann wagt man es, den Teufel in sich loszulassen. In den verschiedenen Religionen spielt die Gottheit sehr oft eine Gesetz gebende Rolle. Der Gott sagt, was man tun darf und was nicht. Im Satanismus ist das nicht so. Dort soll man sich einfach nur selbst bejahen, und der Teufel gibt einem die Kraft dazu.«

Angewidert sah Irene auf das Buch, das vor ihr auf dem Schreibtisch lag.

»*Ich*. *Ich* ist das Schlüsselwort«, stellte sie fest.

Svante nickte.

»Und die absolute Befriedigung der eigenen Bedürfnisse. Bei den meisten von uns verfolgten Verbrechen entdecke ich den Teufel.«

Seine Bemerkung erstaunte Irene außerordentlich.

Als sie sich wieder gesammelt hatte, entgegnete sie verwirrt:

»Was …? Der Teufel in den Verbrechen … Was meinst du damit?«

»Bei den meisten Verbrechen geht es um die Befriedigung eigener Bedürfnisse. Geld, Sex, Macht oder darum, Dampf abzulassen. Der Typ, der vom Türsteher abgewiesen wird und diesem ein Messer in den Bauch rammt, wird vielleicht von dem Teufel, der in uns allen wohnt, zu seiner Tat inspiriert.«

»Hör schon auf. Diese Leute stehen meist unter Alkohol oder Drogen. Nicht alle ziehen gleich ein Messer, nur weil sie nicht in einen Nachtclub kommen! Und anzufangen, so was mit dem Teufel zu entschuldigen …«

Irene unterbrach ihren wütenden Wortschwall. Svante grinste sie an.

»Tja. Einige von uns haben den Teufel vielleicht mehr in sich als andere.«

Er drehte sich um, winkte ihr von der Tür noch einmal zu und verschwand.

Irene saß lange da und betrachtete einfach nur das Buch »Church of Satan«.

Warum hatte Jacob Schyttelius dieses Machwerk gelesen?

Hatte er mehr darüber erfahren wollen, wie die Satanisten dachten, oder hatte er andere Gründe gehabt? Hatte er das Buch deswegen versteckt? Vielleicht hatte es sein Vater, der Pfarrer, einfach nur nicht finden sollen.

Wobei natürlich immer noch die Frage war, ob der Satanismus überhaupt etwas mit diesem dreifachen Mord zu tun hatte.

Die Einzige, die möglicherweise die Antwort wusste, war auf der anderen Seite der Nordsee in der Psychiatrie.

Die Laune von Kommissar Andersson sank auf den Nullpunkt, als er sich der Tür des Dienstzimmers von Yvonne Stridner näherte, der Professorin in Pathologie. Erleichtert stellte er fest, dass das gelbe »Bitte Warten«-Lämpchen leuchtete, und wollte schon kehrtmachen, als es plötzlich erlosch. Schweren Herzens drückte er auf die Klingel. Unwillkürlich seufzte er, als sofort das grüne »Bitte Eintreten«-Lämpchen aufblinkte.

Die Chefin der Gerichtsmedizin thronte hinter ihrem übervollen Schreibtisch. Ihre Diorbrille war ihr auf die Nasenspitze gerutscht. Ausnahmsweise wirkte sie gestresst. Rote Flecken glühten auf ihren Wangen.

»Andersson? Ausnahmsweise können Sie einem vielleicht mal nützlich sein. Was macht man, wenn einem der Computer abgestürzt ist? Ich kann meinen Vortrag nicht überarbeiten!«

Verärgert knallte sie die Hand auf das Plastikgehäuse ihres IBM-Computers.

»Ich ... ich kenne mich mit Computern nicht sonderlich gut aus«, stotterte Andersson.

»Aber Sie verwenden doch wohl welche bei Ihrer Arbeit?«

Die Stridner durchbohrte den Kommissar mit ihrem stechenden Blick, bis er immer kleiner wurde. In ihrer Gegenwart fühlte er sich regelmäßig wie ein nervöser und verschwitzter Schuljunge. Oder eher wie ein lallender Vollidiot.

»Doch ... doch natürlich«, sagte er und hörte selbst, wie wenig überzeugend das klang.

Die Stridner kniff die Lippen zusammen und flüsterte dann etwas über »technikfeindliche Chefs auf der mittleren Führungsebene«.

Das konnte sich Andersson nicht bieten lassen. Gemessen sagte er:

»Ich bin nicht hier, um irgendwelche Computer zu reparieren, sondern um zu fragen, ob sich die Morde zeitlich etwas genauer eingrenzen lassen.«

Der Blick der Stridner wurde frostig. Ihre Stimme klang eisig, als sie erwiderte:

»Ich hätte nachschauen können, wenn mein Computer jetzt nicht streiken würde.«

Jetzt waren sie wieder da, wo sie angefangen hatten. Andersson ließ die Schultern hängen und starrte die Pathologin mit den feuerroten Haaren an. Resigniert drehte er sich zur Tür um, da hörte er sie sagen:

»Ich kann natürlich auch an den anderen Computer gehen.«

Ohne eine Antwort abzuwarten, rauschte sie an ihm vorbei und eilte mit klappernden Absätzen den Korridor entlang.

Vollkommen erschöpft ließ sich Andersson auf den unbequemen Besucherstuhl sinken. Die Polsterung hatte Dellen, und der Bezug war aus Plastik. Andersson hatte den Verdacht, dass sich die meisten, die auf diesem Stuhl saßen, in verschiedenen Stadien der Nervosität befanden. Aus eigener Erfahrung wusste er, wie schnell ein Hemd durchgeschwitzt war, wenn man auf einem Stuhl mit Plastikpolster saß und einem die Nerven zu schaffen machten. Ob Medizinstudenten oder Polizisten, wahrscheinlich verließen sie alle die Besprechungen mit Frau Professor Stridner mit dem gleichen nassen Rücken, setzte der Kommissar seine düsteren Überlegungen fort. Schließlich kündigte das Klappern der Absätze Professor Stridners Rückkehr an. Sie stürzte durch die Tür und marschierte auf ihren ergonomisch gestalteten Schreibtischstuhl aus bordeauxrotem Leder zu, der wesentlich bequemer wirkte als Anderssons Folterinstrument.

Yvonne Stridner schob ihre Brille hoch und sah auf die Papiere, die sie in der Hand hielt. Ohne weitere Umschweife begann sie vorzulesen:

»Der Magen von Jacob Schyttelius enthielt halb verdaute Reste von Bockwurst und Kartoffelbrei. Dazu hatte er Fanta getrunken. Die letzte Mahlzeit nahm er etwa um achtzehn Uhr zu sich. Stimmt das?«

Die Frage war wie ein Peitschenhieb. Die Stridner sah ihn über den Brillenrand hinweg an.

»Ja. Die Frau von der Würstchenbude am Södra Vägen hat sich bei uns gemeldet. Sie erinnert sich an ihn. Offensichtlich war er Stammkunde. Er aß dort einige Male in der Woche und immer gegen sechs. Sie erinnert sich noch genau, dass er an diesem Montag da war, denn am Tag darauf bekam sie einen Hexenschuss und musste sich krankschreiben lassen. Der Inhaber eines Herrenbekleidungsgeschäfts am Södra Vägen hat ebenfalls angerufen. Jacob sei Montagabend kurz vor Feierabend in seinem Laden gewesen.«

Der Kommissar ärgerte sich über sich selbst, als er merkte, wie eifrig er draufloserzählte und sich wichtig machte, um zu zeigen, dass auch er den vollen Überblick hatte. Ein Ja hätte genügt.

Die Stridner nickte nur und schaute wieder auf ihre Papiere.

»Auf Grund dessen würde ich den Zeitpunkt des Mordes auf zwischen elf Uhr und elf Uhr dreißig nachts legen. Genauer geht es nicht. Was den Mageninhalt seiner Eltern angeht, ist die Sache schwieriger, da wir nicht genau wissen, wann sie ihre letzte Mahlzeit zu sich nahmen. Sie bestand jedenfalls aus einem Lachsgratin mit Erbsen. Nach dem Verdauungsgrad zu schließen, haben wir es mit etwa sechs Stunden vor Eintritt des Todes zu tun. Was die Getränke angeht ...«

Wieder einmal sah die Stridner Andersson äußerst kritisch an. Unbewusst versuchte er, den Bauch einzuziehen, der über den Gürtel hing.

»Bei Elsa Schyttelius fanden sich Kaffee und Wasser im Verdauungskanal, bei Sten Schyttelius Bier und Whisky. Er hatte 1,1 Promille im Blut. Recht viel, vermutlich war er jedoch nur etwas angeheitert. Der Zustand seiner Leber lässt auf einen jahrelangen beträchtlichen Alkoholkonsum schließen.«

»War er Alkoholiker?«

Für den Bruchteil einer Sekunde schien die Stridner zu zögern.

»Nicht direkt Alkoholiker ... eher Großverbraucher und Gewohnheitstrinker. Sein Blutzucker war ebenfalls am oberen Ende der Skala. Außerdem hatte er Übergewicht.«

Sie warf Andersson einen viel sagenden Blick zu. Fast hätte er sie nach Puls und Blutdruck gefragt, konnte sich aber gerade noch beherrschen. Das Schlimmste, was einem passieren konnte, war, dass Yvonne Stridner schlechte Laune bekam. Stattdessen sagte er:

»Wir haben herausgefunden, dass um achtzehn Uhr zweiunddreißig vom Pfarrhof aus bei Jakobs Mobiltelefon angerufen wurde. Das ist das letzte Gespräch, das am Mordabend vom Pfarrhaus aus geführt wurde. Vielleicht wollten sie Jacob ja zum Abendessen einladen. Wenn meine Vermutung zutrifft, würde das bedeuten, dass die Schyttelius um Viertel vor sieben oder etwas später gegessen haben. Daraus ließe sich schließen, dass sie erst um Viertel vor eins getötet wurden, mit einer Toleranz von einer Viertelstunde, aber wahrscheinlich eher gegen eins.«

Die Stridner nickte.

»Das kann hinkommen.«

Sie nahm die Brille ab und klopfte mit dem Bügel leicht gegen ihre Schneidezähne.

»War eine regelrechte Hinrichtung«, stellte sie dann sachlich fest.

»Diese Satanistensterne und all dieser andere ... Unsinn könnte darauf hindeuten, dass die Morde von Satanisten begangen wurden. Aber irgendwie sieht es doch nicht danach aus.

Ich meine ... es gibt keinerlei Anzeichen für irgendwelche Rituale.«

»Nein. Das hier sind keine Ritualmorde«, pflichtete ihm die Stridner entschieden bei.

»Hatten Sie schon mal einen Satanistenmord zu bearbeiten?«, wagte Andersson zu fragen.

»Ja, einmal. Den Purpurmord. Da hatte ich gerade in der Gerichtsmedizin angefangen. Kennen Sie den Fall?«

»Ja. Ich erinnere mich, war aber an den Ermittlungen nicht beteiligt.«

»Dann muss ich Ihnen die Einzelheiten ja nicht eigens erzählen. Der Mann wurde jedenfalls mit durchschnittener Kehle in seiner Wohnung gefunden. Aber nicht nur das. Jemand hatte ein Pentagramm in seinen Bauch geritzt. Nicht sehr tief, aber es hatte geblutet. Das Opfer war da also noch am Leben gewesen.«

»Hätte er es auch selbst tun können?«, warf der Kommissar ein.

»Nein. Das Pentagramm war sehr ordentlich und hatte gleich große Zacken. Das kann man nicht selber. Nicht einmal vor dem Spiegel. Außerdem stand er unter Drogen.«

»Bitte?«

»LSD. Ich habe mir sagen lassen, dass das bei Zusammenkünften von Satanisten eine recht gebräuchliche Droge ist. Ich bin diesen Fall einige Jahre später auf einem Kongress in Philadelphia mit einem Kollegen durchgegangen. Er hatte bereits mit drei Ritualmorden zu tun gehabt. Hochinteressant! Zwei Kleinkinder und ein Teenager, die ...«

Die Stridner unterbrach sich und warf Andersson einen raschen Blick zu. Sie nahm sich zusammen und fuhr fort:

»Aber zurück zum Purpurmord. Der Mann hatte also LSD eingeworfen, oder jemand hatte es ihm zwangsweise verabreicht. Wahrscheinlich spürte er nichts, als das Pentagramm in die Bauchdecke geritzt wurde. Abgesehen davon, dass seine Kehle durchschnitten war, hatte er fünf Stichwunden. Das Interessante an diesen Stichwunden war, dass immer dasselbe Messer verwendet worden war, dass vermutlich aber jedes Mal ein anderer zugestoßen hatte.«

Erstaunt zog Andersson die Brauen hoch.

»Davon wusste ich nichts. Natürlich war das nicht mein Fall, aber gerüchteweise hätte man doch davon erfahren müssen ...«

»Kein Wunder. Wir haben diese Information nicht weitergegeben, da es sich nur um eine Hypothese handelte.«

»Und wie war die begründet?«

»Der Mann lebte noch, als das Pentagramm eingeritzt wurde, und er war noch am Leben, als ihm jemand die Kehle durchschnitt. Das Blut spritzte nur so, und er verblutete recht schnell. Die Stichwunden waren sehr unterschiedlich. Zwei seitlich am Brustkorb waren nur wenige Zentimeter tief. Eine ging direkt ins Herz und wäre allein schon tödlich gewesen. Ebenso ein Bauchstich, Lazeration der Leber. Der letzte Stich richtete sich seltsamerweise auf die Partie über dem Schambein und traf die Blase. Keine dieser Stichwunden hatte sonderlich geblutet, was darauf hindeutet, dass der Mann bereits eine Weile tot war, als ihm diese Verletzungen beigebracht wurden.«

»Ich meine mich zu erinnern, dass einiges auch auf sexuelle Kontakte hindeutete ...«

»Ja. Scheidensekret am Penis und Sperma im Anus. Er hatte also Sex mit mindestens einem Mann und einer Frau. Heutzutage würden wir die DNA analysieren, aber das ging damals noch nicht.«

Yvonne Stridner verstummte und betrachtete einen Punkt über dem Kopf des Kommissars.

»Sie erinnern sich erstaunlich gut«, erdreistete er sich zu sagen.

Die Professorin erwiderte trocken:

»Ja. Der Fall war einprägsam. Ungewöhnlich.«

Sie rückte ihre Brille zurecht und sah auf die Papiere, die vor ihr auf dem Tisch lagen.

»Ich bin auf diesen Fall eingegangen, weil ich begründen wollte, warum ich die Schyttelius-Morde nicht für Ritualmorde von Satanisten halte. Zum einen spricht das Aussehen der Tatorte dagegen. Keine Auffälligkeiten oder Utensilien für satanistische Rituale. Das Einzige sind die Symbole auf den Computermonitoren.«

»Im Schlafzimmer der Schyttelius war das Kruzifix umgedreht …«

»Das sollte sicherlich nur Verwirrung stiften. Nichts an den Leichen lässt auf ein Ritual schließen. Die Opfer sind kaltblütig hingerichtet worden.«

Andersson nickte. Er gab Frau Professor Stridner Recht.

»Aber wenn sie nicht von Satanisten ermordet wurden, wer war es dann?«

»Ein Mörder ohne Gnade. Ein geübter Schütze, zielsicher. Keines der Opfer ist nach dem Mord noch angefasst worden. Er wusste, sie waren tot.«

Andersson dachte darüber nach, was Frau Stridner gesagt hatte.

»Merkwürdig, dass die einzigen geübten und zielsicheren Schützen, die im Zusammenhang mit dieser Ermittlung auftauchen, Sten und Jacob Schyttelius selbst sind«, meinte er dann resigniert.

Bereits am Dienstagabend begann sich Irene auf ihre Londonreise vorzubereiten. Sie bügelte ihre blaue Leinenhose und das dazu passende Jackett. Dazu würden die dunkelblauen Pumps mit den halbhohen Absätzen sehr gut passen. Aber was sollte sie unter die Jacke anziehen? Nach langem Hin und Her entschied sie sich für ein blasslila Top mit einem tiefen V-Ausschnitt. Die Zeit zwischen Einchecken und Boarding wollte sie zum Einkaufen nutzen. Vielleicht würde sie ja einen Lippenstift und ein Parfüm finden. Ihre Wimperntusche war auch fast zu Ende und …

Sie wurde aus ihren Überlegungen gerissen, als die Haustür aufschlug und Katarina hereinstürmte.

»Hallöchen. Rate mal.«

»Hallo. Was?«

»Ich habe den Wettbewerb abgesagt. Ich hab bei dem Club angerufen, wo Samstag das Finale stattfindet, und gesagt, dass ich für diesen Miss-Unsinn keine Zeit habe.«

»Und was haben sie gemeint?«

»Sie haben sich wahnsinnig aufgeregt. Aber das ist mir scheißegal. Diese Glubschaugen sollen sehen, wie sie zurechtkommen.«

Summend verschwand sie in ihrem Zimmer.

Woher dieser schnelle Sinneswandel? Warum brauchte ihre Tochter nicht mehr die Bestätigung, hübsch zu sein? Hatte sie Angst, nicht zu gewinnen? Oder …?

Auf einmal wusste Irene, was Sache war.

»Wie heißt er?«, rief sie zu Katarina hoch.

Erstaunt steckte ihre Tochter den Kopf durch die Tür.

»Er? Woher weißt du …?«

Dann lachte sie.

»Johan.«

Eilig verschwand sie wieder in ihrem Zimmer. Irene lächelte und hatte das Gefühl, eine sehr tüchtige Ermittlerin zu sein.

Als sie eine Weile später wieder an die Schyttelius-Morde dachte, verschwand dieses Gefühl wie ein Tautropfen in der Wüste. Wenn ihre Londonreise nichts ergab? Vielleicht hatte Rebecka wirklich nicht den blassesten Schimmer, was das Motiv für die Morde oder den Täter anging. Die letzten Jahre hatte sie schließlich nicht in Schweden gewohnt. Zu ihrer Familie schien sie auch keinen regen Kontakt gehabt zu haben. Von Rebecka waren weder Briefe noch Postkarten an ihren Bruder oder ihre Eltern gefunden worden.

Plötzlich kam ihr ein Gedanke: die Computer. Alle hatten Computer gehabt. Vielleicht hatten sie ja E-Mails ausgetauscht oder gechattet … Die Festplatten waren zerstört. Aber vielleicht war was auf Disketten gespeichert? Irene, die gerade dabei war, den Stecker des Bügeleisens herauszuziehen, hielt mitten in der Bewegung inne.

Disketten. Weder bei Sten noch bei Jacob hatten sie eine einzige Diskette gefunden. Warum eigentlich? Wenn der Mörder die Disketten mitgenommen hatte? Wie ließen diese sich idiotensicher zerstören? Sie nahm sich vor, dem am nächsten Morgen als Erstes nachzugehen.

Direkt nach der Morgenbesprechung am Mittwoch klingelte das Telefon in Irenes Büro. Sie rannte durch die Tür und warf sich über den Schreibtisch, um zu antworten.

»Inspektorin Huss.«

Am anderen Ende hörte sie jemanden schwer atmen.

»Hallo? Wer ist da bitte?«, fragte Irene ruhig.

Jemand räusperte sich nervös.

»Ja … ich weiß nicht recht, ob ich überhaupt anrufen soll, aber hier ist Pfarrer Urban Berg aus Bäckared.«

»Guten Morgen.«

»Guten Morgen. Ich frage mich … es ist so, dass ich etwas erfahren habe, was vielleicht überhaupt nichts mit den Morden zu tun hat, aber schließlich weiß man nie …«

»Soll ich zu Ihnen rauskommen, damit wir uns unterhalten können, oder lässt sich das auch telefonisch regeln?«

»Naaein … Ich muss heute sowieso in die Stadt … Könnte ich Sie nicht heute Nachmittag besuchen? Mir wäre es allerdings sehr recht, wenn niemand erführe, dass ich mit Ihnen gesprochen habe.«

»Wann passt es Ihnen?«

»Nach zwei. Geht das?«

»Natürlich. Sagen Sie am Empfang Bescheid, dann hole ich Sie unten ab.«

»Danke.«

Es war zu hören, wie erleichtert er war.

Nachdem Irene aufgelegt hatte, saß sie eine Weile da und dachte nach. Was hatte Urban Berg erfahren, was er ihr am Telefon nicht anvertrauen konnte? Würde das den Durchbruch bringen, auf den alle hofften? Aber das war vermutlich reines Wunschdenken.

Irene widmete den gesamten Vormittag der lästigen Verwaltungsarbeit. Als sie anschließend, ehe sie kurz vor eins zum Mittagessen ging, ihren leeren Schreibtisch betrachtete, war sie sehr zufrieden mit sich. In der Kantine der Staatlichen Krankenversicherung gab es ein ganz passables Hühnerfrikassee. Sie hielt nach Tommy sowohl im Präsidium als auch in der Kantine Ausschau, konnte ihn aber nirgends entdecken. Wahrscheinlich ging es im Speedy-Fall vorwärts. Das konnte man von ihrer Ermittlung nicht behaupten. Sie hätte gerne gewusst, welchen Eindruck Tommy damals von Urban Berg gehabt hatte, als er ihn befragt hatte. Sie konnte sich nur daran erinnern, dass Urban Berg seinen Kollegen Bengt Måårdh als einen Schürzenjäger bezeichnet hatte. Das war vielleicht nicht ganz unwahr. Bengt war gut aussehend und charmant.

Irene erinnerte sich, dass ihr Urban Berg damals bei ihrer kurzen Begegnung im Gemeindehaus eher steif vorgekommen war. Laut Bengt Måårdh trank er zu viel.

Als was hatte Tommy die beiden Pfarrer noch bezeichnet? Jetzt erinnerte sie sich wieder: als Klatschweiber. Sie hatten über einander Gerüchte verbreitet. Ein Grund war sicherlich, dass sich beide um die Stelle des Hauptpfarrers beworben hatten. Bengt Måårdh war so in Fahrt gewesen, dass er auch noch ausgeplaudert hatte, dass Jonas Burman möglicherweise homosexuell war und sich für besonders fromm und rechtgläubig hielt. Erwartungsvoll fuhr sie wenig später mit dem Aufzug nach unten, um Urban Berg abzuholen. Die Dame vom Empfang hatte ihn um Punkt zwei Uhr bei ihr angemeldet.

Er drückte sich im Foyer neben dem Bücherregal an die Wand. In diesem Raum konnte man sich eigentlich nicht verstecken, aber dem Pastor war es trotzdem geglückt. Mit ausdrucksloser Miene sah er auf drei dunkelhäutige Männer auf einer Bank. Er musste schielen, um gleichzeitig eine zwielichtige Gestalt, die in einem Sessel die Göteborgs Posten las, im Auge zu behalten. Irene hätte ihn darüber aufklären können, dass es sich um einen Gefängniswärter in Zivil handelte, der auf jemanden wartete. Stattdessen öffnete sie nur die Glastür und lächelte ihr Willkommenslächeln. Erleichtert eilte Berg auf sie zu.

»Ich habe hin- und herüberlegt, was ich tun soll ... aber jetzt habe ich mich entschlossen, alles zu erzählen«, sagte Urban Berg.

Ganz aufrecht saß er auf Irenes Besucherstuhl. Kaffee hatte er keinen haben wollen. Irene ließ ihn einen Augenblick allein und holte sich einen Becher. Als sie zurückkam, saß er noch genauso da wie vorher.

Jetzt sah er Irene in die Augen und wiederholte:

»Ich habe mich entschlossen, alles zu erzählen.«

Dann unterbrach er sich erneut. Irene trank ihren Kaffee und wartete darauf, dass er endlich anfangen würde.

»Es war der Freitag vor den Morden. Sten kam nachmittags zu mir. Wir unterhielten uns. Es war sehr nett, und wir aßen einen Happen. Sehr nett, wie gesagt. Er sagte ...«

Hier verstummte der Pfarrer und schielte zur Seite. Irene hatte das Gefühl, dass er ungeheuer verlegen war. Sie überlegte, ob sie ihn fragen sollte, wie viel sie getrunken hätten, hielt das dann aber für unwesentlich. In Anbetracht der Trinkgewohnheiten der beiden Herren war es sicher einiges gewesen. Berg räusperte sich und nahm erneut Anlauf:

»Er sagte, er hätte den Verdacht, Louise Måårdh habe Geld der Gemeinde unterschlagen.«

Irene war außerordentlich überrascht. War es wirklich möglich, dass die Gemeindebuchhalterin Louise Måårdh Geld veruntreut hatte? Die hübsche, elegante ... Irene fiel auf einmal die schöne Perlenkette ein und das wunderbar geschnittene Kostüm, das Louise vor einer Woche getragen hatte. Irene musste sich eingestehen, dass ihr Eindruck von Louise auch den Begriff teuer umfasste.

»Hatte er Beweise für seinen Verdacht?«

Verlegen rutschte Urban Berg auf seinem Stuhl hin und her und entgegnete dann:

»Ich ... wir sprachen darüber, dass Bengt und Louise sich schon wieder ein neues Auto gekauft hätten. Es ist noch nicht mal drei Jahre her, dass sie sich den Volvo zugelegt haben. Der war damals nagelneu. Jetzt haben sie sich einen BMW gekauft!«

Beim letzten Satz zog er vielsagend die Augenbrauen hoch.

Offensichtlich hielt er den BMW für einen klaren Beweis für die Betrügereien der Eheleute Måårdh. Als Irene seine Auskunft nicht weiter kommentierte, sah er erst enttäuscht aus, aber dann kehrte seine Entschlossenheit zurück.

»Letzten Winter sind sie auf die Malediven geflogen. Den Sommer davor waren sie in Italien, und jetzt wollen sie, glaube ich, nach Griechenland. Die Söhne studieren ohne staatliches Darlehen, und beide haben eine eigene Wohnung. Außerdem haben sie sich ein größeres Boot gekauft, das in Björlanda Kile liegt. Das kostet alles viel Geld!«

Seine Stimme klang triumphierend. Irene versuchte, ihre Worte genau zu wählen. Dann sagte sie:

»Hatte Sten Schyttelius den Verdacht, dass die Gemeindebuchhalterin Geld unterschlug, weil ihre Familie mit all diesen Ausgaben klarkam?«

Eine schwache Röte stieg den Hals des Pfarrers empor und breitete sich hässlich auf seinen bleichen Wangen aus.

»Er ... er fand es – wie auch ich – sehr merkwürdig, dass sie sich das alles leisten konnten. Pfarrer verdienen nicht gerade viel.«

»Aber er hatte keinen Beweis für seinen Verdacht«, stellte Irene fest.

»Nicht direkt. Aber in den letzten Jahren gab es immer wieder entsprechende Gerüchte. Laut Sten haben nicht nur wir beide uns Gedanken gemacht.«

Irene betrachtete den Mann, der kerzengerade auf dem Besucherstuhl saß. Sie war geneigt, Tommy Recht zu geben: Urban Berg war eine Klatschtante. Erfahrung hatte sie jedoch gelehrt, dass Klatsch häufig ein Körnchen Wahrheit enthält, wenn auch nicht immer. Vielleicht war es den Versuch wert, dieser Sache nachzugehen. Aber das sollte jemand anderes tun. Sie wollte nach London.

»Ich habe mir den Wald zwischen Norssjön und dem Pfarrhof in Kullahult näher angesehen. Ich fand es gar nicht mal so schwierig, durchzukommen.«

Fredrik hatte die beiden Kartenblätter zusammengeklebt, die der Kommissar aus dem Atlas gerissen hatte, als er die Theorie von dem durch den Wald wandernden Mörder lanciert hatte.

»Die ersten hundertfünfzig Meter hinter dem Sommerhaus sind ziemlich mühsam, aber dann kommt eine Überlandleitung, und die führt direkt nach Kullahult! An einigen Stellen führt die Überlandleitung über Wiesen und Zäune, aber nirgends in die Nähe von Häusern, erst wenn man fast in Kullahult ist. Trotzdem ist es kein Problem, ungesehen zum Pfarrhaus zu kommen.«

Fredrik sah von der Karte auf, um sicherzugehen, dass ihm auch alle zuhörten. Irene, Hannu und Kommissar Andersson saßen am Tisch, und Fredrik konnte sich kaum über mangelnde Aufmerksamkeit beklagen. Angespornt fuhr er fort:

»Die Leitung führt über die großen Äcker hinter dem Pfarrhof. Wenn man quer über den Acker geht, kommt man also hinter dem Hügel mit der Kirche heraus. Da sind überhaupt keine Häuser. Der Hof, zu dem die Äcker gehören, liegt auf der anderen Seite des Hügels, zu weit weg, um von dort sehen zu können, ob sich bei der Kirche was regt.«

»Man kann also eine Taschenlampe benutzen, ohne befürchten zu müssen, gesehen zu werden«, stellte Hannu fest.

»Richtig. Aber um ganz sicher zu gehen, sollte man am Rand des Ackers entlangwandern. Ich bin gestern um elf noch mal rausgefahren, um das zu kontrollieren. Kein Problem, ohne Taschenlampe zurechtzukommen, wenn man am Waldrand entlanggeht. Die Sache ist nämlich die, dass der Wald bis zum Hügel mit der Kirche reicht. Dort beginnt eine hohe Mauer. Geht man die entlang, kommt man zu der Tannenhecke auf der Rückseite des Pfarrhofs. Dort habe ich es gemacht wie Irenes Hund.«

Fredrik legte eine Pause ein und lächelte pfiffig.

»Was zum Teufel macht Irenes Hund?«, wollte der Kommissar ungeduldig wissen.

»Er folgt dem Wild. Ich bin den Rehen gefolgt. Sie haben nämlich eine Lücke in die Hecke getrampelt. Die Tulpen im Garten locken sie an. Für mich war die Lücke eine Spur zu eng, aber mit etwas Mühe kam ich durch. Ich kann dafür garantieren, dass der Mörder denselben Weg genommen hat.«

Der Triumph in seiner Stimme war nicht zu überhören. Die anderen schwiegen, denn es war Fredriks Vorstellung. Und er gedachte, alles aus ihr herauszuholen.

»An der besagten Stelle, dem Durchgang, fand ich eine Fußspur und einen roten Wollfaden. Ich rief die Spurensicherung, ehe ich selbst durch die Öffnung kroch. Sie haben den Faden an sich genommen und von dem Abdruck einen Abguss gemacht. Heute Morgen bin ich schon bei Åhlén und seinen Leuten gewesen. Sie sagen, es sei dieselbe Wolle wie die von den Fäden, die Irene und ich gefunden haben. Die Theorie von dem Mörder mit der Pudelmütze hat also Bestand.«

Irene kicherte, riss sich aber zusammen, als sie merkte, dass sie die Einzige war. Hannu und der Kommissar saßen ganz konzentriert da. Fredrik wusste, dass er das volle Interesse seiner Zuhörer hatte, und fuhr fort:

»Der Schuhabdruck war perfekt. Der Regen hatte ihm unter der Hecke nichts anhaben können. Er stammt von einem Adidas-Turnschuh Größe vierundvierzig. Laut Åhlén handelt es sich um ein Wintermodell, eine Art Wanderstiefel.«

»Goretex«, meinte Hannu.

»Wahrscheinlich. Leicht, warm und wasserdicht. Die Spurensicherung versucht rauszukriegen, um welches Modell es sich genau handelt.«

»Wir suchen also immer noch einen kleinwüchsigen Mann mit Pudelmütze, dessen große Füße in Goretex-Wanderstiefeln stecken. Der sollte doch wohl zu fassen sein«, sagte Irene kichernd.

Anderssons düsterer Blick vertrieb ihre Munterkeit rasch. Vor ihrem inneren Auge konnte sie den kleinen Mann mit der Pudelmütze sehen, der sich durch den Wald kämpfte und über seine großen Schuhe stolperte. Als sie sich eine Sekunde später daran erinnerte, was er mit seinen Opfern angestellt hatte, fand sie es schon nicht mehr so komisch.

»Ich habe gestoppt, wie lange man von einem Tatort zum anderen braucht. Eine Stunde und fünf Minuten«, schloss Fredrik.

Irene berichtete von Urban Bergs Besuch, und Hannu versprach zu prüfen, ob es eine Grundlage für die Vorwürfe gegen Louise Måårdh gab. Ein Motiv für die Morde konnte sein, die Spuren einer Unterschlagung zu verwischen. Da müsste es jedoch um viel Geld gehen, dachte Irene.

KAPITEL 12

Um Viertel nach sechs war es auf dem Flughafen Landvetter sehr ruhig. Irene hatte ihre kleine Tasche aufgegeben und stolperte verschlafen auf das nächste Café zu.

»Große oder kleine Tasse?«, zwitscherte das lächelnde Mädchen hinter dem Tresen.

»Einen Eimer voll bitte«, stöhnte Irene.

Ihr sonniges Lächeln immer noch auf den Lippen, drehte sich das Mädchen um und wählte eine Suppenschale aus Keramik. Sie füllte sie zu zwei Dritteln.

»Milch oder Sahne? Ich kann die Milch auch aufschäumen.«

Irene durchströmte eine große Dankbarkeit, dass sie einem Menschen begegnet war, der ihr fundamentalstes Bedürfnis frühmorgens nachvollziehen konnte.

»Nein, danke. Ich trinke ihn schwarz.«

Irene versuchte zu lächeln, aber das war wirklich zu viel verlangt. Ihre Gesichtsmuskeln schliefen noch. Als das Mädel hinterm Tresen auch noch eine Serviette und ein After Eight auf ihr Tablett legte, war sie richtig gerührt. Das brachte ihr endgültig zu Bewusstsein, dass sie vermutlich so aussah, wie sie sich fühlte – wie ein Wrack. Nachdem Irene ihre Schale Kaffee getrunken hatte, war sie bereit zum Shoppen. Sie ging in die Flughafenparfümerie und kaufte für sich ein und die Zwillinge, die ihr eine Liste mitgegeben hatten. Ein Zehntel des Korbinhalts war am Schluss für sie, der Rest für die Mädchen.

Nach knapp zwei Stunden in der Luft landete die Maschine in Heathrow. Ein Hagelschauer prasselte gegen den Flugzeugrumpf. Während sie aus der Maschine stieg, hörte der Hagel auf und ging in Nieselregen über. Es war windig und ungemütlich.

Hinter der Passkontrolle warteten mehrere Leute mit Pappschildern. Auf einem stand »Ms. Irene Huss«. Das dahinter konnte eigentlich nur Inspector Glen Thomsen sein. Und so war es auch.

»Willkommen in London. Ich bin Glen Thomsen.«

Seine weißen Zähne funkelten. Er war dunkelhäutig. Wie ein Brite sah er wahrlich nicht aus. Sein Haar glänzte tiefschwarz und war kurz und kraus.

Er streckte ihr seine Hand entgegen, und Irene hatte sich wieder so weit in der Gewalt, dass sie ihren Namen über die Lippen brachte.

Glen Thomsen nahm ihr die Tasche ab und meinte:

»Vielleicht fahren wir erst mal ins Hotel.«

Als sie das Empfangsgebäude verließen, brach eine bleiche Sonne zwischen den Wolken hervor.

»Sie haben hier wirklich Aprilwetter«, meinte Irene.

Thomsen lächelte, und seine Zähne funkelten. Er nickte, ging auf einen schwarzen Rover zu, entriegelte die Beifahrertür und hielt sie ihr auf. Dann warf er ihre Tasche auf den Rücksitz.

»Wir hatten jetzt zwei Wochen lang fantastisches Wetter, aber gestern ist es umgeschlagen. Den ganzen Tag hat es geregnet. Aber heute soll es wieder besser werden.«

Irene hörte keinerlei Akzent. Wenn er nicht hier geboren ist, dann ist er auf jeden Fall hier aufgewachsen, dachte sie.

Sie fuhren an grünenden Bäumen und Äckern vorbei. Erstaunt stellte Irene fest, dass die Kirschbäume bereits ausschlugen. Sie waren sicher einen Monat früher dran als in Göteborg. Als sie sich London näherten und die ersten Wohnviertel passierten, sah sie blühenden Goldregen und Magnolien, die fast schon in voller Blüte standen.

Der Verkehr wurde dichter, je näher sie der Stadt kamen. Und alle fuhren auf der falschen Seite! Irene dankte der Vorsehung, dass sie nicht ans Lenkrad musste. Glen Thomsen schien keine Schwierigkeiten mit dem Verkehr zu haben. Als Irene erzählte, dies sei ihr erster Besuch in London, sagte er sofort:

»Dann machen wir einen kleinen Umweg, dann kann ich Ihnen die größeren Straßen zeigen. So können Sie sich leichter zurechtfinden. Es ist gut, wenn Sie sich nicht verlaufen.«

Er erzählte, deutete auf Sehenswürdigkeiten und schien den anderen Verkehrsteilnehmern keine größere Aufmerksamkeit zu schenken.

»Ich habe für Sie ein Zimmer im Hotel meiner Schwester reserviert. Unser Vater hat es nach dem Krieg gegründet. Er war Schotte und heiratete erst recht spät. Meine Mutter war mit einer brasilianischen Tanztruppe in London und blieb, nachdem sie Dad kennen gelernt hatte. Er ist vor ein paar Jahren gestorben, und da hat meine Mutter ein Restaurant eröffnet. Es liegt ein paar Blocks vom Hotel entfernt. Das mit dem Restaurant war ein Jugendtraum von ihr – schauen Sie, da liegen Marble Arch und auf der linken Seite der Hyde Park – und macht ihr immer noch wahnsinnigen Spaß. Sie werden sie heute Abend kennen lernen. Alle Thomsens sind dort heute zum Abendessen, und wir hoffen, dass Sie auch Lust haben zu kommen.«

»Danke, gern«, antwortete Irene.

Die gesprächige Freundlichkeit ihres Gastgebers überwältigte sie.

»Ich habe Rebecka Schyttelius gestern Abend angerufen. Sie war gerade aus der Klinik gekommen und meinte, dass wir heute Vormittag vorbeischauen könnten«, fuhr Thomsen fort.

Der Verkehr war dicht. Auf der einen Seite lag der grüne Hyde Park hinter seinem hohen Schmiedeeisenzaun, auf der anderen standen Häuser mit prächtigen Fassaden. Plötzlich bog Glen Thomsen in eine Seitenstraße ein.

Der Kontrast war deutlich. Die Straße war recht schmal und kaum befahren. Die Häuser waren aus Ziegel oder verputzt, höher, aber nicht so exklusiv wie die an der Prachtstraße. Im Erdgeschoss waren kleine Läden und Restaurants mit exotischen Namen untergebracht. Irene fiel ebenfalls auf, dass es hier zahlreiche Hotels gab.

»Hier sind eine Menge Hotels«, meinte sie.

»Ja. Ein paar sind richtig schick, aber bei den meisten handelt es sich um kleine Familienbetriebe.«

Er bog in eine noch kleinere Straße ein und hielt dann an. Ein paar Stufen führten zu einer Tür mit Bleiglasfenstern hinauf. Zwei Säulen stützten das Vordach. In einem Fries stand in zierlichen Goldbuchstaben *Thomsen Hotel.* Auf beiden Seiten der Tür waren große Fenster, durch die man in die Rezeption schauen konnte. Breiter schien das Hotel nicht zu sein, da neben den Fenstern bereits die Nachbarhäuser anfingen. Das schmale hohe Gebäude schien frisch renoviert zu sein. Der Putz leuchtete weiß, und die Fensterrahmen waren in einem milden Hellblau frisch gestrichen. Irene gefiel das kleine Hotel sofort.

Glen Thomsen hielt ihr die Tür auf und bestand darauf, ihr die Tasche zu tragen. Irene trat in die helle Lobby und wurde von einer Frau begrüßt, die nur Glens Schwester sein konnte. Wenn sie lächelte, war die Ähnlichkeit besonders deutlich.

Sie war einen Kopf kleiner als ihr Bruder und hatte etwas hellere Haut. Sie schien im selben Alter wie Irene zu sein.

»Willkommen im Thomsen Hotel. Ich heiße Estell.«

Sie hielt ihr die rechte Hand hin und fuhr sich gleichzeitig mit der anderen in den Nacken, um den Sitz ihres schweren Knotens zu kontrollieren. Das goldbraune, kurzärmlige Kleid stand ihr ausgezeichnet und passte zu ihren Augen. Die Frau musste in jungen Jahren eine wahre Schönheit gewesen sein und war immer noch sehr gut aussehend.

»Hallo, Estell. Du kannst mir eine Tasse Kaffee geben, während Irene ihr Zimmer bezieht.«

Glen wandte sich an Irene und fragte:
»Reicht Ihnen eine Viertelstunde?«
»Natürlich.«
»Gut. Ich warte hier auf Sie.«

Das Zimmer war ganz oben. Zum ersten Mal in ihrem Leben begegnete Irene einem Einpersonenaufzug. Beim besten Willen hätten nicht zwei Personen in den winzigen Fahrstuhl gepasst.

Nachdem der kleine, schmale Aufzug glücklich in den vierten Stock gerumpelt war und sogar bereitwillig die Türen geöffnet hatte, entschloss sich Irene, in Zukunft die Treppen zu benutzen.

Das Zimmer war erstaunlich groß und in Smaragdgrün und Goldbeige gehalten. Alles blitzte neu renoviert, vom Teppich auf dem Fußboden bis hin zu dem gefliesten Badezimmer. An der Wand hing eine Grafik: ein Motiv vom Karneval in Rio.

Irene hängte ihre Kleider in den Schrank und ging auf die Toilette. Dann stieg sie wieder die Treppen hinunter in die Lobby.

»Sollen wir zu Fuß gehen? Es ist nicht mal ein Kilometer«, sagte Glen Thomsen.

»Gern«, stimmte Irene zu.

Die Sonne schien, aber der Wind war immer noch ziemlich kalt.

Vor auffallend vielen Häusern standen Gerüste, einige waren jedoch bereits renoviert. Der Stadtteil Bayswater erhielt offensichtlich seinen früheren Glanz zurück. Als hätte Glen Irenes Gedanken gelesen, sagte er:

»Hier in Bayswater wohnen ziemlich viele Einwanderer, im Augenblick ziehen aber auch sehr viele Engländer hierher, die zentral wohnen wollen. Natürlich gibt es schickere Gegenden, zum Beispiel Mayfair oder Holland Park, aber dort sind die Wohnungen fürchterlich teuer. Und obwohl Bayswater neuerdings im Trend ist, ist das nichts im Vergleich zu Notting Hill.

Dort wohnt Rebecka Schyttelius. Haben Sie den Film mit Julia Roberts und Hugh Grant gesehen ...?«

»Nein.«

»Da haben Sie nichts verpasst. Aber der Film war ein wahnsinniger Erfolg, und jetzt ist es in, in Notting Hill zu wohnen.«

Irene merkte, dass sie vom Hotel in Richtung Westen gingen. Ziemlich bald wurden die Häuser heruntergekommener und schmutziger. Auch hier waren viele Gebäude eingerüstet, aber die Häuser, die renoviert werden sollten, waren nicht so schön wie die in Bayswater.

»Notting Hill ist ein altes Arbeiterviertel. Aber trotzdem gibt es hier ein paar schöne Häuser wie das da vorne.«

Glen deutete auf ein großes weißes Haus mit vier Stockwerken und einer reich verzierten Fassade. In den unteren Stockwerken erstreckten sich Balkone über die gesamte Breite. Hier blühten bereits Blumen in Blumenkästen und Töpfen. Die Balkone gingen auf einen schönen Park, der von einem hohen Schmiedeeisenzaun umgeben wurde. Der Öffentlichkeit wurde nur der Blick durch das Gitter gestattet, denn am Tor hing ein Schild: *Privat.*

Sie kamen an einem großen roten Backsteinhaus im Tudorstil vorbei, gingen bis zur nächsten Querstraße und befanden sich auf der Ossington Street. An der Ecke lag ein Pub, das laut dem schwarzen Schild mit der schnörkeligen Goldschrift *Shakespeare* hieß. Das Haus mit dem Pub sah bedeutend älter aus als die umliegenden Gebäude. Es war niedrig, hatte Bleiglasfenster und war olivgrün gestrichen.

Auch die Ossington Street wurde von Baugerüsten beherrscht, besonders die eine Seite. Auf der anderen schienen die meisten Häuser bereits fertig renoviert zu sein. Glen Thomsen blieb vor einem weißverputzten Haus mit einer leuchtend roten Tür stehen. Zwei Messingschilder funkelten ihnen entgegen.

»Hier ist es«, meinte Glen, nachdem er auf einem Zettel nachgesehen hatte.

Irene stellte fest, dass Rebeckas Haus genauso aussah wie das Nachbarhaus, abgesehen davon, dass dort die Tür hellblau war. Auf der blauen Tür gab es sogar zwei ähnliche Messingschilder.

Eine steile Treppe führte zu der roten Tür. »Datacons. Lefèvre & St. Clair« stand auf dem größeren Schild und »Rebecka Schyttelius« auf dem kleineren. Es hatte den Anschein, als würde Rebecka an ihrem Arbeitsplatz wohnen.

Glen Thomsen drückte auf die glänzende neue Messingklingel. Aus dem Haus ertönte ein leises Dingdong. Nach ein paar Sekunden waren schnelle Schritte zu vernehmen, und die Tür wurde geöffnet.

Zum zweiten Mal innerhalb weniger Stunden blieb Irene beim Anblick eines Mannes die Luft weg, weil er ganz anders aussah, als sie erwartet hatte.

Denn soweit Irene wusste, war dieser Mann schon seit mindestens zwanzig Jahren tot.

Jetzt stand er da und sah Irene mit seinen braunen Augen durch seine runde Brille an. Das dichte, dunkelbraune, in der Mitte gescheitelte Haar reichte ihm bis auf die Schultern. Das weiße Baumwollhemd mit den hochgekrempelten Ärmeln war am Hals aufgeknöpft und hing aus einer verwaschenen Jeans. Die nackten Füße steckten in Sandalen.

Sein Name war John Lennon.

Als er ihr jedoch die Hand hinhielt und sich vorstellte, behauptete er, er heiße Christian Lefèvre.

Er lächelte, als ihm Irenes Verwirrung auffiel. Freundlich sagte er:

»Ich habe einen Doppelgänger-Wettbewerb gewonnen. Es bleiben immer wieder Leute auf der Straße stehen, wenn sie mich sehen. Nicht unlustig. Besonders, weil ich ein Fan der Beatles bin und zu jung war, als sie auf der Höhe ihres Ruhms waren.«

Christian Lefèvre trat einen Schritt beiseite, um sie hereinzulassen. In der engen, dunklen Diele hängten sie ihre Jacken auf und traten dann in ein großes Zimmer mit hoher Decke. Die Sonne fiel durch die gardinenlosen Fenster und die Blätter der Grünpflanzen. An den Wänden hingen bunte und teuer gerahmte Plakate mit verschiedenen Computern darauf. Aus versteckten Lautsprechern erklang »Yesterday« von den Beatles.

Irene zählte drei kleine und vier große Computer, die auf weiß lasierten Computertischen standen. Vier flache Metallschachteln waren vermutlich Laptops. Sie standen auf einem eigenen Tisch. Nur zwei der Computer waren an.

»Leider ist Rebecka mit der Aufregung nicht klargekommen. Ich musste sie heute früh zu Doktor Fischer fahren.«

»Muss sie dort bleiben?«, fragte Glen.

»Keine Ahnung. Aber sie bekommt sicher irgendwelche Beruhigungsmittel. Heute können Sie nicht mit ihr reden.«

Irene wusste nicht, ob es Einbildung war, aber sie fand, dass Christian Lefèvres Stimme zufrieden klang.

Glen stand einen Augenblick da und fixierte die John-Lennon-Kopie. Dann sagte er:

»Okay. Dann unterhalten wir uns eben mit Ihnen.«

Das war nicht das, was Lefèvre erwartet hatte. Seine Überraschung war ihm deutlich anzusehen.

»Mit mir? Wieso das? Ich weiß nichts.«

»Möglich, aber das werden wir ja sehen.«

»Aber ich habe sehr viel zu tun ... gerade jetzt, wo Rebecka schon so lange ausgefallen ist ...«

»Es dauert nicht lange.«

Glen war unerbittlich, und Lefèvre merkte das. Er zuckte irgendwie sehr französisch mit den Achseln und ging auf eine geschlossene Tür zu.

»Wir können uns hier hinsetzen«, sagte er und deutete, nachdem er die Tür geöffnet hatte, in ein Zimmer.

Hier gab es eine Kochnische und eine Couchgarnitur aus schwarzem Leder. Ein großer hellroter Teppich setzte einen Farbakzent. Wie im großen Zimmer waren die Wände weiß.

Der einzige Wandschmuck war ein Pferdekopf aus rot glasierter Keramik.

»Kaffee oder Tee?«, fragte Lefèvre.

»Kaffee«, erwiderte Irene rasch, ehe Glen noch Gelegenheit dazu hatte, abzulehnen.

Er hatte im Hotel seinen Kaffee bekommen, sie aber nicht, und sie wollte gern eine Tasse. Christian Lefèvre füllte den Wasserkocher. Zu spät merkte Irene, dass es nur Pulverkaffee gab. Wenigstens ist er nicht koffeinfrei, tröstete sich Irene.

Lefèvre ließ sich Zeit damit, mit Plastikbechern, Teebeuteln, Milch und Nescafé herumzuhantieren. Nachdem das Wasser gekocht hatte und er es in die Becher gegossen hatte, konnte er es nicht länger hinauszögern. Er sah sich gezwungen, Platz zu nehmen. Es konnte keinen Zweifel daran geben, dass ihm die Situation nicht behagte.

Glen sah ihn lange an, ehe er fragte:

»Warum wollen Sie nicht, dass wir uns mit Rebecka unterhalten?«

Konzentriert starrte Christian in seinen Becher, als sei es das Faszinierendste, was er je gesehen hatte: wie der Inhalt des Teebeutels das Wasser goldbraun verfärbte. Es dauerte, bis er antwortete:

»Ich versuche doch nicht, Sie daran zu hindern, mit Rebecka zu sprechen!«

»Doch.«

Christian fischte den Teebeutel aus dem Becher und knallte ihn verärgert in eine leere Tasse, die er in die Mitte des Tisches gestellt hatte.

»Vielleicht haben Sie Recht. Ich will sie beschützen. Sie hat nicht mal die Kraft, auch nur daran zu denken, was passiert ist. Ganz zu schweigen davon, darüber zu sprechen. Sie wird krank, wenn man nur erwähnt ... was passiert ist.«

»Wie lange ist sie schon krank?«

Er sah hastig auf, schaute dann aber erneut weg.

»Was meinen Sie? Seit den Morden ...«

»Nein. Depressionen hatte sie schon vorher.«

»Woher ...? Seit September.«

»War sie die ganze Zeit krankgeschrieben?«

»Nein. Sie hat zwischendurch immer wieder gearbeitet. Das war gut für sie. Das hat sie ihre Gedanken und ihre Angst vergessen lassen. Phasenweise ging es ihr jedoch schlechter ... Hören Sie mal, was soll das mit den Morden in Schweden zu tun haben?«

Irene mischte sich in das Gespräch ein:

»Das wissen wir nicht. Wir suchen ein Motiv. Haben Sie je Rebeckas Eltern oder Bruder kennengelernt?«

»Nein.«

»Hat Rebecka Ihnen gegenüber erwähnt, dass ihre Familie bedroht worden sei?«

Erst sah Christian erstaunt aus, dann sagte er vage:

»Nein. Sie hat nichts in der Art gesagt. Aber in den Zeitungen stand etwas über eine Spur, die zu Satanisten führt ...?«

»In den Zeitungen stand so was. Hat Rebecka Ihnen irgendwas über Satanisten erzählt?«

Er nippte an seinem heißen Tee, während er nachdachte.

»Es ist schon recht lange her. Ihr Vater hatte sie darum gebeten, ihm dabei zu helfen, irgendwelche Satanisten über das Internet aufzuspüren.«

»Wie lange ist das her?«

»Rebecka hat mir letzten Herbst davon erzählt, und da hat sie gesagt, die Sache liege bereits ein Jahr zurück. Das Ganze ist also mehr als anderthalb Jahre her.«

»Und sie hat nie etwas darüber gesagt, dass sie sich selbst bedroht fühlt?«

»Nein. Nie«, sagte er bestimmt.

»Und Anfang letzter Woche hat sie auch nichts Ungewöhnliches geäußert?«

»Sie meinen, ehe das mit den Morden bekannt wurde?«

»Ja. Also Montag oder Dienstag.«

»Nein. Alles war wie immer. Wir haben beide den ganzen Montag hier gearbeitet. Für Rebecka war das wohl etwas viel. Gegen halb sechs ging sie hoch zu sich, um sich hinzulegen, weil sie Kopfschmerzen hatte. Ich stiefelte ins Shakespeare. Das ist der Pub hier an der Ecke. Wir treffen uns dort montags immer mit ein paar Leuten, um die Totoscheine auszufüllen.«

»Was haben Sie anschließend gemacht?«

»Ich bin nach Hause gegangen.«

»Haben Sie Rebecka noch einmal gesehen?«

»Nein. Sie war oben bei sich.«

Jetzt konnte sich Glen nicht länger zurückhalten und fragte:

»Wohnen Sie zusammen?«

»Ja und nein. Mir hat früher das Nachbarhaus gehört, das mit der blauen Tür. Unten war das Büro und im ersten und zweiten Stock meine Wohnung. Das Büro wurde zu klein, und ich begann, mich nach anderen Räumlichkeiten umzusehen. Da wurde das Nachbarhaus frei. Ich kaufte es und bot Rebecka die Wohnung an. Bedingung war, dass wir im Erdgeschoss die Wand rausreißen und das Büro vergrößern. Wie Sie gesehen haben, hat das funktioniert.«

»Sie leben also zusammen? Als Paar?«

Christian Lefèvre sah Glen wütend an.

»Nein. Und ich verstehe auch nicht, was das mit Ihrer Ermittlung zu tun haben soll.«

»Das hat es. Rebecka ist die Einzige aus der Familie Schyttelius, die überlebt hat. Alles, was ihr Leben betrifft, ist für die Ermittlungen von Belang«, erwiderte Glen gelassen.

Es stimmt zwar nicht ganz, dass alles von Bedeutung ist, dachte Irene, aber jedenfalls gab sich der Franzose mit dieser Auskunft zufrieden. Falls er Franzose war.

Eine Weile war es still. Christian Lefèvre rutschte hin und her. Schließlich sagte er:

»Falls Sie keine weiteren Fragen haben, würde ich jetzt gern arbeiten.«

»Gut, dass Sie davon anfangen. Womit beschäftigen Rebecka und Sie sich eigentlich? Gibt es noch weitere Angestellte?«, fragte Glen unerschüttert.

Christian seufzte schwer und demonstrativ, ehe er antwortete:

»Hier in London sind Rebecka und ich die Einzigen. Andy St. Clair ist wieder nach Edinburgh gezogen und arbeitet von dort aus. Aber er muss sich auch um einige andere Geschäfte kümmern. Hauptsächlich arbeiten Rebecka und ich zusammen. Wir übernehmen Aufträge von Firmen und Organisationen, bei denen es um Computer und Netzwerke geht. Im Augenblick beschäftigen wir uns mit exponentiellen und offenen Netzwerken. Wir evaluieren die Sicherheit. In diesem Fall ist der Auftraggeber geheim, aber so viel kann ich Ihnen verraten, dass militärische Interessen im Spiel sind. Das Risiko, dass Terroristen das Internet lahm legen, ist in der Tat ziemlich groß.«

»Aber das gesamte Internet lässt sich doch wohl kaum lahm legen! Dann muss man doch Millionen und Abermillionen von Websites zerstören«, wandte Irene ein.

»Ganz und gar nicht. Es geht ganz einfach. Das Internet ist ein offenes Netzwerk. Für zufällige Fehler ist es nicht weiter anfällig, aber für Angriffe auf die besonders wichtigen Computer, die Server, die das Rückgrat des Systems bilden. Durch einen zielgerichteten Angriff auf die Server lässt sich das Internet recht schnell auf einige isolierte Inseln reduzieren.«

»Davon habe ich noch nie gehört. Was ist denn ein exponentielles Netzwerk oder wie immer das heißt?«

Glens Tonfall hörte man sein aufrichtiges Interesse und seine Neugier an. Christian hatte entspannter gewirkt, als er vom Internet erzählt hatte. Offensichtlich fühlte er sich im Cyberspace mehr zu Hause.

»Exponentielle Netzwerke haben keine Server. Alle Computer im Netz sind gleich stark miteinander vernetzt. Ein solches Netzwerk reagiert zwar empfindlich auf zufällige Störungen, ist aber gegen Angriffe geschützt.«

»Rebecka arbeitet also an diesen Sachen mit?«

»Ja. Wir sind auf verschiedene Netzwerke spezialisiert und klinken uns da ein, wo die Administratoren der Firmen nicht weiterkommen.«

»Ist damit viel Geld zu verdienen?«

Zum ersten Mal, seit er ihnen die Tür geöffnet hatte, gestattete sich Christian Lefèvre ein Lächeln. Ohne auch nur zu versuchen, seine Zufriedenheit zu verbergen, sagte er:

»Ja. Ein Vermögen.«

Nachdenklich strich sich Glen über die Stirn.

»Mal sehen ... jetzt haben wir über den Montag gesprochen. Ist am Dienstag irgendwas Ungewöhnliches vorgefallen?«

Christians Lächeln verschwand, als hätte jemand den Strom abgestellt.

»Nein. Am Dienstag geschah nichts außer der Reihe. Abgesehen davon, dass ich morgens verschlafen habe. Das ist ungewöhnlich. Ich hatte wohl am Abend vorher im Pub zu viel Whisky und Bier getrunken. Aber dann bin ich losgegangen und habe, um das wieder gutzumachen, Croissants und Kopenhagener gekauft, und Rebecka und ich haben hier gefrühstückt.«

»Wie spät war es da?«

»Halb zehn, zehn. Um den Dreh.«

Christian breitete die Hände aus und zuckte gleichzeitig mit den Achseln.

»Haben Sie dann beide den ganzen Tag hier gearbeitet?«

»Ja. Ich habe Rebecka um vier gesagt, sie solle Feierabend machen. Ich selbst hatte bis gegen acht zu tun.«

»Rebecka bekam an diesen beiden Tagen auch keine ungewöhnlichen Telefonanrufe?«

»Nein.«

»Auch vorher nicht?«

»Nein.«
»Auch keine ungewöhnlichen E-Mails?«
»Ich habe doch schon Nein gesagt.«
Jetzt gelang es Christian nicht mehr, seinen Ärger zu verbergen. Demonstrativ erhob er sich und begann, den Tisch abzuräumen. Irene blieb sitzen, da Glen das ebenfalls tat, und brach auch nicht das Schweigen.
»Könnten Sie jetzt gehen? Ich habe alle Hände voll zu tun.«
Christian verlor die Selbstbeherrschung. Er ging zur Tür und hielt diese weit auf. Sein Adamsapfel schnellte auf und ab, während er versuchte, seine Wut zu zügeln.
»Sie können ja von sich hören lassen, wenn Sie weitere Fragen haben, aber jetzt habe ich keine Zeit mehr«, sagte er mit mühsam erkämpfter Selbstbeherrschung.
Irene und Glen gingen durch den weißen, unpersönlichen Computersaal mit den schönen Grünpflanzen und von dort ins dunkle Entrée. Paul McCartneys Stimme begleitete sie mit »Hey Jude« nach draußen. Jetzt fiel Irene auch auf, warum die Diele so eng war. Hier war eine Wand eingezogen mit einer Tür, die in Rebeckas Wohnung führte.
»Sind die Wohnungen gleich?«, fragte sie Christian.
»Ja.«
Sein Gesichtsausdruck verriet deutlich, dass sie das überhaupt nichts anging.

»Der Bursche hält was zurück. Er wirkt nervös. Vielleicht versucht er aber auch wirklich nur, Rebeckas schwache Nerven zu schützen«, meinte Glen, als sie zum Hotel zurückgingen.
»Schwer zu sagen. Aber was sollte er verschweigen?«
»Keine Ahnung. Vielleicht gibt es doch irgendwelche Drohungen, über die er sich nicht äußern will. Oder er weiß wirklich nichts. Dann ist er wirklich das, wofür er sich ausgibt: ein junger, hart arbeitender Millionär in der Internetbranche, der versucht, seine Kollegin zu schützen.«

Glen sprach etwas an, worüber Irene auch schon nachgedacht hatte.

»Finden Sie nicht auch, dass ihm seine Partnerin etwas sehr am Herzen liegt? Ich meine, dass er Rebecka ins Nachbarhaus einziehen lässt und es renoviert.«

»Das ist wahr. Aber das könnte auch rein praktische Gründe haben, eben dass er die Bürofläche erweitern wollte. Büros in London sind furchtbar teuer. Er profitiert sicher davon, dass er sein Büro in einem Gebäude angesiedelt hat, das er selbst besitzt«, meinte Glen.

Sie gingen durch einen anderen Teil von Bayswater als auf dem Hinweg. Hier waren die Straßen breiter und die Bürgersteige belebt. In den Geschäften und Restaurants herrschte bereits Hochbetrieb. Irene begann, darüber nachzudenken, was sie nach Hause mitbringen sollte. Wieder einmal bewies Glen, dass er über die unheimliche Gabe verfügte, Gedanken lesen zu können.

»Wenn Sie einkaufen wollen, können wir zu Whiteleys gehen. Das ist da vorn. Da gibt es alle erdenklichen Läden. Dahin gehe ich auch immer mit meiner Frau und den Kindern, wenn wir was brauchen. Sie shoppen, und ich sitze ganz oben im Pub und lese Zeitung.«

Er lächelte sein ansteckendes Lächeln und wurde Irene immer sympathischer. Man stelle sich vor! Ein Mann, der freiwillig zum Einkaufen mitging! Er schummelte zwar, indem er sich in den Pub verdrückte, aber immerhin kam er mit.

Sie gingen auf das weiße Gebäude zu, das in der Sonne wie ein Marzipantörtchen aussah. In der Tat erinnerte es mehr an eine prächtige Kathedrale als an ein Warenhaus. Glen blieb hinter den Pfeilern und vor den großen Glastüren stehen.

»Wir treffen uns hier in einer Stunde wieder, dann gehen wir zum Lunch. Während Sie einkaufen, versuche ich, Doktor Fischer zu erreichen.«

Irene betrat das Gebäude und resignierte sofort. Sie würde

mit Sicherheit nur Zeit für einen Bruchteil der Geschäfte haben. Sie stellte ebenfalls fest, dass die schwedische Krone gemessen am englischen Pfund nicht viel wert war. Gleichzeitig gab es viele Dinge, die sie gern gehabt hätte.

Am Interessantesten war der Wäscheladen auf zwei Etagen. Vorsichtig befingerte sie einen hellblauen BH und den dazu passenden Slip. Jedes Teil kostete zwölf Pfund. Sie überlegte noch, ob das billig oder teuer war, als plötzlich eine junge Dame vor ihr stand.

»Erlauben Sie mir, Ihre Maße zu nehmen, dann kann ich Ihnen die richtige Größe holen.«

Etwas skeptisch ließ Irene sich zu einer abschließbaren Umkleidekabine führen und Maß nehmen. Die Verkäuferin verschwand und kam einen Augenblick später mit vier BHs und den dazu passenden Slips zurück. Irene entschloss sich, zwei davon zu nehmen. Eine exklusive hellgelbe Tüte mit Goldschrift in der Hand, ging sie ins Entrée zurück, um Glen zu treffen. Jetzt hatte sie wirklich einen Bärenhunger.

Irene war enttäuscht, dass Glen ein Restaurant ausgesucht hatte, das Mandarin Kitchen hieß. Wenn sie schon mal in London war, wollte sie nicht unbedingt chinesisch speisen – Chinarestaurants gab es in Göteborg mehr als genug. Als das Essen auf dem Tisch stand, änderte sie ihre Meinung sofort. Hier kamen keine halben Sachen auf den Tisch, hier war alles frisch vom Markt gekauft. Auf Glens Empfehlung bestellte sie Jakobsmuscheln in Knoblauchsauce. Sie dufteten und schmeckten himmlisch. Das kühle Bier spülte den Staub der Großstadt aus ihrer Kehle.

Sie wollten beide kein Dessert, sondern tranken nur noch eine Tasse Kaffee. Glen zog eine Schachtel Zigaretten aus der Tasche und bot Irene eine davon an, aber sie lehnte ab. Er zündete sich eine an und inhalierte genussvoll.

»Ich habe Doktor Fischer erreicht, und er hat mit Rebecka

gesprochen. Er ist einverstanden, dass wir sie treffen, wenn er bei dem Gespräch dabei sein darf. Was meinen Sie?«

»Klar.«

»Wir sind morgen um elf in seiner Praxis verabredet.«

»Ausgezeichnet.«

Glen lächelte durch den Rauch und sagte:

»Jetzt muss ich zurück zur Arbeit, aber vielleicht wollen Sie ja mitkommen. Ich setze Sie vor New Scotland Yard ab. Leider habe ich nicht die Zeit, eine kleine Führung mit Ihnen zu machen. Ich muss nämlich zu einer Besprechung. Aber was halten Sie davon, wenn ich Ihnen zeige, wo die Sightseeing-Busse halten? Das ist unten an der Victoria Street.«

»Super. Ich weiß kaum was über London.«

»Dann ist eine Stadtrundfahrt genau der richtige Einstieg. Estell erwartet Sie um sieben in der Lobby. Dann können Sie zusammen zum Vitória gehen.«

»Zum Vitória?«

»Mamas Restaurant. Meine Großmutter hieß Vitória. Da sehen wir uns heute Abend!«

New Scotland Yard war ein Riesenklotz aus Glas und Beton. Er schien von einem Architekten entworfen worden zu sein, der gerne mit Lego gespielt hatte. Die alten Nachbargebäude waren jedoch elegant und imposant.

»Hier sind die Houses of Parliament, in denen seit dem sechzehnten Jahrhundert das Parlament seinen Sitz hat. Hier sehen Sie Big Ben. So heißt jedoch nur die Uhr und nicht der Turm«, sagte Glen.

Er setzte Irene an einer Bushaltestelle unten an der Themse nicht weit von einer Brücke ab, die laut sämtlichen Schildern Westminster Bridge hieß. Irene merkte, dass sie einen Stadtplan brauchte. Eine freundliche weißhaarige Dame in einem kleinen Kiosk neben der Haltestelle verkaufte sowohl Stadtpläne als auch Tickets für Stadtrundfahrten, die einen Tag Gültigkeit hatten. Sie sah aus, als sei sie schon seit dem letzten Weltkrieg Rentnerin.

»Sie können überall in unsere Busse einsteigen«, sagte die alte Frau und lächelte ein sonniges, zahnloses Lächeln.

Irene setzte sich auf das offene Oberdeck des Busses und knöpfte ihre Jacke zu, denn vom Wasser her blies ein füchterlich kalter Wind.

Es war halb sechs, als sie sich durch die Tür ihres Hotelzimmers schleppte. Ihr Kopf brummte von all den neuen Eindrücken, und die Füße taten ihr weh. Sie war vollkommen ausgelaugt. Nachdem sie alle Tüten aufs Bett geworfen hatte, ging sie ins Badezimmer. Dort drehte sie den Warmwasserhahn der Badewanne auf. Neben Koffein war ein Bad jetzt ihr dringendstes Bedürfnis.

Dankbar stellte sie fest, dass das Hotel einen kleinen Wasserkocher bereithielt. Neben den weißen Tassen stand eine Schale mit Teebeuteln, Portionstütchen mit Pulverkaffee und Würfelzucker. Irene füllte den Kocher mit Wasser, knipste ihn an und schüttete die drei Kaffeetütchen in eine Tasse.

Auf dem Heimweg war sie an der Oxford Street direkt vor dem Warenhaus Selfridges ausgestiegen. Rasch war sie durch einige der Etagen gegangen und hatte festgestellt, dass das Preisniveau ihre Möglichkeiten eindeutig überstieg. Freudig überrascht entdeckte sie dann einen Hennes & Mauritz ein Stück weiter die Straße hinunter. Dort fand sie eine hübsche blasslila Wolljacke und ein schwarzes, glitzerndes Top. Superelegant und billig, da die Jacke herabgesetzt war und nur noch die Hälfte kostete. Irene war sehr zufrieden, genierte sich aber gleichzeitig etwas. Um bei H & M einzukaufen, hätte sie wirklich nicht nach London zu fahren brauchen. Sie beschloss, einfach nur zu sagen, sie hätte die Sachen in London gekauft, falls sie gefragt werden würde.

Sie nahm die dampfende Tasse mit ins Badezimmer und stellte sie auf dem Rand der Badewanne ab. Es war göttlich, in das warme Wasser zu sinken und ein paar Schlucke starken Kaffee zu trinken. Das Koffein breitete sich rasend schnell in ihrem Körper aus und vertrieb die Müdigkeit. Gleichzeitig erhöhte die Hitze des Badewassers die Durchblutung von Haut und Muskeln. Nach und nach fühlte sie sich angenehm entspannt.

Dunkle Wolken türmten sich am Horizont auf und näherten sich rasch dem Strand. Was noch vor einem Augenblick warm und angenehm gewesen war, war plötzlich kalt und bedrohlich. Irene fror, wusste aber nicht, was sie tun sollte, damit ihr wieder warm wurde. Arme und Beine waren schon vollkommen steif gefroren und weigerten sich zu gehorchen. Sie bekam furchtbare Angst, als sie begriff, dass sie gelähmt war und erfrieren würde. Regen und Kälte kamen unerbittlich näher, und die Flut würde sie bald hinaus in das eiskalte Meer spülen. Zu allem Überfluss begann es zu donnern.

Mit einem Ruck setzte sich Irene in dem kalten Badewasser auf. Es donnerte immer noch, und erst nach einer Weile begriff sie, dass es klopfte. Zitternd vor Kälte stand sie auf und wickelte sich in das große weiße Badetuch. Schlotternd ging sie die Tür einen Spaltweit aufmachen. Draußen stand Estell.

Ihr Haar war ebenso tadellos hochgesteckt wie am Morgen. In ihrem anliegenden elfenbeinweißen Kleid und den dazu passenden Schuhen war sie atemberaubend schön. Über ihrer Schulter hing eine Jacke, die ebenfalls mit dem Kleid harmonierte. Sie lächelte und sagte:

»Hallo. Sind Sie fertig?«

»Nein … ich bin in der Badewanne eingeschlafen.«

»Sie Ärmste. Sie sind heute natürlich schon sehr früh aufgestanden und waren dann den ganzen Tag unterwegs. Kein Wunder, dass Sie eingeschlafen sind. Es ist erst Viertel nach. Ich rufe an und sage, dass wir uns verspäten.«

Sie lächelte freundlich und ging dann über den dicken Teppichboden davon, ohne über ihre hohen Absätze zu stolpern. Gewisse Frauen können das, andere nicht. Irene gehörte definitiv zur letzten Kategorie.

Blitzschnell duschte Irene heiß und kalt, um ihren Blutkreislauf wieder in Schwung zu bringen. Sie hatte die Haare noch nicht gewaschen, aber es müsste genügen, sie mit dem Hotelföhn ein wenig zu trocknen. Sie streifte das blasslila Top über und zog dann den blauen Leinenanzug an. Zweimal strich sie sich rasch mit der Wimperntusche über die Wimpern, dann fuhr sie sich mit dem neuen Lippenstift über die Lippen, und schon war sie bereit, hinunter zur wartenden Estell zu gehen. Im letzten Moment erinnerte sie sich an den Schmuck. Ein Geschenk von Krister zu ihrem Vierzigsten. Mit ein paar schnellen Handgriffen ersetzte sie ihre silbernen Ohrringe durch bedeutend größere aus Gold. Dann legte sie sich die lange Kette mit dem hübschen Goldei um den Hals. Kristers Cousine, Goldschmiedin in Karlstad, hatte es angefertigt. Es war der teuerste Schmuck, den Irene je besessen hatte, und sie liebte ihn. Ein Blick in den Spiegel bestätigte ihr, dass sie für einen Restaurantbesuch in London gerüstet war.

»Nicht schlecht. Sie haben es in zwölf Minuten geschafft«, sagte Estell.

Sie verließen das Hotel und gingen etwa hundert Meter die Straße entlang. An der Ecke in einem großen Ziegelgebäude lag das Vitória. Südamerikanische Rhythmen drangen auf die Straße. Im Lokal herrschte Karnevalsstimmung. An einem langen Tisch saßen etwa dreißig Personen. Alle Altersgruppen waren vertreten. Alle sangen mit, hoben die Gläser und prosteten sich zu. Irene musste fast schreien, um die Musik zu übertönen.

»Gibt es was zu feiern?«

»Hat Glen Ihnen das nicht gesagt?«, fragte Estell erstaunt.

»Nein. Was?«

»Mama wird fünfundsechzig.«

»Aber da kann ich doch nicht kommen und ...«

In ihrer Verwirrung fiel Irene das Wort für stören nicht ein. Estell lächelte und sagte:

»Sie stören überhaupt nicht. Es war Mamas Idee, dass Glen Sie einlädt. Sie fand es schade, dass Sie hier in der großen Stadt ganz allein herumsitzen. Mama liebt es, sich mit Menschen zu umgeben.«

Eine füllige Dame in einem feuerroten, wehenden Kleid kam lächelnd und mit ausgebreiteten Armen auf sie zu.

»Willkommen! Jetzt kann das Fest wirklich beginnen, denn jetzt sind alle da! Sie sind mir besonders willkommen, Irene! Ich heiße Donna!«

Im nächsten Augenblick lag Irene in den kräftigen Armen ihrer Gastgeberin, deren graue Mähne nach Parfüm und Essen duftete.

Diese hielt Irene ein Stück von sich weg und sah hoch in ihr Gesicht:

»Wenn alle Polizisten in Schweden so groß sind, dann könnten Sie mir doch einen Kollegen im passenden Alter rüberschicken. Ich liebe große Männer!«

Sie lächelte, und für den Bruchteil einer Sekunde sah Irene das bleiche, etwas aufgedunsene Gesicht von Kommissar Andersson vor sich. Er konnte jemanden gebrauchen, der sein kommendes Rentnerdasein etwas aufmuntern würde. Vielleicht sollte sie ihn bei Donna vorbeischicken? Das Alter passte, bloß die Größe stimmte nicht ganz. Die lebenslustige Dame würde ihn vermutlich in ein paar Wochen vollkommen fertig machen. Sie selbst fühlte sich bereits jetzt etwas matt.

Glen winkte und lärmte und deutete auf zwei leere Stühle gegenüber auf der anderen Seite der Tafel. Estell bahnte sich, Irene im Gefolge, einen Weg dorthin.

»Hallo, Irene! Darf ich vorstellen: meine Frau Kate und die Zwillinge Brian und ... Wo ist Kevin?«

Glen stand auf und rief etwas zu einer Gruppe Kinder hinüber. Während Glen noch versuchte, seinen Sprössling herzuwinken, begrüßte Irene Kate. Eine schöne Frau mit dickem rotblondem Haar, großen blauen Augen und sehr heller, sommersprossiger Haut. Zu dem dunkellockigen Jungen neben ihr gesellte sich eine identische Kopie, die Glen schließlich aus der Kindermeute herausgefischt hatte.

»Ich habe auch Zwillinge, aber Mädchen. Die sind gerade achtzehn geworden. Außerdem sind sie nicht ...«

Wieder fehlte ihr ein Wort. Wie hieß eineiig auf Englisch?

»Identical«, sagte Kate und lächelte.

Ein Kellner kam mit einem Tablett und servierte Getränke. Die dunkle süße Flüssigkeit, die im Magen brannte, war wahrscheinlich Rum, Irene war sich nicht sicher. Nach einer Weile wurde das Essen serviert. Eine scharfe Sauce mit Krabben und Muscheln, in die sie wunderbar duftendes frisch gebackenes Brot tunkten. Danach kamen Grillspieße mit Huhn und Gemüse. Auch in der Sauce, die es dazu gab, war sehr viel Chili. Wahrscheinlich verschwand der Rotwein deswegen immer so schnell aus ihrem Glas. Je mehr getrunken wurde, desto ausgelassener wurde die Stimmung an der Tafel. Entsetzt merkte Irene, dass es noch mehr zu essen gab, als große duftende Braten aufgetragen wurden. Sie war bereits pappsatt. Zum Rinderbraten gab es Rotweinsauce und geröstete Kartoffeln.

»Das Fleisch kommt aus Südamerika! Nicht aus England. No BSE!«, verkündete Donna von ihrem Ende der Tafel aus.

Es schmeckte wunderbar, aber sie brauchte zwei Gläser, um das ganze Essen hinunterzuspülen. Allmählich spürte sie den Wein. Sie ermahnte sich, langsamer zu trinken. Bei der Vernehmung von Rebecka Schyttelius konnte sie keinen Kater gebrauchen.

Die Stimmung in dem kleinen Restaurant wurde immer ausgelassener. Wärmer wurde es auch. Die Gäste ließen das Geburtstagskind hochleben und sangen. Irene, die kein Portugiesisch konnte, versuchte, so gut es ging, mitzusingen.

Dann wurden zum Dessert eine riesige Obsttorte und Kaffee aufgetragen. Irene wollte keinen Cognac zum Kaffee, denn sie hatte nicht die Absicht, mit Kopfschmerzen aufzuwachen.

Alle unterhielten sich, lachten und sangen, aber als es aufzwölf zuging, merkte Irene, dass sie sich keine Minute länger wach halten konnte. Der Tag war lang und ereignisreich gewesen.

Irene trat auf Donna zu und dankte ihr für den schönen Abend und das gute Essen. Donna zog ihr Gesicht zu sich herab und gab ihr zwei schmatzende Küsse auf die Wangen.

»Jetzt müssen Sie mir versprechen, einen pensionierten Polizisten vorbeizuschicken! Einen großen!«, zwitscherte Donna.

Irene gelobte, sich Mühe zu geben.

Die kühle Nachtluft fühlte sich angenehm auf Irenes heißen Wangen an. Sie holte ein paar Mal tief Luft, um den Zigarettenqualm aus dem Lokal loszuwerden. Glen hatte ihr angeboten, sie zum Hotel zu begleiten, aber sie hatte abgelehnt, da sie gesehen hatte, dass er gleichzeitig damit beschäftigt war, die übermüdeten Zwillinge zum Gehen zu bewegen. Langsam kam ein Taxi auf sie zu und fuhr vorbei, als sie kein Zeichen gab. So weit war es auch wieder nicht. Sie würde das Hotel schon finden.

Die Straße war menschenleer und still. Sie hörte deshalb genau, dass ein Auto langsam hinter ihr herfuhr. Plötzlich blieb es stehen, und eine Tür wurde geöffnet. Wahrscheinlich jemand, der aussteigen will, dachte sie noch. Als sie zwei Hände an den Oberarmen packten und hinten in ein Taxi warfen, war sie vollkommen unvorbereitet. Sie schlug mit der Stirn so fest gegen den Türrahmen, dass sie Sternchen sah. Brutal wurde sie in den Wagen gestoßen.

»Verdammt, fahr schon!«, zischte ein Mann neben ihrem Ohr.

Sein Atem stank ekelhaft nach Schnaps und schlechten Zähnen.

Eine Sekunde lang war Irene vor Schreck und Überraschung wie gelähmt. Sie konnte nicht mal mehr schreien, da fiel die Wagentür schon hinter ihr zu. Sie landete auf dem geräumigen Fußboden vor der Rückbank. Ihr Angreifer hielt sie immer noch gepackt. Mit aller Kraft gelang es ihr, den Kopf zur Seite zu drehen, aber das Einzige, was sie sah, war das Fenster nach vorne und dahinter ein rasierter Stiernacken mit einer großen schwarzen Tätowierung.

Was wollten diese Männer? Wer waren sie? Als Irene merkte, dass der Angreifer ihre Brust abtastete, war sie sich sicher, dass er sie vergewaltigen wollte, aber als er dann versuchte, das Goldei zu packen, begriff sie, dass sie es mit einem Raubüberfall zu tun hatte.

Sie wurde ganz ruhig und vollkommen klar im Kopf. Er ließ ihre Oberarme los und hielt seinen linken Arm in einem Würgegriff um ihren Hals. Instinktiv spannte Irene die Halsmuskeln an und packte seinen Arm mit einer Hand. Dann rammte sie ihm mit aller Kraft den Ellbogen des anderen Arms in den Bauch. Er bekam keine Luft mehr und lockerte sofort seinen Würgegriff. Blitzschnell befreite sich Irene aus seinen Armen und setzte sich neben ihm auf. Sie segnete den Umstand, dass die Londoner Taxis hinten so geräumig waren. Irene lockerte ihren Griff um den Arm des Mannes nicht im Geringsten, drehte ihn auf seinen Rücken und zwang ihn so, auf dem Bauch liegen zu bleiben. Seine andere Hand machte sie unschädlich, indem sie sich, ein Knie zwischen seinen Schulterblättern, auf seinen Rücken setzte. Mit der freien Hand drückte sie seinen Arm auf den Boden des Taxis. Wenn er sich nur im Mindesten regte, würde sie den Druck erhöhen, und das war dann nicht von schlechten Eltern. Er lag vollkommen still.

Das alles hatte nur ein paar Sekunden gedauert. Der Stiernacken am Steuer hatte noch gar nicht recht begriffen, was passiert war, nur dass etwas passiert war.

»Verdammt, was machst du?«, schrie er.

Er versuchte, gleichzeitig nach hinten und nach vorne zu schauen, was natürlich schwierig war. Irene hörte ihn halblaut fluchen. Das Auto geriet ins Schlingern und begann zu schleudern. Es legte sich immer mehr auf die Seite, und die Reifen quietschten. Irene fiel es immer schwerer, den Mann unter sich festzuhalten. Plötzlich kam das Taxi mit einem dumpfen Krachen zum Stillstand. Stiernacken trug keinen Sicherheitsgurt, er knallte mit dem Kopf gegen die Windschutzscheibe und sank über dem Lenkrad zusammen. Der Mann unter Irene gab ebenfalls keinen Mucks mehr von sich. Sie hatte schon Angst, er hätte aufgehört zu atmen. Vielleicht hatte sie zu hart zugedrückt, als der Wagen die Vollbremsung gemacht hatte. Der Griff war gefährlich, und es war schon vorgekommen, dass Festgenommene ihn nicht überlebt hatten. Irene beugte sich nach vorne. Erleichtert stellte sie fest, dass er noch atmete, er schien nur ohnmächtig geworden zu sein.

Es gelang Irene, die Autotür zu öffnen, ein herbeigeeilter Mann half ihr aus dem Wagen. Er stützte sie mit einer Hand. In der anderen hielt er ein Handy.

»... nur ein Wagen ... an der Ecke Westbourne und Lancaster Gate, in einen Laternenpfahl gefahren ... die Frau ist unverletzt, bei den Männern sieht es schlimmer aus ... Sie sollten einen Krankenwagen schicken ...«

Als sich der Mann umdrehte, um zu fragen, wie es zu dem Unfall gekommen war, war die große Frau verschwunden.

KAPITEL 13

Obwohl Irene sich vorgenommen hatte, nicht mit Kopfschmerzen aufzuwachen, tat sie genau das. Das lag allerdings nicht am Alkohol, sondern an einer großen blauen Beule auf der Stirn, die pochte und schmerzte. Der handfeste Beweis, dass der Überfall in der Nacht wirklich stattgefunden hatte und nicht nur ein schrecklicher Albtraum gewesen war. Die Beule mit der kleinen Schürfwunde war direkt am Haaransatz und, wenn sie den Pony föhnte, kaum zu sehen.

Sie hatte sich vom Unfallort davongeschlichen, ein langes nächtliches Verhör wäre wirklich zu viel gewesen. Stattdessen hatte sie sich zu ihrem Hotel geschleppt und war auf ihr Zimmer gegangen. Trotz der aufwühlenden Ereignisse war sie in einen tiefen, traumlosen Schlaf gefallen. Vielleicht war sie auch bewusstlos geworden? Schwankend ging Irene nach unten ins Frühstückszimmer, das im Keller lag. In rascher Folge trank sie mehrere Tassen Pulverkaffee. Sie war immer noch satt von Donnas Geburtstagsessen. Das Einzige, was sie runterbrachte, war ein halbes Käsebrötchen. Langsam ließen auch die Kopfschmerzen nach, und sie konnte wieder einigermaßen klar denken.

Natürlich musste sie der Polizei erzählen, was vorgefallen war. Das einzig Vernünftige war, Glen zu verständigen. Sie hatten verabredet, dass er sie um zwanzig vor elf vor dem Hotel abholen würde, aber es war wohl besser, wenn er schon früher Bescheid wüsste.

Wieder auf ihrem Zimmer nahm Irene Glens Visitenkarte und rief ihn in der Arbeit an. Sie hatte Glück, er war sofort am Apparat. Irene versuchte, ihm wortreich zu erklären, was am Vorabend vorgefallen war, aber er fiel ihr sofort ins Wort:

»Ich komme, so schnell es geht.«

Irene ging nach unten in die Lobby, um auf ihn zu warten. Mit einem gut gelaunten »Guten Morgen« eilte Estell an ihr vorbei und verschwand ebenso schnell wieder in den hinteren Gefilden des Hotels. Sie konnte nicht viel geschlafen haben, aber das war ihr nicht anzusehen. Irene gab sich keinen Illusionen hin. Ihr sah man es sicher sofort an, dass sie eine schwere Nacht hinter sich hatte.

Mit einem sonnigen Lächeln auf den Lippen betrat Glen den Hoteleingang, aber als er Irenes Gesicht sah, verschwand es sofort.

»Wir gehen rauf auf Ihr Zimmer«, sagte er nur.

Irene erzählte ihm detailliert, was vorgefallen war. Glen unterbrach sie kein einziges Mal, sondern hörte die ganze Zeit nur aufmerksam zu. Als sie fertig war, schüttelte er den Kopf.

»Unglaublich! Die Frage ist nur, wer mehr Pech hatte. Sie, weil man Sie an Ihrem ersten Abend in London überfallen hat, oder die Täter, weil sie eine Exmeisterin in Jiu-Jitsu überfallen haben!«

Er lächelte, wurde aber sofort wieder ernst.

»Ich rufe das Revier an.«

Glen benutzte das Telefon auf Irenes Zimmer. Er sprach lange mit verschiedenen Leuten. Immer wieder saß er auch nur da, hörte zu und nickte. Gelegentlich schielte er zu Irene hinüber, und sie meinte, einen neuen Ausdruck in seinen Augen erkennen zu können. Richtig entscheiden, was er bedeuten sollte, konnte sie nicht, aber hin und wieder sah er beunruhigt aus.

»Kommen Sie. Wir müssen fahren. Ich erzähle Ihnen alles auf dem Weg«, sagte Glen.

Er ließ den Wagen nicht sofort an, nachdem sie eingestiegen waren, sondern sah Irene einen Augenblick ernst an.

»Sie hatten unglaubliches Glück. Dank Ihrer Jiu-Jitsu-Kenntnisse sind Sie wahrscheinlich einem schrecklichen Schicksal entronnen.«

Er verstummte und drehte den Zündschlüssel um. Schnurrend sprang der Motor an.

»Das Taxi war gestohlen. Der Fahrer wurde mit schweren Stichverletzungen und ausgeraubt auf einer Seitenstraße nur ein paar Blocks vom Vitória entfernt gefunden. Dort stehen nur ein paar Abbruchhäuser. Er war geknebelt, und die Hände waren mit Klebeband gefesselt. Offenbar geht es ihm recht schlecht. Er liegt im Krankenhaus. Der einzige Trost ist, dass die Täter das ebenfalls tun.«

Glen machte eine Pause, er hatte an einem Zebrastreifen angehalten, um eine ältere Dame mit Gehwagen über die Straße zu lassen. Dann gab er Gas und fuhr fort:

»Der Mann, der Sie überfallen hat, heißt Ned Atkinson. Er wird auch Totengräber genannt.«

Er verstummte erneut. Irenes Kopfschmerzen flammten einen Augenblick wieder auf. Sie hatte also mit einem Mann gerungen, der den Spitznamen Totengräber trug. Sie versuchte, etwas zu sagen, aber ihre Zunge fühlte sich steif und seltsam geschwollen an. Sie schwieg.

»Ned ist ein stadtbekannter Knacki und Fixer. Vor einigen Wochen kam er wieder auf freien Fuß, nachdem er zwölf Jahre wegen Beihilfe zum Mord gesessen hatte. Seine Spezialität ist die Mitarbeit bei Auftragsmorden für die Unterwelt und die Beseitigung der Leichen. Deswegen auch der Spitzname Totengräber.«

Irene gelang es, ihre Zunge von der Lähmung zu befreien. Sie versuchte ein tapferes Lächeln.

»Darf ich fragen, wie der andere Bursche genannt wird?«

Glen sah sie lange an, ehe er entgegnete:

»The Butcher.«

Der Schlächter. Irene beschloss, keine weiteren Fragen zu stellen.

»Sie hatten Glück, dass nicht er Sie ins Taxi gezerrt hat. Der Schlächter wiegt sicher einhundertdreißig Kilo und ist wahnsinnig stark. Aber als er letzten Monat aus dem Gefängnis geflohen ist, hat er sich offensichtlich am Knie verletzt. Das haben sie letzte Nacht im Krankenhaus festgestellt, wo er wegen seiner Schädelverletzungen eingeliefert wurde. Der Kommissar, mit dem ich gesprochen habe, meinte, dass ein normaler Mensch mit so einer Wunde am Knie wahrscheinlich gar nicht hätte herumlaufen können. Der Schlächter war natürlich dazu gezwungen. Er hätte sich kaum auf irgendeiner Notaufnahme blicken lassen können, denn er wurde steckbrieflich gesucht.«

Sie waren an Marble Arch vorbeigefahren und bogen jetzt in die Oxford Street ein. Der Verkehr war dicht, und auf den Bürgersteigen wimmelte es von Leuten, die einkauften. Glen verlangsamte das Tempo und bog in eine Seitenstraße ein. Er fuhr fort:

»Er ist jetzt auf der psychiatrischen Abteilung eines Gefängniskrankenhauses. Er hat wegen einiger ungewöhnlich brutaler Morde und Vergewaltigungen gesessen. Einige Taten waren Auftragsarbeiten, andere einfach zum Vergnügen.«

Glen parkte an der Bordsteinkante. Nachdem er den Motor abgestellt hatte, sagte er leise:

»Ned hat offensichtlich etwas zu lange keine Luft mehr gekriegt, während Sie mit ihm gerungen haben. Er wird wahrscheinlich überleben, aber wegen des Sauerstoffmangels im Gehirn bleibende Schäden davontragen. Die Schädigung des Gehirns könnte allerdings auch von einer Überdosis hervorgerufen worden sein. Er hatte einen extrem hohen Morphinpegel im Blut, außerdem ist er schon sehr lange Fixer. Die Drogen und sein ausschweifendes Leben haben ihm ziemlich zugesetzt. Der Schlächter ist mit ziemlicher Wucht gegen die Windschutzscheibe geknallt und hat schwere Schädelverletzungen davongetragen. Auch er wird bleibende Schäden haben, falls er überlebt. Und, Irene …«

Glen machte eine Pause und suchte den Blick von Irene. Erst als er ihr in die Augen schaute, sagte er:

»Neben dem Schlächter wurde ein langes Messer gefunden, mit dem er schon auf den Taxifahrer eingestochen hatte. Es war noch blutig.«

Raub. Vergewaltigung. Ein Messer zwischen die Rippen, vielleicht sogar Mord. Das hätte sie erwartet, wenn es ihr nicht gelungen wäre, sich zu befreien. Sie konnte nicht verhindern, dass ihre Knie zu zittern begannen, als sie aus dem Auto stieg. Obwohl es nur dreizehn Grad warm war, lief ihr der Schweiß den Rücken hinunter.

Doktor Fischers Praxis lag ein Stück vom Lärm der Oxford Street entfernt in einem hübschen Gebäude. Alle Häuser in dieser Seitenstraße waren aufwändig und einfühlsam renoviert worden.

Sie hatten durch die Gegensprechanlage ihre Namen gesagt und wurden ins Entrée vorgelassen. Dieses war im viktorianischen Stil gehalten, viel Marmor und dunkle Mahagonischnitzereien. Irene war erleichtert, dass der Aufzug neu und groß genug für zwei Personen war.

Ein kräftiger Mann Ende Fünfzig erwartete sie, als sie aus dem Fahrstuhl stiegen. Sein dichtes, stahlgraues Haar war zurückgekämmt, und er trug einen kurz geschnittenen grauen Vollbart. Der hellgraue Anzug war an Schultern und Hüften etwas knapp, wirkte aber teuer. Sein Gesicht war breit und energisch. Beim Lächeln zeigte er kräftige Zähne, seine graublauen Augen blieben jedoch kalt. Trotz seiner eleganten Kleider fand Irene, dass er mehr wie ein Großwildjäger als wie ein Arzt aussah. Über die Oberkante seiner randlosen Brille hinweg sah er sie durchdringend an.

»Die Inspektoren Thomsen und Huss, wenn ich das richtig sehe. Ich bin Doktor John Fischer. Treten Sie ein.«

Er begrüßte sie mit einer angedeuteten Verbeugung, gab ihnen aber nicht die Hand. Stattdessen deutete er hinter sich. Sie schritten durch eine dunkle Diele in ein kleineres Wohnzimmer, offensichtlich eine Art Wartezimmer. Es war mit Antiquitäten möbliert, die sehr gut zum Stuck an der Decke und den Bleiglasfenstern passten. Auf dem Boden lagen Teppiche, die Irene, die sich damit nicht auskannte, für echt hielt. Alles ließ erkennen, dass das hier keine normale Praxis war. Wahrscheinlich waren die Rechnungen dementsprechend.

»Rebecka will, dass wir uns hier unterhalten«, sagte Doktor Fischer.

Der Arzt öffnete eine Tür. Er ging auf eine Frau zu, die in einem Sessel am Fenster saß, und legte ihr eine Hand auf die Schulter.

Das Licht fiel von der Seite auf Rebeckas rechte Gesichtshälfte. Irene sah, dass sie bedeutend magerer war als auf den Fotos vom Weihnachtsfrühstück. Sie trug ein Polohemd und einen schwarzen Hosenanzug aus einem dünnen Stoff, der sehr elegant war. Soweit Irene das sehen konnte, trug sie keinen Schmuck. Das Haar war lang und ungeheuer dicht, allerdings vollkommen stumpf, es schien, als sei es schon lange nicht mehr gewaschen worden. Es stand ihr, dass sie ein paar Kilo abgenommen hatte. Ihre vollen Lippen und hohen Wangenknochen kamen so besser zur Geltung. Die Augen in dem bleichen Gesicht waren groß und leer, ließen jedoch trotzdem irgendwo tief unten Unruhe und Angst erahnen. Irene begriff plötzlich, warum Christian Lefèvre sie hatte abschirmen wollen. Er wollte sie vor ihrer Angst und ihrem Schmerz bewahren.

»Rebecka ist wie ihr Vater …«, hatte sie erneut Eva Möllers Stimme im Ohr.

»Rebecka, das hier sind die Herrschaften von der Polizei, die mit Ihnen sprechen wollen«, sagte Doktor Fischer.

Irene und Glen traten vor, gaben ihr die Hand und stellten sich vor. Rebeckas Hand war kraftlos und kalt. Irene war sich nicht sicher, wie sie anfangen sollte, und sagte deswegen zögernd und auf Schwedisch:

»Ich weiß nicht, wie ich Ihnen mein Mitgefühl und das meiner Kollegen ausdrücken soll. Es ist außerordentlich tragisch, was Ihrer Familie zugestoßen ist. Wir tun alles, was in unserer Macht steht, um diese Morde aufzuklären. Aber dazu brauchen wir Ihre Hilfe. Es gibt immer noch viel zu viele Fragen, auf die wir keine Antwort haben. Glauben Sie, dass Sie uns ein paar von diesen Fragen beantworten können?«

Rebecka nickte ganz leicht, sah dabei aber Irene nicht an.

»Meine erste Frage ist, ob Sie sich irgendein Motiv für die Morde vorstellen können?«

Kurzes Kopfschütteln.

»Haben Ihre Eltern oder Jakob jemals davon gesprochen, dass sie bedroht würden?«

»Nein«, antwortete Rebecka flüsternd mit rauer Stimme.

»Sind Sie selbst jemals bedroht worden?«

Erneutes, etwas kräftigeres Kopfschütteln.

»Kennen Sie jemanden, der Ihre Eltern so gehasst hat, dass er oder sie sie getötet haben könnte?«

»Nein.«

»Jacob hatte auch keine Feinde, die Sie kannten?«

»Nein.«

Doktor Fischer und Glen verstanden kein Wort ihrer Unterhaltung, saßen aber trotzdem ganz ruhig daneben. Irene hätte einiges darum gegeben, diese Vernehmung Glen überlassen zu können. Nach den Ereignissen der Nacht war sie etwas aus dem Gleichgewicht. Aber es blieb ihr nichts anderes übrig. Sie beschloss, es auf andere Weise zu versuchen.

»Wir haben gehört, dass Ihr Vater Sie darum gebeten hat, die Satanisten im Internet aufzuspüren. Stimmt das?«

»Ja.«

»Haben Sie etwas Brauchbares herausgefunden?«

Zum ersten Mal richtete Rebecka ihren Blick auf Irene, schaute aber rasch wieder weg, ehe sie antwortete:

»Wir stießen auf jede Menge Propaganda. Aber Papa wollte die finden, die die Kapelle niedergebrannt hatten. Im Netz gab es jedoch nur einige Chats.«

»Chats?«

»Ja. Jemand gratulierte zu ›dem geglückten Angriff auf den Tempel des Feindes am See‹. Unterzeichnet war das mit ›Satans treuer Diener‹. Es gelang mir, diese Nachricht zu einem Computer des Gymnasiums in Lerum zurückzuverfolgen. Aber dort war dann Sendepause.«

Sie sprach mit größter Mühe, und Irene bemerkte, dass ihr der kalte Schweiß auf der Stirn stand. Das Ganze schien sie wirklich sehr viel Kraft zu kosten.

»Wissen Sie, ob Ihr Vater bei seinen Nachforschungen etwas herausgefunden hat?«

»Nein. Ich glaube nicht.«

»Sie waren letzte Weihnachten nicht zu Hause?«

»Nein.«

»Dann ist es also schon eine Weile her, dass Sie Ihre Eltern gesehen haben?«

Absichtlich ließ Irene die Frage in der Luft hängen, da sie nicht recht wusste, wie sie weitermachen sollte. Es erstaunte sie, dass Rebecka zusammenzuckte. Deutlich hörbar holte sie Luft und flüsterte:

»Ja.«

»Wann haben Sie sie zuletzt gesehen?«

Umständlich fuhr sich Rebecka mit der Zungenspitze über ihre trockenen Lippen.

»Ostern ... vor einem Jahr ...«

»Ist Ihnen damals irgendetwas Ungewöhnliches aufgefallen? Eine ungewöhnliche oder veränderte Stimmung? Irgendjemand, der etwas Merkwürdiges gesagt hätte?«

Rebecka schien nachzudenken.

»Nein.«

»Hat Ihr Vater damals etwas über die Satanisten gesagt?«

»Nein.«

»Ihre Mutter vielleicht?«

»Nein.«

Rebecka lehnte sich im Sessel zurück. Ihr Gesicht war aschfahl. Es war offensichtlich, dass sie nicht mehr lange durchhalten würde. Das nächste Thema war heikel, musste aber trotzdem angeschnitten werden. Mit leiser Stimme sagte Irene:

»Wir haben bei Ihrem Bruder ein Buch über Satanismus gefunden. Er hatte es im Sommerhaus versteckt. Einer der Führer der Satanisten hat es geschrieben ...«

»LaVey.«

»Kennen Sie das Buch?«

»Ich habe es ihm gekauft. Hier in London.«

»Wieso?«

»Er wollte es haben. Er bekam es von mir zu Weihnachten.«

»Letztes Jahr?«

»Nein. Das Jahr davor.«

»Als Sie zu Hause waren?«

»Ja.«

»Haben Sie es auch gelesen?«

»Nein.«

»Das Buch war in seinem Schlafzimmer hinter der Wandverkleidung versteckt. Dort bewahrte er auch ein Gewehr auf. Kannten Sie dieses Versteck?«

»Ja.«

»Wussten Sie, dass dort ein Gewehr lag?«

Langsam schüttelte Rebecka den Kopf.

»Wer kennt dieses Versteck sonst noch?«

»Nur unsere Familie. Das war sowas wie ein ... Tresor.«

Rebecka schloss die Augen und lehnte den Kopf schwer zurück. Es hatte den Anschein, als könne sie sein Gewicht nicht mehr tragen. Doktor Fischer räusperte sich und rutschte auf seinem Stuhl hin und her. Fieberhaft dachte Irene nach. Sie wusste, dass ihr fast keine Zeit mehr blieb. Plötzlich erinnerte sie sich an etwas.

»Jemand erzählte, Sie seien letzten Sommer zu Hause gewesen. Sie hätten auch Ihren Freund dabeigehabt. Stimmt das?«

Rebecka erweckte den Anschein, als würde sie schlafen, aber nach einer Weile öffnete sie die Augen einen Spalt und sah Irene direkt an.

»Das waren Christian und ich. Wir hatten in Stockholm zu tun ... beruflich. Christian war noch nie in Schweden gewesen. Wir flogen nach Landvetter und nahmen dort einen Mietwagen. Fuhren mit dem Auto ... damit er sich alles ansehen konnte. Statteten auch Kullahult einen Besuch ab. Sie waren nicht zu Hause. Merkwürdig.«

»Wussten Ihre Eltern, dass Sie kommen würden?«

»Nein. Der Besuch war ziemlich überstürzt. Ich wollte sie überraschen. Eigentlich konnte da nichts schief gehen ... sie fuhren nie irgendwohin. Aber ausgerechnet an diesem Tag waren sie bei einem Kommilitonen meines Vaters in Värmland und besuchten irgendeinen Markt.«

»Haben Sie ihnen anschließend gesagt, dass Sie in Kullahult waren?«

»Ich glaube nicht. Wir waren ja nur eben kurz mal vorbeigefahren.«

»Haben Sie Jacob getroffen?«

»Nein. Er ist erst im August umgezogen.«

»Wann sind Christian und Sie genau nach Stockholm gefahren?«

»Ende Juli.«

»Christian ist Ihrer Familie also nie begegnet?«

»Nein.«

»Und Sie sind auch kein Liebespaar?«

Rebecka schüttelte nur sachte den Kopf.

»Zu wem wollten Sie in Stockholm?«

Rebecka wandte das Gesicht ab und sagte lange nichts. Schließlich flüsterte sie:

»Rädda Barnen, das Kinderhilfswerk.«

Doktor Fischer knallte die Handflächen auf die Armlehnen seines Stuhls und sagte:

»Nein. Jetzt reicht es. Mit mehr wird Rebecka nicht fertig.«

Irene sah, dass er Recht hatte. Rebecka hing wie ein Ballon, aus dem die Luft entwichen war, im Sessel.

»Danke, Rebecka, dass Sie sich die Zeit genommen haben. Ich verstehe, welche Überwindung Sie das gekostet haben muss«, begann sie und hielt inne, als Rebecka etwas murmelte, das klang wie »... das kann keiner verstehen«, aber Irene war sich nicht ganz sicher.

Rasch zog Irene ihre Visitenkarte aus der Tasche und reichte sie Glen.

»Glen, seien Sie doch so nett, die Nummer des Thomsen Hotels und Ihre Nummer hier draufzuschreiben. Falls Ihnen heute im Verlauf des Tages noch etwas einfallen sollte«, sagte sie an Rebecka gewandt.

Nachdem Glen ihrem Wunsch nachgekommen war, reichte Irene Rebecka die Karte.

»Sie können mich unter den Nummern auf der Rückseite heute bis halb sechs erreichen. Dann fliege ich nach Hause. In Göteborg können Sie mich ebenfalls anrufen, natürlich auch unter meiner Handynummer.«

Rebecka nickte. Sie ließ die Hand mit der Karte auf den Schoß sinken, ohne auch nur einen Blick darauf zu werfen.

»Ich habe um drei Uhr eine Besprechung. Was halten Sie davon, wenn wir jetzt gleich zum Lunch gehen?«, schlug Glen vor.

Irene hielt das für einen ausgezeichneten Vorschlag. Sie wurde langsam hungrig, da ihr Frühstück wirklich außerordentlich mager ausgefallen war.

»Ich hole Sie heute Abend kurz nach halb sechs am Hotel ab. Ihr Zimmer können Sie bis dahin behalten. Was haben Sie heute Nachmittag vor?«, fragte Glen, als sie wieder im Auto saßen.

»Ich habe wirklich keine Ahnung. Was würden Sie vorschlagen?«, fragte Irene.

»Was gefällt Ihnen? Architektur, Shopping oder was?«

»Eingekauft habe ich gestern, und Architektur ist nicht mein Ding. Irgendwas Lustiges, was nicht eine Menge Geld kostet«, entschied Irene.

Glen dachte einen Augenblick nach. Dann leuchteten seine Augen auf.

»Jetzt hab ich's! Tate Modern. Wir können dort ganz in der Nähe in einem guten Restaurant essen gehen.«

Sie fuhren über die Themse und bogen hinter der Brücke links ab. Glen entdeckte einen freien Parkplatz. In diese schmale Lücke einzuparken, war wirklich eine Meisterleistung. Sie betraten ein dreistöckiges Gebäude. Es zeigte sich, dass das Restaurant ebenfalls drei Etagen hatte. Das oberste Stockwerk bestand zum größten Teil aus einer Terrasse. Ein großes Schild informierte darüber, dass man das gesamte Stockwerk für Veranstaltungen anmieten könnte. Der Wind und das graue Wetter ermunterten einen jedoch nicht zu irgendwelchen Terrassenfesten. Irene zog die gemütliche Kneipenatmosphäre im Erdgeschoss vor.

Sie suchten sich einen freien Tisch und hängten ihre Jacken über die Lehnen. Jeder Tisch hatte eine Nummer. Man musste an der Bar bestellen und die Tischnummer angeben. Nach einer Weile brachte ein Kellner dann das Essen. Natürlich ging man selbst auch nicht mit leeren Händen zurück zum Tisch, sondern mit einem beschlagenen Bierglas.

Irene hatte sich für Lasagne entschieden und Glen für Ofenkartoffel mit Thunfischcreme. Das Essen war schmackhaft und reichlich. Irene verstand nicht, warum die Engländer als Köche einen so schlechten Ruf hatten. Sie war erst zwei Tage im Land und hatte immer ausgezeichnet gegessen. Ehrlicherweise musste jedoch gesagt werden, dass sie noch keine typisch englischen Gerichte probiert hatte, sondern nur chinesische, südamerikanische und italienische. Der dunkelhäutige Halbschotte oder Halbbrasilianer Glen hatte ihr dabei immer Gesellschaft geleistet. Nichts auf ihrer Reise war bisher eigentlich typisch englisch gewesen. Höchstens das Bier.

»Was hatten Sie für einen Eindruck von Rebecka?«, fragte Glen.

»Sie ist wirklich krank. Das sieht man. Obwohl ich nicht weiß, ob es nur Depressionen sind. Ich hatte das Gefühl, dass sie wahnsinnige Angst hat. Irgendwie scheint ihr diese Angst ihre gesamte Kraft zu rauben. Sie war vollkommen fertig.«

Glen nickte.

»Ich hatte auch das Gefühl, dass sie Angst hat. Aber trotzdem hat sie mit Ihnen gesprochen.«

»Ja. Sie beantwortete meine Fragen. Aus ihren Antworten haben wir allerdings nicht viel Neues erfahren. Ich habe das Gefühl, dass sie nicht alles erzählt hat. Wovor hat sie Angst? Und vor wem? Wieso erzählt sie das nicht?«

»Viele unbeantwortete Fragen«, stellte Glen fest.

»Ich weiß immer noch nicht, ob sie Angst um ihr Leben hat. Sie bestritt, dass jemand aus ihrer Familie bedroht worden sei. Und doch wurden die anderen drei ermordet.«

Glen sah sie nachdenklich an.

»Rebecka ist rätselhaft. Ich finde sie faszinierend. Sie sieht gut aus und ist intelligent, andererseits aber vollkommen verängstigt und verschlossen. Sie müssen noch mal mit ihr reden. Wir müssen wohl etwas Zeit verstreichen lassen, aber dann müssen Sie sie irgendwie zum Reden bringen. Ein Problem ist, dass sie von der Beerdigung oder von einer Reise nach Schweden nichts wissen will. Es war vollkommen unmöglich, das auch nur anzusprechen«, meinte er.

»Von wem wissen Sie das?«

»Vom Pfarrer der Seemannskirche, der dabei war, als wir Rebecka von den Vorfällen unterrichteten. Er bat sie, von sich hören zu lassen, wenn sie jemanden braucht, beispielsweise einen Bestattungsunternehmer. Sie hat sich aber bis heute nicht mehr bei ihm gerührt. Das bekümmert ihn, da ja einiges zu regeln ist, was die Beerdigung und den Nachlass betrifft.«

»Ich kann ihn anrufen, wenn Sie wollen. Es wäre vielleicht gut, wenn er sich bei Doktor Fischer meldet. Dieser kann die Fragen dann mit Rebecka durchgehen, sobald er den Eindruck hat, dass es ihr etwas besser geht.«

»Das könnte eine Lösung sein.«

Glen zog sein Notizbuch aus der Tasche und blätterte eine Weile, bis er die gesuchte Nummer fand.

»Hier! Kjell Sjönell, Pfarrer der schwedischen Seemannskirche«, las er vor.

Irene lachte, als Glen versuchte, das schwedische Sj richtig auszusprechen. Sie schrieb sich Sjönells Nummer auf und wann er zu erreichen war.

Sie gingen die Themse entlang und unterhielten sich über die dramatischen Vorfälle der letzten vierundzwanzig Stunden.

»Ich protokolliere, was Sie mir über den Überfall erzählt haben. Dann faxe ich Ihnen das durch, damit Sie es durchlesen und unterschreiben können. Ich weiß nicht recht, ob Sie nicht wieder herkommen und beim Prozess gegen die beiden Gangster aussagen müssen. Falls sie sich überhaupt soweit erholen, dass es zum Prozess kommt«, sagte Glen.

»Warum haben sie sich wohl gerade mich als Opfer ausgesucht?«, meinte Irene nachdenklich.

»Tja. Eine Frau, die allein aus einem Restaurant kommt, in dem was los zu sein scheint. Die Chance, dass sie nicht ganz nüchtern ist, war recht groß. Ein perfektes Opfer für einen Raubüberfall.«

Plötzlich erinnerte sich Irene an das Taxi, das sie gesehen hatte, als sie auf die Straße getreten war. Da es in dem Restaurant heiß gewesen war, hatte sie ihre Jacke offen gelassen. Natürlich hatten der Totengräber und der Schlachter ihren Goldschmuck im Licht der Scheinwerfer gesehen. Instinktiv fasste sie an das Goldei, das um ihren Hals hing.

Nachdem sie etwa einen Kilometer weit gelaufen waren, deutete Glen auf ein großes Gebäude, das an der Themse lag.

»Das ist die Tate Galerie. Früher ein Elektrizitätswerk, heute ein Museum für moderne Kunst. Die Decke in der ehemaligen Turbinenhalle ist fünfunddreißig Meter hoch. Wirklich eindrucksvoll. Ich war mit Kate vor einigen Wochen hier. Es gibt wahnsinnig viel zu sehen. Außerdem kostet es keinen Eintritt.«

»Wieso nicht?«

»Alles mit Spenden finanziert. Ich glaube, auch die Regierung bezuschusst das Ganze.«

Irene verbrachte einige Stunden in der Galerie und sah Werke der berühmtesten Vertreter moderner Kunst. Zum ersten Mal in ihrem Leben betrachtete sie einen echten Picasso, Monet, Dalí und van Gogh. Irene spürte die Kraft, die von diesen Bildern ausging. Das musste mit all dem Neuen um die vorige Jahrhundertwende zu tun haben, das die Kunst für immer veränderte.

Der Rundgang war zwar lehrreich, aber auch sehr ermüdend für die Füße. Schließlich landete sie in dem überfüllten Café im siebten Stock. Nachdem es ihr gelungen war, einen Barhocker zu ergattern, bestellte sie ein Bier. Sie fand es aufregend, einfach nur so dazusitzen und die Menschen aus aller Herren Länder zu betrachten. Und falls ihr das langweilig wurde, konnte sie immer noch den Blick über die Dächer von London und über die Schiffe auf der Themse schweifen lassen.

Glen fuhr sie nach Heathrow. Ehe er sich verabschiedete, sagte Irene zu ihm:

»Ich habe Kjell Sjönell, den Pfarrer, erreicht. Er versprach, mit Doktor Fischer zu reden und mich dann anzurufen. Wir müssen abwarten, ob sich der Gesundheitszustand von Rebecka so weit verbessert, dass sie nach Schweden reisen kann. Sonst muss ich vielleicht noch mal herkommen.«

Glen lächelte:

»Es wäre sehr nett, wenn Sie uns noch einmal besuchen könnten. Aber natürlich hoffe ich, dass es Rebecka bald besser geht. Ich habe über sie und über ihr Geheimnis nachgedacht. Ich glaube, sie kennt die Wahrheit. Entweder bewusst oder unbewusst.«

»Davon bin ich überzeugt«, pflichtete ihm Irene bei.

KAPITEL 14

Irene stürmte in Hannu Rauhalas Zimmer und hielt die Göteborgs Tidningen vom Sonntag in die Höhe.

»Hannu! Erklär mir das!«

Er schaute auf die fette Schlagzeile auf der ersten Seite:

»**KIRCHENBUCHHALTERIN im Umfeld der SATANISTENMORDE wegen UNTERSCHLAGUNG verhört**!«

»Kann ich nicht, habe ich gestern auch gesehen.«

Irene war so aufgebracht, dass sich ihre Stimme überschlug.

»Wie konntest du dich nur mit Kurt Höök über diese Sache unterhalten!«

»Habe ich nicht.«

Hannu lehnte sich zurück und schaute ihr direkt in die Augen. Irene wusste, dass er nicht log. Auf Hannu war in dieser Richtung eigentlich Verlass, auch wenn er etwas Geld für sein neues Haus und sein Kind sicherlich hätte gut gebrauchen können. Kurt Höök war der berühmt-berüchtigte Kriminalreporter der GT und hatte seine Informanten. Wenn man einen Tipp hatte, bei dem es um irgendwas Kriminelles ging, rief man Kurt Höök an.

Sie knallte die Zeitung auf Hannus Tisch und ließ sich auf den Besucherstuhl fallen.

»Ehrlich gesagt hätte ich dir so was auch nie zugetraut. Aber wer könnte es dann gewesen sein? Nur du und ich und außerdem noch Sven kannten dieses Gerücht. Ich war in London, und Sven würde nie mit Kurt Höök reden. Sie verabscheuen sich. Hast du übrigens was rausgekriegt, was diese Vorwürfe bestärken könnte?«

»Nichts. Der Revisor hat mir alle Unterlagen der letzten zehn Jahre gezeigt. Es bestand nie der Verdacht, dass jemand etwas unterschlagen haben könnte.«

»Aber das ist dann eine Katastrophe für die Måårdhs! Das wird dauern, bis Gras darüber gewachsen ist.«

»Wer profitiert davon, dass dieses Gerücht an die Öffentlichkeit kommt?«

Irene runzelte die Stirn und dachte nach.

»Urban Berg«, erwiderte sie schließlich.

Hannu nickte.

Irene ging in ihr Büro und dachte angestrengt nach. Dann fasste sie einen Entschluss und griff zum Telefonhörer.

Louise Måårdh war die Aufregung der letzten vierundzwanzig Stunden deutlich anzusehen. Ihr Haar war ungekämmt, und statt Make-up aufzutragen, war sie sich nur einmal nachlässig mit einem Lippenstift über die Lippen gefahren, der nicht zu ihrer rostroten Jacke passte. Unter der Jacke trug sie ein hellgrünes T-Shirt mit einem noch feuchten Kaffeefleck. Die dunkelblauen Jeans waren knittrig, und in ihren Pantoffeln mit den umgetretenen Fersenkappen war sie barfuß. Mit einer müden Handbewegung forderte sie Irene auf, einzutreten.

Die Måårds wohnten nicht in einem älteren Pfarrhaus, sondern in der Nähe von Ledkulla in einem relativ neuen Einfamilienhaus. Die Teppiche, Tapeten und Vorhänge waren in Pastelltönen gehalten, die gut zu den Möbeln aus hellem Birkenholz passten. Die Wände waren mit Bücherregalen voll gestellt. Das ganze Haus atmete Frieden und Bildung. Obwohl sich Irene damit eigentlich nicht auskannte, fiel ihr auf, dass Teppiche und Kunstwerke sehr kostbar waren. Ihr war klar, dass der Verdacht und der Neid über die Jahre sehr viel Nahrung erhalten hatten.

Wie konnten sie sich das alles nur leisten? Das konnte nicht mit rechten Dingen zugehen. Sie hatte mit sehr viel Geld zu tun. Es konnte doch kein Problem sein, hier und da mal ein paar Tausender abzuzweigen. »Die leg ich zur Seite«, hatte Povel Ramel in einem alten Schlager gesungen, aber da war es wohl um Bretter gegangen.

Louise ging voran in das helle und hohe Wohnzimmer.

»Bitte nehmen Sie Platz«, sagte sie mit tonloser Stimme.

Irene setzte sich in einen eleganten, mit hellgrauem Schaffell bezogenen Sessel. Er war außerordentlich bequem. Louise ließ sich auf das graue Ledersofa gegenüber fallen. Irene war verlegen und begann vorsichtig:

»Ich verstehe, dass das für Sie furchtbar sein muss. Wir tun alles, um herauszufinden, wie das passieren konnte. Es war einer von vielen Tipps, denen wir nachgegangen sind. Reine Routine ... Wie die GT davon erfahren hat, wissen wir nicht.«

»Ich kann nicht zur Arbeit. Man hat uns in der Zeitung verleumdet. Das kommt einer Verurteilung gleich. Es spielt auch keine Rolle, dass alles nicht stimmt. Die Leute werden trotzdem glauben, dass da was ist. Wir haben bereits anonyme Anrufe erhalten. Ich wage nicht mal, die Post reinzuholen.«

»Haben die Zeitungen schon angerufen?«

Wie als Antwort auf ihre Frage klingelte das Telefon. Nach zweimaligem Klingeln war es wieder still. Offensichtlich hatte jemand in einem anderen Teil des Hauses den Hörer abgehoben. Wahrscheinlich war Bengt zu Hause.

»Die rufen die ganze Zeit an. Sie können sich an zwei Fingern abzählen, um welche Kirchenbuchhalterin es im Zusammenhang mit den Satanistenmorden geht. In Kullahult gibt es nur eine: mich.«

Ihre Stimme war noch immer beunruhigend ausdruckslos. Plötzlich gelang es ihr nicht mehr, ihre hart erkämpfte Ruhe aufrechtzuerhalten. Laute Schluchzer ließen sie erzittern, und die Tränen liefen ihr die Wangen hinunter, ohne dass sie den

Versuch gemacht hätte, sie zu trocknen. Irene fand in einer ihrer Jackentaschen ein sauberes Papiertaschentuch und stand auf, um es Louise zu geben.

Irene spürte, wie sich in ihr Mitleid mit Louise zunehmend Wut mischte. Falsche Gerüchte sind infam, dachte sie, gemein und widerlich ... man kann sich nicht gegen sie wehren. Energisch setzte sie sich zu Louise aufs Sofa. Die Wut auf den, der dieses unnötige Leid verursacht hatte, machte ihre Stimme kalt und sachlich.

»Hören Sie. Urban Berg hat mich im Präsidium aufgesucht und behauptet, Sten Schyttelius hätte den Verdacht geäußert, Sie hätten Geld der Gemeinde veruntreut. Da es sich um eine so wichtige Mordsache handelt, müssen wir natürlich jedem Tipp nachgehen. Die Gefahr, als Betrüger dazustehen, könnte in der Tat ein Mordmotiv sein ...«

Irene kam nicht weiter. Louise sprang auf. Ihr apathischer und feuchter Blick war einer wahnsinnigen Wut gewichen.

»Urban Berg! Dieser versoffene, scheinheilige Affe! Ich bring ihn um!«

Unter den bestehenden Umständen war die Wortwahl nicht besonders glücklich, aber Irene konnte sie verstehen. Bengt Måårdh hingegen, der gerade aufgetaucht war, sah erstaunt aus und blieb ratlos in der Tür stehen.

»Aber meine Liebe, was ist ...?«, begann er unbeholfen.

Seine braunen Augen hinter den dicken Brillengläsern blickten vollkommen verwirrt.

»Urban Berg! Dieser hinterfotzige Urban! Er steckt also hinter dieser Sache!«

Irene und Bengt brauchten fast zehn Minuten, bis sie Louise mit vereinten Kräften so weit beruhigt hatten, dass Irene die Möglichkeit hatte, ihr etwas zu erklären.

»Hören Sie zu, Louise. So stelle ich mir das vor ...«

Als Erstes rief Irene ihn an, als sie wieder in ihrem Büro war. Sie hatte seine Durchwahl.

»Höök!«, antwortete er eifrig.

»Hier ist Irene Huss.«

»Das ist aber eine freudige Überraschung!«

Er schien sich wirklich zu freuen, und Irene hatte einen Augenblick lang fast ein schlechtes Gewissen. Aber sie war es Louise und Bengt Måårdh schuldig, sich zusammenzureißen. Von wegen Hallo-Hallo, sollen wir nicht mal wieder ein Bierchen trinken gehen! Obwohl das mit Kurt wirklich Spaß machte. Aber das musste warten. Erst musste er einiges wieder geradebiegen.

»Hallo. Ich rufe an, weil du ein Interview führen sollst.«

Einen Augenblick herrschte am anderen Ende verblüfftes Schweigen.

»Ich? Mit wem?«, fragte er dann.

»Mit mir.«

Die nächste Pause fiel bedeutend länger aus. Es war zu hören, dass er sich in die Defensive gedrängt fühlte.

»Ach so? Und wieso?«

»Weil du sonst eine Verleumdungsklage am Hals hast! Und den Prozess verlierst du.«

»Hör mir mal zu, meine liebe Polizistin ...«

»Ich bin nicht deine liebe Polizistin! Du hast deinen Informanten nicht überprüft, und das hat für die Betroffenen katastrophale Folgen gehabt. Außerdem ist an deinen Angaben nicht das Geringste dran. Louise Måårdh ist weder der Unterschlagung verdächtig gewesen, noch ist jemals gegen sie ermittelt worden, wie du in deinem Artikel schreibst.«

»Aber ich habe mich telefonisch beim Revisor der Gemeinde rückversichert. Er war zwar nicht da ... aber jemand dort hat mir bestätigt, dass jemand von der Polizei die Bücher überprüft hätte.«

»Das stimmt. Wir haben einen Tipp überprüft, sind aber auf

keinerlei Unregelmäßigkeiten gestoßen. Weder der Revisor noch sonst jemand hatte auch jemals nur einen Verdacht. Es existiert weder eine Anzeige noch der Beschluss, ein Ermittlungsverfahren einzuleiten, ganz zu schweigen von einer Anklage. Niemand hat Louise jemals verdächtigt. Das Ganze ist üble Nachrede und nichts anderes!«

Höök hatte es die Sprache verschlagen. Langsam und eindringlich fuhr sie fort:

»Pfarrer Urban Berg hat uns beide reingelegt. Er kam zu mir und hat behauptet, Sten Schyttelius hätte Louise Måårdh im Verdacht gehabt, Geld unterschlagen zu haben. Niemand sonst hatte je davon gehört, und Sten Schyttelius ist bekanntlich tot. Urban Berg glaubte vermutlich, dass er, ohne ein Risiko einzugehen, behaupten könnte, dass ein Toter den Verdacht der Untreue geäußert habe. Er hat mir frech ins Gesicht gelogen.«

»Aber warum? Warum lügt ein Pfarrer!«, rief Kurt.

»Um seinen ernstzunehmendsten Konkurrenten bei der Wahl des neuen Hauptpfarrers zu eliminieren. Berg ist schon zweimal wegen Trunkenheit am Steuer verurteilt worden. Das Einzige, was gegen Bengt Måårdh spricht, ist sein Ruf, ein Schürzenjäger zu sein, und dieses Gerücht hat ebenfalls Berg in die Welt gesetzt. Auch wenn sich mit der Zeit herausstellen sollte, dass die Beschuldigungen gegen Louise Måårdh unbegründet sind, hilft es nichts mehr, denn dann ist die Wahl längst vorbei, und Urban Berg ist Hauptpfarrer in Kullahult. Wir haben schon ganz zu Beginn unserer Ermittlungen unsere Witze gemacht und gesagt, die Pfaffen in diesem Fall seien die reinsten Klatschweiber, aber Urban Berg ist noch was Schlimmeres. Er ist ein Lügner und Intrigant.«

Kurt seufzte.

»Was, findest du, sollen wir tun?«

»Ihn als das Schwein hinstellen, das er ist. Wir erzählen einfach, was passiert ist. Ich suche die Akten über seine Trunkenheit am Steuer heraus. Dann werde ich dir detailliert berichten, was er vorige Woche zu mir gesagt hat. Natürlich werden wir keinen Zweifel daran lassen, dass Louise Måårdh unschuldig ist. Du schreibst ganz einfach die Wahrheit.«

»Ist etwas dran an der Sache, dass die Eheleute Måårdh in den letzten Jahren auffällig viel Geld gehabt haben?«

Irene lächelte, als sie antwortete:

»Bengt und sein Bruder haben vor einigen Jahren einen kinderlosen Onkel beerbt. Es ging um sehr viel Geld. Louise und er haben es niemandem erzählt. Es wird immer so viel geredet …«

»Und das soll ich wohl auch schreiben«, stellte Kurt fest.

»Natürlich.«

»Urban Berg, der Ärmste. Und ich armes Schwein erst.«

»Mit euch muss man wirklich kein Mitleid haben. Das ist das Mindeste, was du tun kannst: zu versuchen, die Sache wieder einzurenken. Dieses Mal hat es wirklich Unschuldige getroffen. Denk dran: Ich will eine Schlagzeile auf der ersten Seite!«

»Okay, okay. Geht in Ordnung.«

»Und? Zwei Tage London auf unsere Kosten und außer einem Pflaster auf der Stirn hast du nichts vorzuweisen?«

Kommissar Andersson trommelte mit den Fingern auf der Tischplatte. Irene hatte gerade ihren Bericht über die Londonreise beendet. Die Besprechung fand am Nachmittag stand, da die Morgenbesprechung hatte verkürzt werden müssen. Der Kommissar hatte sich gezwungen gesehen, eine Konferenz der Führungsebene zu besuchen. Es war anzunehmen, dass das auch der Grund für seine schlechte Laune war. Ein weiterer Grund war, dass sich Jonny Blom schon wieder hatte krankschreiben lassen. Da im gesamten Dezernat Personalknappheit herrschte, war es sofort zu spüren, wenn einer fehlte. Die Übrigen hatten dann noch mehr zu tun, und die Akten türmten sich auf sämtlichen Schreibtischen. Es mussten ungemütliche Prioritäten gesetzt werden. Es war nicht ganz leicht, einer alten Dame, die mit dem Messer bedroht und um hundertdreiundvierzig Kronen beraubt worden war, bei ihrem sechsten Anruf in drei Tagen zu erklären, dass ihr Fall wirklich nicht der wichtigste sei. Für sie war das Ganze entsetzlich, für die Beamten nur ein Papier mehr auf dem Schreibtisch. Vielleicht würden sie den Täter fassen, falls es zu einem weiteren ähnlichen Überfall in der gleichen Gegend kam. Mit etwas Glück hatten sie dann eine gute Personenbeschreibung in der Hand. Wenn nicht, dann würde das Papier im Stapel der laufenden Ermittlungen immer weiter nach unten wandern.

»Ich finde durchaus, dass die Reise einiges ergeben hat. Beispielsweise, dass Rebecka mit Christian Lefèvre letzten Sommer in Schweden war. Sie sind nach Kullahult gefahren, haben aber weder ihre Eltern noch ihren Bruder angetroffen. Dann fuhren sie mit dem Auto nach Stockholm, um dort mit dieser Hilfsorganisation über einen Auftrag zu sprechen. Von dort flogen sie direkt zurück nach London, und zwar ohne mit ihren Eltern gesprochen zu haben«, sagte Irene.

»Haben sie ihren Eltern nie erzählt, dass sie beim Pfarrhaus waren?«, wollte Fredrik wissen.

»Offensichtlich nicht.«

»Was haben sie für diese Hilfsorganisation gemacht?«, erkundigte sich Hannu.

»Keine Ahnung. Das war die letzte Frage, die ich ihr gestellt habe, ehe sie vollkommen in sich zusammenfiel. Vielleicht sollten wir uns bei Rädda Barnen in Stockholm erkundigen?«

»Verdammt! Das hat doch nichts mit den Morden zu tun!«, fauchte der Kommissar.

Wirklich keiner seiner besseren Tage. Irene hatte plötzlich nicht übel Lust, ihn bei Donna Thomsen vorbeizuschicken. Zum einen, um ihn loszuwerden, zum anderen, weil ihm das sicher gut bekommen würde. Donna wäre allerdings sicher enttäuscht. Einen glatzköpfigen, bleichen und dicklichen Kommissar mit zu hohem Blutdruck hatte sie sich nicht erhofft. Für alle Beteiligten war es deswegen vermutlich das Beste, wenn der Kommissar im Präsidium blieb.

»Ich weiß, dass das vielleicht zu nichts führt. Aber außer den Computern haben wir keinerlei Anhaltspunkte. Sten Schyttelius benutzte einen Computer. Jacob Schyttelius benutzte einen Computer. Rebecka arbeitet mit Computern, und zwar auf höchstem Niveau. Lefèvre ebenfalls. Die Einzige, die nichts mit Computern zu tun hatte, war Elsa Schyttelius.«

»Wo sind die Disketten?«, wollte Hannu wissen.

»Genau. Eigentlich müsste es eine Unmenge Disketten geben. Schon allein für das Backup«, pflichtete ihm Irene bei.

»Womit verdienen Rebecka und dieser andere Bursche eigentlich genau ihr Geld?«, fragte Fredrik.

»Lefèvre war recht mitteilsam, als ich ihn nach seiner Arbeit gefragt habe. Meistens geht es offensichtlich um irgendwelche Sicherheitsfragen des Internets. Wie man Sabotage verhindern kann und so.«

»Und was hat das mit den Morden zu tun?«, wollte der Kommissar wissen.

»Wahrscheinlich überhaupt nichts. Wahrscheinlich geht es um ganz andere Sachen. Was die Satanistenspur angeht, stecken wir fest und kommen nicht weiter. Vielleicht ist Sten Schyttelius ja etwas ganz anderem auf die Spur gekommen, als er nach den Satanisten suchte? Sodass er schließlich für eine oder mehrere Personen eine solche Bedrohung darstellte, dass diese beschlossen, ihn zu ermorden. Das würde erklären, warum Elsa und Jacob ebenfalls getötet wurden. Der Mörder konnte es nicht riskieren, dass Sten Schyttelius seinen nächsten Angehörigen von seinen Erkenntnissen erzählt hatte.«

Eine Weile war es still. Dann sagte Hannu:

»Dann ist Rebecka immer noch in Gefahr.«

»Das befürchte ich. Der Mörder kann nicht wissen, ob ihr Sten oder Jacob nicht doch etwas erzählt haben. Sie scheint überaus verängstigt zu sein.«

»Aber wieso erzählt diese Tussi dann nicht einfach, was sie weiß?«, ereiferte sich Fredrik.

»Rebecka ist sehr verschlossen. Vielleicht ahnt sie gar nicht, worum es geht, vielleicht hat sie eine Vermutung, will sich diese aber nicht eingestehen. Was weiß ich.«

»Wenn sich der Mörder die Mühe gemacht hat, die Festplatten zu löschen, dann muss er natürlich auch die Disketten zerstört haben. Oder hat er sie noch, um an die Informationen aus den Computern zu kommen? Vielleicht sind die Disketten ja in der Nähe der Tatorte versteckt«, sagte Fredrik eifrig.

»Beim Mörder«, meinte Hannu lakonisch.

Es wäre sinnlos gewesen, die Festplatten zu zerstören und die Disketten liegen zu lassen. Alle wichtigen Informationen von den Festplatten gab es sicher auch auf Disketten, wenn Vater und Sohn Schyttelius gewissenhaft gewesen waren. Aber das musste nicht der Fall sein. Längst nicht jeder kopierte alles auf Disketten.

»Könnten wir irgendeinen Winkel in den Häusern übersehen haben, wo man Disketten verstecken könnte?«, fragte Irene ohne größere Hoffnung.

»Wohl kaum. Die Häuser haben wir wirklich eingehend unter die Lupe genommen. Die Spurensicherung hat schließlich auch das Versteck hinter der Wandverkleidung des Sommerhauses gefunden«, erwiderte Fredrik.

»Das Versteck, ja ... Rebecka sagte, es hätte als eine Art Tresor gedient. Wer braucht schon in einem Sommerhaus einen Tresor?«, überlegte Irene.

»Angst vor einem Einbruch. Die Einbrüche in Sommerhäusern nehmen lawinenartig zu«, murmelte der Kommissar.

»Aber sie hatten es doch gar nicht weit bis zum Pfarrhof. Warum brauchten sie dann in der Hütte ein Versteck für Wertsachen?« Irene ließ nicht locker.

»Vielleicht musste der Pastor die Flaschen vor seiner besseren Hälfte verstecken?«, schlug Fredrik vor.

»Wohl kaum. Laut Rebecka kannten alle Familienmitglieder das Versteck.«

»Wie ist dieser Bursche eigentlich?«, fragte Hannu plötzlich.

Eine gewisse Verwirrung entstand, bis allen klar war, dass von Christian Lefèvre die Rede war.

»Er ist eine John-Lennon-Kopie und außerdem ein sehr rücksichtsvoller Arbeitgeber. Er macht sich große Sorgen um Rebecka. Er agiert fast überbeschützend und versucht, die Polizei von ihr fern zu halten. Nachdem ich Rebecka getroffen habe, verstehe ich ihn besser. Sie ist wirklich in einer sehr schlechten Verfassung«, sagte Irene.

»Wäre es möglich, dass sie nur so tut, dass sie kränker spielt, als sie ist?«, fragte Andersson, dessen Interesse wieder erwacht war.

»Nein. Sie ist verdammt krank. Doktor Fischer hat Gl… Inspector Thomsen erzählt, dass er bereits letzten Herbst angefangen habe, sie wegen ihrer Depressionen zu behandeln. Er scheint ein sehr bekannter Arzt zu sein. Schicke Praxis.«

»Und zwischen Lefèvre und Rebecka läuft nichts?«, wollte Fredrik wissen.

»Nein. Jedenfalls ist mir nichts aufgefallen.«

»Irene muss noch mal hinfahren«, sagte Hannu und sah den Kommissar direkt an.

Dieser wurde hochrot und knurrte unfreundlich:

»Das geht nicht. Weißt du, was das kostet?«

»Rebecka hat alle Antworten«, stellte Hannu fest.

»Möglich. Aber wir warten ab. Laut Irene ist sie ja so verdammt krank.«

Irene fand, dass es an der Zeit war, sich in den Wortwechsel einzuklinken.

»Ich habe den Pfarrer von der Seemannskirche angerufen. Er hat mir versprochen, von sich hören zu lassen, wenn es Rebecka besser geht.«

»Dann warten wir das also ab«, entschied Andersson.

Es dauerte eine ganze Weile, bis Irene die richtige Person erreicht hatte. Derjenige, der über die Sache am besten Bescheid wusste, verbrachte gerade die Osterferien in Idre, aber nachdem sie einige Male hin- und herverbunden worden war, geriet sie an eine Sachbearbeiterin, die Lisa Sandberg hieß. Irene stellte sich vor und brachte ihr Anliegen vor.

»Meine Frage lautet also, was für eine Arbeit Rebecka Schyttelius und Christian Lefèvre für Rädda Barnen übernommen haben.«

»Das ist kein Geheimnis, aber trotzdem möchte ich Sie bitten, die Sache vertraulich zu behandeln. Es gibt sicher viele, die es auf den Kopf von Rebecka Schyttelius und Christian Lefèvre abgesehen haben«, erwiderte Lisa Sandberg ernst.

»Ihre Angaben gehen nur an die weiter, die mit der Ermittlung betraut sind«, versicherte Irene.

»Zufällig erhielten wir den Tipp, dass ein Netzwerk von Pädophilen Kinderpornografie übers Internet verbreitet. Sie hatten eine Net-Community eingerichtet. Das lässt sich mit einer geschlossenen Gesellschaft im Internet vergleichen. Wir sind ihnen auf die Spur gekommen, es gelang uns jedoch nicht, Zugriff auf ihr Archiv, auf die Bilder und Filme zu bekommen. Einer aus unserer Gruppe kannte Rebecka Schyttelius und wusste, dass sie mit einem sehr fähigen Burschen zusammenarbeitet. Sie hatten bereits ähnliche Aufträge für die Weltgesundheitsorganisation erledigt. Wir riefen Rebecka an und baten die beiden, herzukommen. Sie erhielten von uns alle Informationen und fuhren dann zurück nach London und begannen mit der Arbeit. Sie infiltrierten die Gruppe. Es handelte sich um siebenundfünfzig Personen in ganz Skandinavien. Diese Community hatte ein Schwarzes Brett und einen Chat-Room, wo sie zu bestimmten Zeiten zusammenkamen und über Bilder und Fantasien sprachen. Es handelt sich um den größten Kinderpornoring, der jemals in Nordeuropa aufgedeckt worden ist.«

»Ich erinnere mich, dass ich letzten Winter davon in der Zeitung gelesen habe. Da waren auch Leute dabei, von denen man das nie erwartet hätte.«

»Ein Professor in Literaturwissenschaft kurz vor der Pensionierung, eine Stadtdirektorin mit vier Kindern, ein bekannter dänischer Möbeldesigner … tja, es gab wirklich viele Überraschungen. Aber das haben wir vermutlich bei dieser Ermittlung gelernt. Es lässt sich nie sagen, wer von Kinderpornografie besessen ist.«

»Wie konnten Sie alle diese Leute identifizieren?«

»Das war schwer. Alle hatten Spitznamen und anonyme E-Mail-Adressen. Es war Rebecka und Christian zu verdanken, dass wir so viele identifizieren konnten.«

»Konnten denn nicht alle identifiziert werden?«

»Nein. Fünf konnten wir nicht identifizieren. Drei in Schweden, einen in Norwegen und einen in Dänemark.«

»Wie hießen die in Schweden?«

»Carlie, Peter und Pan.«

»Gehören Peter und Pan zusammen? Klingt fast so. Peter Pan.«

»Das ist uns ebenfalls aufgefallen, aber nichts deutet darauf hin.«

»Es waren also Rebecka und Christian, die die Gruppe infiltrierten und die Identität der Mitglieder herausfanden?«

»Ja. Sie verfolgten einige Monate lang den Datenaustausch und sammelten Beweise. Sie konnten zum Beispiel nachvollziehen, wann bestimmte E-Mail-Adressen in anderen Zusammenhängen im Internet auftauchten. Systematisch ermittelten sie so, wer sich hinter den Spitznamen verbarg. Wenn ich die Sache recht verstehe, verfolgten sie die Mails zu bestimmten Computern zurück. Es gibt da so was, was IP-Nummer heißt … mit diesen technischen Details kenne ich mich aber nicht so gut aus.«

»Das verstehe ich. Deswegen ließen Sie sich ja auch von Rebecka und Christian helfen.«

»Genau. Sie haben fantastische Arbeit geleistet. Die Bilder und Filme sind wirklich alle übelster Sorte, sie zeigen schlimmsten Kindesmissbrauch. Ein Mann hat Geschlechtsverkehr mit einem dreimonatigen Baby, Mädchen und Jungen im Alter von fünf oder sechs Jahren werden vor der Kamera vergewaltigt und so weiter. Das Netzwerk hatte Tausende solcher furchtbaren Sachen gesammelt. Die Eintrittsvoraussetzung in den Club war, dass man eigene Bilder oder Filme zum Archiv beisteuerte. Wir sind dabei, die Identität der Kinder zu ermitteln. Das ist eine schwierige Arbeit. Die Bilder scheinen aus der ganzen Welt zu kommen. Sie anzuschauen, hat uns alle wirklich sehr mitgenommen. Die Bilder sind so furchtbar, dass ich seither Schlafprobleme habe. Manchmal bin ich auch ohne Grund deprimiert. Diese scheußlichen Bilder haben sich in meinem Unterbewusstsein festgesetzt.«

Irene kam ein Gedanke: Konnte es die Arbeit mit der Kinderpornografie gewesen sein, die im Herbst Rebeckas Depressionen ausgelöst hatte? Das sollte sie Doktor Fischer fragen, vielleicht auch Rebecka selbst.

»Vielen Dank, dass Sie sich die Zeit genommen und mir das alles erzählt haben«, sagte Irene.

»Keine Ursache. Es ist Aufgabe von Rädda Barnen, darüber zu informieren, was im Internet passiert. Jeden Tag werden Kinder vergewaltigt, und die Bilder werden dann digitalisiert und mit Lichtgeschwindigkeit über das globale Netzwerk verbreitet. Ständig werden sie auf eine unbekannte Anzahl Computer auf der ganzen Welt heruntergeladen. Selbstverständlich auch in Schweden.«

»Das klingt furchtbar ... Was kann man nur dagegen tun?«

Am anderen Ende blieb es lange still.

»Schwer zu sagen. Das Internet lebt sein eigenes Leben und kennt keine Begrenzungen von Zeit und Raum. Aber wir dürfen nie aufgeben. Um der Kinder willen. Sie haben nur uns. Der Durchschnittsbürger will gar nicht wissen, was los ist. Die meisten machen einfach die Klappe zu und tun so, als sei nichts. Und damit meine ich die Mehrheit der erwachsenen Bevölkerung. Auch die, die wissen, was los ist, und die Hände in den Schoß legen, machen sich mitschuldig. Das meine ich wirklich.«

Irene konnte ihr da nur zustimmen. Sie hatte im Laufe der Jahre mit einigen Inzestfällen zu tun gehabt. Auffällig oft hatte es Erwachsene im Umfeld der wehrlosen Opfer gegeben, die etwas geahnt oder von dem Missbrauch gewusst hatten. Trotzdem hatten sie nichts unternommen, um dem Kind zu helfen.

Irene saß lange da und hing ihren Gedanken nach, nachdem sie den Hörer aufgelegt hatte. War Rebecka bei dieser Sache vielleicht auf Informationen über eine bestimmte Person gestoßen? Hatte sie ihren Eltern und ihrem Bruder davon erzählt? Wie hatten diese die Erkenntnisse dann eingesetzt? Vermutlich falsch, da sie alle drei tot waren.

Die Einzige, die möglicherweise auf diese Fragen eine Antwort wusste, war Rebecka. Hannu hatte Recht. Sie musste zurück nach London. Am nächsten Wochenende war Ostern, aber danach würde sie fahren müssen.

Dienstagmorgen rief ein jugendlicher Ornithologe bei Kommissar Andersson an. Am zurückliegenden Sonntag hatte er beim Vogelbeobachten eine Feuerstelle am Nordende des Norssjön entdeckt. Erst hatte er sich das Ganze nicht genauer angesehen, aber dann hatte er es aus einer Laune heraus doch noch getan, ehe er weitergezogen war. Er war sich sicher, dass Reste von Computerdisketten in der Feuerstelle gelegen hatten. Aus den Zeitungen wussten inzwischen wirklich alle von den gelöschten Festplatten und den Blutpentagrammen an den Tatorten. Trotzdem hatte es den ganzen Montag gedauert, bis er sich dazu aufgerafft hatte, bei der Polizei anzurufen.

Andersson machte einen Treffpunkt aus, um sich von ihm zur Feuerstelle führen zu lassen. Über die Wechselsprechanlage rief er Fredrik Stridh an, bekam aber keine Antwort. Dann drückte er den Knopf von Irenes Nebenstelle. Die saß brav in ihrem Büro und versprach, sofort bei ihm reinzuschauen.

Am vereinbarten Treffpunkt, der Pizzeria von Kullahult, trat der Fünfzehnjährige nervös von einem Bein aufs andere. Seinem pickligen Gesicht war die Enttäuschung deutlich anzusehen, als Irene aus dem Wagen stieg und sich als Kriminalinspektorin vorstellte. Die Frage war nur, was ihn am meisten enttäuschte, dass er es mit einer Frau zu tun hatte oder dass er nicht mit einem Streifenwagen mit Blaulicht fahren durfte. Irene setzte sich wieder ans Steuer. Svante Malm saß, seine große Tasche neben sich, auf dem Rücksitz. Der Jüngling stellte sich als Tobbe Asp vor. Er setzte sich neben Irene auf den Beifahrersitz und lotste sie zum Norssjön. Sie parkten bei einer kleinen Abzweigung ein paar hundert Meter vor dem Weg, der zum Sommerhaus der Schyttelius führte. Das Wetter war schön, obwohl es nicht sonderlich warm war. Nach ihren Erfahrungen bei ihren letzten Waldspaziergängen hatte Irene Gummistiefel mitgenommen. Den Vogelfreund an der Spitze marschierten sie hinunter zum See.

Am Ufer fanden sie in einer tiefen Felsspalte die Feuerstelle. Schon mit bloßem Auge konnte Svante Malm die Reste von Disketten in der Asche erkennen.

Während sich Svante um die Asche kümmerte und das umliegende Terrain sondierte, fuhr Irene den hilfsbereiten Tobbe zurück. Vorsichtig erkundigte er sich, ob er nicht mitkommen und sich die Räume der Spurensicherung im Präsidium anschauen könne. Sozusagen der Asche folgen, die er gefunden hatte … Irene senkte die Stimme und sagte, so verschwörerisch sie konnte, dass das leider aus ermittlungstechnischen Gründen nicht möglich sei, dass sein Fund jedoch für die weitere Ermittlung von unschätzbarer Bedeutung sei. Damit schien er sich zufrieden zu geben.

KAPITEL 15

Sie hat selbst vorgeschlagen, dass wir ihre Aussage auf Video aufnehmen.«

Tommy fuchtelte mit der Videokassette herum. Irene, Kommissar Andersson und Fredrik saßen in einem der größeren Verhörzimmer vor dem Fernseher und wollten bei der Premiere seines Films das Publikum stellen.

Feierlich legte er die Kassette in den Videorekorder und drückte auf Wiedergabe.

Das handverlesene Publikum hörte seine Stimme aus dem Fernseher. Er nannte das Datum. Das war allerdings überflüssig, denn es stand in einer Ecke des Bildes. Dann ging es weiter:

»Anwesend sind ich selbst, Kriminalinspektor Tommy Persson, Staatsanwältin Inez Collin und Rechtsanwalt Henning Neijlert. Die Zeugin, die befragt werden soll, heißt Gertrud Ritzman.«

Die Kamera schwenkte und zeigte das Profil von Inez Collin. Sie trug ihr blondes Haar ordentlich zu einem Pferdeschwanz zusammengebunden. Soweit das zu sehen war, trug sie eine hellbraune Wildlederjacke und ein nougatfarbenes Seidentop. Um ihren Hals lag die Perlenkette, die sie oft trug. Geistesabwesend hielt sie die Perlen zwischen den Fingern. Irene fielen ihre bronzenen Fingernägel auf und der große Diamantring, der an ihrem linken Ringfinger funkelte.

Rechtsanwalt Neijlert war ein Mann schon fortgeschritteneren Alters mit einem nervösen Tick. Er blinzelte dauernd. Außerdem hatte er eine Halbglatze. Das verbliebene lockige Haar war überraschend dicht und silbergrau. Seine spitzen Gesichtszüge erinnerten etwas an einen Pudel.

Von Tommy wusste Irene ja schon, dass Gertrud Ritzman gerade achtzig geworden war. Ihr Alter war ihr auch anzusehen, was aber vermutlich mehr an ihrer Krankheit lag. Ihre klauenähnlichen Hände zitterten, als sie die Jacke enger um sich zog. Die Haut auf ihrem Handrücken war fleckig und faltig. Für ihre durchsichtigen Hände schien sie fast zu groß zu sein. Ihre Lippen waren beunruhigend blau, die Gesichtshaut gelblich, und die Atmung war angestrengt. Neben ihr stand eine große Stahlflasche. Von dieser führte ein dünner Schlauch zu ihren beiden Nasenlöchern und versorgte sie leise pfeifend mit Sauerstoff.

»Frau Ritzman hat mich gebeten, ihre Zeugenaussage darüber, was in der fraglichen Nacht und vor allen Dingen am Morgen vorgefallen ist, auf Video aufzunehmen. Sie hält sich für so schwer krank, dass die Gefahr besteht, dass sie ... nicht mehr bei uns ist, wenn der Prozess gegen Asko Pihlainen beginnt«, ließ sich Tommys Stimme vernehmen.

»Dann bin ich tot. Das sollte ich eigentlich jetzt schon sein, aber ich bin zäh.«

Resolut übernahm die kleine Person das Kommando und erzählte, wie sie Asko Pihlainen und dessen Nachbarn Wisköö am fraglichen Morgen vor dem Haus gegenüber gesehen habe. Es war fast halb sechs gewesen, als sie das Auto gesehen hatte. Sie konnten also unmöglich, wie sie behaupteten, gegen fünf mit ihren Frauen Poker gespielt haben.

Inez Collin stellte ein paar Fragen, um sich zu vergewissern, wie genau Gertrud Ritzman Daten und Tageszeiten auseinander hielt. Bei keiner ihrer Antworten war auch nur das leiseste Zögern zu verzeichnen. Sie war vollkommen klar im Kopf. Die Anwesenden stellten noch ein paar ergänzende Fragen. Zum Schluss bemerkte Irene, dass ihr klarer Blick etwas trübe wurde.

Zwischen den keuchenden Atemzügen zitterte ihre Stimme hörbar. Sie war vollkommen am Ende. Es blieb ihr nicht mehr viel Kraft. Tommy hatte das offensichtlich ebenfalls bemerkt, denn er beendete das Verhör mit einem erneuten Schwenk über die anwesenden Personen. Dann wurde die Mattscheibe dunkel.

Andersson brach das Schweigen, das sich breit gemacht hatte.

»Kommen wir damit durch?«, fragte er.

»Laut Staatsanwaltschaft hat diese Aussage vor Gericht Bestand«, antwortete Tommy.

»Wie kommt das Rauschgiftdezernat voran?«

»Sie gehen bestimmten Hinweisen nach. Wohin die Drogen geliefert wurden, nachdem sie ins Land geschmuggelt worden waren, und so weiter. Aber ihr wisst ja, wie die sind. Die erzählen nie viel.«

»Okay. Du bleibst mit ihnen in Kontakt«, sagte Andersson.

Irene meldete sich zu Wort und berichtete, was ihr Lisa Sandberg von Rädda Barnen erzählt hatte. Sie schloss damit, dass sie ihre eigene Theorie vortrug.

»Offenbar sind die Bilder ganz fürchterlich. Allen, die sie gesehen haben, gingen sie ziemlich an die Nieren. Rebeckas Depressionen brachen vergangenen Herbst während der Beschäftigung mit diesem Pädophilenring aus. Ich frage mich, ob sie auf etwas gestoßen sein könnte, was für jemanden eine Bedrohung darstellt. Vielleicht hat sie ihren Eltern und ihrem Bruder davon erzählt. Und über die Schyttelius ist dann etwas zu dieser Person oder zu diesen Personen durchgesickert. Vielleicht begriffen sie ja gar nicht, wie gefährlich ihnen dieses Wissen werden konnte. Diese Person sah sich dann so in die Enge getrieben, dass er – oder sie – alle drei ermordete.«

»Aber warum erzählt uns Rebecka dann nicht einfach, was Sache ist?«, rief Fredrik.

»Keine Ahnung. Vielleicht weiß sie es ja auch gar nicht. Oder sie ist so verängstigt, dass sie schweigt.«

»Sie würde verdammt noch mal doch nicht den Mörder ihrer eigenen Familie schützen!«, polterte Andersson.

»Ich gebe zu, dass das komisch klingt. Aber das ist für mich die einzig mögliche Schlussfolgerung.«

Ein geladenes Schweigen breitete sich im Zimmer aus. Alle schienen intensiv nachzudenken. Schließlich sagte Fredrik:

»Rebecka ist der Schlüssel des Ganzen. Sie muss endlich begreifen, dass vielleicht sie das nächste Opfer ist!«

Der Kommissar trommelte mit seinen kräftigen Fingern auf der Tischplatte herum. Offensichtlich dachte er nach. Röte stieg in sein Gesicht. Plötzlich schlug er mit der flachen Hand auf den Tisch. »Okay. Irene, du musst dich wieder mit den Leuten in London in Verbindung setzen und versuchen, einen neuen Gesprächstermin bei ihr zu bekommen.«

Nachdenklich spitzte er die Lippen.

»Irgendwas ist mit dem Mädel nicht in Ordnung. Könnte sie es gewesen sein?«, meinte er schließlich.

Irene hatte gerade erst begriffen, dass Anderssons Worte bedeuteten, dass sie wieder nach London fahren durfte. Seine Folgefrage überrumpelte sie vollkommen. Das war ihr bisher nicht in den Sinn gekommen. Als sie sich von ihrer Überraschung erholt hatte, sagte sie:

»Nein. Rebecka hat ein Alibi. Christian Lefèvre sagt, sie hätte den ganzen Tag gearbeitet. Dann habe sie Kopfschmerzen bekommen und sich hingelegt. Sie saß bereits wieder an ihrem Schreibtisch, als Lefèvre Dienstagmorgen zur Arbeit kam. Jacob und seine Eltern wurden in der Nacht ermordet. Nein. Das ist unmöglich. Ehrlich gesagt glaube ich auch nicht, dass sie jemanden erschießen könnte.«

»Und Lefèvre?«, fragte Tommy.

»Wohl kaum. Er ist Rebeckas Familie nie begegnet. Außerdem ist er direkt nach der Arbeit in seine Stammkneipe gegangen, um mit seinen Kumpels irgendwelche Totoscheine auszufüllen. Das lässt sich überprüfen.«

»Dann überprüf das bitte«, wies der Kommissar sie an.

Er erhob sich, das Zeichen, dass die Besprechung beendet war.

»Hallo, Glen. Vielen Dank für die schönen Tage«, sagte Irene.

Nachdem sie ihm ewig hinterhertelefoniert hatte, hatte sie ihn endlich erwischt. Er klang aufrichtig erfreut, als sie sagte, dass sie wahrscheinlich noch einmal nach London kommen würde, um Rebecka zu vernehmen. Irene erzählte ihm von ihrer neuen Theorie, auf die sie nach ihrem Telefonat mit Rädda Barnen gekommen war. Am anderen Ende blieb es lange still.

»Das könnte tatsächlich eine Möglichkeit sein. Irgendwie kommt mir das plausibler vor als diese Satanistensache.«

»Sie meinen, dass wir die Satanistenspur ad acta legen können?«

»Im Hinblick auf die Pentagramme können Sie das wohl nicht.«

Damit hatte er Recht. Alles in allem hielt Irene die Pädophilenspur dennoch für wahrscheinlicher, da Rebeckas Depressionen erstmals im Herbst aufgetreten waren. Die blutigen Pentagramme ließen andererseits darauf schließen, dass der Mörder davon gewusst hatte, dass die Schyttelius den Satanisten im Internet nachgespürt hatten.

Irene musste sich eingestehen, dass sie die Satanisten nicht ganz ad acta legen konnten.

Sie vereinbarten, dass Glen Christian Lefèvres Besuch im Pub überprüfen würde. Das war mehr eine Formsache zur Beruhigung von Kommissar Andersson. Irene wollte ihrerseits den Pfarrer der Schwedischen Seemannskirche Kjell Sjönell anrufen, um sich nach Neuigkeiten zu erkundigen.

»Tut mir Leid. Ich habe diesen Doktor Fischer noch nicht wieder angerufen. Ich wusste nicht, dass es so eilig ist«, entschuldigte sich Kjell Sjönell.

»Das ist es auch nicht. Aber es ist sehr wichtig, dass ich Rebecka ein weiteres Mal sprechen kann. Wie hat Rebecka eigentlich reagiert, als sie erfuhr, was ihrer Familie zugestoßen ist?«, fragte Irene.

»Ich habe viel an die arme Rebecka denken müssen. Diese Trauerbotschaft zu überbringen, war mit das Fürchterlichste, was ich je erlebt habe, und das, obwohl ich schon oft in ähnlichen Situationen war.«

Sjönells Stimme war von Mitleid erfüllt.

»Wie hat sie reagiert?«

»Erst schien sie gar nicht zu verstehen, was ich gesagt hatte. Als sie plötzlich begriff, war es, als würde ein eisiger Schrecken von ihr Besitz ergreifen.«

»Was meinen Sie damit?«

»Die Farbe wich aus ihrem Gesicht. Mit offenem Mund und entsetztem Blick saß sie da. Als sei sie zu Eis erstarrt. Dann geschah nichts mehr. Sie blieb einfach so im Sessel sitzen. Die Frage ist, ob dieser Schrei nicht noch immer in ihr steckt. Ich glaube, dass er ihre Kehle nie verlassen hat.«

Wahrscheinlich hatte er Recht. Dieser Mann hatte schon einiges gesehen und war Menschen in den unterschiedlichsten Lebenssituationen begegnet. Irene hatte den Eindruck, dass er über große Menschenkenntnis verfügte.

»Haben Sie und Inspector Thomsen damals zu Hause in ihrer Wohnung mit Rebecka gesprochen?«

»Ja. Sie wohnt wirklich schön. Vielleicht eine Spur spartanisch. Mich überkam irgendwie das Gefühl von … Einsamkeit. Sie schien keine Feste mit einer Menge Leute dort zu veranstalten. Falls Sie verstehen, was ich meine.«

»Ja. Rebecka scheint ein einsamer Mensch zu sein.«

Sjönell schien sich seine Worte genau zu überlegen, ehe er fortfuhr:

»Als Pfarrer habe ich es oft mit einsamen Menschen zu tun. In unserer Gesellschaft ist das eine Volkskrankheit. Ja, ich glaube, dass sie sehr einsam ist. Die Einzigen, denen sie wirklich zu vertrauen scheint, sind dieser junge Mann, mit dem sie zusammenarbeitet, und Doktor Fischer. Sie bat uns, Fischer anzurufen, als es ihr endlich gelang, ein paar Worte über die Lippen zu bringen.«

»Er kam also zu ihr in die Wohnung?«

»Ja.«

»Haben Sie mit Doktor Fischer wegen der Beisetzung gesprochen?«

»Nein. Aber ich kann heute Nachmittag bei ihm anrufen. Ich habe einen guten Freund bei einem renommierten Beerdigungsinstitut in Göteborg. Er hilft Rebecka sicher bei allen praktischen Fragen. Es ist doch sicher das Beste, wenn wir mit der Beerdigung noch ein wenig warten? Möglicherweise kommt Rebecka ja wieder soweit zu Kräften, dass sie nach Hause fahren kann.«

»Sie haben sicher Recht«, pflichtete ihm Irene bei.

Sie glaubte nicht, dass Rebecka nach Hause kommen würde, behielt ihre Meinung aber für sich.

Vor den bevorstehenden Osterfeiertagen hatte sich eine gewisse Ruhe im Dezernat ausgebreitet. Wahrscheinlich würde diese einige Tage lang andauern. Ostersamstag brach dann immer das Chaos aus. Familienstreitereien, Gelage, Körperverletzung, Vergewaltigungen, Mord: mit allem, was zu einem Feiertag dazugehörte, würden sie sich dann befassen müssen. Alle außer Irene. Zum ersten Mal seit langem würde sie nämlich wieder über die Feiertage frei haben. Vier lange Tage, zu schön, um wahr zu sein. Andererseits hatte sie die ganzen Weihnachtsfeiertage Dienst geschoben und würde auch Mittsommer wieder ran müssen. Ihre freien Tage über Ostern hatte sie sich also redlich verdient.

Gegen drei Uhr nachmittags war Svante Malm bei ihnen zum Rapport erschienen. Irene hegte den Verdacht, dass er unten bei sich den Kaffeeduft gerochen hatte oder auch den des frischen Mandelgebäcks.

Tommy hatte es mitgebracht, da er Ostermontag Geburtstag hatte. Am nächsten Tag, also am Gründonnerstag, wollte er mit der ganzen Familie in den Wintersportort Åre, um ein letztes Mal in dieser Saison Ski und Snowboard zu fahren. Irene beneidete ihn nicht. Achthundert Kilometer in einem alten Volvo mit zwei Erwachsenen, drei Kindern im Alter von neun bis fünfzehn, und einem lebhaften Hund – übrigens einer Tochter von Sammie – plus einer Unmenge Gepäck erschienen ihr nicht gerade als Traumurlaub. Sie selbst freute sich darauf, einfach mit der Familie auszuspannen.

»In der Asche lagen ganz richtig Reste von Disketten. Aber wir fanden auch Rückstände von Videokassetten. Alles in Flammen aufgegangen. Keine Chance, rauszukriegen, was drauf war.«

Er beugte sich vor und nahm eine stabile durchsichtige Plastiktüte aus der Tasche, in der schwarze Klumpen und ein schwarzes Pulver zu sehen waren.

»Das hier ist interessant.« Der Mann von der Spurensicherung lächelte.

Die anwesenden Polizisten versuchten, höflich interessiert zu wirken.

»Er – oder sie – hatte Kohle zum Feuermachen dabei.«

»Kohle?« Andersson war ratlos.

»Holzkohle«, erläuterte Svante Malm.

Es half nicht. Der Kommissar sah immer noch genauso ratlos aus.

Mit einer großen Portion Geduld und in pädagogischem Tonfall fuhr Svante Malm fort:

»Die Mordnacht war kalt, und außerdem begann es zu regnen. Es wäre unmöglich gewesen, mit irgendwelchen nassen Zweigen ein Feuer zu machen. Also nahm der Mörder Holzkohle mit, wie es sie säckeweise für den Gartengrill gibt. Wir haben um das Feuer herum auch Spuren von Spiritus gefunden. Holzkohle glüht länger als normales Brennholz. Außerdem wird sie sehr heiß, sodass alles ordentlich verkohlt.«

»Holzkohle und Spiritus. Der Mörder hatte also geplant, die Disketten und Videos zu verbrennen. Er wusste bereits vor den Morden, was er finden würde und was er damit machen würde«, stellte Tommy fest.

»Etwas Pech hatte er allerdings. Das hier ist vermutlich aus dem Feuer geflogen. Es hing in einem Busch ein paar Meter von der Feuerstelle entfernt. Wir glauben, dass es sich um ein Streichholzbriefchen handelt. So ein Reklameding.«

Svante beugte sich vor und fischte eine kleinere Plastiktüte aus seiner Tasche. Erst glaubte Irene, sie sei leer, aber dann entdeckte sie einen kleinen verkohlten Papierfetzen in der einen Ecke. Nachdem Svante noch einmal in seine riesige Tasche abgetaucht war, kam er mit einer großen Pappe wieder zum Vorschein, die er gegen die Tafel hinter sich lehnte.

»Eine Vergrößerung«, sagte er und trat beiseite, damit alle etwas sehen konnten.

ePu

Mosc

»Moscow. Es war ein verdammter Russe aus Moskau«, meinte Jonny Blom.

Er lachte, damit auch alle merkten, dass das ein Witz war. Doch keiner achtete auf ihn.

»*Pu*. Könnte das beispielsweise für Publikum oder Pub stehen?«, schlug Irene vor.

»Möglich. Die Kante des Papiers verläuft genau hinter dem u in ›Pu‹ und nach dem c in ›Mosc‹. Ich bin mir etwas unsicher, ob das vor dem ›Pu‹ wirklich ein kleines e ist, aber einem e ähnelt es irgendwie am meisten. Es sieht irgendwie anders aus als die anderen Buchstaben. Recht altmodische Schrift.«

»Fraktur«, sagte Hannu.

»Wenn du das sagst«, erwiderte Svante.

Er nickte, als sei er gerade etwas klüger geworden. Dann fuhr er fort:

»Der Text ist weiß auf schwarzem Grund, außer dem Fraktur-e in Goldschrift.«

Etwas regte sich in Irenes Erinnerung, aber es war zu vage, als dass sie es hätte festhalten können. Hatte sie so einen Text nicht schon einmal irgendwo gesehen?

Auf dem Heimweg kaufte sie eine GT. Die Schlagzeile lautete: »**PFARRER im Umfeld der SATANISTENMORDE lieferte FALSCHAUSSAGE!**«

Das hast du großartig gemacht, Kurtchen, dachte sie zufrieden.

Am Morgen des Gründonnerstags war wunderbares Wetter. Und so sollte es angeblich auch das gesamte Wochenende über bleiben. Irene hatte allerdings mehr Zutrauen zu Eva Möllers Kristallkugel und ihren Beschwörungsformeln als zum Wetterbericht. Manchmal überlegte sich Irene, ob sie damals hypnotisiert worden war oder eine halluzinogene Droge bekommen hatte. War wirklich geschehen, was sie gesehen und erlebt zu haben meinte?

Sie dachte darüber nach, während sie die Jacke anzog und vor die Tür trat.

Dass sie Frau Karlhög vor der Gartenpforte traf, schien ihre Überlegungen nur zu bestätigen. Die kleine Felicia tollte an einer dünnen rosa Leine aus Seide herum.

»Ich bringe ihr bei, an der Leine zu gehen. Nur ein paar Minuten am Tag, um sie daran zu gewöhnen«, vertraute Margit Karlhög ihr an.

Das aprikosenfarbene Wollknäuel setzte sich auf und schnüffelte an einem verblühten Krokus. Wahrscheinlich bekam es Blütenstaub in die Nase, denn es begann zu niesen. Frau Karlhög hob das kleine Ding zärtlich hoch. Irene konnte es nicht bleiben lassen, Felicia vorsichtig den Rücken zu streicheln. Da blinzelte das Kätzchen ihr zu. Schaudernd musste sich Irene eingestehen, dass sie diesen Blick schon einmal gesehen hatte.

»Kjell Sjönell, der Pfarrer, hat angerufen. Du hast seine Nummer«, stand auf dem Zettel, der ganz oben auf dem Stapel auf ihrem Schreibtisch lag. Der Pfaffe ist wirklich früh dran, dachte Irene. Sie brauchte immer erst einen Becher Kaffee, am liebsten zwei, damit sie halbwegs zu sich kam.

Die Morgenbesprechung war kurz. Beunruhigend war, dass Jonny Blom nicht aufgetaucht war. Er hatte auch nicht angerufen. Irene war leicht nervös, weil sie wusste, dass er an drei Tagen Bereitschaft hatte. Es gab keine Reserve, da Tommy und sie freihatten.

Irene erreichte Kjell Sjönell nicht in seinem Büro, aber auf seinem Handy. Er bat darum, später zurückrufen zu dürfen, da er etwas Eiliges zu erledigen habe. Irene hatte nichts dagegen. Sie rechnete damit, den Tag am Schreibtisch zu verbringen.

Sjönell rief gegen elf an.

»Entschuldigen Sie, dass ich nicht mit Ihnen sprechen konnte, aber ich hatte mit einem Selbstmordversuch zu tun. Ein junger Mann hat letzte Nacht versucht, sich auf einem Schiff das Leben zu nehmen. Er brauchte wirklich jemanden, mit dem er reden konnte.«

Seine Stimme klang müde und bedrückt.

»Kein Problem. Es ist mir klar, dass auch Sie dringende Einsätze haben«, sagte Irene.

»Ja. Das kommt leider vor. Aber ich rief heute Morgen an, um Ihnen zu berichten, dass ich sowohl mit Rebecka als auch mit Doktor Fischer gesprochen habe. Beide halten es für eine gute Idee, dass ich meinen Freund bitte, sich um alle praktischen Fragen zu kümmern. Er regelt auch das mit dem Nachlass. Er wird Rebecka über all seine Schritte auf dem Laufenden halten.«

»Das ist sicher eine Erleichterung für sie«, meinte Irene.

»Sicher. Aber dann hat sie noch etwas Merkwürdiges gesagt. Ich habe sie gefragt, ob sie sich nicht Sorgen um die Häuser macht und ob wir nicht eine Alarmanlage installieren lassen sollen, solange sie unbewohnt sind. Darauf meinte sie, sie wolle nichts aus den beiden Häusern haben. Am liebsten wäre ihr, sie würden abbrennen. Sie hat doch die ganze Familie verloren. Da erwartet man doch, dass sie etwas als Andenken behalten will.«

»Seltsame Einstellung. Aber die Häuser und die Sachen würden sie vielleicht ständig an den Vorfall erinnern.«

»Wahrscheinlich ist das so. Ich habe wie gesagt auch mit Fischer geredet und ihm erklärt, dass Sie wieder mit Rebecka sprechen müssen. Er war nicht sonderlich begeistert davon, hat dann aber nachgegeben. Möglicherweise ginge es in der Woche nach Ostern.«

Das passte Irene ausgezeichnet. Als sie gerade das Gespräch beenden wollte, meinte Sjönell noch:

»Ich vergaß zu sagen, dass der Doktor dieses Mal bei der Vernehmung anwesend sein will. War er das letzte Mal auch dabei?«

»Ja. Wir haben Rebecka in seiner Praxis getroffen.«

»Es hat den Anschein, als lägen ihm seine Patienten wirklich am Herzen. Aber vielleicht gilt das auch nur für Rebecka.«

»Das habe ich mir auch schon überlegt.«

Nach Beendigung des Telefongesprächs saß Irene eine Weile da und dachte nach. Nachdem sie ihren Entschluss gefasst hatte, rief sie Glen Thomsen an.

»Okay. Christian Lefèvres Pubbesuch am Montagabend und dann auch noch den Psychiater überprüfen. Wollen Sie bei Fischer auf was Besonderes hinaus?«, fragte Glen.

»Nein. Ich habe nur so ein Gefühl, dass es gut sein könnte, etwas mehr über seinen Hintergrund zu erfahren. Wie gesagt ist er ungewöhnlich besitzergreifend, was Rebecka angeht.«

»Ich weiß. Er beschützt sie vor uns.« Glen lachte.
»Das Gefühl hat man«, gab Irene zu.

Irene buchte dieselben Flüge wie beim letzten Mal. Es graute ihr bereits vor dem unchristlich zeitigen Abflug in Landvetter, aber der war ein Muss, wenn sie in London überhaupt etwas ausrichten wollte. Immer noch besser, als alles an einem Tag zu erledigen, dachte Irene, was laut Glen von den Verbindungen her auch möglich, aber eindeutig zu stressig gewesen wäre.

»Ich weiß nicht, wie Sie das hingekriegt haben, aber es war wirklich wunderbar, dass dieser verdammte Journalist diesen Artikel geschrieben hat. Ich fand es auch wichtig, dass es derselbe Journalist war. Wie er beschreibt, wie Urban manipuliert und betrogen hat ... das war ein gutes Gefühl. Das war meine Genugtuung, obwohl wir uns sicher noch eine ganze Weile mit anonymen Briefen herumärgern müssen. Auch wenn Bengt die Stelle des Hauptpfarrers nicht bekommt, Urban kriegt sie jedenfalls auch nicht. Das allein zählt!«

Ihr triumphierender Tonfall war nicht zu überhören. Louises überschwängliche Dankbarkeit hinterließ bei Irene einen faden Nachgeschmack.

Während der Ermittlungen zu diesem Fall hatte sie zweifelsohne interessante Einblicke in das kirchliche Leben erhalten. Davor hatte sie nur eine sehr vage Vorstellung von Pfarrern und ihrer seelsorgerlichen Berufung gehabt. Dieses Bild war jetzt deutlich getrübt. Pfarrer waren wie alle anderen Menschen. Sie hatten ihre Stärken und ihre Schwächen. Der Unterschied war, dass sie das hinter ihren Beffchen und ihrem Amt besser verbergen konnten. Schaute man unter den Talaren genauer nach und kratzte an der frommen Fassade, dann fand sich alles, von Mitmenschlichkeit bis hin zu menschlichem Abschaum. Jedenfalls war es schön, dass sie einem Pfarrer wie Kjell Sjönell begegnet war. Er schien am Schicksal seiner Mitmenschen wirklich Anteil zu nehmen und sich voll und ganz für seine Schäfchen einzusetzen. Aber das hatte auch seinen Preis. Irene dachte daran, wie müde er am Telefon geklungen hatte.

Gerade als Irene losfahren und Krister abholen wollte, trat Andersson in ihr Zimmer. Er war totenblass, und seine Gesichtsfarbe war teigig.

Eigentlich war Irene bereits auf dem Sprung, aber als sich ihr Chef auf den Besucherstuhl sinken ließ, setzte sie sich ebenfalls wieder. Andersson nahm seine Lesebrille ab und rieb sich mit Daumen und Zeigefinger die Augen.

»Es ist wie verhext. Mit dem Speedy-Fall geht es vorwärts, und den Posträubern aus Lerum sind wir auch auf den Fersen. Aber bei den Pfarrermorden geht nichts weiter, obwohl wir viel mehr wissen als zu Anfang, aber trotzdem scheint uns irgendwie die Luft auszugehen.«

»Irgendwie kommt mir das bekannt vor. So ist das doch immer in einem gewissen Stadium der Ermittlungen.«

Irene lächelte den Kommissar aufmunternd an, aber der reagierte nicht einmal. Stattdessen fuhr er fort:

»Und dann hat Jonnys Frau eben noch angerufen. Er liegt im Krankenhaus. Irgendwas mit dem Magen. Sie wusste nicht genau, was.«

Er verstummte und sah Irene schuldbewusst an.

»Das bedeutet, dass wir uns seinen Bereitschaftsdienst über die Feiertage teilen müssen. Ich habe schon den Freitag und den Samstag, aber ich kann auch noch den Sonntag übernehmen. Und da Tommy bereits auf dem Weg ins Fjäll ist ... könntest du dir vorstellen, am Ostermontag zu arbeiten?«

Da verschwand ihr langes Wochenende. Ihr Groll gegen Jonny erwachte wieder. Immer gab es Probleme mit diesem Stümper! Schroff sagte sie:

»Du kannst mich für Sonntag und Montag einteilen. Du kannst auch etwas Erholung gebrauchen. Jonny soll sich im

Krankenhaus ausruhen. Das kann seine arme Leber wirklich gebrauchen. Der Magen! Dass ich nicht lache!«

»Ach so. Glaubst du …«

Andersson wich ihrem Blick aus. Er versuchte, auf ahnungslos zu machen, aber alle im Dezernat wussten, dass Jonny zu viel trank.

Andersson hatte keine Probleme damit, Leuten ins Gewissen zu reden, die seiner Meinung nach ihre Arbeit nicht richtig erledigten, fand es aber unangenehm, jemanden auf persönliche Probleme anzusprechen. Geschwätz, murmelte er dann immer und fing rasch von was anderem an.

Schwerfällig stand er auf und ging auf die Tür zu. Ehe er auf den Korridor trat, drehte er sich um und sagte:

»Dass ist nett von dir, dass du Ostersonntag und Ostermontag übernimmst. Diese Ermittlung nimmt mich doch mehr mit, als ich mir bisher eingestehen wollte. Schließlich bin ich Sten und Elsa mal begegnet …«

Mit gebeugtem Rücken verschwand er den Korridor entlang. Irene fühlte sich an einen alten Kartoffelsack erinnert, der durchs Präsidium schlurft. Alt. Andersson war wirklich alt geworden. Es wurde immer deutlicher, dass er nicht für alle Ewigkeiten dem Dezernat vorstehen würde.

Der Gedanke erschreckte sie. Wer würde an seine Stelle treten?

»Du hast also Karfreitag und Ostersamstag frei. Ich arbeite Ostersamstag bis spät und dann den ganzen Ostersonntag. Ostermontag habe ich frei, aber da arbeitest ja du. Dann müssen wir uns eben auf den Karfreitag konzentrieren«, entschied Krister.

Sie steckten in einem endlosen Stau auf dem Södra Vägen in Richtung Mölndal. Zu spät erst hatten sie eingesehen, dass es unklug war, diese Strecke zu wählen, da der Korsväg ein Chaos aus Baugruben und Absperrungen war. Sie hatten vorgehabt, am Frölunda Torg fürs Wochenende einzukaufen. Irene hätte es sich am liebsten erspart, sich inmitten Tausender von müden und gestressten Leuten zu drängeln, die alle dasselbe vorhatten wie sie, und wäre direkt nach Hause gefahren. Aber da laut Krister bald totale Ebbe in Speisekammer und Kühlschrank drohte, blieb ihnen nichts anderes übrig.

Krister fuhr. Irene lehnte den Kopf gegen die Kopfstütze und schloss die Augen. Die Gedanken in ihrem müden Hirn gingen im Kreis.

Ihre Bequemlichkeit hatte gelitten, als Krister vor fünf Jahren wieder angefangen hatte, Vollzeit zu arbeiten. Davor hatte er nur dreißig Stunden in der Woche gearbeitet, und zu Hause war alles viel glatter gegangen. Als die Zwillinge noch klein waren, hatte er sich dafür entschieden gehabt, da es unmöglich war, bei der Kriminalpolizei Teilzeit zu arbeiten, und Irene keine Lust hatte, in den Innendienst zu wechseln. Das entscheidende Argument war jedoch gewesen, dass sie mehr verdiente als er. Als er dann allerdings das Angebot bekommen hatte, Chefkoch im Glady's Corner zu werden, hatte ihm Irene sehr zugeredet. Das hatte sie anschließend oft bereut, hätte sich aber lieber die Zunge abgebissen, als es ihm zu sagen. Er liebte seine Arbeit, obwohl er manchmal vollkommen ausgepowert nach Hause kam. Aber wer tat das nicht?, dachte Irene. Das Schlimmste war, dass sie sich nicht mehr so viel sahen. Jetzt wo die Zwillinge selbstständig waren, stand das Haus oft leer, wenn sie von der Arbeit kam. Ein Glück, dass es Sammie gab.

Im Einkaufszentrum gingen sie getrennte Wege, diese Strategie war erprobt und bewährt. Krister drückte seiner Frau einen Zettel in die Hand, auf dem stand, was sie im staatlichen Spirituosenhandel, dem Systembolaget, einkaufen sollte. Er selbst besorgte Obst und Gemüse und ging zum Fischhändler und anschließend zu den Delikatessen. Krister fand, dass man Käse vor dem Kauf probieren müsse. Manchmal konnte es eine Viertelstunde dauern, bis er sich entschieden hatte. Wenn Irene einkaufte, nahm sie einfach ein Stück abgepackten milden Herrgårdsost, Gutshofskäse, oder eine Tube Schmelzkäse mit Krabbengeschmack.

Es war fast schon sieben Uhr, als sie die schweren Einkaufstüten endlich über die Schwelle des Reihenhauses schleppten. Sammie sprang um sie herum und versuchte herauszufinden, was in den Tüten war. Er steckte seine Nase hinein und schnupperte. Würstchen? Leberpastete? Brathähnchen? Ja! Brathähnchen!

Irene stolperte über ihn, als er bettelnd um ihre Beine strich. Mit sanfter Gewalt schob sie ihn von den Einkaufstüten weg und ging in die Küche.

Dort füllte sie die Schränke auf und sorgte so dafür, dass die drohende Hungersnot im Haus abgewendet wurde. Krister hatte frische, noch lauwarme Baguettes gekauft, ein Stück Whiskycheddar und einen Brie, der genau richtig war. Den Käse sollte es zu einem Salat zum Abendessen geben. Da Jenny weder Fleisch noch Fisch aß oder überhaupt etwas, was tierischen Ursprungs war, musste sich jeder seinen eigenen Salat zubereiten. Tomaten, Zwiebeln, Mais, Gurke, schwarze Oliven, Kopfsalat und frisches Basilikum wurden als Grundlage in einer großen Schale mitten auf den Tisch gestellt. Drum herum standen kleinere Schalen mit Schafskäse, gebratenem Huhn und Rhode Island Dressing. Das Dressing bestand aus Crème fraîche, und deswegen nahm Jenny es auch nicht, sondern mischte sich eine eigene Salatsauce aus Essig und Öl.

Beide Mädchen waren zu Hause und halfen dabei, die Sachen für den Salat klein zu schnippeln. Natürlich weigerte sich Jenny, sich mit dem Hühnchenkadaver abzugeben. Das musste Krister schon selbst übernehmen. Plötzlich hielt er mitten im Zerlegen der Hühnchen inne und sagte:

»Hört mal Mädchen. Mama und ich arbeiten dieses Wochenende wie immer zu verschiedenen Zeiten …«

Katarina unterbrach ihn. Sie rief:

»Aber du hättest doch frei kriegen sollen!«

Vorwurfsvoll sah sie Irene an, und diese machte sich fast schon Vorwürfe. Sie wusste sehr gut, dass sie immer zu viel gearbeitet hatte, aber in ihrem Beruf war das nicht zu umgehen.

»Hattest du vor, zu Hause zu sein?«, fragte sie vorsichtig.

Katarina antwortete nicht, sondern zuckte nur mit den Achseln. Sie war gerade achtzehn geworden und durfte wählen gehen, ohne Einwilligung der Eltern heiraten und Auto fahren, aber sie war immer noch ein Kind. Und im Systembolaget einkaufen darf sie auch noch nicht, dachte Irene.

»Ich glaube, sie wollte mit dir fahren üben, genau wie ich«, meinte Jenny.

»Das kriegen wir schon noch hin. Wann ist die Fahrprüfung?«, fragte Irene.

»In drei Monaten. Man muss fürchterlich lange warten«, antwortete Katarina verdrossen.

Beide Mädchen hatten jetzt schon über ein Jahr lang mit den Eltern geübt und konnten richtig gut fahren. Mit dem Führerschein würde es sicher kein Problem geben. Das Ganze würde jedoch ein Loch in die Kasse reißen, da beide den Lappen gleichzeitig erwerben wollten.

Krister räusperte sich demonstrativ.

»Um darauf zurückzukommen, was ich eben sagen wollte: Das Osteressen ist bereits am Karfreitag. Das ist der einzige Tag, an dem Mama und ich gleichzeitig frei haben. Obwohl mir Sonntag wahrscheinlich genug Zeit zum Mittagessen bleibt.«

Jenny hielt im Zwiebelhacken inne und sagte zögernd:

»Kann ich Martin einladen?«

»Natürlich, meine Kleine«, sagte Krister und lächelte.

Irene war freudig überrascht. Katarina hatte in den letzten Jahren diverse Freunde mit nach Hause gebracht, Jenny jedoch noch keinen einzigen. Sie hatte zwar schon die eine oder andere Romanze hinter sich, aber aus denen schien nie was Ernstes geworden zu sein. Die Jungs waren immer wieder in einem frühen

Stadium spurlos aus dem Leben ihrer Tochter verschwunden. Martin musste etwas Besonderes sein.

»Wie lange seid ihr denn schon zusammen?«, erdreistete sie sich zu fragen.

Jenny antwortete erst nach einer Weile:

»Ein paar Monate.«

Ein paar Monate! Irene hatte in der Woche zuvor zum ersten Mal von Martin gehört.

»Großmutter kommt doch?«, fragte Katarina.

»Daran habe ich ja gar nicht gedacht! Ich muss sie unbedingt anrufen und ihr sagen, dass wir das Essen vorverlegt haben. Sonst glaubt sie noch, dass wir es wie immer am Ostersonntag machen«, rief Irene und eilte aus der Küche zum Telefon in der Diele.

Karfreitag begann mit strahlender Sonne und wolkenlosem Himmel. Laut Wetterbericht sollte es allerdings nicht sonderlich warm werden. Irene und Krister kümmerten sich den Vormittag über um ihren sträflich vernachlässigten Garten. Was spielte es schon für eine Rolle, dass sie das Laub des Vorjahrs erst Anfang April zusammenrechten? Irene redete sich immer ein, dass etwas schützendes Laub gut für den Rasen sei, falls es einen kalten, schneefreien Winter gab. Ganz sicher wurde der Boden etwas gedüngt, wenn die Blätter verrotteten. Das war nämlich auch der einzige Dünger, den er je bekam. Wenn man näher darüber nachdachte, dann war ihr kleiner Garten ökologisch gesehen einwandfrei, jedenfalls war er frei von Kunstdünger.

Krister begann bereits um die Mittagszeit damit, das Osterbüfett vorzubereiten. Den Hering hatte er bereits Anfang der Woche eingelegt. Da hatte er auch den Lachs in Koriander gebeizt und die Hummerpastete zubereitet. Jetzt briet er die Hühnerfilets, die kalt mit verschiedenen Dips auf dem Büfett stehen würden. Irene hatte ihn wie ein hungriger Barrakuda umkreist und ein leckeres Mangochutney und eine Sauce aus Crème fraîche, frischem Basilikum und Knoblauch entdeckt. Aus dem Ofen drang der Duft von Kartoffelgratin mit Anchovis, das für Irene auf keinem Weihnachts- und Osterbüfett fehlen durfte. Daneben stand wie immer brutzelnd ein Gratin aus Kartoffeln, Möhren und Pastinaken. Jenny hatte erzählt, Martin sei Vegetarier, trinke jedoch Milch. In Jennys Augen, sie war Veganerin, war er also nicht ganz rechtgläubig, aber das machte ihr offensichtlich nichts aus. Jenny hatte versprochen, einen großen Tomaten- und Zwiebelsalat zuzubereiten und dazu Kichererbsenpilaw. Letzteres war ihre Spezialität, reis- und kichererbsengefüllte Paprika. Dem Rest der Familie schmeckten die gefüllten Paprika ebenfalls, und deswegen hatten sie das Osterbüfett um dieses Gericht erweitert. Die obligatorischen hart gekochten Eier kühlten gerade in kaltem Wasser ab, dann wurden sie halbiert und mit Majonäse, Kaviar und Krabben dekoriert. Das Dessert war ebenfalls seit mehreren Tagen fertig. Im Eisschrank stand Kristers Punschparfait. Dieses servierte er mit seiner Schokoladensauce, die er nach einem geheimen Rezept zubereitete. Irene hatte inzwischen rausgekriegt, dass sie Kaffee und ziemlich teure Bitterschokolade enthielt. Es handelte sich um das beliebteste Dessert aus dem Glady's Corner, das nicht von der Karte verschwinden durfte, weil sonst die Stammgäste meuterten.

Irenes Mama Gerd und ihr Partner Sture kamen gegen fünf. Es war immer noch warm genug, um ein Glas Sekt im Garten zu trinken. Sie trugen Wolljacken und Pullover, aber die Luft war schon frühlingshaft. Sie unterhielten sich gerade auf der Terrasse, als Jenny und ihr Martin erschienen.

Irene schaute hastig auf ihre rechte Hand, um sich zu vergewissern, dass sie ihr Glas nicht fallen lassen würde. Jetzt verstand sie, wieso Jenny gezögert hatte, als sie am Vortag von Martin erzählt hatte. Alle verstummten und betrachteten die schlaksige Gestalt.

Martin war knapp über zwanzig. Sein Haar war schwarz gefärbt und schulterlang. Sein T-Shirt war ebenfalls schwarz und trug die rosa Aufschrift »Fuck me, I am famous!«. Die schwarze Jeans hatte große Löcher, durch die seine mageren Knie zum Vorschein kamen. Seine Unterlippe war mit einem breiten Ring gepierct, seine eine Braue ebenfalls. Die Augen hatte er mit einem Kajalstift kräftig geschminkt. Um den Hals zog sich eine breite Tätowierung in Blau und Rot. Er hatte die Schuhe ausgezogen und blieb in seinen löchrigen schwarzen Strümpfen, aus denen die großen Zehen herausragten, auf der Schwelle stehen.

Als Erstes fand Irenes Mutter die Sprache wieder. Sie lächelte fröhlich und trat auf den jungen Mann zu.

»Hallo. Ich bin Jennys Großmutter Gerd.«

Martin nahm ihre Hand und begrüßte sie überaus höflich.

»Martin«, sagte er.

Irene nahm sich zusammen und trat ebenfalls auf ihn zu. Sie stellte erst sich und dann den Rest der Familie vor. Katarina hatte ihren neuen Freund, Johan, nicht dabei. Er war, soweit Irene das mitbekommen hatte, mit ein paar Freunden zum Skifahren in Norwegen. Trotzdem war Katarina überaus fröhlich. Sie begrüßte Martin, der einigermaßen ratlos wirkte.

»Hattest du nicht gesagt, ihr seid Zwillinge?«, fragte er Jenny.

»Doch. Aber sie ist adoptiert«, antwortete Jenny rasch.

Die Mädchen waren diese Reaktion bereits gewöhnt. Sie lächelten sich zu.

»Spätestens um sieben müssen wir hier weg«, sagte Jenny zu ihrer Mutter.

»Wieso das?«, fragte Krister, ehe seine Frau noch etwas sagen konnte.

Da Kochen sein Beruf und seine Berufung war, liebte er lange Mahlzeiten. Jede Eile bei Tisch war ihm ein Gräuel.

»Martins Band tritt heute Abend auf.«

Gerd riss erstaunt die Augen auf.

»Wird neuerdings Karfreitag in der Schule getanzt?«

Martin lächelte, und Irene begriff, wieso sich ihre Tochter in diese Gestalt in Schwarz verliebt hatte. Seine Augen funkelten frech, waren aber trotzdem freundlich.

»Es ist schon lange her, dass wir in einer Schuldisco gespielt haben. Das heute Abend ist etwas Größeres. Mehr eine Art Konzert.«

»Konzert? Spielen Sie klassische Musik?«, wollte Sture wissen.

»Nee. Satten Rock«, erwiderte Martin, aber immer noch in sehr höflichem Tonfall.

»Aber hört mal! Kennt ihr nicht Mackie von den Black Thunder?«, rief Katarina und verdrehte die Augen.

Ein rascher Blick in die Runde ihrer älteren Anverwandten verriet ihr, dass das nicht der Fall war.

»Die sind gigantisch! Wie viele Platten habt ihr aufgenommen? Vier?«, fragte sie Martin alias Mackie.

»Fünf«, antwortete dieser und sah beinahe verlegen aus.

»In Deutschland läuft es super. Dort haben sie gerade einen Hit gelandet. ›The Eagle Said‹ ist ganz oben in den Charts«, fuhr Katarina fort.

»Auch Rockstars wollen vielleicht ein Glas Sekt vor dem Essen?«, meinte Krister und füllte ein leeres Glas. Jenny goss er nichts ein, da sie überhaupt nichts trank, nicht einmal das fast alkoholfreie Bier.

»Nein, danke. Ich trinke keinen Alkohol«, lehnte Martin ab.

Noch was, was sie außer der Musik verbindet, dachte Irene.

»Okay. Aber du musst was essen. Erst recht, wenn du heute Abend spielen musst. Ich schlage vor, dass wir anfangen«, sagte Krister und machte eine einladende Handbewegung Richtung Haus.

Während des Essens stellte Irene fest, dass Katarina nur zurückhaltend zugriff. War sie nicht auch bedeutend schmaler geworden? In dem weiten Ausschnitt ihres schwarzen Baumwolltops traten die Schlüsselbeine viel deutlicher hervor als bisher.

Trotz des neuen Freundes und ihres Beschlusses, nicht am Schönheitswettbewerb teilzunehmen, schien sie immer noch Diät zu halten. Darüber musste sie mit Katarina sprechen. Was war da nicht in Ordnung?

Die Ostertage wurden anstrengend. Zwei große Rockerbanden hatten einander schon länger den Kampf angesagt. Es ging um die Aufteilung des Drogenhandels und der Prostitution. Jetzt explodierte der schwelende Hass. Am Morgen des Ostersonntags wurden der eine Anführer und seine Freundin beschossen, als sie gegen vier Uhr einen Nachtclub verließen. Sie hatten ordentlich gezecht und waren im Suff unvorsichtig geworden. Das reichte, um aus einem vorbeifahrenden Auto mit einer automatischen Waffe eine Salve abzufeuern. Der Wagen war bereits auf und davon, ehe noch einer der betrunkenen Leibwächter seine Waffe ziehen konnte. Die Verletzungen des Anführers und seiner Freundin waren lebensbedrohend.

Zwei Stunden später wurden sie wegen eines brennenden Autos in einem Wäldchen bei Gunnared alarmiert. Der Wagen war gestohlen, und sie waren sich ziemlich sicher, dass es sich um das Fahrzeug handelte, das bei dem Überfall verwendet worden war. Fahrer und Schütze waren natürlich spurlos verschwunden. Wahrscheinlich hatten sie ein weiteres Fahrzeug in der Nähe geparkt und waren mit diesem geflüchtet.

Gegen 23 Uhr am Ostersonntag durchbrach ein schwerer Lastwagen den hohen Bretterzaun, der das Hauptquartier der anderen Rockerbande bei Alingsås umgab. Die Plane wurde beiseite gezogen, und ein Granatwerfer begann, Tod bringende Geschosse durch die Fenster zu schleudern. Der Mann an der Waffe zielte eiskalt und genau. Die Granaten explodierten und zerstörten das alte Bauernhaus total. Das Ganze war in einer knappen Minute vorbei. Das schwere Fahrzeug setzte durch die Lücke in dem Bretterzaun zurück und verschwand, ohne beschossen worden zu sein.

In der Ruine des Hauses blieben ein Toter und drei Schwerverletzte zurück.

Irene hatte wegen des Attentats auf den Anführer der Rockerbande einen stressigen Ostersonntag. Die Ermittlung gestaltete sich chaotisch. Mehrere Dezernate waren beteiligt. Irene war mit den Morden befasst, erst nur mit einem, dann mit zweien, da der Anführer kurz nach dem Granatenangriff gegen Mitternacht seinen Verletzungen erlegen war.

Am Ostermontag sollte Fredrik Stridh morgens seinen Dienst antreten. Man hatte ihn zum Attentatsort bei Alingsås abkommandiert. Irene hielt es für das Beste, ihm einen kurzen Lagebericht zu geben, ehe sie losfuhren. Er saß in seinem Zimmer auf seinem Besucherstuhl, den Kopf gegen die Wand gelehnt. Es hatte den Anschein, als schliefe er. Das tat er auch. Unsanft schüttelte Irene ihn am Oberarm, um ihn zu wecken. Stöhnend setzte er sich auf. Dann griff er sich sofort an den Kopf und ließ diesen wieder gegen die Wand sinken. Erneut schloss er die Augen, und Irene sah erstaunt, dass er lächelte. Ungewöhnlich, wenn er wirklich so verkatert war, wie er tat.

»Hallo! Ran an die Arbeit! Wir haben alle Hände voll zu tun. Der Rockerkrieg ist ausgebrochen!«, schrie Irene, um ihn zu einer Reaktion zu zwingen.

»Okay, okay«, murmelte Fredrik und nickte.

Immer noch spielte ein zufriedenes Lächeln um seine Lippen, aber jetzt öffnete er immerhin die Augen einen Spaltweit. Misstrauisch beugte Irene sich über ihn und schnupperte. Keine Fahne. Er war stocknüchtern. Seine Augen funkelten belustigt, jedenfalls das, was sie von ihnen sehen konnte. Irene stemmte die Hände in die Seiten und sagte gespielt barsch:

»Junger Mann, was hast du jetzt schon wieder angestellt, dass dir jeder Saft abhanden gekommen ist?«

»Wie willst du wissen, dass ich etwas angestellt habe?«, fragte er und sah spöttisch zu ihr hoch.

»Weil du so wahnsinnig zufrieden aussiehst.«

Fredrik kicherte leise, ehe er antwortete:

»Du hast eine gute Menschenkenntnis. Aber von anstellen kann nicht die Rede sein. Wir haben verspätet das Fest der Ostara gefeiert. Sie haben kein Osterfest.«

»Das Fest der Ostara? Was soll das denn sein?«

»Die Tag-und-Nacht-Gleiche.«

Er schloss wieder die Augen. Tag-und-Nacht-Gleiche? Wer feierte die anstelle des Osterfestes? Plötzlich ging Irene ein Licht auf.

»Gib mir Kraft und Stärke! Hast du mit Eva Möller Hexensabbat gefeiert?«

Ein seliges Lächeln breitete sich auf Fredriks Gesicht aus. Die Antwort erübrigte sich.

»Das ist ja vollkommen unwirklich. So sieht es in Bosnien oder Tschetschenien aus, aber nicht in Schweden«, sagte Fredrik.

Irene und er waren äußerst beklommen, als sie in den Trümmern des Bauernhofs herumliefen. Die Spurensicherung war bereits die ganze Nacht über bei der Arbeit gewesen, aber längst noch nicht fertig.

»Wo haben diese Idioten nur den Granatwerfer herbekommen?«, ließ sich Anderssons Stimme hinter ihnen vernehmen.

Mit wehendem Mantel eilte er zwischen den verkohlten Brettern hindurch. Er hatte natürlich nicht zu Hause bleiben können, jetzt, wo die richtig happigen Sachen passierten.

»Ich habe das Gefühl, dass die einfach alles kriegen. Diese Burschen schwimmen im Geld. Und kaufen lässt sich alles. Auch von der Armee«, sagte Irene, um Anderssons Frage zu beantworten.

»Kennst du jemanden von diesem Gesindel? Es ist noch keiner identifiziert, weder der Tote noch die Verletzten. Du hattest doch schon früher mit den Hell's Angels zu tun«, fuhr der Kommissar ganz außer Atem fort.

Allerdings. Irene war ausgewählten Mitgliedern der Hell's Angels bereits begegnet, aber diesen Zusammenstoß wollte sie lieber vergessen.

Erst in den frühen Morgenstunden war Irene wieder zu Hause. Krister lag schon schnarchend auf seiner Seite des Betts. Sobald sie die Augen schloss, sah Irene die Bilder des abgebrannten Hauses vor sich. Sie konnte einfach keinen Schlaf finden. Seufzend stand sie auf, zog ihren Frotteebademantel an und ging runter in die Küche. Sammie nutzte sofort die Gelegenheit, es sich in ihrem noch warmen Bett bequem zu machen.

Sie zündete eine Kerze an, goss sich ein Glas Milch ein und machte sich ein Knäckebrot mit Brie. Es war richtig gemütlich, im flackernden Kerzenschein zu sitzen und ein leckeres nächtliches Käsebrot zu essen, obwohl man das fast schon als Frühstück bezeichnen konnte. Sie starrte in die Flamme und merkte, wie sie allmählich ruhiger wurde. Etwas, was während der Dramatik der letzten vierundzwanzig Stunden in Vergessenheit geraten war, kam langsam wieder an die Oberfläche. Etwas, was Glen Thomsen bei ihrem letzten Telefongespräch gesagt hatte. Plötzlich erinnerte sie sich wieder und erkannte, wie wichtig es sein konnte.

Sofort ging sie wieder nach oben ins Bett. Jetzt, wo ihr eingefallen war, was Glen gesagt hatte, hatte sie keine Mühe mehr mit dem Einschlafen.

KAPITEL 16

Wir haben es hier mit einem echten Rockerkrieg zu tun, und Jonny liegt im Krankenhaus, Tommy ist beim Skifahren und Irene will nach London! Die Londonreise muss ausfallen! Irgendjemand muss einfach arbeiten!«

Kommissar Andersson sah aus, als könnte ihn jeden Moment der Schlag treffen. Aufgebracht wanderte er in seinem Zimmer auf und ab und fuchtelte mit dem Zeigefinger herum, um den Ernst seiner Worte zu unterstreichen.

»Andere Dezernate sind bereits in diese Sache eingebunden«, erinnerte ihn Hannu.

Der Kommissar unterbrach seine Tirade kurz und sah den Finnen verärgert an. Dieser wich dem Blick seines Chefs nicht aus. Wie immer hatte Hannu Recht. Was da am Osterwochenende passiert war, war für ihr Dezernat einfach eine Nummer zu groß, auch wenn sie vollzählig gewesen wären. Erst der dreifache Mord und dann wenige Wochen später dieser Bandenkrieg.

»Es ist wichtig, dass Irene noch mal mit Rebecka spricht. Sonst kommen wir in diesem Fall nie weiter«, fuhr Hannu unbeeindruckt fort.

»Glaubst du?«, sagte Andersson höhnisch.

»Allerdings.«

Mit Sarkasmus war er bei Hannu an der falschen Adresse. Der Kommissar schaute finster und nachdenklich in die Runde. Sein Blick wanderte zwischen Irene und Hannu hin und her. Schließlich sagte er etwas undeutlich und achselzuckend: »Man fragt sich wirklich, wer hier der Chef ist …«

Irene atmete erleichtert auf und dankte Hannu im Stillen. Sie war überzeugt davon, dass es sehr wichtig war, Rebecka noch ein weiteres Mal zu treffen. Falls ihre neuesten Überlegungen zutrafen, würde die Ermittlung eine dramatische Wendung nehmen.

Es klopfte. Gleichzeitig wurde die Tür aufgerissen. Svante Malms schlaksige Gestalt marschierte mit großen Schritten ins Zimmer.

»Hallöchen. Ich war gerade in der Nähe und dachte, ich könnte euch ein paar interessante Sachen über das Feuer mitteilen und …«, begann er, aber Andersson schnitt ihm das Wort ab.

»Damit könnt ihr doch noch gar nicht fertig sein!«

»Wieso nicht?«, wollte der Mann von der Spurensicherung wissen und fuhr sich mit der Hand durchs Haar. Das tat er immer, wenn er ratlos oder unsicher war.

»Åhlén hat gesagt, dass das mehrere Tage dauern würde! Die Schweine haben doch schließlich das ganze Haus in Kleinholz verwandelt! Mal ganz abgesehen von diesem Abschaum, der endlich mal am eigenen Leib erfahren hat, wie es ist, wenn …«

Den letzten Satz ließ der Kommissar äußerst zufrieden in der Luft hängen.

Alle wunderten sich, als Svante zu lachen anfing.

»Ich rede nicht von dieser Bandensache. Es geht um die Feuerstelle am Norssjön«, meinte er, nachdem er sich wieder gefangen hatte.

»Ach so.«

Der Kommissar klang uninteressiert. Svante ließ sich davon jedoch nicht beeindrucken, sondern zog eine seiner obligatorischen Plastiktüten aus der Tasche seines Laborkittels.

»Wir haben geglaubt, dass diese kleinen schwarzen Klumpen von Videokassetten stammen, aber jetzt haben wir sie näher analysiert. Es handelt sich um sechs Druckknöpfe aus Plastik. Wir haben außerdem noch Reste eines Gummibands gefunden.«

Für die anderen im Zimmer sah der Inhalt der Plastiktüte ungefähr genauso aus wie das, was er ihnen vor einigen Tagen präsentiert hatte. Der Mann von der Spurensicherung sah sich triumphierend um, als hätte er eine Hand voll Diamanten in der Asche gefunden. Da keiner zu erkennen gab, dass er den Wert seiner Entdeckung verstand, sah er sich zu einer Erklärung gezwungen.

»Wir glauben, dass der Mörder auch einen Regenkombi aus Nylon verbrannt hat.«

Es dauerte eine Weile, bis sie begriffen, was Svantes Worte bedeuteten. Hannu war sich als Erster darüber im Klaren.

»Er hatte das Ding an, als er sie erschoss. Er schützte sich so vor Blut- und Schmauchspuren. Dann verbrannte er alles.«

»Sein Weitblick ist wirklich bewundernswert. Dass er einen Regenanzug aus Nylon mitgenommen hat, der zusammengefaltet überhaupt keinen Platz wegnimmt. Einfach überziehen und anschließend kurzerhand verbrennen. Ganz zu schweigen von der Grillkohle und dem Brennspiritus!«, ereiferte sich Irene.

»Ja, natürlich. Die Holzkohle hätte ich fast vergessen. Wahrscheinlich stammte die aus Jacob Schyttelius' Sommerhaus. Unter der Glasveranda haben wir einen Grill und einen halb leeren Sack Holzkohle gefunden. Da lag auch eine fast leere Flasche Brennspiritus. Auf der Flasche waren keinerlei Fingerabdrücke. Sie war sorgfältig abgewischt worden.«

Auch jetzt wurde es wieder still. Was das bedeutete, war allen klar. Fredrik formulierte die einzig logische Schlussfolgerung:

»Er hat die Flasche zurückgestellt. Die Holzkohle nahm er in einer Tüte mit, die sich ebenfalls verbrennen ließ. Wirklich raffiniert!«

»Ja. Er war wirklich wahnsinnig raffiniert, aber wie alle Verbrecher hat er Spuren hinterlassen.«

Svante klang viel optimistischer, als sich die anderen fühlten.

Nach der Morgenbesprechung ging Irene zu Hannu. Er schien auf dem Sprung zu sein, zog seine Jacke aber wieder aus, um sich anzuhören, was sie zu sagen hatte.

»Danke, dass du dich für meine Londonreise eingesetzt hast. Ich glaube wie du, dass das sehr wichtig ist. Nicht zuletzt im Hinblick darauf, was mir gestern eingefallen ist oder genauer gesagt heute Morgen.«

Sie sah Hannu unverwandt an, während sie langsam und nachdrücklich sagte:

»Göteborg – London lässt sich auch in einem Tag machen. Man nimmt die Maschine um sieben von Landvetter, zurück geht's dann um halb acht von Heathrow. Oder man fährt über Nacht von London nach Göteborg.«

Hannu zog nur leicht die Brauen hoch und nickte. Sicherheitshalber ging Irene ins Detail:

»Man nimmt die letzte Maschine von London und fliegt mit der ersten Maschine um sieben zurück. Von Heathrow aus gibt es Schnellzüge und Busse ins Zentrum von London. In einer Viertelstunde ist man in der City. Der Flug dauert knapp zwei Stunden.«

»Und mit dem Auto sind es von Landvetter zum Norssjön höchstens fünfzehn Minuten«, dachte Hannu laut nach.

»Genau.«

Nachdenklich sah Hannu Irene an und fragte:

»Hast du Rebecka im Verdacht?«

Irene ließ die Schultern hängen.

»Eigentlich nicht. Schließlich war sie schon vor den Morden krank. Aber in diesem Stadium lässt sich überhaupt nichts ausschließen.«

»Und der Franzose?«

»Lefèvre ist ebenfalls ein schlechter Kandidat, da er keine persönliche Verbindung zu Rebeckas Familie hatte. Ich weiß also nicht, hinter wem ich eigentlich her bin. Vermutlich ist es eher so ein Gefühl ... Polizisteninstinkt.«

Bei ihrem letzten Wort verzog Hannu keine Miene, da er genau wusste, was sie meinte.

»Du willst, dass ich die Passagierlisten durchgehe«, sagte er.

»Genau. Und vielleicht auch die Listen der Autovermietungen draußen in Landvetter. Wir wissen ja, dass der Mörder ein Auto gehabt haben muss und dass eben dieses wahrscheinlich in der Mordnacht im Wald geparkt war. Schade nur, dass der Mann mit dem Hund nicht näher rangegangen ist.«

»Das kann was dauern. Ich versuche, fertig zu sein, bevor du fährst«, sagte Hannu.

Irene war erleichtert. Wenn sich was in den Listen finden ließ, dann würde Hannu es finden. Wenn nicht, konnte sie die Sache abhaken.

Mit größter Unlust begann Irene, an die Verhöre im Zusammenhang mit dem Bandenkrieg zu gehen. Die Konfrontation mit den Hell's Angels vor einigen Jahren, auf die der Kommissar angespielt hatte, hatte Narben hinterlassen, auch seelisch. Immer noch wachte sie manchmal mitten in der Nacht schweißgebadet auf.

Normale Vernehmungen im Präsidium führten sie oft allein durch, aber das hier waren keine Routineverhöre. Deswegen arbeiteten sie in Zweiergruppen.

Irene und Fredrik bildeten eines dieser Teams. Ihnen wurden drei Mitglieder der Alingsåsbande zugeteilt. Die Rockerbande Hell's Rockets war seit vier Jahren Vollmitglied bei den Hell's Angels. Da einer von der Bande tot war und drei weitere im Krankenhaus lagen, waren nur noch sechs übrig. Diese waren noch nicht ganz nüchtern und fürchterlich verkatert. Keiner von ihnen hatte sich beim Überfall im Hauptquartier befunden. Sie waren in einem Striplokal in Göteborg gewesen. Ein Beamter in Zivil hatte nachts gegen zwei einige von ihnen im Dunkel der Kaschemme erkannt und die Kollegen im Präsidium benachrichtigt, die sie zum Verhör abgeholt hatten. Das war nicht ohne Widerstand abgegangen, da die besoffenen Muskelprotze geglaubt hatten, es ginge um die Schüsse auf »das Arsch«, und das Ganze sei reine Schikane.

Das Arsch, so lautete der Name der Hell's Rockets für den Anführer der Devils, die zu den Banditos gehörten. Eigentlich hieß er Ronny Johnsson.

Das Verhörzimmer im Untersuchungsgefängnis war belegt. Irene und Fredrik beschlossen, die drei oben auf dem Dezernat zu verhören. Auf dem Weg vom und zum Gefängnis würden sie Handschellen tragen, außerdem würde während des Verhörs ein Gefängnisaufseher anwesend sein.

Als Erster kam Roger »Killerman« Karlsson an die Reihe. Es schauderte Irene wider Willen, als er in Begleitung Fredriks und eines Gefängniswärters in der Tür auftauchte. Er war normal groß, aber überaus fett. Seine kräftigen Arme mit ihren imposanten Bizepsen standen ab. Auch wenn er gewollt hätte, hätte er sie nicht flach an den Körper drücken können. Obwohl es draußen nicht warm war, trug er kurze Ärmel. Seine Lederweste hatte zwar ein Pelzfutter, aber darunter trug er nur ein schwarzes T-Shirt mit der Aufschrift »Hell's Rockets«, das seinen Bauchnabel frei ließ. Wahrscheinlich hatte er nackte Arme, damit seine Muskeln und Tätowierungen besser zur Geltung kamen. Einige der Tätowierungen waren richtige Kunstwerke, andere hingegen recht primitiv und stammten eindeutig aus dem Knast. Auch das hatte seinen guten Grund. Killerman war achtunddreißig Jahre alt und hatte sechzehn davon in verschiedenen Gefängnissen verbracht.

Sein schwarz gefärbtes Haar war recht schütter, ungewaschen und zu einem Pferdeschwanz zusammengebunden. Seine Hamsterbacken wurden von rötlichen Bartstoppeln bedeckt. Aus blutunterlaufenen Augen stierte er die Polizisten und den Aufseher finster an. Irene sah, dass er einen Kater und wahnsinnige Kopfschmerzen hatte.

»Ich sage verdammt noch mal überhaupt nichts! Ich will meinen Anwalt! Ihr habt kein Recht, uns hier festzuhalten, ihr Schweine!«, schrie er sie an.

Sein Atem stank nach reifem dänischem Käse, Unmengen Knoblauch und Alkohol. Der Geruch erfüllte das ganze Zimmer. Die schmutzige Weste aus Schafspelz trug ebenfalls zu den Ausdünstungen bei: Sie roch säuerlich nach altem Schweiß.

»Bitte setzen Sie sich«, sagte Irene.

Sie musste sich fast zu einem freundlichen Lächeln zwingen. Einladend deutete sie auf den Stuhl auf der anderen Seite des Tisches. Er setzte sich, nicht so sehr, weil er ihrer Aufforderung gehorchen wollte, sondern weil ihn seine Beine ganz einfach nicht mehr trugen.

»Gegen Sie alle ist noch kein Haftbefehl ergangen. Es hatte eher praktische Gründe, dass wir Sie heute Morgen hergeschafft haben. Wir fanden, es sei vielleicht eine gute Idee, wenn Sie erst mal Ihren schlimmsten Rausch ausschlafen könnten, ehe wir uns über die Ereignisse der letzten Tage unterhalten.«

Als Antwort hob Killerman nur die eine Pobacke an und furzte vernehmlich. Und weil er das wahnsinnig lustig fand, begann er, laut zu lachen. Vielleicht glaubte er, Irene damit so aus dem Konzept zu bringen, dass sie die Vernehmung abbrach, bevor sie überhaupt begonnen hatte. Aber diese war abgehärtet. Sie hatte schon Schlimmeres erlebt. Die Luft im Raum war allerdings kaum auszuhalten.

»Der Kommentar befindet sich auf einem Level mit dem Niveau des Beklagten«, meinte sie trocken und in Richtung des eingeschalteten Tonbands. »Gehen Sie davon aus, dass wir Sie beschützen. Einer Ihrer Leute ist tot und drei weitere sind schwer verletzt. Ganz eindeutig befinden Sie und die anderen sich ebenfalls in Gefahr«, fuhr sie fort und musste sich Mühe geben, nicht unfreundlich zu werden.

Killerman schüttelte nur seinen schweren Kopf. Fredrik saß an der Schmalseite des Tisches und stellte jetzt die Frage, die ihm und Irene durch den Kopf gegangen war, seit sie gehört hatten, dass die Bande im Sexclub festgenommen worden war.

»Wie kam es, dass Sie in ein Striplokal gegangen sind, obwohl Sie wussten, dass jemand Ronny Johnsson umgelegt hat? Haben Sie nicht begriffen, dass es zu einem Vergeltungsschlag kommen würde?«

Zum ersten Mal wirkte Killerman etwas interessierter. Er grinste breit und sagte:

»Das Arsch hat nur gekriegt, was er verdient hat, aber das waren wirklich nicht wir, die ...«

Er verstummte und kniff die Lippen zusammen.

»Fahren Sie fort, dass waren nicht Sie, die ...«

Fredrik versuchte, ihn wieder zum Reden zu bringen, aber Killerman weigerte sich, noch etwas zu sagen. Irene beschloss, direkt zum Thema zu kommen.

»Wo waren Sie Ostersonntag gegen vier Uhr morgens?«

Der Rocker konnte seiner Lust nicht widerstehen, die Beamtin zu schockieren.

»Wir hatten ein Fest auf unserem Hof, also im Hauptquartier. So gegen Morgen habe ich dann eine Vierzehnjährige genagelt.«

Er sah dabei so lüstern aus, dass Irene das deutliche Gefühl hatte, dass er die Wahrheit sagte.

»Sex mit Minderjährigen ist bekanntlich strafbar«, sagte sie, um ihn zurechtzustutzen.

»Suck me, baby!«, antwortete er nur und lächelte sie höhnisch an.

Irene fühlte sich allmählich ziemlich provoziert. Vielleicht war es das Beste, das Verhör wieder Fredrik zu überlassen. Sie warf ihm einen raschen Blick zu, und er verstand, was sie meinte.

»Sie behaupten also, dass Sie zur Zeit der Schüsse auf Ronny Johnsson auf dem Bauernhof waren. Waren alle Mitglieder der Hell's Rockets dort?«

Erst dachte Irene, dass er nicht antworten würde, aber dann sagte er zu ihrem Erstaunen plötzlich:

»Ja.«

»Es fehlte keiner?«

»Nee.«

»Warum waren sechs von Ihnen dann in der folgenden Nacht im Striplokal, während die vier anderen in dem von Ihnen so genannten Hauptquartier blieben?«

»Die anderen waren zu fertig. Also blieben sie da, um das Haus zu hüten. Das Osterfest war wie gesagt ziemlich heftig gewesen!«

»Fühlten Sie sich nicht bedroht? Sie wussten doch, dass jemand auf Ronny Johnsson geschossen hatte«, fuhr Fredrik fort.

Das teigige Gesicht des Rockers wirkte auf einmal verlegen.

»Wir wussten nicht, dass jemand das verdammte Arsch abgeknallt hatte. Das Osterfest dauerte bis in den Vormittag, und dann haben wir den ganzen verdammten Tag lang geschlafen. Abends haben wir wieder angefangen zu feiern. Ein paar von uns waren einfach zu fertig. Sie wollten nicht mit ins Sexy Cabaret. Erst als wir dort waren, erfuhren wir, dass jemand das Arsch allegemacht hatte.«

»Machten Sie sich da keine Sorgen? Rache und Vergeltung und so …?«

»Nee. Das war nur ein super Grund, um noch mehr zu feiern!«

Killerman grinste erneut triumphierend. Irene fragte sich, ob er wirklich so dumm war, wie er aussah. Oder spielte er auf Zeit? Vielleicht wollte er ihnen irgendwelche Informationen entlocken? Das war der einzige Grund, den sich Irene überhaupt vorstellen konnte, warum er mit ihnen sprach. Konnten die Hell's Rockets am Attentat auf Ronny Johnsson wirklich unschuldig sein? Das würde erklären, warum sie die Nachricht von den Schüssen auf den Bandenführer und seine Freundin nicht weiter beunruhigt hatte. Sie beschloss, es einfach mal zu versuchen. Mit kühler, fast gleichgültiger Stimme fragte sie:

»Und wer sind die anderen, von denen Sie behaupten, dass sie Ronny Johnsson erschossen haben?«

Es war deutlich zu sehen, wie Killerman zusammenzuckte. Er war auf diese Frage nicht vorbereitet gewesen, und sie gefiel ihm nicht.

»Ich habe verdammt noch mal nie so was behauptet!«, brüllte er.

Die Unsicherheit aus seiner Stimme war deutlich herauszuhören.

»Doch! Sie sagen, dass Sie das nicht waren. Und The Devils werden es kaum selbst gewesen sein. Dann muss es jemand anderes getan haben. Wahrscheinlich eine andere Gang. Welche?«

Jetzt irrte sein Blick unstet hin und her.

»Jetzt versuchen Sie, ganz clever zu sein«, meinte er.

»Dann verhält es sich wohl so, wie unser Zeuge sagt.«

Irene schaute nicht in Fredriks Richtung und hoffte nur, dass er nicht allzu erstaunt ansah und sie dadurch verriet. Aber sie hatte sich unnötige Sorgen gemacht, denn Killerman hatte nur Augen für sie. Langsam, jede Silbe betonend, sagte sie:

»Es gibt einen Zeugen für die Schüsse vor dem Nachtclub, vor dem Ronny erschossen wurde. Die Täter verschwanden in einem roten Ford Mustang. Kennen Sie jemanden, der so ein Auto besitzt?«

Aufgebracht sprang Killerman vom Stuhl und schrie:

»Verdammte Scheiße! Jemand versucht, mir das anzuhängen! Meine Karre stand in der Scheune! Keiner von uns ...«

Er unterbrach sich und kniff die Augen zusammen.

»Warte mal. Das ist so ein verdammter Bullentrick, du Fotze.«

Damit hatte er in der Tat Recht. Das Auto, das vom Tatort davongebraust war, war laut Zeuge ein roter Saab 9000 gewesen.

Ein solcher hatte auch bei Gunnared gebrannt. Aber in der Dunkelheit und vor lauter Aufregung hätte sich der Zeuge schließlich auch irren können. Irene hatte also ins Schwarze getroffen. Sie hatte einen funkelnden roten Mustang in der unbeschädigten Scheune stehen sehen. Wem er gehörte, daran konnte kein Zweifel bestehen. Auf der Fahrertür stand ordentlich in silbernen Buchstaben »Killerman«, auf der Beifahrerseite »Hell's Rockets«.

Um die Beschuldigung, das sei ein Bullentrick, zu beantworten, schüttelte sie nur den Kopf. Fredrik fuhr fort:

»Deswegen können wir euch auch in der Untersuchungshaft behalten. Wir wissen schließlich nicht, wer gefahren ist, und auch nicht, wer die Waffe gehalten hat. Die Spurensicherung muss sich das Fahrzeug erst ansehen. Für die Staatsanwaltschaft steht ihr alle unter Mordverdacht. Die Ermittlungen werden dauern, und so lange sitzt ihr in U-Haft.«

Killerman war auf einmal weitaus weniger vorlaut. Er war ein zäher Typ, gewohnt zu schweigen und alles abzustreiten, aber das war nicht so einfach, wenn man gar nicht wusste, was eigentlich vorgefallen war. Ganz zu schweigen von seinem Kater … Alles in allem erschien es ihm nicht sonderlich verlockend, auf unbestimmte Zeit in U-Haft zu sitzen, insbesondere dann nicht, wenn die Schuldigen straffrei ausgingen und das Revier von den Devils vereinnahmt wurde, ehe sie wieder rauskamen. Trotzdem wollte Irene kaum ihren Ohren trauen, als er mit röchelnder Stimme sagte:

»Es gibt da noch eine Bande … die Outsiders. Sie haben Kontakte zur Bruderschaft.«

Weder Irene noch Fredrik hatten je von den Outsiders gehört. Sie ließen sich jedoch nichts anmerken. Hoffnungsfroh versuchten sie, noch mehr aus Killerman herauszubekommen, aber dieser fand, dass er schon mehr als genug gesagt hatte, und schwieg den Rest der Vernehmung.

Die anderen beiden Mitglieder der Hell's Rockets hatten zur

Ermittlung nichts beizutragen. Sie wollten und konnten das vielleicht auch nicht. Der eine saß die ganze Zeit nur da und schlief immer wieder ein. Er war alles andere als nüchtern. Der andere wirkte fast debil. Er war der Jüngste der Bande, knapp zwanzig, und der jüngere Bruder eines der nach dem Angriff mit dem Granatwerfer Schwerverletzten. Irene und Fredrik war bald klar, dass das Größte und Wichtigste in seinem Leben seine Aufnahme als Anwärter in die Hell's Rockets vor einem Jahr gewesen war. Sein einziger Kommentar, den er wie ein Mantra immer wiederholte, lautete:

»Man singt nicht.«

Am späteren Nachmittag erreichte Irene endlich Leif Hansen, Kommissar bei der Kripo Bohuslän, der für kriminelle Banden zuständig war. Hansen musste lachen, als ihm Irene beschrieb, wie die Verhöre der Hell's-Rockets-Mitglieder abgelaufen waren.

»Diese Burschen kenne ich gut«, sagte er sichtlich belustigt.

»Killerman erwähnte eine andere Bande, die eventuell als Schuldige in Frage kommt«, meinte Irene.

»Ach? Und wem will er es in die Schuhe schieben?«

Er klang immer noch recht amüsiert.

»Den Outsiders. Wer sind die?«

Am anderen Ende wurde es still. Als Hansens Stimme wieder zu vernehmen war, klang er gar nicht mehr belustigt.

»Die Outsiders? Hat er die wirklich erwähnt?«

»Ja.«

»Dann haben wir ein Problem. Ein ernstes Problem. Wir hatten damit gerechnet, aber nicht schon jetzt ... Die Outsiders sind eine Art Knastbande nach amerikanischem Modell, etwa wie die Hell's Angels oder die Bruderschaft. Die Bande hat Mitglieder verschiedener Nationalitäten, alles Schwerverbrecher. Wir haben die Outsiders jetzt bereits seit etwa zehn Jahren unter Beobachtung. Sie sind von Jahr zu Jahr immer einflussreicher geworden. Mich beunruhigt, dass das, was Sie sagen, ein Gerücht bestätigt, das seit einigen Monaten kursiert. Das würde auch die Ereignisse der letzten vierundzwanzig Stunden erklären.«

Er verstummte. Irene wurde immer ungeduldiger. Sie war erleichtert, als er endlich weitersprach:

»Es kursiert das Gerücht, dass sich zwei Serben aus Bosnien den Outsiders angeschlossen haben, und zwar nicht irgendwelche Burschen. Sie sind von den Speziellen Einsatzkräften ausgebildet worden. Was sie nicht über das Töten wissen, braucht man nicht zu wissen. Diese Speziellen Einsatzkräfte bilden Elitesoldaten im Morden, in Sabotage und in der Infiltration des Feindes aus und in allen Typen operativer Einsätze, die dem Feind auf verschiedene Art schaden können. Nach ihrer Ausbildung beherrschen sie die meisten Kampftechniken zu Land und zu Wasser. Nur die Cleversten, Stärksten und Kaltblütigsten kommen für diese Ausbildung in Frage.«

»Warum schließen sich solche Burschen den Outsiders an?«

»Wahrscheinlich fühlt sich ein Teil der Serben buchstäblich heimatlos in Bosnien. De facto werden die Serben aus diesem Land vertrieben. Natürlich sind in einer Organisation wie den Speziellen Einsatzkräften auch Kriminelle. Die haben sicher nichts dagegen, aus dem, was sie bei der Armee gelernt haben, Kapital zu schlagen. Ihre Kenntnisse sind für eine Bande wie die Outsiders unschätzbar. Wenn einer von ihnen die Führung der Outsiders übernommen hat, dann erklärt das die Ereignisse der letzten vierundzwanzig Stunden.«

Irene ahnte allmählich die Dimensionen seiner Befürchtungen.

»Wieso das?«

»Die Schüsse vor dem Nachtclub wurden von einem äußerst treffsicheren Schützen abgefeuert. Das Fahrzeug, das die Täter benutzten, war gestohlen und wurde in Brand gesteckt. Fahrer und Schütze verschwanden spurlos mit einem anderen Pkw. Das Clublokal der Hell's Rockets wurde von der Ladefläche eines Lkws aus mit einem Granatwerfer beschossen. Das ging blitzschnell. Wie kann man einen Lastwagen verstecken? Wir werden ihn vermutlich in der Nähe von irgendeiner Lagerhalle oder Scheune finden. Eines wird jedenfalls ganz deutlich, wenn man diese beiden Attentate analysiert.«

Er machte eine Pause.

»Was?«, fragte Irene ungeduldig.

»Dass es sich um militärische Präzision handelt.«

Er hatte Recht. Sehr viel sprach für militärische Planung und militärische Ausführung.

»Warum machen die Outsiders das?«, wollte sie wissen.

»Wahrscheinlich, um die Macht in gewissen Bereichen zu übernehmen: Prostitution, Drogen, Schutzgelderpressung ... was auch immer. Die Sachen eben, die sehr lukrativ sind. Das Beste ist immer, den Konkurrenten zu schaden und sie so sehr zu schwächen, wie es geht, oder noch besser, sie gegeneinander auszuspielen. Was bringt mehr, als den Anführer der einen Bande zu erschießen und die andere durch eine Granatenattacke zu dezimieren?«

Irene stellte sich das von ihm entworfene Szenario einen Augenblick lang vor. Schließlich sagte sie:

»Ich glaube, Sie haben Recht. Können Sie rauskriegen, ob diese Burschen aus Bosnien wirklich dahinter stecken?«

»Wir werden der Sache höchste Priorität beimessen. Wenn wir dem nicht auf den Grund gehen, fangen noch sämtliche Banditos und Hell's Angels in Schweden und ganz Skandinavien an, sich zu bekriegen. Wenn wir beweisen können, dass die Outsiders hinter all dem stecken, können wir die Situation vielleicht noch unter Kontrolle bringen, ehe der Krieg richtig ausbricht.«

»Halten Sie uns auf dem Laufenden? Ich bin Donnerstag und Freitag nicht hier, aber meine Kollegen sind informiert. Das Beste wäre, wenn Sie sich direkt an Sven Andersson oder Fredrik Stridh wenden«, meinte Irene.

»Ich lasse sofort von mir hören, wenn ich mehr weiß.«

Sie wünschten sich gegenseitig viel Glück bei den Ermittlungen und beendeten das Gespräch.

Irene referierte ihr Telefonat mit Leif Hansen bei der Morgenbesprechung des nächsten Tages. Obwohl sie den Rest des Tages mit den immer unwilligeren Mitgliedern der Hell's Rockets verbrachte, hatte sie das Gefühl, dass sie diese Ermittlung schon hinter sich gelassen hatte. Mental befand sie sich bereits in London.

KAPITEL 17

Das Wetter war in Heathrow genauso grau, wie es das beim Abheben der Maschine in Landvetter gewesen war. In London war es jedoch bedeutend milder. Glen Thomsen erwartete sie an derselben Stelle wie beim vorigen Mal. Sie begrüßten sich herzlich, und Irene freute sich, ihren Kollegen wiederzusehen. Es nieselte, als sie auf sein schwarzes Auto zugingen.

Wie immer sprach er über alles Mögliche. Als Erstes erzählte er, dass der Schlächter immer noch im Krankenhaus lag. Laut den Ärzten war die Schädigung seines Gehirns dauerhaft, er würde bis ans Ende seiner Tage ein Pflegefall bleiben. Der Totengräber war wieder bei Bewusstsein, aber in einem schlechten Zustand. Verlegen räusperte Glen sich, ehe er fragte:

»Sie haben beim Unfall keine Verletzungen erlitten?«

»Nein. Nur blaue Flecken und Prellungen«, erwiderte Irene erstaunt.

»Gut. Er hat nämlich Aids. Ich wollte Sie schon anrufen, aber da man ohnehin acht Wochen warten muss, bevor man den Test machen kann …«

Er beendete den Satz nicht, sondern zuckte nur mit den Achseln. Es war kein angenehmes Gefühl, dass der Mann, mit dem sie gerungen hatte, Aids gehabt hatte, aber soweit sie sich erinnern konnte, hatten sie beide nach dem Unfall nicht geblutet. Zumindest hatte sie kein Blut von ihm abbekommen, und das war die Hauptsache.

Der Taxifahrer, der zusammengeschlagen worden war, hatte das Krankenhaus wieder verlassen.

»Er ist körperlich wiederhergestellt, will aber nicht mehr Taxi fahren. Erstaunt mich nicht. Offenbar mussten sie ihm drei Liter Blut geben! Er wäre fast verblutet. Diese Sache hat sicher ein gerichtliches Nachspiel, aber da die Angeklagten in einem so schlechten Zustand sind, wird das sicher dauern. Mein Chef meint, dass Sie wahrscheinlich nicht extra herkommen müssen. Ihre schriftliche Aussage genügt. Ich habe sie inzwischen ins Reine geschrieben. Sie können sie dann durchlesen und unterschreiben.«

Glen erzählte auch, dass Estell jetzt fast immer ausgebucht sei, weil sie mit einem großen Reiseveranstalter zusammenarbeite. Skandinavische Touristen wollten zentral und bequem wohnen, könnten aber auf unnötigen Luxus verzichten. Außerdem wollten sie nicht zu viel bezahlen. Davon hatten die kleinen, properen, von Familien geführten Hotels in Bayswater deutlich profitiert.

Kate und er hätten ernsthaft überlegt, ob sie nicht die Ferien in Schweden verbringen sollten, und zwar die beiden letzten Juliwochen und die erste Augustwoche. Die Jungs seien bereits Feuer und Flamme: ihr erster Campingurlaub. Kate sei von dem Gedanken, in einem durchnässten Schlafsack aufzuwachen, allerdings nicht begeistert. Sie ziehe Bed and Breakfast vor.

»Gibt es in Schweden Bed and Breakfast?«, wollte Glen wissen.

»Ja, aber nicht so oft wie in England. Dafür haben wir Jugendherbergen, die luxuriös, preiswert und auch für Erwachsene zumutbar sind. Aber in Göteborg könnt ihr natürlich bei uns wohnen«, meinte Irene energisch.

Glen lächelte.

»Und wenn wir das Angebot annehmen? Wir haben die Zwillinge dabei!«, warnte er.

»Die sind uns herzlich willkommen. Weder Jenny noch Katarina sind in diesen drei Wochen zu Hause. Katarina fährt auf die Griechischen Inseln, und Jenny will mit ihrer Band irgendwo neue Songs probieren und eine Demo-CD aufnehmen.«

»Machen Sie und Ihr Mann denn gar keine Ferien?«

»Doch. Wir fahren nach Kreta, aber erst Mitte August.«

»Das klingt herrlich. Wir wollen die Mitternachtssonne sehen. Ist es in Nordschweden wirklich rund um die Uhr hell?«

»Ja. Die Sonne verschwindet nie hinter dem Horizont. Aber von Ende November bis Mitte Februar scheint sie dafür überhaupt nicht. Dann haben sie dort die Polarnacht.«

»Wie exotisch!«, rief Glen.

Sie setzten sich in seinen Wagen und fuhren Richtung London. Alles war schon sommerlich grün, und in den Gärten blühten die Blumen. Irene konnte verstehen, warum die Engländer so vernarrt in ihre Gärten waren. Sie wurden für ihre Mühen wirklich belohnt, da alles schon so früh im Jahr zu blühen begann. In Schweden war immer damit zu rechnen, dass die Temperaturen Ende Mai nachts noch einmal unter null Grad fielen, dann erfroren alle frisch gesetzten, zarten Pflänzchen. Irene hatte den Überblick verloren, wie viele Tomaten- und Tagetespflänzchen sie schon hatte wegwerfen müssen, nachdem der Nachtfrost sie in tote, klebrige Häufchen verwandelt hatte.

Unbeschwert wechselte Glen erneut das Thema.

»Ich habe Lefèvres Alibi für den Mordabend überprüft. Der Wirt des Pubs bestätigt, dass Christian an diesem Montagabend da war. Es sind fünf Typen, die sich dort regelmäßig treffen, um irgendwelche Tippscheine auszufüllen. Obwohl der Pub immer gut besucht ist, meint der Wirt, dass es ihm trotzdem aufgefallen wäre, wenn einer der fünf nicht aufgetaucht wäre. Das passiere nur selten. Er erinnert sich, mit Christian eine Weile geredet zu haben, ehe die anderen gekommen sind. Offenbar war er an diesem Montag der Erste.«

»Dann ist da also nur noch Rebecka, die mit Kopfschmerzen

zu Hause im Bett liegt. Kein sonderlich gutes Alibi«, stellte Irene fest.

»Nein.«

»Haben Sie sonst noch was über Lefèvre und Doktor Fischer in Erfahrung gebracht?«

»Natürlich. Mit wem wollen Sie anfangen?«

»Lefèvre.«

»Okay. Er ist knapp dreißig, in London geboren, Mutter Engländerin, Vater Franzose. Die Eltern ließen sich scheiden, als er fünf war. Die Mutter und er zogen dann nach Edinburgh um. Genauer gesagt zu ihrer Schwester, die ein Stück außerhalb von Edinburgh wohnte. Ihre Schwester war mit einem reichen Schotten verheiratet. Er besaß riesige Ländereien und einige Firmen. Christians Mama wurde in einem Unternehmen ihres Schwagers Prokuristin. Offenbar verfügte sie über die nötigen Voraussetzungen. Die Schwester hatte einen Sohn, der genauso alt war wie Christian. Sie waren wie Brüder, da der Cousin nur noch eine bedeutend ältere Halbschwester hatte. Sein Vater George St. Clair war bereits einmal verheiratet gewesen und verwitwet.«

»St. Clair! Die Firma heißt Lefèvre und St. Clair. Dann ist der Mitbesitzer, der nach Schottland umgezogen ist, Christians Cousin.«

»Genau. In der IT-Branche ist man ortsunabhängig. Da kann man in Schottland sitzen und an denselben Sachen arbeiten wie die Partner in London. Das machen sie jetzt schon seit zwei Jahren so. Andrew St. Clair musste sich nach dem Tod seiner Mutter um die Geschäfte seines Vaters kümmern. Sein Vater lebt schon seit einigen Jahren nicht mehr. St. Clair ist heute einer der reichsten Männer Schottlands.«

»Und dann hat er ja auch noch die Einkünfte aus seinem Computerunternehmen.«

»Ja. Aber St. Clair hat sich nach seinem Umzug Richtung Norden weitgehend zurückgezogen. Er ist zwar immer noch

Miteigentümer, aber natürlich nehmen seine übrigen Firmen eine Menge seiner Zeit in Anspruch. Wahrscheinlich hat sich Lefèvre deswegen nach einem neuen Partner umgesehen, nach jemandem, der wirklich gut ist. Und so ist er auf Rebecka gestoßen.«

Eine Weile wurde es still im Wagen, während Irene über die neuen Informationen nachdachte. Schließlich fragte sie:

»Warum ist Christian nach London gegangen? Und warum ist Andrew mitgekommen?«

»In London sind die großen Kunden und das Geld. Außerdem hat Swinging London immer seine Anziehungskraft auf junge Leute ausgeübt. Beide Cousins haben sich schon sehr früh für Computer interessiert und kannten sich schon in sehr jungen Jahren hervorragend aus. Vor fast neun Jahren zogen sie nach London und eröffneten ihre Firma. Sie waren wahnsinnig erfolgreich. Sie sind ganz einfach die Besten in der Branche.«

»Das bedeutet, dass Rebecka auch zu dieser Elite gehört«, meinte Irene.

»Natürlich. Vielleicht kümmert sich Lefèvre deswegen so rührend um sie. Er weiß, dass sie einzigartig ist. Sie muss einfach wieder gesund werden, damit sie arbeiten kann.«

»Er glaubt halt, dass sie schneller gesund wird, wenn wir sie nicht länger belästigen, sondern in Ruhe lassen. Da hat er Unrecht. Sie wird nie gesund werden, wenn sie nichts erzählt. Haben Sie mit ihr gesprochen?«

»Ich habe sowohl mit Rebecka als auch mit Doktor Fischer geredet. Rebecka geht es noch immer sehr schlecht, und Fischer macht sich Sorgen um sie. Er hat die Dosierung ihrer Medikamente erhöht und will, dass sie wieder in stationäre Behandlung kommt. Ich habe den Eindruck, dass er wütend auf Lefèvre ist. Offenbar findet er, dass sich der Franzose zu sehr einmischt.«

»Da bin ich ganz seiner Meinung. Wann können wir Rebecka sehen?«

»Um elf. Wieder in der Praxis. Aber ich musste wirklich mein ganzes Durchsetzungsvermögen einsetzen. Weder Fischer noch Rebecka waren sonderlich entgegenkommend.«

»Wieso dieser Widerstand?«, ereiferte sich Irene.

»Wahrscheinlich ist Rebecka viel kränker, als wir wissen. Da ihr Arzt an seine Schweigepflicht gebunden ist, kann er uns auch nicht sagen, wie es um sie steht ... Aber es ist schon so, wie Sie sagen. Wieso dieser Widerstand?«

Glen setzte seine Überlegungen nicht fort, er musste sich auf den Verkehr konzentrieren. Irene war bisher gar nicht aufgefallen, dass sie einen anderen Weg vom Flugplatz genommen hatten. Jetzt kamen sie aus dem Norden nach Bayswater.

»Hier sehen Sie Paddington Station. Von hier fahren die Züge nach Heathrow und zwar jede Viertelstunde. Die Fahrt dauert auch nur fünfzehn Minuten.«

Irene betrachtete das große Bahnhofsgebäude und die wimmelnden Menschenmassen. Niemand würde hier auffallen. Der Bahnhof lag nur wenige Kilometer von Notting Hill entfernt.

»Glauben Sie, dass Rebecka nach Göteborg gefahren sein könnte, um die Morde zu begehen?«, fragte Irene unvermittelt.

Glen schien eine Weile über diese Möglichkeit nachzudenken. Dann schüttelte er den Kopf.

»Nein. Schließlich ist sie schon ziemlich lange krank. Sie hat ... einfach nicht die Kraft für sowas. Kann sie überhaupt schießen?«

»Soweit ich weiß, nicht. Nur ihr Bruder und ihr Vater scheinen auf die Jagd gegangen zu sein. Aber wir können sie fragen.«

»Könnte sonst jemand ein Motiv gehabt haben?«

»Bisher verdächtigen wir noch niemanden, aber es gibt diese Theorie mit dem Internetjob für Rädda Barnen. Das ist das Wichtigste, wonach ich sie fragen muss.«

Glen sah sie von der Seite an.

»Sie scheinen diese Theorie zu bevorzugen«, stellte er fest.

»Ja. Weil wir sonst keine haben. Die Alternative wäre, dass sie alle einem Verrückten rein zufällig zum Opfer fielen. Aber das ist unwahrscheinlich, weil sie nicht an derselben Stelle getötet wurden. Außerdem gab es an beiden Tatorten diese Pentagramme. Es müsste sich also um einen verrückten Satanisten handeln!«

»Soweit ich das mitbekommen habe, schien sich der Mörder gut in der Gegend auszukennen. Außerdem wusste er sehr viel über die Familie.«

»Ja. Das ist das Hauptargument gegen einen Verrückten. Die Morde scheinen sorgfältig geplant worden zu sein. Nichts scheint dem Zufall überlassen worden zu sein.«

Sie waren bei dem kleinen Hotel angekommen, und Glen hielt an der Bordsteinkante. Irene nahm ihre dunkelblaue Reisetasche und ging die Stufen zum Entrée hoch. Hinter dem Tresen stand Estell mit ihrer randlosen Brille und schaute auf einen Computermonitor. Sie sah hastig auf und lächelte, als sie Irene wiedererkannte.

»Willkommen! Sie haben nicht dasselbe Zimmer, sondern das daneben. Ich hoffe, das geht in Ordnung.«

Sie reichte Irene den Schlüssel und vertiefte sich rasch wieder in die Zahlen auf dem Bildschirm.

Das Zimmer neben dem vom vorigen Mal. Wieder alle Treppen hoch ... Irene versuchte, sich damit aufzumuntern, dass sie auf diese Art wenigstens keine Thrombose bekommen würde. Außerdem war Treppensteigen gut für die Kondition.

Das Zimmer sah genauso aus wie das, das sie beim vorigen Mal bewohnt hatte, nur war alles seitenverkehrt. Irene hängte ihre wenigen Kleider in den Schrank – im Übrigen dieselben wie beim letzten Mal. Dann ging sie auf die Toilette. Gerade als sie sich wieder nach unten zu Glen begeben wollte, fiel ihr auf, dass sie nach dem Flug vergessen hatte, ihr Handy wieder einzuschalten.

Auf der Mailbox war Hannu, der sie bat, so schnell wie möglich zurückzurufen. Das tat sie, aber er ging nicht an den Apparat. Wahrscheinlich verhörte er einen der Rockerbrüder. Irene war heilfroh bei dem Gedanken, dass ihr das erspart blieb.

Fröhlich eilte sie die schmale Treppe hinunter. Glen saß in der Lobby und rauchte eine Zigarette. Er drückte sie aus, als Irene die letzte Treppenstufe hinunterging.

»Estell lädt uns unten im Frühstücksraum zu Kaffee oder Tee ein. Dort können wir auch eine Kleinigkeit essen, ehe wir zu Fischers Praxis fahren«, sagte er.

»Klingt gut.«

Irene war hungrig, denn das Frühstück im Flugzeug war bescheiden gewesen. Dafür hatte sie dort anständigen Kaffee bekommen und zwar in unbegrenzten Mengen.

Während der Fahrt Richtung Oxford Street erzählte Glen, was er über Doktor Fischer herausgefunden hatte.

»John Desmond Fischer, Rufname John. Siebenundfünfzig. Die Eltern zogen aus New York hierher, als er vier war. Sie waren sehr wohlhabend. Seit fast dreißig Jahren ist er Psychiater, seit fünfundzwanzig mit eigener Praxis. Er hat einen außerordentlich guten Ruf und ist bei Leuten mit psychischen Problemen ziemlich in. Außerdem ist er sauteuer! Nichts für unsereinen«, meinte Glen und sah Irene vielsagend an.

Ihr war klar, dass Rebecka keinen Arzt konsultierte, der Krethi und Plethi behandelte. Wahrscheinlich hatte Christian Lefèvre dafür gesorgt, dass sich Doktor Fischer ihrer annahm.

Glen fuhr fort:

»Er war dreimal verheiratet. Das jetzt ist seine vierte Ehe. Er hat gerade ein Mädchen bekommen. Aus seinen früheren Ehen hat er schon sieben Kinder. Seine älteste Tochter ist zweiunddreißig und hat selbst zwei Kinder. Jedes Mal, wenn er wieder geheiratet hat, war die Frau jünger als beim Mal davor. Seine neue Frau ist vierundzwanzig. Vor fast elf Jahren hatte er ernsthafte Probleme. Eine achtzehnjährige Patientin beschuldigte ihn, Sex mit ihr gehabt zu haben. Fischer gelang es, sich aus der Affäre zu ziehen. Mehrere Kollegen bezeugten, das Mädchen habe Wahnvorstellungen von sexuellem Missbrauch. Die Ermittlung wurde eingestellt. Das Mädchen erhängte sich wenig später.«

»Wo haben Sie diese Informationen her?«, fragte Irene verblüfft.

»Aus dem Pressearchiv, aus der Regenbogenpresse. Sonst habe ich nichts gefunden. Aber darüber sollte man vielleicht mal nachdenken.«

»Er hat eine Schwäche für junge Frauen. Ein Schürzenjäger.«

Glen nickte. »Was sehen die bloß in diesem Fettsack? Vielleicht können Sie als Frau das ja besser nachvollziehen?«

Sie wollte schon mit den Achseln zucken, erinnerte sich dann aber an Fischers kraftvolle Erscheinung. Er strahlte gebändigte Virilität und Stärke aus. Das dichte Haar, der durchdringende Blick, das Lächeln ...

Sie suchte verzweifelt nach dem englischen Wort für Ausstrahlung, kam aber nicht darauf, sondern sagte:

»Aura.«

»Ich verstehe. Eine Aura, die Frauen wahrnehmen. Vielleicht auch Männer.«

»Vielleicht hat es mit seinem Beruf zu tun, dass sich junge Frauen in seiner Gesellschaft sicher fühlen. Er versteht sie, hört ihnen zu und findet immer die richtigen Worte. Außerdem hat er eine gesellschaftliche Stellung und ist wohlhabend. Sie haben ja selbst gesagt, dass er reich ist.«

»Stimmt. Ich sehe ein, dass ich den falschen Beruf gewählt habe«, sagte Glen und lächelte.

Irene betrachtete sein hübsches Profil und die Grübchen in seinen Wangen. Bei ihm würden trotzdem alle Frauen schwach werden, obwohl er kein Vermögen besaß.

Dieses Mal war es nicht so einfach, einen Parkplatz zu finden. Sie mussten den Wagen in der Nähe des Grosvenor Square abstellen. Der Vorteil war, dass sie von dort aus bis zur Praxis von Doktor Fischer ein Stück laufen konnten.

Der Regen hatte aufgehört, und die dünne Wolkendecke riss auf. Die Luft fühlte sich warm und feucht an, obwohl es nur angenehme zwanzig Grad hatte. Die Abgase hingen wie ein öliger Nebel zwischen den Häusern. Irene zog die Jacke aus, unter der sie eine kurzärmelige Bluse trug. Trotzdem war sie am Rücken verschwitzt, noch ehe sie die Praxis erreicht hatten.

Die kühle Luft im Treppenhaus war angenehm. Wie beim vorigen Mal stand John Fischer in der Tür und wartete auf sie.

»Guten Morgen. Das hier muss schnell gehen. Sie ist in einer schlechten Verfassung«, sagte er ohne lange Vorrede.

Sie gingen durch das Wartezimmer in dasselbe Zimmer, in dem sie schon beim letzten Mal gewesen waren.

Rebecka saß im selben Sessel am Fenster. Sie trug denselben schwarzen Hosenanzug. Statt des weißen Rollkragenpullovers hatte sie ein glänzendes weißes Seidentop an. Trotzdem bekam Irene einen Schock, als sie näher kamen.

In den nicht ganz zwei Wochen, die seit ihrer letzten Begegnung vergangen waren, war Rebecka um zehn Jahre gealtert. Ihr Haar war ungewaschen und glanzlos, ihre Haut gelbgrau. Ihre Augen wirkten riesig in dem noch schmaler gewordenen Gesicht. Das Schlimmste aber war ihr Blick. Beim letzten Mal hatte Irene in ihm noch ganz weit unten die Angst gesehen. Rebecka hatte Gefühle gezeigt. Jetzt waren ihre Augen vollkommen leer, wie tot. Als hätte jemand eine dicke graue Haut über die Frau auf dem Sessel gezogen. Dieses Gefühl wurde noch stärker, als sie versuchten, mit ihr zu sprechen. Keine Worte durchdrangen ihren Kokon. Rebecka versank vor ihren Augen immer tiefer.

»Rebecka geht es alles andere als gut. Ihr Besuch kommt deswegen sehr ungelegen«, sagte der Arzt frostig.

Er strich sich über seinen kurzen Vollbart. Das kratzende Geräusch schien das ganze Zimmer auszufüllen. Glen und Irene sahen sich an. Sie waren ratlos, wie sie die Sache anpacken sollten. Rebecka reagierte nicht, als sie versuchten, sie zu begrüßen. Irene nahm ihre Hand und versuchte so, ihre Aufmerksamkeit zu wecken. Die Hand war vollkommen schlaff und kalt. Irene hielt sie jedoch trotzdem weiterhin fest und begann, da ihr nichts Besseres einfiel, sie vorsichtig zu massieren. Zögernd sprach sie sie auf Schwedisch an.

»Ich weiß, dass Sie eine Menge fürchterlicher Bilder im Kopf haben. Ich habe mit Lisa Sandberg von Rädda Barnen gesprochen. Sie erzählte mir von der fantastischen Arbeit, die Sie und Christian bei der Aufdeckung des Pädophilenrings geleistet haben. Sie erwähnte auch, dass selbst die hartgesottensten Ermittler anschließend Depressionen bekommen hätten. Die Bilder waren offenbar mit das Schlimmste, was sie je gesehen hatten.«

Irene merkte plötzlich, dass Rebeckas Hand einen Moment zu zittern anfing, aber diese Bewegung war so leicht, dass sie sich das vielleicht auch nur eingebildet hatte. Ermutigt fuhr Irene fort:

»Sie sind also nicht die Einzige, die diese Bilder und Filme fürchterlich fand. Es ist alles andere als merkwürdig, dass ...«

Irene brach ab, als Rebecka ihr plötzlich die Hand entzog. Sie umklammerte sie mit der linken und presste sie an die Brust. Sie starrte auf den Fußboden und auf einen Punkt neben Doktor Fischers eleganten Schuhen. In dieser Stellung blieb sie, ohne zu blinzeln, wie eine Katatonikerin sitzen. Im Zimmer wurde es wieder vollkommen still und Irene immer mutloser. Es schien unmöglich zu sein, zu Rebecka durchzudringen. War die ganze Londonreise sinnlos gewesen? Da sie keine bessere Idee hatte, sprach sie einfach weiter.

»Ich kann verstehen, dass Sie Ihren Eltern sicher davon erzählt haben, welchen Dingen Sie und Christian im Internet auf der Spur waren. Haben Sie auch Jacob davon erzählt?«

Absichtlich machte Irene eine Pause, um zu sehen, wie Rebecka reagieren würde.

Erst hatte es den Anschein, als hätte sie Irene überhaupt nicht zugehört. Sie saß genauso reglos da wie zu Anfang. Irene sah Glen an und zuckte resigniert die Achseln. Plötzlich stieß Rebecka jedoch ein heiseres Stöhnen aus. Irene beugte sich vor und versuchte, Augenkontakt mit der jungen Frau aufzunehmen. Doch das war unmöglich. Sie starrte immer noch beharrlich auf den Fußboden. Versuchte allerdings, ihre trockenen Lippen zu bewegen. Mühsam stieß sie ein kaum hörbares Nein hervor.

Ihre Lippen waren wund und rissig. In den Mundwinkeln hing zäher, gelbweißer Speichel. Schwerfällig bewegte sich ihre Zunge in ihrer knochentrockenen Mundhöhle.

Fieberhaft überlegte sich Irene, was sie jetzt sagen könnte, ohne damit Rebecka wieder zum Verstummen zu bringen. Vorsichtig meinte sie:

»Wenn Sie Nein sagen, Rebecka, meinen Sie damit, dass Sie es weder Ihren Eltern noch Jacob erzählt haben?«

»Nein«, antwortete sie leise.

Sicherheitshalber wiederholte Irene ihre Frage noch einmal:

»Sie haben Ihrer Familie also nichts von dem Pädophilenring erzählt?«

»Nein«, flüsterte sie erneut.

Rebecka hatte sich während ihres Gesprächs nicht im Mindesten bewegt, aber jetzt wandte sie Irene den Kopf zu. Ihre Blicke begegneten sich, und Irene meinte, ihr Herz würde für ein paar Sekunden aussetzen. In Rebeckas Augen fand sich nur noch ein bodenloses Dunkel.

»Nein«, wiederholte Rebecka.

Vergebens versuchte sie, ihren nicht vorhandenen Speichel hinunterzuschlucken.

»Sie war ... krank. Ich musste sie ... schützen«, presste sie schließlich über die Lippen.

Ein Röcheln schüttelte plötzlich ihren Körper, und sie schlug die Hände vors Gesicht. Unendlich langsam begann sie, sich hin und her zu wiegen und murmelte:

»Meine Schuld. Alles ... meine Schuld.«

Das Röcheln hallte im Zimmer wider, und Irene kam sich vollkommen hilflos vor.

»Das muss jetzt reichen. Sogar Sie müssen sehen, dass das grausam und sinnlos ist«, entschied Doktor Fischer.

Irene schaute erneut auf Glen, der ratlos den Kopf schüttelte. Rebecka schaukelte immer noch mit den Händen vor dem Gesicht hin und her, aber sie hatte aufgehört zu röcheln. Es hatte keinen Sinn, weiterzumachen, entschied Irene.

Plötzlich tauchte eine kräftige, grauhaarige Frau in der Tür auf. Irene hatte sie nicht kommen hören, obwohl sie so riesig war. Sie trug einen beigen Sommermantel und schien direkt von der Straße zu kommen. Offenbar hatte sie einen Schlüssel zur Praxis.

»Gut, Marion. Wir fahren Rebecka direkt zur Klinik«, sagte Fischer.

Ohne die Beamten zu begrüßen oder sie auch nur eines Blickes zu würdigen, trat Marion in ihren stabilen Joggingschuhen auf Rebecka zu. Vorsichtig legte sich die Frau einen von Rebeckas Armen um den Hals und half ihr dann auf die Beine. Indem sie sich Rebeckas anderen Arm um die Taille legte, gelang es ihr, den willenlosen Körper Richtung Tür zu schleifen. Ohne den Kopf umzudrehen, sagte sie zum Arzt:

»Das Auto steht vor dem Haus.«

»Ich komme sofort«, erwiderte dieser.

Demonstrativ klaubte er ein paar Papiere von dem im Übrigen leeren und glänzenden Schreibtisch zusammen und steckte sie in eine dünne Mappe aus weichem, nougatfarbenem Leder. Er sah sie an und machte dann eine auffordernde Handbewegung in Richtung Tür:

»Bitte schön.«

Was hatte dieser Mann eigentlich für ein Verhältnis zu Rebecka? In Anbetracht seines Interesses an jungen Frauen war ein sexuelles Verhältnis nicht auszuschließen. Aber das wollte nicht so recht zu Rebeckas Zustand passen. Irene kam ein Gedanke: Stand Rebecka unter Drogen? Möglicherweise zwang sie der Arzt, schwere Psychopharmaka zu nehmen?

Als sie die Treppen in dem riesigen Treppenhaus hinuntergingen, schwirrten verschiedene Gedanken durch Irenes Kopf. Sie verwarf einen nach dem anderen. Ein schwarzes Auto brauste genau in dem Augenblick davon, als sie aus dem Haus traten. Irene sah Rebeckas bleiches Gesicht auf dem Rücksitz. Neben ihr saß John Fischer.

Irene besprach ihre Überlegungen mit Glen. Er war ganz ihrer Meinung. Rebecka war wirklich krank, aber ihr Arzt benahm sich tatsächlich äußerst merkwürdig.

Irene wollte gerade sagen, dass sie sich doch am besten in einem netten Restaurant beim Mittagessen über die Entwicklung der Ereignisse unterhalten sollten, als aus ihrer Jackentasche die Marseillaise zu dudeln begann. Eilig zog sie ihr Handy heraus.

»Irene Huss.«

»Hier ist Hannu. Ich habe schon früher versucht, dich zu erreichen, aber da warst du wohl noch im Flugzeug. Ich bin auf was gestoßen.«

Irene hielt den Atem an.

»Auf den Passagierlisten gab es weder einen Christian Lefèvre noch eine Rebecka Schyttelius. Aber ich habe sämtliche Maschinen von allen Fluggesellschaften am betreffenden Montag und Dienstag kontrolliert. Und ich habe daran gedacht, dass der Täter die Nacht in Göteborg hätte verbringen können. Es gab tatsächlich einen, der das getan hat. Er flog Montagabend um 19.20 Uhr von Heathrow ab und am Dienstag um 7.10 Uhr wieder zurück. Außerdem hatte er bei Avis einen Wagen vorbestellt. Er bekam einen dunkelblauen VW Polo.«

Irene konnte es vor Spannung kaum noch aushalten. Der Aufkleber auf der Heckscheibe des Autos, den der Mann mit dem Hund angeblich gesehen hatte, konnte durchaus eine Avis-Reklame gewesen sein.

»Wie heißt er?«, stieß sie mit tonloser Stimme hervor.

»Andrew St. Clair.«

Glen sah sie neugierig an, als sie ihr Handy wegsteckte.

»Gute oder schlechte Neuigkeiten?«, fragte er.

Sie sah ihn etwas verwirrt an und sagte:

»Wie man's nimmt ...«

Dann riss sie sich zusammen und erzählte ihm, was Hannus Nachforschungen ergeben hatten. Ausnahmsweise war er eine Minute lang mucksmäuschenstill.

»Andrew St. Clair? Einer der reichsten Männer Schottlands ... Warum sollte gerade der nach Göteborg fahren und Rebeckas Familie ermorden?«

Sie landeten bei einem kleinen Inder, der nicht weit von Whiteleys entfernt war.

»Das Geburtsdatum auf der Liste der Fluggesellschaft ist das von Andrew St. Clair. Er ist fast ein Jahr älter als Christian«, meinte Glen.

Nachdenklich sah er auf den Zettel, auf den Irene die Informationen gekritzelt hatte, die sie von Hannu bekommen hatte. Plötzlich leuchtete sein Gesicht auf.

»Jetzt erinnere ich mich an etwas, was ich in einem der Artikel aus der Regenbogenpresse gelesen habe! Er wollte bald heiraten. Irgendwo gab es da eine große Reportage über seine bevorstehende Hochzeit. Sie wurde als das Society-Event des Jahres bezeichnet.«

»Das erklärt gar nichts. Warum sollte ein reicher Schotte nach Göteborg fahren und dort drei ihm total unbekannte Menschen erschießen?«, wollte Irene wissen.

Glen sah sie eine Weile an, ehe er antwortete:

»Wissen wir denn, dass sie ihm vollkommen unbekannt waren?«

Irene musste eine Weile nachdenken. Dann sagte sie:

»Nein. Das nicht.«

»Wir können in diesem Fall nur eins tun«, sagte Glen energisch.

»Und das wäre?«

»Ihn selbst fragen.«

Irene musste am Nachmittag sehen, wie sie allein zurechtkam. Glen fuhr ins Büro, um mit seinem Chef den weiteren Ablauf der Ermittlungen zu besprechen. Ehe sie sich trennten, verabredeten sie sich für sechs Uhr im Restaurant Vitória.

Irene beschloss, ein wenig Sightseeing zu machen und die St. Paul's Cathedral zu besuchen. Ganz frech schloss sie sich einer Gruppe mit einem englischsprachigen Führer an. Er erzählte die Geschichte der Kathedrale. Das erste Bauwerk an diesem Platz sei bereits im Jahre 604 von König Ethelbert errichtet worden, dem ersten König von England, der sich habe taufen lassen. Anschließend sei immer wieder angebaut worden, aber 961 hätten die Wikinger die Kirche niedergebrannt. Fast hätte Irene Schuldgefühle angesichts der Taten ihrer Vorväter bekommen. Die Kirche hatte dann noch mehrmals gebrannt, und auch beim großen Feuer von 1666 war St. Paul's eines der Bauwerke, die Raub der Flammen wurden. Das gab Christopher Wren die Möglichkeit, sein Lebenswerk zu verwirklichen, die neue St. Paul's Kathedrale.

Mehrere Stunden ging Irene herum und bewunderte Wand- und Deckengemälde und Skulpturen und Schnitzarbeiten. Sie musste es zugeben: Sie fand alles faszinierend und überwältigend. Bei einem Souvenirverkäufer besorgte sie sich eine Hand voll Ansichtskarten, da auf einem Schild stand, dass der Gewinn dem Unterhalt der Kirche diene.

Die Zeit war schnell vergangen, und sie musste allmählich ins Hotel zurück. Sie wollte sich gern frisch machen, ehe sie Glen und Donna traf. Dieses Mal hatte sie nicht vor, in der Badewanne einzuschlafen. Donna begrüßte Irene ebenso überschwänglich wie beim vorigen Mal. Sie trug eine leuchtend türkise Tunika mit einem riesigen Ausschnitt über einem langen schwarzen Rock. Auf ihrer dunklen Haut funkelte ein wunderschönes Silbergeschmeide mit Türkisen. Sie hatte ihr stahlgraues Haar hochgesteckt und trug Ohrringe, die zu der Halskette passten. Donna war wirklich ein Vollblutweib.

»Und was ist mit dem großen, gut aussehenden Polizisten?«, wollte sie wissen und blinzelte Irene zu.

»Der Einzige, der bald pensioniert wird, ist mein Chef, aber der ist weder sonderlich groß noch sonderlich gut aussehend«, entschuldigte sich Irene.

»Aber einigermaßen gesund ist er doch wohl?«, fragte Donna und klang aufrichtig interessiert.

»Na ja ...«

»Schicken Sie ihn mir auf jeden Fall vorbei. In meinem Alter kann man nicht mehr wählerisch sein«, meinte Donna lachend.

Irene hatte nicht den Eindruck, dass sich Donna ihre Männer nicht mehr aussuchen konnte.

Glen kam ein paar Minuten später. Sie bestellten, ehe sie mit der Unterhaltung begannen. Beide entschlossen sich zu Wodka Martini als Aperitif, Hummersuppe und Lammspieß mit einer raffinierten Sauce und Kartoffeln. Irene trank eine halbe Karaffe Rotwein und Glen ein großes Bier. Erst als die Drinks auf dem Tisch standen, begann er zu erzählen:

»Mein Chef ist natürlich erst mal an die Decke gegangen, als ich ihm erzählt habe, dass der Name von Andrew St. Clair im Zusammenhang mit den Mordfällen aufgetaucht ist. Immer wenn es um die Stützen unserer Gesellschaft geht, bekommen unsere Chefs kalte Füße. Aber es war klar, dass wir dem nachgehen müssen, also rief er St. Clair selbst an. Genauer gesagt seine Sekretärin. St. Clair hat morgen den ganzen Vormittag geschäftlich mit irgendwelchen Leuten aus dem Ausland zu tun, könnte uns aber nach dem Lunch treffen. Der Chef hat der Sekretärin meine Handynummer gegeben, aber weder sie noch Andrew St. Clair haben bis jetzt von sich hören lassen. Ich habe uns für morgen zwei Plätze in der ersten Maschine nach Edinburgh reserviert. Um fünf Uhr nachmittags fliegen wir dann nach Heathrow zurück. Dann schaffen Sie es noch bis nach Göteborg.«

Etwas regte sich in Irenes Unterbewusstsein, und sie fragte nach:

»Haben Sie überprüft, ob St. Clair von Edinburgh aus nach London geflogen ist?«

»Ja. Negativ. Er taucht auf keiner Passagierliste auf. Aber was sagt das schon. Möglicherweise ist er mit dem Auto gefahren.«

KAPITEL 18

Sie landeten auf dem Edinburgh International Airport westlich der Stadt. Da sie Andrew St. Clair erst in einigen Stunden treffen würden, tranken sie am Flughafen erst einmal einen Kaffee. Die warmen Croissants und der heiße Kaffee waren nach dem spartanischen Frühstück im Flugzeug himmlisch.

Sie hatten sich kaum gesetzt, da begann Glens Telefon zu bimmeln. Die Unterredung war kurz und überaus höflich. Glen unterbrach die Verbindung und sagte erklärend:

»Das war St. Clairs Sekretärin. Er erwartet uns um eins zum Lunch.«

»Wo?«

»Bei sich zu Hause, Rosslyn Castle.«

»Wohnt er auf einer Burg?«

»Na klar.«

Glen grinste. Übertrieben feierlich zog er einen Zettel aus der Manteltasche und räusperte sich wie ein Festredner.

»Kate hat für mich die Recherche erledigt. Wir haben einige Bücher über schottische Geschichte und auch eins über Clans. Sie hat mir alles aufgeschrieben.«

Er biss von seinem Croissant ab und trank einen Schluck Kaffee. Gleichzeitig überflog er das Papier. Nach einer Weile sagte er leise:

»Hier steht, dass der Stammbaum der St. Clairs bis ins fünfzehnte Jahrhundert zurückreicht. Unter seinen Vorvätern sind der mächtige Earl von Orkney und Sir William St. Clair. Der Earl baute das Castle und Sir William eine berühmte Kirche. Die Familie besitzt immer noch riesige Ländereien in den Pentland Hills. Andrews Vater George war geschäftstüchtig und investierte sein Geld schon gleich zu Anfang in die Ölindustrie. Da besaß er bereits einen Teil der Woll- und Tweedindustrie.«

»Vielleicht haben sie ja seit dem fünfzehnten Jahrhundert auch ihr eigenes Clanmuster?«, warf Irene ein.

Glen musste so lachen, dass er sich verschluckte. Irene klopfte ihm kräftig auf den Rücken.

»Das ist das Beste, was wir Schotten erfunden haben!«, sagte er prustend. »Diese Clanmuster sind angeblich eine schottische Erfindung. Sie waren aber im neunzehnten Jahrhundert die Idee eines Webers aus Lancashire. In den feinen Salons saßen die vornehmen Damen und suchten sich ein Muster aus, dem sie den Namen ihres Clans verliehen. Wahrscheinlich war das der Dank für eine große Bestellung. Wirklich ein genialer Einfall! Und alle sind darauf reingefallen!«

Irene lächelte, war aber irgendwie enttäuscht. Wie die meisten hatte sie geglaubt, dass die Schotten so wie im Film »Braveheart« jahrhundertelang in Kilts mit Clanmuster für ihre Freiheit gekämpft hatten. Aber dort hatte auch einer der Soldaten in einer der unzähligen, blutigen Schlachtszenen Turnschuhe von Nike getragen, und sie meinte sich auch daran zu erinnern, unter einem der Kilts einen Slip von Jockey entdeckt zu haben. Die Hollywoodfilme von heute waren vermutlich nicht wirklich historisch korrekt.

»War Ihr Vater aus Edinburgh?«, fragte sie aus reiner Neugier.

»Nein, aus Ayr an der Westküste. Aber wir haben die Verwandtschaft hier oben nicht oft besucht. Dads Leute hatten was dagegen, dass er eine Schwarze geheiratet hat. Und dass er auch noch Kinder bekam, machte die Sache nicht besser.«

Irene merkte, dass das ein heikles Thema war, und hakte nicht nach.

»Andrew St. Clairs Halbschwester Mary ist mit einem spanischen Adligen verheiratet und unglaublich reich. Natürlich hatte sie bereits eine Menge Geld von ihrem Vater geerbt. Im Übrigen ist Andrew der Alleinerbe und kontrolliert das ganze Imperium. Wahrscheinlich soll die Hochzeit im Sommer die Erbfolge sichern.«

»Bestimmt.«

Sie erhoben sich und gingen zur Autovermietung. Glen hatte einen Rover bestellt. Sie bekamen einen roten statt des schwarzen, den er sonst fuhr.

Edinburgh war eine unglaublich schöne Stadt. Prächtige Gebäude, schöne Straßen und Plätze, und alles auf Hügeln. Deswegen waren die Straßen teilweise recht steil, und es gab viele Treppen. Sie fuhren zum Castle hoch, das auf einem schroffen Felsen oberhalb der Stadt lag. Glen erklärte ihr alles:

»Das ist die Esplanade. Hier waren früher die Hinrichtungen. Jetzt findet hier im August der beliebte Military Tattoo statt, eine große Parade mit Dudelsackpfeifern in Kilt und allem Drum und Dran. Die Touristen lieben das.«

Sie sahen sich das Castle näher an. Von überall bot sich eine hervorragende Aussicht auf die Stadt. Sie hatten Glück mit dem Wetter, es war sonnig und der Himmel wolkenlos. Es war jedoch nicht warm, und der Wind pfiff ihnen eiskalt um die Ohren. In London war ihr die gefütterte Jacke nur lästig gewesen, jetzt war sie heilfroh, sie dabeizuhaben. Nach einer Runde im schneidenden Wind war sie dankbar, sich wieder in den Wagen setzen zu können.

»Wie weit ist es zum Rosslyn Castle?«

Glen schaute auf die Karte, die er von Avis bekommen hatte.

»Zwanzig oder dreißig Kilometer«, meinte er.

Er deutete auf einen Punkt südwestlich von Edinburgh.

»Man fährt Richtung Penicuik. Vielleicht sollten wir uns ja vorher die Umgebung des Schlosses ansehen«, schlug er vor.

»Das tun wir!«

Irene hatte keine Ahnung, wo Penicuik lag, und konnte es auch gar nicht aussprechen. Es war ihr offen gestanden auch gleich, solange sie nicht in den schneidenden Wind zurück musste.

Rosslyn Castle lag auf einer Anhöhe, die allerdings nicht so hoch war wie die von Edinburgh Castle. Um die Anhöhe herum breiteten sich große Äcker und Heide aus. Auf den Äckern grünte es bereits, und auf der Heide weideten Schafherden. Die Höhenzüge hinter dem Castle hießen laut der Karte, die Irene auf den Knien liegen hatte, Pentland Hills.

Ehe sie zur Allee kamen, die auf das Schloss zuführte, fuhren sie an einer hübschen alten Kirche vorbei. Ein Schild wies sie als Rosslyn Chapel aus. Glen deutete auf die Kapelle mit den massiven Mauern und der reich verzierten Fassade.

»Das ist die Kirche von Sir William. Zehn Barone St. Clair liegen in dieser Kirche begraben.«

Wenn er das mit der Polizei je überbekommen würde, dann würde er einen hervorragenden Fremdenführer abgeben, dachte Irene. Sie war dankbar, einem Kollegen begegnet zu sein, der ihr etwas über die hiesigen Sehenswürdigkeiten erzählen konnte.

Kurz vor der Allee wuchs eine hohe Hecke aus Nadelbäumen. Durch ein schmiedeeisernes Tor war ein großes Haus zu sehen. Glen hielt an und setzte zurück.

»Kommen Sie«, sagte er und stieg aus.

Etwas verwirrt folgte Irene seiner Aufforderung.

Er war bereits am Tor und deutete auf den kupfernen Briefkasten, der an einem der Torflügel hing. In zierlichen Buchstaben war der Name Lefèvre eingraviert.

»Hier hat Christian seine Kindheit verbracht«, sagte Glen.

Er drückte die vergoldete Klinke, und der Torflügel öffnete sich kreischend.

»Tja, da kommen wir also ohne Voranmeldung«, meinte er ungerührt.

Der Garten hinter der Hecke war unerwartet groß. Irene gefiel er sofort. Er war nicht sonderlich gepflegt. Unter einem Obstbaum war eine vergessene Harke an den Stamm gelehnt. Etwas weiter stand ein Weidenkorb im ungemähten Gras. Der Schotter auf dem Weg zur Tür knirschte unter ihren Schuhsohlen.

Der graue Feldstein des Hauses hinterließ in Kombination mit dem schwarzen Schiefer des Daches einen düsteren Eindruck. Die kleinen Fenster trugen sicher noch das ihrige dazu bei. Die Wände waren efeubewachsen. Das immerhin ließ die dunkle Fassade etwas freundlicher erscheinen.

Als sie fast bei der Tür waren, wurde diese vorsichtig geöffnet. Durch den Spalt war eine Gestalt zu sehen. Eine Stimme fragte:

»Wer sind Sie?«

»Detectives Huss und Thomsen«, sagte Glen.

Er lächelte sein charmantes Lächeln und wedelte gleichzeitig mit seinem Dienstausweis.

»Wir sind eigentlich mit Andrew St. Clair verabredet, aber da wir etwas zu früh dran sind, dachten wir, dass wir ein wenig die Umgebung erkunden könnten. Sind Sie Mrs. Lefèvre?«

Der Spalt wurde breiter, und eine Frau erschien auf der Treppe. Irene war erstaunt, wie jung sie aussah. Sie war sicher schon weit über fünfzig, hatte aber immer noch eine schlanke Figur. Ihre Haltung war aufrecht. Trotzdem reichte sie Irene kaum bis zur Schulter. Ihr Haar war kurz geschnitten und in einem dunklen Rotbraun gefärbt. Irene war überrascht, dass ihre mandelförmigen Augen dunkelbraun waren. Auch das teure, maßgeschneiderte Kostüm ließ sie eher wie eine waschechte Französin als wie eine Engländerin erscheinen. Obwohl ja ihr Exmann der Franzose gewesen war. Sie wirkte jedenfalls, so wie sie auf der Treppe des düsteren Hauses im schneidenden schottischen Wind dastand, eher deplatziert.

Abwehrend verschränkte sie ihre Arme vor der Brust, ob als Schutz vor der Kälte oder vor ihnen, war nicht ganz klar.

»Ja. Ich bin Mary Lefèvre. Was wollen Sie von mir?«

Glen lächelte erneut.

»Nichts Besonderes. Das hier ist meine Kollegin Irene Huss aus Schweden. Sie leitet die Ermittlungen im Falle der Morde an Rebeckas Eltern und ihrem Bruder.«

Die dunkelbraunen Augen flackerten. Offenbar hatte Glen das ebenfalls bemerkt, denn er fuhr fort:

»Dürfen wir reinkommen und ein paar Fragen stellen?«

»Ich bin auf dem Sprung ... wollte nur eben meine Tasche holen«, erwiderte Mary Lefèvre.

Sie machte keinen Versuch, ihren Widerwillen zu verbergen.

»Wir werden um eins von Ihrem Neffen erwartet, die Fragen können also nicht allzu lang ausfallen«, meinte Glen beharrlich und immer noch lächelnd.

Mit einem resignierten Achselzucken trat sie in die Diele und ließ sie herein.

Die Eingangshalle war überdimensional groß und zwei Stockwerke hoch. Die Decke war weiß gestrichen, und die Deckenbalken waren dunkel lasiert. Das Wandpaneel hatte denselben dunklen Farbton. Neben der Tür führte eine breite Treppe ins Obergeschoss. Das Treppengeländer ging in eine Balustrade über, die die ganze Halle umgab. Dort oben konnte man stehen und sehen, wer kam und ging. Irene schielte durch das Schmiedeeisen der Balustrade und sah eine Reihe geschlossener Türen.

Die Schmalseite der Halle wurde von einem offenen Kamin aus Granit in Anspruch genommen, der riesig war. Ein aufrecht stehender Mensch hätte problemlos darin Platz gefunden. Ihre Gastgeberin bemerkte, wie beeindruckt sie waren, und meinte:

»Sieht kolossal aus, aber ich benutze ihn nie. Er verschlingt nur Brennholz und wärmt nicht. Die Öfen sind viel effektiver. Wir haben in jedem Zimmer einen davon stehen. Außerdem gibt es noch eine Zentralheizung. Sonst würde ich im Winter erfrieren.«

Es brauchte nicht viel Fantasie, um sich vorzustellen, wie kalt es in diesem Haus im Winter werden konnte, wenn die Stürme durch die Ritzen pfiffen. Das war sicher auch der Grund dafür, dass die Fenster so klein waren.

Mary führte sie in ein erstaunlich helles und gemütliches Wohnzimmer. Das Licht fiel durch die hohen Terrassentüren und die großen Kippfenster, die sicher erst in den letzten Jahren eingesetzt worden waren. Die Möbel waren hell und modern.

»Bitte nehmen Sie Platz«, sagte Mary Lefèvre und blieb selbst stehen.

Die grazile Frau stand mit dem Rücken zu den Fenstern und hielt immer noch die Arme vor der Brust verschränkt. Die beiden Beamten sahen sich gezwungen, sich auf das weiße Designersofa zu setzen.

Glen machte eine weite Handbewegung.

»Das ist wirklich ein schönes altes Haus.«

»Ja. Teile davon stammen aus dem achtzehnten Jahrhundert«, erwiderte Mary Lefèvre.

»Muss wunderbar für Kinder sein, hier aufzuwachsen. Besucht Sie Christian oft hier?«, fuhr Glen unbeschwert fort.

»Gelegentlich.«

»Wann war er zuletzt da?«

Mary dachte eine Weile nach, ehe sie antwortete:

»Im März.«

»Sind Sie jemals Rebecka Schyttelius begegnet?«

Im Gegenlicht konnten sie ihre Gesichtszüge nicht erkennen, aber Irene merkte, wie sie zusammenzuckte. Dann antwortete sie:

»Einmal. Dieses Jahr war sie an Weihnachten hier.«

»Sie und Christian waren also ein Paar?«

»Nein«, kam es scharf wie ein Peitschenhieb.

Glen sagte nichts, sondern zog nur vielsagend die Brauen hoch. Das hatte die gewünschte Wirkung. Mary Lefèvre hatte das Gefühl, nähere Erklärungen abgeben zu müssen.

»Sie war im Herbst krank gewesen und hatte nicht die Kraft, über Weihnachten nach Schweden zu fahren. Christian wollte sie nicht allein in London lassen, sondern nahm sie mit hierher.«

»Ich verstehe. Was hatten Sie für einen Eindruck von ihr?«

Dieses Mal zog sich das Schweigen wirklich ziemlich in die Länge.

»Sie war sehr still ... es war schwer, zu ihr durchzudringen.«

»Das ist auch der Eindruck, den wir von Rebecka haben. Sie ist wirklich sehr krank. Die Morde an ihrer Familie haben ihren Zustand natürlich noch verschlimmert«, sagte Glen ernst.

Plötzlich lächelte er. Seine charmanten Grübchen waren zu sehen.

Dessen ist er sich bewusst, und das ist Teil seiner Strategie, dachte Irene.

»Wie heißt im Übrigen Christians Freundin?«

Die Silhouette vor dem Fenster erstarrte. Ihre Stimme war heiser und gereizt, als sie antwortete:

»Das weiß ich nicht. Das müssen Sie ihn schon selbst fragen.«

»Das werden wir auch.«

Er lächelte noch immer, aber sein Ton war jetzt härter geworden.

»Vielen Dank, dass wir stören durften. Hier ist meine Karte, falls Sie uns noch etwas zu erzählen haben.«

Freundlich lächelnd stand Glen vom Sofa auf. Irene folgte seinem Beispiel. Langsam wie eine Schlafwandlerin begann Mary, auf die Tür der Halle zuzugehen. Sie hatte weder Augen für Irene noch für Glen. Ihre Bewegungen wirkten steif und mechanisch, als sie die Haustür öffnete. Stumm sah sie in ihre Richtung, ohne sie jedoch wirklich anzusehen.

Sie schien Angst zu haben. Aber wieso?

»Warum wollten Sie mit Christians Mutter reden?«, wollte Irene wissen.

Sie saßen wieder im Auto und fuhren die Allee entlang.

»Weil sie Christians Mutter ist«, lautete die lakonische Antwort.

Das hatte eine gewisse Logik, wie Irene fand.

Als sie den Innenhof erreichten, parkten sie den roten Mietwagen neben einem neuen silbernen Porsche. Sie stiegen aus und betrachteten das Castle. Hinter ihnen befand sich die dicke Mauer mit dem Torgewölbe, durch das sie gerade gefahren waren. Das Pflaster des Hofs war in Hunderten von Jahren von unzähligen Füßen abgetreten worden und ganz glatt. Das Schloss umgab den Innenhof auf drei Seiten. Es war ganz aus Feldstein, das Dach aus Schiefer. Die Ecktürme erinnerten an das Märchen von Dornröschen. Vielleicht trug auch der dichte Efeu, der die Wände hochrankte, dazu bei. Einige prächtige Bäume und große Rosenrabatten verliehen der kargen Umgebung aus Stein Farbe und Leben.

Das stabile Portal aus massiver Eiche vor ihnen sah allerdings nicht gerade einladend aus.

»Hier braucht man einen Vorschlaghammer zum Anklopfen«, meinte Glen.

Gerade wollten sie auf das Portal zugehen, als jemand rief:

»Hallo! Hier entlang!«

Die beiden Beamten blieben stehen. Ratlos blickten sie sich um. Da sah Irene einen Mann, der in der Tür des westlichen Seitenflügels stand. Er winkte ihnen zu.

Sie waren erst ein paar Schritte gegangen, als Irene erneut stehen blieb. Es war Christian Lefèvre! Als sie sich von ihrer Überraschung erholt hatte, begriff sie, dass sie einem Irrtum aufgesessen war. Das war gar nicht Christian, die Cousins waren sich nur sehr ähnlich.

Andrew St. Clair war größer und kräftiger als Christian, hatte aber dasselbe dunkle Haar. Im Nacken war es zu einem Pferdeschwanz zusammengebunden. Er trug eine runde Brille und schaute seine Besucher kurzsichtig an. Man hätte die Cousins für Brüder halten können. Vermutlich hatten sich ihre Mütter sehr ähnlich gesehen. Dunkelhaarig und braunäugig. Irene hatte erwartet, dass der schottische Adlige rothaarig sein, abstehende Ohren und einen Überbiss haben würde, eben dem verbreiteten Vorurteil von einem Schotten entsprechen würde.

St. Clair trug einen gestrickten hellroten Pullover. Auf der linken Brustseite war ein Wappen, das Irene wiedererkannte, aber nicht zuordnen konnte. Der Kragen im V-Ausschnitt war blendend weiß, der Schlips hellrot und blau gestreift. Seine karierten Hosen aus dünner Wolle waren aus erstklassiger Qualität, die exklusiven Schuhe ebenfalls.

»Alle gehen erst einmal zur falschen Tür, wenn sie das erste Mal hier sind. Willkommen auf Rosslyn Castle!«, sagte Andrew St. Clair.

Sein Willkommensgruß klang echt. Er schüttelte ihnen herzlich die Hand, ehe er sie ins Haus führte.

Irene hatte erwartet, dass es in dem alten Gemäuer eisig sein würde, aber in der großen Halle war es ganz im Gegenteil warm und gemütlich. Sie glich der Halle in Mrs. Lefèvres Haus, war aber bedeutend größer. Andrew St. Clair nahm ihnen die Mäntel ab und hängte sie in einen großen Schrank mit geschnitzten Türen, auf denen Jagdszenen mit Hunden und fliehenden Hirschen zu sehen waren.

»Nur dieser Teil des Schlosses ist bewohnt. Hier ist alles renoviert und auf heutige Bedürfnisse zugeschnitten worden. Die Kamine und Kachelöfen sind noch so, wie sie waren, aber im Erdgeschoss habe ich unter den alten Bodenplatten eine Fußbodenheizung installieren lassen.«

Er klang stolz. Irene fand, dass das durchaus berechtigt war. Das Ganze war vermutlich außerordentlich aufwändig gewesen. Andrew St. Clair ging vor ihnen her, erzählte ihnen das eine oder andere über die Geschichte des Castles und vermittelte ihnen alles in allem das Gefühl, gern gesehene Gäste zu sein. Er war freundlich und umgänglich. Das war der größte Unterschied zwischen ihm und seinem Cousin. Und natürlich auch zwischen ihm und seiner Tante.

»Der älteste Teil des Castles ist der Flügel gegenüber. Der wurde bereits in der zweiten Hälfte des fünfzehnten Jahrhunderts errichtet, musste dann aber nach einem Brand zweihundert Jahre später wieder aufgebaut werden. Was wir jetzt sehen, stammt also aus dem späten siebzehnten Jahrhundert. Aus dieser Zeit stammt auch das Hauptgebäude. Dieser Flügel, in dem wir uns jetzt befinden, wurde gleichzeitig mit dem Wächterhäuschen unten an der Allee errichtet, also Ende des achtzehnten Jahrhunderts. Mein Großvater begann bereits mit der Restaurierung, mein Vater hat sie fortgeführt, und ich habe sie vollendet. Wir haben sehr viel Wert darauf gelegt, den Charakter des Castles nicht zu verändern.«

Er führte sie durch große Säle mit gold und rot gestreiften Seidentapeten und riesigen Gobelins. Glasmalereien schmückten die Fenster. Bilder aus der Geschichte der Familie und natürlich verschiedene Wappen bedeckten die Wände. Andrew St. Clair erklärte ihnen begeistert jedes Fenster, an dem sie vorbeigingen. Menschen auf düsteren Porträts in Goldrahmen starrten auf sie herab. Zwischen den Porträts hingen Wappen und alte Ritterschwerter. Einige Rüstungen standen reglos und gespenstisch zwischen den Möbeln. Es gab auch große und schwere Schränke aus dunklem Holz mit aufwändigen Schnitzereien und funkelnden Beschlägen. Alle Möbel schienen sehr alt zu sein. Irene hatte das Gefühl, in einem Museum zu sein. Ihre Schritte hallten unheimlich auf dem Steinboden wider. Als hätte ihr Gastgeber ihre Gedanken gelesen, sagte er:

»Ich habe die schönsten und ältesten Möbel in diesen Gemächern aufstellen lassen. Es bekommt ihnen nicht, in ungeheizten Räumen zu stehen. Aber hier kommen wir jetzt zum Wohnzimmer.«

Er öffnete eine mächtige Flügeltür und gab ihnen ein Zeichen, näher zu treten.

Das Zimmer war unglaublich groß. Andrew St. Clair hatte die eine Wand durch einen großen Wintergarten ersetzen lassen.

»Schauen Sie sich die Aussicht an«, forderte er sie auf.

Sie gingen durch den riesigen Raum, über die echten Teppiche auf die Wand aus Glas zu. Der Anbau reichte bis an den Rand des Felsens. Die großartige Aussicht über Heide und Äcker reichte bis zu den Pentland Hills.

»Wie wunderbar«, sagte Irene aufrichtig.

Mit zufriedener Miene bat er sie, auf den weichen Ledersofas Platz zu nehmen, von denen aus man den Blick genießen konnte.

»Das Essen wird in ein paar Minuten im Jagdzimmer serviert. Ich finde es angenehmer, dort zu essen. Das Esszimmer ist für drei Personen zu groß.«

Irene konnte sich lebhaft vorstellen, wie es dort aussah. Ein großer, düsterer Saal mit Ritterrüstungen an den Wänden und weiteren Ahnen, die aus ihren Goldrahmen finster auf einen herabblickten. Die Tafel war natürlich ewig lang mit fünfzig Plätzen. Mindestens. Dort würde Andrew dann mit seiner zukünftigen Gattin sitzen. Sie würden brüllen müssen, um sich zu verständigen …

Plötzlich merkte sie, dass die beiden Männer sie anschauten. Einer der beiden hatte sie offenbar etwas gefragt. Sie lächelte unsicher.

»Entschuldigen Sie. Ich war in Gedanken woanders …«, meinte sie.

»Ich habe gefragt, ob Sie schon einmal in Schottland waren«, sagte Andrew und sah sie nachdenklich an.

»Nein. Ich war noch nie in Schottland«, antwortete Irene.

Die peinliche Situation wurde dadurch entschärft, dass eine Tür geöffnet wurde. Andrew erhob sich und sagte:

»Das Essen ist serviert. Bitte schön!«

Sie schritten über die ausladenden Teppiche und betraten das so genannte Jagdzimmer.

Irene blieb auf der Schwelle stehen, und Glen stieß mit ihrem Rücken zusammen.

»Hoppsala«, sagte er.

Gleichzeitig gab er Irene einen Stoß in die richtige Richtung. Sie nahm sich zusammen und betrat das Zimmer.

Auch hier war die Außenwand ersetzt worden, und zwar durch einen großen Erker mit Glaswänden auf drei Seiten. Ein alter Tisch mit acht Stühlen wartete auf sie. Es war für drei Personen gedeckt. Es waren jedoch nicht die hübschen, geschnitzten Möbel, die Irene die Sprache verschlagen hatten.

Das Zimmer hieß zwar Jagdzimmer, aber sie hatte trotzdem nicht damit gerechnet, dass es sich um eine Waffenkammer handeln würde. Natürlich gab es Jagdtrophäen, die einen aus ihren Glasaugen anstarrten, die Waffen überwogen jedoch bei weitem. An den Wänden hingen Schwerter und Dolche, alte Pistolen und Gewehre mit verzierten Kolben. Hinter den Glastüren der hohen Schränke schimmerten weitere Waffen. Drei Schränke hatten Stahltüren und stabile Schlösser.

»Ich dachte, ich könnte es mir gestatten, den Herrschaften von der Polizei meine Waffensammlung vorzuführen«, meinte Andrew lächelnd.

Er begann, ihnen die wertvollen Stücke zu zeigen, musste dann aber abbrechen, als ein Servierwagen hereingerollt wurde. Eine ältere Frau in einem schwarzen Kleid blieb neben dem Wagen stehen, bis sie sich gesetzt hatten. Anschließend servierte sie gedünsteten Lachs mit Kapernsauce und Gemüse. Zum Essen gab es Bier, je nach Geschmack helles oder dunkles. Irene entschied sich für ein helles englisches Ale. Glen und Andrew zogen das dunklere schottische vor.

»Ich fand, ich könnte Sie gleich zum Lunch bitten, wo Sie schon einmal mit mir sprechen wollen. Ich habe zwar heute mit wichtigen Kunden zu tun, aber die sind momentan mit dem Flugzeug unterwegs. Zu den Bohrinseln kommt man natürlich nur mit dem Hubschrauber. Mein nächster Mitarbeiter kümmert sich um sie. Ich habe also ein wenig Zeit, bis sie zurückkommen. Um drei muss ich allerdings zu einem anderen Termin in Edinburgh. Ist es in Ordnung, wenn wir spätestens um halb drei aufbrechen?«

Die Frage war höflich gestellt, ließ ihnen jedoch keinerlei Verhandlungsspielraum. Recht hübsch hatte er ihnen zu verstehen gegeben, dass er nur bis halb drei Zeit hatte.

Glen war glücklicherweise ein Meister des Smalltalk, und die beiden Männer hatten rasch eine Gesprächsebene gefunden. Beide interessierten sich für Geschichte. Und Schotten. Andrew zog eine Braue hoch, als Glen ihm erzählte, er sei Halbschotte. Bald befanden sie sich mitten in einer Unterhaltung über Schottlands blutige Geschichte. Sie waren sich einig, dass es bedauerlich war, dass sich ihre Ahnen 1707 gezwungen gesehen hatten zu kapitulieren. Die Union mit England und Wales war nie was Rechtes gewesen.

Glen und der schottische Adlige spülten ihre aufgewühlten, nationalistischen Gefühle mit großen Schlucken des dunklen Biers hinunter. Irene konnte nur verblüfft lauschen. Die beiden Herren kannten sich in der schottischen Geschichte wirklich gut aus. Sie begann zu ahnen, dass diese heißen nationalistischen Gefühle über all die Jahre nicht erkaltet waren. Allerdings wirkte es ein klein wenig lächerlich, sich noch immer über Demütigungen zu ereifern, die 1295 begangen worden waren.

Zum Nachtisch wurde Schokoladentorte mit Schlagsahne und Kaffee gereicht. Anschließend erhob man sich und ging zurück ins Wohnzimmer. Ihr Gastgeber schritt auf einen hübschen Glasschrank zu und nahm eine Flasche heraus.

»Familienwhisky aus der eigenen Brennerei. Einer der Besten

überhaupt. Man kann ihn nur in sehr wenigen Geschäften kaufen. Er wird zwanzig Jahre gelagert, drei davon in Sherryfässern«, sagte er stolz.

Auf der bauchigen Flasche war ein schwarzes Etikett mit dem Namen St. Clair in silberner Frakturschrift auszumachen.

»Ich muss noch fahren«, murmelte Glen.

»Nur ein Schluck zum Probieren«, entschied Andrew.

Er nahm drei Gläser aus Bleikristall aus dem Schrank und goss die goldbraune Flüssigkeit hinein. Mit feierlicher Miene reichte er Irene und Glen ihre Gläser. Genüsslich atmete er das Aroma ein, und die Polizisten folgten seinem Beispiel. Er hob sein Glas:

»Slainte!«

»Slainte!«, erwiderte Glen und hob sein Glas ebenfalls.

»Skål!«, sagte Irene auf Schwedisch.

In Gesellschaft dieser beiden Herren galt es wirklich, die eigene exotische ethnische Zugehörigkeit zu betonen. Auch wenn beide nicht wie waschechte Schotten wirkten, waren sie es doch in Herz und Seele.

Der Whisky hatte einen reinen Geschmack und brannte überhaupt nicht in der Kehle. Er lag gut auf der Zunge und hinterließ einen langen Nachgeschmack, der etwas von der Süße des Sherrys hatte. Es war wirklich ein sehr guter Whisky. Irene wusste, dass sie sich die Frage sparen konnte, ob sie eine Flasche für ihren Mann kaufen könne: Sie würde sie sich nicht leisten können.

Sie setzten sich wieder. Andrew lehnte sich in seinem Ledersessel zurück.

»Mir ist klar, dass Sie nicht allein der Geselligkeit wegen aus London angereist sind. Sie wollen über meinen Cousin und diese fürchterliche Mordgeschichte in Schweden sprechen. Natürlich betrifft das alles in erster Linie die arme Rebecka, aber er leidet natürlich auch darunter, da sie so eng zusammenarbeiten.«

Glen stutzte für den Bruchteil einer Sekunde, fing sich aber sofort wieder.

»Ja. Darf ich Sie als Erstes fragen, wie gut Sie Rebecka kennen?«

»Wir sind uns ein paar Mal in London begegnet, und Weihnachten war sie zwei … nein, drei Tage hier.«

»Sie war nicht öfter hier?«

»Nein. Nur vergangene Weihnachten.«

»Wie oft kommt Christian hierher?«

»Ungefähr alle zwei Monate. Häufiger, wenn Jagdsaison ist.«

»Geht er gerne auf die Jagd?«

»Wir St. Clairs kommen mit dem Gewehr in der Hand zur Welt. Christian und ich steckten immer zusammen, er hat also gleichzeitig mit mir schießen gelernt. Er ist ein begeisterter Jäger, ein sehr guter Schütze und kennt sich hervorragend mit Waffen aus.«

»Sie sind also Rebecka nur einige wenige Male begegnet, wenn ich Sie richtig verstanden habe?«

»Genau.«

»Sind Sie sich dabei näher gekommen?«

Andrew zog erstaunt die Brauen hoch.

»Näher? Wirklich nicht! Wir arbeiten zusammen. Um die Wahrheit zu sagen, kümmern sich Christian und Rebecka jetzt um diese Sachen. Aber sie ist wahnsinnig gut. Wenn sie gesund ist.«

»Wissen Sie, warum sie krank wurde?«

»Keinen blassen Schimmer. Laut Christian sind Depressionen in ihrer Familie erblich. Ihr Mutter hat … hatte das offenbar auch.«

»Sind Sie ihrer Familie einmal begegnet?«

»Der Mutter und dem Vater? Und dem Bruder? Denen, die ermordet worden sind … nein. Nie. Ich glaube nicht, dass sie überhaupt je hier waren, um Rebecka zu besuchen. Das kann man schon etwas merkwürdig finden.«

»Waren Sie jemals in Göteborg?«

»Nein. Nur in Stockholm. Dort allerdings mehrmals. Eine sehr angenehme Stadt, sehr viel los. Führend im IT-Bereich. Deswegen war ich auch dort.«

Irene sah, dass Glen angestrengt über die nächste Frage nachdachte. Um Zeit zu gewinnen, hielt er das Whiskyglas unter die Nase und drehte es. Genüsslich atmete er das Aroma ein. Dann nippte er.

»Wir haben diese Frage auch Rebecka und Christian gestellt, aber von beiden keine klare Antwort bekommen. Deswegen frage ich jetzt Sie, was Sie von der Beziehung der beiden halten? Haben sie eine?«

Siehe da, auch einer, der die Wahrheit für seine Zwecke zurechtbog. Es gab verschiedene Gründe, warum Irene Glen von Anfang an gemocht hatte. Dass sie auf einer Wellenlänge waren, war einer der wichtigsten.

Andrew zog erneut die Brauen hoch, und es dauerte eine Weile, bis er antwortete.

»Ich glaube nicht, dass sie eine Beziehung haben, also eine körperlicher Natur. Aber sie stehen sich sehr nahe. Christian macht sich jetzt, wo sie krank ist, sehr große Sorgen um sie.«

Glen nickte.

»Wissen Sie, ob Christian im Augenblick eine Freundin hat?«, fragte er.

»Christian hat immer viele Freundinnen gehabt, aber wie es im Augenblick steht, weiß ich nicht. Jedenfalls hat er mir gegenüber niemanden erwähnt.«

»Wann hat er zuletzt von einer Freundin erzählt?«

»Das ist vermutlich mehr als ein Jahr her.«

Glen stellte vorsichtig sein Glas auf den Tisch, sah dem Mann auf dem Ledersessel in die Augen und stellte dann die Frage, derentwegen sie gekommen waren.

»Sie waren also noch nie in Göteborg?«

Andrew sah Glen plötzlich sehr ernst an. Irene registrierte, dass er angestrengt nachdachte.

»Sie wollen auf etwas Bestimmtes hinaus, das ist mir klar ... geht es trotz allem um mich?«

Ehe Glen noch etwas erwidern konnte, sagte er bestimmt:

»Nein. Ich war noch nie in Göteborg.«

»Ihr Name steht auf der Passagierliste einer Maschine von Heathrow nach Göteborg an dem Abend, an dem Rebeckas Familie ermordet wurde. Er taucht auch wieder auf der Liste der ersten Maschine von Göteborg nach London am darauf folgenden Morgen auf.«

Von Andrews jovialer Art war nichts mehr zu spüren. Sein Blick war dunkel und unergründlich.

»Heathrow. Warum sollte ich nach Göteborg fahren?«

»Das ist eine der Fragen, die wir uns ebenfalls gestellt haben«, sagte Glen.

Wieder war es lange still. Schließlich stand Andrew auf und ging auf die Fensterwand zu. Er schaute über die hügelige Landschaft. Mit dem Rücken zu den beiden Beamten begann er zu sprechen:

»Ich habe ein Alibi für die Tage Ende März, an denen Rebeckas Familie ermordet wurde. Ich erinnere mich, dass mich Christian anrief und mir erzählte, was geschehen war. Das war am Mittwoch. Da hatte ich gerade meine zukünftigen Schwiegereltern zum Flughafen gefahren. Sie waren zusammen mit meiner Verlobten über das Wochenende bis zum Mittwoch hier gewesen. Ich hatte mir extra freigenommen und ihnen die Umgebung und natürlich Edinburgh gezeigt. Sie kommen aus Leeds und waren noch nie auf Rosslyn Castle. In diesen fünf Tagen waren wir fast ständig zusammen. Und die Nacht von Montag auf Dienstag, in der ich Ihnen zufolge in Göteborg gewesen sein soll, verbrachte ich mit meiner Verlobten hier in meinem Schlafzimmer. Wir waren bis in die frühen Morgenstunden wach.«

Langsam drehte sich Andrew um und sah die beiden an.

»Es gibt vielleicht eine Erklärung. Mein Pass wurde mir bei einem Einbruch irgendwann im März gestohlen. Das genaue Datum weiß ich nicht, da ich nicht sofort bemerkt habe, dass jemand im Haus gewesen ist. Ich habe Anzeige erstattet.«

»Wann haben Sie den Diebstahl bemerkt?«

»Am ersten April. Ich wurde natürlich gefragt, ob es ein Aprilscherz sei, als ich bei der Polizei anrief.«

»Hatte der Einbrecher irgendwelche Spuren hinterlassen?«

»Nein. Nichts. Die Polizei hatte keine Erklärung, wie er oder sie ins Haus gekommen und wieder verschwunden sein könnten.«

»Wurde außer dem Pass noch etwas gestohlen?«

»Ja. Eine Beretta 92 S mit Munition und ein sehr wertvoller antiker Dolch. Den hatte ich gerade erst gekauft, wirklich eine Kostbarkeit.«

»Ich vermute, dass Ihr Personal wegen des Einbruchs verhört wurde?«

»Natürlich. Insgesamt sechs Personen kümmern sich um mich und das Haus.«

Es war leicht zu verstehen, dass mindestens sechs Personen gebraucht wurden, um das Castle in Stand zu halten. Wenn man an einem Ende mit dem Putzen fertig war, musste man am anderen wieder anfangen. Irene begriff, dass es durchaus Vorteile hatte, in einer Zwei-Zimmer-Wohnung alt zu werden, mit Kabelfernsehen als einzigem Luxus.

»Gibt es eine Theorie, wie der Einbrecher oder die Einbrecher reingekommen sein könnten?«

»Nein. Wenn ich nicht zu Hause bin, schließe ich immer die Flügel zum Torgewölbe. Sie haben sie vielleicht beim Reinfahren gar nicht bemerkt. Sie lassen sich vom Haus aus automatisch schließen. Nachts sind sie mit der Alarmanlage verbunden, die Drähte oben auf den Mauern und die Türen und Fenster ebenfalls. Trotzdem ist er reingekommen.«

»Haben Sie niemanden im Verdacht?«

»Nein.«

Aber als er das sagte, wich er ihren Blicken aus. Irene und Glen bemerkten es beide. Glen sah sie fragend an. Doch, sie hatte eine Frage, auf die sie gerne eine Antwort hätte.

»Wann war Christian zuletzt hier?«

Andrew zuckte zusammen. Vielleicht hatte er geglaubt, dass sie gar keine Fragen stellen, sondern sich ganz auf ihren englischen Kollegen verlassen würde. Er dachte angestrengt nach und sagte dann:

»Im März.«

»Wann genau?«, fuhr Irene unerbittlich fort.

Sein Blick irrte umher.

»Entweder Anfang oder Mitte ... ich erinnere mich nicht.«

»Können Sie das irgendwo nachschauen?«

Jetzt starrte Andrew sie an, und sein Gesicht verriet seine Irritation.

»Aber ... Sie glauben doch wohl nicht im Ernst, dass Christian ...«

Ein weiterer Blick auf die Polizisten verriet ihm, dass es ihr voller Ernst war. Er sank in sich zusammen und sagte kaum hörbar:

»Mitte März. Tante Mary hat am achtzehnten Geburtstag, und er kam abends am sechzehnten. Das war ein Freitag.«

»Da wohnte er vermutlich im Haus seiner Mutter?«

»Ja.«

»War er in dieser Zeit auch hier oben im Castle?«

Andrew nickte mutlos.

»Wir aßen Samstag hier zu Abend. Christian, Tante Mary, meine Verlobte und ich. John konnte nicht kommen. Das ist Marys Lebensgefährte.«

»Weiß Christian, wo Sie Ihren Pass aufbewahren?«

»Ja. Er kennt dieses Haus genauso gut wie ich. Wir sind hier aufgewachsen.«

Als hätte ihn alle Kraft verlassen, ließ Andrew sich wieder in den Sessel sinken. Irene fuhr fort:

»Wusste er, wo Sie die Pistole und den Dolch aufbewahren?«

»Selbstverständlich! Ich hatte ihm gerade gezeigt ...«

Er brach ab und starrte Irene hilflos an.

»Sie hatten ihm also den Dolch gezeigt, den Sie gerade erworben hatten. Oder?«, mischte sich Glen vorsichtig ein.

Andrew nickte nur. Plötzlich zuckte er zusammen und fing an, mit den Händen herumzufuchteln:

»Aber das ist doch unglaublich! Sie bringen mich dazu zu behaupten, dass Christian meinen Pass, meine Pistole und meinen Dolch gestohlen hat. Dann soll er nach Göteborg geflogen sein, um dort Rebeckas Eltern und Bruder zu erschießen. Er kannte sie doch gar nicht! Das Ganze ist vollkommen unsinnig! Und er kann die Pistole auch nicht durch den Zoll geschmuggelt haben.«

»Nein. Die Opfer wurden mit dem Gewehr von Rebeckas Bruder erschossen. Sowohl das Gewehr als auch die Munition fand der Täter am Tatort. Jemand, der mit Waffen umgehen kann, musste nur noch laden und abdrücken«, meinte Glen ungerührt.

Noch immer wollte sich Andrew nicht geschlagen geben, aber als er Glens Blick begegnete, nahm er die Brille ab, stützte die Ellbogen schwer auf den Knien ab und verbarg das Gesicht in den Händen.

»Das kann nicht wahr sein«, murmelte er.

Umständlich setzte er seine Brille wieder auf und schaute auf die Uhr.

»Sie müssen mich entschuldigen, aber ich werde in Edinburgh erwartet«, sagte er äußerst kontrolliert und würdevoll.

Alle drei erhoben sich gleichzeitig. Glen und Irene bedankten sich für das hervorragende Mittagessen und für den Whisky. Schweigend gingen sie durch die musealen Räume und die riesige Halle. Andrew trat auf den Schrank mit den geschnitzten Jagdszenen zu. Er öffnete die Tür und nahm ihre Mäntel heraus. Dann griff er zu einem Schal mit demselben Tartanmuster wie dem auf seiner Hose und wickelte ihn um seinen Hals. Irene gelang es nicht mehr, einen überraschten Ausruf zu unterdrücken. Andrew erstarrte mitten in der Bewegung. Erstaunt sahen er und Glen sie an.

»Entschuldigen Sie. Der Schal. Ist das Ihrer?«, brachte Irene endlich über die Lippen.

Andrew sah noch ratloser aus, falls das überhaupt möglich war.

»Ja. Natürlich. Das ist das Tartanmuster der St. Clairs.«

Wie verhext starrte Irene auf den karierten Schal in Hellrot, Blau und Grün. Er hatte Fransen. Aus denen sich leicht Wollfäden lösen konnten, die dann irgendwo in Büschen hängen blieben ...

»Ist irgendwas Besonderes daran?«, wollte Andrew etwas ungeduldig wissen.

»Ja.«

Irene erzählte von dem Fund der Wollfäden. Mit einer müden Handbewegung zog Andrew den Schal aus und sagte nur:

»Hier. Bitte schön. Analysieren Sie ihn oder was auch immer. Aber ich kann beschwören, dass dieser Schal noch nie in Göteborg war.«

Er reichte ihn Irene.

»Es gibt andere Schals, die schon in Göteborg gewesen sein könnten. Ich habe allen meinen Kunden, Angestellten, Freunden und Verwandten letztes Jahr einen zu Weihnachten geschenkt. Rebecka hat auch einen, weil sie ebenfalls hier war. Und Christian, Mary ... alle haben sie so einen Schal«, sagte Andrew noch.

Glen nickte und sagte:

»Aber nur einer war in Göteborg.«

»Meiner nicht«, war Andrews abschließende Bemerkung.

Sie traten auf den Innenhof und gingen zu ihren Autos. Ihr roter Rover sah neben Andrews silbernem Porsche spießig und langweilig aus. Er hatte es eilig, sprang mit einem Ciao in seinen Sportwagen und fuhr mit quietschenden Reifen durch das Torgewölbe davon.

»Ich kann verstehen, dass ihm die Sache an die Nieren geht«, meinte Irene.

»Ich auch. Netter Bursche. Aber wir müssen dem Ganzen trotzdem nachgehen ...«

Er wurde vom Klingeln seines Handys unterbrochen. Nach ein paar kurzen »Jas« und »Ich verstehe« beendete er das Gespräch. Dann sah er Irene an und sagte:

»Jetzt kommt endlich Bewegung in die Sache. Das war mein Chef. Christian Lefèvre hat Rebecka aus der Klinik entführt. Niemand weiß, wo sie sind.«

KAPITEL 19

Irene rief Kommissar Andersson von ihrem Handy aus an. Sie hatte Glück und erwischte ihn sofort. Es dauerte eine Weile, bis sie ihm alles, was inzwischen vorgefallen war, erklärt hatte. Sichtlich widerwillig gestattete er es ihr schließlich, in London zu bleiben und die weiteren Ereignisse abzuwarten.

»Dass es immer so ein verdammtes Durcheinander geben muss, wenn man dich irgendwo hinschickt«, murrte er.

Irene wurde wütend und erwiderte scharf: »Jedes Mal! Von wegen. Ich war bisher erst einmal dienstlich im Ausland!«

»Eben. Und komm jetzt bloß nicht und behaupte, dass es da nicht auch ein wahnsinniges Durcheinander gegeben hätte!«, gab Andersson triumphierend zurück.

Darauf hatte sie keine Antwort. Aber die Kritik des Kommissars war trotzdem nicht gerecht. Den Verlauf dieser Ermittlung hatte sie nun wirklich nicht beeinflussen können.

Sie beendete das Gespräch und fragte Glen dann:

»Was ist eigentlich in der Klinik passiert?«

»Der Chef sagt, Christian sei zur normalen Besuchszeit zwischen eins und zwei in die Klinik gekommen. Zu der Zeit ist immer einiges los. Die Schwestern haben also erst eine halbe Stunde nach Ende der Besuchszeit bemerkt, dass Rebecka weg war. Anfangs haben sie die Station durchkämmt und dann die ganze Klinik, konnten sie aber nirgendwo entdecken. Anschließend haben sie die Polizei verständigt.«

»Was denkst du? Hat er sie gegen ihren Willen mitgenommen?«

»Es deutet nichts darauf hin.«

»Hat man ihre Wohnungen und das Büro durchsucht?«

»Natürlich. Das haben sie als Erstes gemacht. Dort sind sie nicht.«

»Wo könnten sie sein?«

»Keine Ahnung.«

Sie näherten sich dem Flugplatz, und der Verkehr wurde dichter. Irene dachte intensiv nach. Wer konnte wissen, wo Rebecka und Christian sich aufhielten? Dann hatte sie eine Eingebung und zog ihre Brieftasche hervor. Nach einigem Wühlen hatte sie den richtigen Zettel gefunden. Einen Versuch war es wert. Sie wählte eine Handynummer. Kjell Sjönell antwortete sofort.

Irene erklärte dem Pfarrer rasch die Situation und fragte:

»Wo könnten sie sein?«

Er schwieg lange.

»Hm. Wahrscheinlich hängt das davon ab, was er mit dem Ganzen will. Aber warum sollte Christian Rebecka entführen? Von wem sollte er Lösegeld verlangen? Was hat er für ein Motiv?«

»Das wissen wir nicht. Aber es deutet einiges darauf hin, dass Christian Rebeckas Familie ermordet hat. Und jetzt hat er sie in seiner Gewalt.«

»Mein Gott! Ist er verrückt?«, rief Kjell Sjönell.

»Möglich. Ich hatte den Eindruck, dass er geistig gesund ist. Was halten Sie von ihm?«

»Natürlich war er aufgebracht und besorgt um Rebecka, aber das war unter den Umständen nur natürlich.«

»Was sollen wir tun?«

Glen hatte vor der Niederlassung von Avis eingeparkt und war ausgestiegen, aber Irene blieb sitzen, um das Gespräch zu beenden.

»Rufen Sie doch bitte alle Bekannten und Angehörigen von

den beiden an, die Ihnen einfallen. Vielleicht hat jemand von denen eine Idee, wo Christian und Rebecka sein könnten. Sonst kann ich Ihnen nur den Rat geben, abzuwarten und zu hoffen, dass sie sich irgendwie mit Ihnen in Verbindung setzen.«

Irene wusste, dass er Recht hatte. Es war frustrierend, aber im Augenblick blieb ihnen nichts anderes übrig. Sie dankte dem Pfarrer und unterbrach die Verbindung.

Glen hatte bereits Estell angerufen und sich um ein neues Zimmer für Irene gekümmert. Sicherheitshalber hatte er das Abreisedatum noch nicht festgelegt. Irene rief zu Hause an, aber dort ging niemand ans Telefon. Glücklicherweise erreichte sie Krister im Restaurant. Gleichmütig nahm er die Nachricht vom verlängerten Englandaufenthalt seiner Frau entgegen. Seine Abschiedsworte waren witzig gemeint, aber Irene wurde fast sauer, als er sagte:

»Lass es dir gut gehen. Aber sieh zu, dass du nicht noch die Insel zum Kentern bringst.«

Wirklich unerträglich, dass alle meinten, das Chaos würde ausbrechen, wenn sie in der Nähe war. Es ärgerte sie, vor allem weil sie sich eingestehen musste, dass das so abwegig nicht war. Das änderte nichts an der Tatsache, dass sie eine gute Polizistin mit langer Berufserfahrung war. Sie hatte über die Jahre eine Nase dafür entwickelt, was am meisten stank, wie Andersson zu sagen pflegte. Und wenn man zu stochern anfing, nahm der Gestank an Intensität noch zu, immer noch laut Andersson.

Nachdem sie im schlimmsten Stoßverkehr eine Ewigkeit im Stau gestanden hatten, erreichten sie endlich das Thomsen Hotel. Irene hatte fast das Gefühl, nach Hause zu kommen, als sie die propere weiße Fassade vor sich sah. Ein junges Mädchen mit gegelten rot gefärbten Haaren stand an der Rezeption und lächelte. Irene nannte ihren Namen und bekam einen Schlüssel. Sie war angenehm überrascht, dass das neue Zimmer im zweiten Stock lag. Zwei Treppen weniger! Schnell warf sie ihre

Sachen aufs Bett und machte, dass sie wieder runter in die Lobby kam.

Glen saß auf dem Sofa, in der einen Hand eine Zigarette, in der anderen sein Mobiltelefon. Er schaute auf und lächelte, als Irene auf ihn zutrat.

»Ich habe versucht, Andrew St. Clair zu erreichen, aber das ist mir nicht gelungen. Seine Sekretärin hat uns versprochen, dass er sich so schnell wie möglich mit uns in Verbindung setzt. Dagegen habe ich mit Doktor Fischer gesprochen. Er war außer sich! Ich hoffe, dass wir Christian erwischen, ehe er das tut.«

»Hat er eine Theorie, wo sie sein könnten?«

»Nein. Er hat nicht den blassesten Schimmer.«

Irene setzte sich neben Glen aufs Sofa. Zusammen grübelten sie, wer wissen könnte, wo sich Christian und Rebecka aufhielten. Glen hatte Andrews Sekretärin gefragt, ob sie wisse, wo Mary Lefèvre Prokuristin sei. Sie hatte ihnen bereitwillig Auskunft gegeben. Aber als sie bei der Edinburgh Tweed Company angerufen hatten, erfuhren sie nur, dass Mrs. Lefèvre gerade zu einer Dienstreise nach Deutschland aufgebrochen sei und erst Mittwoch der folgenden Woche zurückerwartet werde. Das Wochenende wolle sie bei deutschen Freunden verbringen, aber wo diese wohnten, wisse man nicht. Man versprach, bei dem Unternehmen, das sie besuchen wolle, eine Nachricht zu hinterlassen, dass sie sich so schnell wie möglich mit Glen Thomsen in Verbindung setzen solle.

»Wir müssen mit Andrew sprechen! Er weiß sicher, wen seine Tante in Deutschland besucht«, rief Irene.

»Wahrscheinlich. Aber im Augenblick können wir nicht viel tun. Wir gehen ins Vitória essen. Kate und die Jungen kommen auch«, meinte Glen.

Donna freute sich wie immer wahnsinnig. Sie drückte Glen und Irene an ihren Busen und zwitscherte, wie glücklich sie sei, dass sie wohlbehalten zurück seien. Man hätte den Eindruck haben können, sie seien mehrere Tage lang auf dem schottischen Hochmoor herumgeirrt und nicht nur für einen Tag weggewesen.

Kate und die Zwillinge kamen wenig später. Es wurde ein nettes, familiäres und sehr gutes Abendessen. Sicherheitshalber tranken Irene und Glen keinen Wein und nur Bier. Als der Kaffee und das Eis mit den exotischen Früchten serviert wurden, spürte Irene, wie müde sie war. Es war ein hektischer und ereignisreicher Tag gewesen. Zweimal hintereinander war sie besonders früh aufgestanden. Das merkte sie allmählich. Es war kurz nach neun, und die Jungen wurden ebenfalls müde. Kate sammelte ihre Söhne ein, küsste ihren Mann und ihre Schwiegermutter und umarmte Irene.

»Falls wir uns nicht mehr sehen, ehe Sie nach Hause fahren, können wir wegen der Sommerferien ja telefonieren. Ich bin schon ganz begierig darauf, die Mitternachtssonne zu sehen.«

Irene dachte, dass Kate und Glen wohl immer noch nicht klar war, wie langgezogen Schweden war. Vermutlich wussten sie ebenfalls nicht, wie viele Mücken es in Norrland gab. Dafür war Norrland andererseits wahnsinnig schön und die Mitternachtssonne faszinierend. Das Schlimmste war, dass sie einen am Einschlafen hinderte. Wer konnte schon schlafen, wenn mitten in der Nacht die Sonne schien? Trotzdem waren die Ferien in Norrland mit dem gemieteten Wohnwagen mit die schönsten gewesen. Das war jetzt fast zehn Jahre her.

Irene erzählte Glen gerade von ihrer Norrlandreise, als ihr Handy zu flöten begann.

»Irene Huss«, meldete sie sich.

»Hier ist Christian Lefèvre. Wo sind Sie?«

Irene war zuerst zu verblüfft, um zu antworten. Dann fing sie sich wieder.

»Im Restaurant. Ich habe gerade zu Abend gegessen.«

Sie gab Glen ein Zeichen und deutete auf ihr Handy. Überdeutlich formte sie mit den Lippen den Namen Christian.

»Sind Sie allein?«

Erst erwog sie zu lügen, entschloss sich dann aber dagegen.

»Nein. Inspector Thomsen sitzt bei mir.«

»Gut. Wie lange brauchen Sie von dort zur Ossington Street?«

»Tja ... vielleicht eine Viertelstunde. Sind Sie dort?«

Glen beugte sich vor, um etwas von dem aufzuschnappen, was Christian sagte. Während er zuhörte, zog er sein eigenes Handy aus der Tasche und suchte nach einer Nummer.

»Wo wir sind, braucht Sie nicht zu kümmern. Sie finden uns nicht. Seien Sie in genau einer Viertelstunde im Büro in der Ossington Street. Der Schlüssel zur roten Tür liegt unter einem Betonblock unter der Treppe. Sie brauchen ihn nur leicht anzuheben.«

»Wie geht es Rebecka?«, fragte Irene verzweifelt, um das Gespräch in die Länge zu ziehen.

»Sie ist in Ordnung. Eine Viertelstunde!«

Die Verbindung wurde unterbrochen.

»Wir müssen in einer Viertelstunde in der Ossington Street sein«, sagte sie zu Glen.

Er sprach hektisch in sein Handy, während sie eilig das Restaurant verließen und in sein Auto sprangen.

»Es lässt sich sicher rauskriegen, wo das Gespräch herkam. Das dauert etwas, aber dann wissen wir, in welcher Gegend sie sich aufhalten«, sagte er verbissen.

Angenehmerweise herrschte kaum Verkehr, und so waren sie in genau sieben Minuten dort, wo sie sein sollten. Als sie in die Ossington Street einbogen, sah Irene zufällig auf das Schild des alten Pubs an der Ecke. Sie rief überrascht:

»Glen! Die Streichhölzer waren von Shakespeare!«

»Unmöglich. Der ist schon seit vierhundert Jahren tot«, erwiderte er grinsend.

»Nein. Nicht der. Ich meine das Pub!«

Sie deutete auf das schwarze Schild mit den schnörkeligen, goldenen Buchstaben an der Ecke zur Moscow Street.

Mit quietschenden Reifen hielt Glen an der Bordsteinkante. Irene sprang aus dem Rover, ehe dieser noch ganz zum Stehen gekommen war, und rannte auf die Treppe zu, die zu der hellroten Tür hochführte. Unter dieser lag ganz richtig ein Betonblock, der wahrscheinlich bei der Renovierung des Hauses dort vergessen worden war. Der Schlüssel lag genau dort, wo Christian gesagt hatte. Sie rannten die Treppe hoch und schlossen die rote Tür auf.

Es roch ungelüftet, so als sei seit einigen Tagen niemand mehr daheim gewesen. Die Tür zum Büro stand halb offen. Die Pflanzen in den Designerübertöpfen ließen die Blätter hängen. Alles war still und friedlich. Irene und Glen fingen an entgegengesetzten Enden an, das Büro zu durchsuchen. Als sie sich im größten Raum wiedertrafen, schüttelten beide den Kopf. Irene wollte gerade vorschlagen, sich Zutritt zur Wohnung zu verschaffen, als einer der großen Computer plötzlich hochgefahren wurde.

Nach einer Weile erschien Christians Gesicht auf dem Monitor. Das Bild war recht klein, aber er war deutlich zu erkennen.

»Webcam«, sagte Glen leise zu Irene.

Im Hintergrund war ein ordentliches und wohlgefülltes Bücherregal zu sehen, sonst nichts. Christian blickte geradewegs in die Kamera, die offensichtlich mit diesem Computer verbunden war. Dann wählte er eine Nummer auf seinem Handy, und fast im selben Moment klingelte das von Irene. Rasch zog sie es aus ihrer Jackentasche.

»Irene Huss.«

»Sind Sie angekommen?«

»Ja.«

»Sehen Sie das Bild auf dem Monitor?«

»Ja.«

»Gut.«

Es klickte. Er hatte das Gespräch schon wieder beendet. Ein Blick auf den Monitor bestätigte ihr das. Aus den Augenwinkeln sah sie, dass Glen ein winziges Diktiergerät aus seiner Tasche zog. Er schaltete es an und stellte es vor einen der Computerlautsprecher.

Christian saß sehr aufrecht auf einem Stuhl und schaute ernst in die Kamera. Er räusperte sich, als hätte er vor, eine Rede zu halten.

»Ich werde jetzt erzählen, was passiert ist. Es ist wichtig, dass das hier zu einem korrekten Ende kommt. Und es ist ebenso wichtig, dass Sie erfahren, warum Sten und Elsa Schyttelius sterben mussten. Ganz zu schweigen von Jacob.«

Als er Jacobs Namen erwähnte, wurden seine Züge starr, und Irene meinte, reinen Hass in seinen Augen ausmachen zu können. Aber vielleicht hatte sie sich auch getäuscht. Im nächsten Augenblick sprach er schon wieder scheinbar ungerührt weiter:

»Ich weiß, dass Sie meine Mutter gefragt haben, ob ich und Rebecka ein Paar sind. Sie verneinte das, weil ich sie darum gebeten habe. Sie ist die Einzige, die die Wahrheit kennt. Als sie mich anrief, erzählte sie mir auch, dass Sie auf dem Weg zu Andy sind. Mir war klar, dass Sie mir auf den Fersen waren … also habe ich beschlossen, dass es an der Zeit ist, einen Schlussstrich zu ziehen. Für uns gibt es kein Happy End. Aber erst muss noch alles erklärt werden.«

Christian räusperte sich und trank einen großen Schluck aus einem Glas, das er dann rasch wieder mit einem Knall auf den Tisch stellte. Er verzog leicht das Gesicht. Es war offenbar etwas Hochprozentiges.

»Rebecka und ich lieben uns. Irgendwann im Leben kann einem das Glück zuteil werden, einen Menschen zu treffen, der direkt zum eigenen Herzen spricht. Dann weiß man, dass es für immer ist. Rebecka war für mich diese Person. Vor ziemlich genau einem Jahr merkten wir, dass wir ineinander verliebt sind. Dieser Sommer war der wunderbarste meines Lebens. Wir fuhren nach Schweden. Rebecka wollte mir ihre Heimat zeigen.

Sie wollte jedoch nicht, dass wir ihre Eltern treffen. Deswegen fuhren wir in der Zeit, in der sie mit Sicherheit nicht zu Hause sein würden. Ich verstand nicht recht, warum, gab mich aber mit ihrer Erklärung, sie hätten kein gutes Verhältnis, zufrieden.«

Er verstummte und sah zur Seite. Irene und Glen hörten leise jemanden murmeln.

»Rebecka«, flüsterte Glen Irene ins Ohr.

Plötzlich tauchte Rebeckas bleiches Gesicht neben Christians auf. Er rückte etwas zur Seite, damit sie auch Platz im Bild hatte. Ihr Haar hing ihr schmutzig und ungekämmt in die eingefallenen Wangen. Ihre Augen erfüllte kein Leben mehr. Sie waren vollkommen ausdruckslos. Vergebens versuchte sie mehrmals, ihre trockenen Lippen zu Worten zu formen. Schließlich glückte ihr das.

»Ich hätte nichts … erzählen sollen … Alles ist meine Schuld«, stieß sie aus.

»Meine Schuld … durfte das nicht erzählen … niemandem«, flüsterte sie, immer noch auf Schwedisch.

Dann sah sie lange mit leerem Blick in die Kamera. Sie hörten, dass Christian etwas murmelte. Es klang wie: »Setz dich einen Moment aufs Sofa«, aber sie waren sich nicht ganz sicher. Rebecka drehte den Kopf zur Seite und stand auf. Ihre Kleider raschelten, als sie aus dem Bild verschwand. Sie hörten, wie sie sich ganz in der Nähe der Kamera und des Mikrofons schwer auf einen Stuhl fallen ließ.

Christians Gesicht tauchte wieder auf dem Monitor auf.

»Als wir letzten Juli in Göteborg waren, zeigte mir Rebecka das Haus ihrer Eltern. Wir hatten keine Probleme, reinzukommen, da unter dem Blumentopf auf der Treppe immer ein Ersatzschlüssel lag. Sie zeigte mir den Waffenschrank und alle Gewehre. Natürlich weiß sie, dass ich mich für die Jagd interessiere. Ich sah auch, wo ihr Vater den Schlüssel für den Waffenschrank versteckt hatte. Wir fuhren zum Sommerhaus. Es war ein warmer Tag, und wir gingen runter zum See und badeten. Sie erzählte, wie nah es vom Pfarrhaus zum Sommerhaus sei, wenn man durch den Wald gehe. Das hatte sie oft getan. Später in ihrer Wohnung in London zeigte sie mir eine Karte, auf der das Haus eingezeichnet war. Die nahm ich natürlich mit, als ich … Aber jetzt will ich zuerst von unserem Besuch im Sommerhaus erzählen. Auch hier lag der Schlüssel unter einem Blumentopf auf der Treppe. Drinnen zeigte sie mir das Versteck hinter der Wandverkleidung. Dort lag ein Gewehr mit Patronen. Rebecka erzählte mir, ihr Bruder wolle bald in das Sommerhaus einziehen und dass das Gewehr wahrscheinlich ihm gehöre. Er hatte schon einige Tage zuvor Kisten und allerlei andere Dinge vorbeigebracht. Am Nachmittag fuhren wir weiter nach Stockholm. Es war eine schöne Reise durch Schweden. Die Tage in Stockholm waren ganz fantastisch. Wir wussten beide nicht, dass das der Anfang vom Ende war.«

Christian verstummte und schluckte. Als er wieder zu sprechen begann, klang seine Stimme gleichgültig, fast tonlos.

»Wir trafen also diese Leute von Rädda Barnen. Sie informierten uns über den größten Pädophilenring, der jemals in Skandinavien entdeckt worden war. Unsere Aufgabe bestand darin, Informationen zu sammeln und die Identität der Teilnehmer herauszufinden. Es gelang uns, allen außer dreien auf die Spur zu kommen. Unseren Auftraggebern sagten wir jedoch, wir seien fünfen nicht auf die Spur gekommen.«

Rebecka stieß einen undeutlichen Laut aus, und er schaute in ihre Richtung. Sie hörten, dass er leise und beruhigend auf sie einredete, als würde er mit einem Kind sprechen.

»Doch, Liebste. Das ist wichtig. Sie müssen alles erfahren. Ich verspreche, dass ich es nur den beiden erzähle. Sonst niemandem.«

Das klang merkwürdig, aber weder Glen noch Irene hatten Zeit, näher darüber nachzudenken, denn schon schaute er wieder in die Kamera und fuhr fort:

»Wir begannen also mit der Arbeit und infiltrierten unentdeckt den Ring. Anfangs merkte ich nichts, aber dann begann Rebecka, sich zu verändern. Sie wurde ... krank. Ich setzte mich mit Doktor Fischer in Verbindung. Er sagte, sie sei depressiv und dass das in der Familie liege. Vorher hatte ich keine Ahnung davon gehabt, dass Rebeckas Mutter an Depressionen litt. Natürlich fragte ich mich, warum es Rebecka so schlecht ging, und hatte auch irgendwie das Gefühl, dass es mit der Arbeit für Rädda Barnen zu tun haben könnte. Wir sprachen eines Abends darüber, und plötzlich begann Rebecka, mir alles zu erzählen.«

Rebecka wimmerte leise, aber Christian sagte nur:

»Doch, Liebling.«

Er sah rasch in ihre Richtung und sprach dann wie vorher weiter:

»Als Eintrittskarte in den Pädophilenring musste jeder Teilnehmer eigenes Material beisteuern. Einer der Teilnehmer, den wir unseren Auftraggebern gegenüber nicht identifizierten, nannte sich Peter. Er lieferte uns diesen Film hier.«

Christian hackte auf die Tastatur ein, die vor ihm lag, und plötzlich flimmerte der Monitor.

Irene wurde schlagartig übel. Sie sahen einen erwachsenen Mann, der von hinten in ein kleines Mädchen eindrang, das auf allen Vieren stand. Natürlich war sein Gesicht nicht zu sehen. Sie war etwa sieben oder acht. Das Kind stand unbeweglich wie ein Tier auf der Schlachtbank. Nur das Hin und Her des Mannes brachte ihren Körper in Bewegung. Langsam drehte sie ihren Kopf zur Seite und schaute in die Kamera.

Die Einsicht überfiel Irene wie ein Schock. Sie bekam fast keine Luft mehr. Ehe sie sich noch sammeln und etwas sagen konnte, flüsterte Glen neben ihr:

»Das ist Rebecka. Der Mann, der sich an ihr vergeht, ist ihr Vater. Und hinter der Kamera steht wahrscheinlich ihr Bruder Jacob.«

Jetzt war Christian wieder im Bild. Sein Gesicht schien wie aus Stein gehauen. Seine Stimme klang vollkommen mechanisch.

»Rebecka war acht, als dieser Film gedreht wurde. Jacob war vierzehn. Sein Vater und er hatten sich an ihr vergangen, seit sie fünf war. Sten Schyttelius verlor das Interesse, als sie elf wurde, da sie recht früh in die Pubertät kam. Hingegen nahm das Interesse ihres Bruders nicht ab. Im Gegenteil. Er missbrauchte sie systematisch, bis er zum Militär eingezogen wurde, irgendwo weit oben in Nordschweden. Da war Rebecka dreizehn und hatte bereits eine Abtreibung hinter sich. Ihr Vater hatte ihr eingeredet, dass sie der Zorn Gottes treffen würde, wenn sie jemandem davon erzählen würde, denn laut den Zehn Geboten soll man seinen Vater und seine Mutter ehren. Das galt wohl auch für den Bruder.«

Christian blieb die Stimme weg, aus Wut, vielleicht auch aus Trauer. Dann drang es wie ein trockenes Schluchzen tief aus seiner Kehle.

»Rebeckas Mutter wusste die ganze Zeit, was Sache war, unternahm aber nichts, um ihr zu helfen. Sie flüchtete sich in ihre Depressionen. Und der Herr Pfarrer nützte das weidlich aus. Er erzählte Rebecka, dass sie zur Verfügung stehen müsse, schließlich könne man ihrer armen Mutter so was nicht zumuten. Sie sei zu krank und gebrechlich. Die kleine Rebecka solle schön den Mund halten und allen in der Familie zu Willen sein.«

Er verstummte erneut und schaute starr in die Kamera. Ohne eine Miene zu verziehen, nahm er einen großen Schluck aus seinem Glas. Mit tonloser Stimme sagte er:

»Jetzt sehen wir ›Pan‹ in Aktion.«

Wieder flimmerte der Bildschirm. Dieses Mal sahen sie, wie ein weißer Mann Geschlechtsverkehr mit einem kleinen afrikanischen Mädchen hatte. Ihre Augen waren ebenso groß und entsetzt, wie es die von Rebecka gewesen waren. In ihnen standen Tränen, aber sie weinte nicht. Es war fürchterlich, die Angst und die Schmerzen zu beobachten, die sich in diesen aufgerissenen Augen spiegelten. Sie war sehr mager und höchstens sieben Jahre alt.

Der Film wurde abgebrochen, und Christian erschien wieder auf dem Bildschirm.

»Pan identifizierten wir als Jacob Schyttelius. Rebecka begriff sofort, dass Jacob und ihr Vater sich an Kindern vergangen hatten, als sie im September auf Kosten der Kinderdörfer in Afrika gewesen waren. Dieser Film tauchte nur wenige Tage nach ihrer Rückkehr bei dem Pädophilenring auf.«

Er brachte eine ironische Grimasse zu Wege, sah dann aber sofort wieder traurig und resigniert aus.

»Das gab Rebecka den Rest. Es ging ihr immer schlechter, und sie musste zum ersten Mal stationär behandelt werden. Danach war ... nichts mehr wie vorher. Sie ertrug keinen Sex mehr, sie ertrug nicht einmal mehr meine Berührung, sie ... entglitt mir. In gewissen Perioden ging es ihr besser, und sie konnte arbeiten, aber zwischen uns ... funktionierte es nicht mehr. Natürlich liebte sie mich noch ... aber ich drang nicht mehr zu ihr durch. Sie hatte mit ihren eigenen Dämonen zu tun, die wieder zum Leben erwacht waren, als sie die Filme gesehen hatte. Vorher war es ihr gelungen, alles zu verdrängen. Sie wollte sich nicht erinnern, und deswegen tat sie es auch nicht. Aber jetzt kam alles wieder an die Oberfläche. Der schwarze Abgrund in ihr brach wieder auf. Sie klärte Doktor Fischer nie über die eigentliche Ursache ihrer Krankheit auf, aber er ahnte wohl das eine oder andere. Fischer sagte, ich müsse Geduld haben, aber Monate vergingen. Weihnachten wollte sie natürlich nicht nach Hause fahren, sondern entschuldigte sich mit einer Grippe. Wir fuhren nach Edinburgh. Das ging recht gut. Aber nach drei Tagen wollte sie schon wieder zurück. Es gelang ihr nicht, sich sonderlich lange zusammenzunehmen. Im Januar und Februar verfiel sie dann zusehends. Ich begriff, dass sie nie wieder gesund werden würde. Da entschloss ich mich, diese verdammten Schweine umzubringen. Sie hatten es nicht besser verdient. Ich nahm ihnen ihr Leben, denn sie hatten vorher das von Rebecka genommen. Diejenigen, die ihr im Leben hätten am nächsten stehen und sie vor allem Bösen hätten beschützen sollen, zerstörten sie.«

Sie hörten, dass Rebecka jammerte, aber Christian schien es nicht zu beachten. Er starrte in die Kamera. Irene hatte den Eindruck, dass er nicht einmal mehr blinzelte.

»Ich entschloss mich, sie zu töten. Irgendwie glaubte ich, dass sie schon wieder gesund werden würde, wenn die anderen erst mal weg wären. Ich wollte nicht unter meinem eigenen Namen reisen, falls irgendein schlauer Mensch auf die Idee kommen sollte, die Passagierlisten durchzugehen. Deswegen stahl ich den Pass meines Cousins, als ich ihn im März auf Rosslyn Castle besuchte. Wir sehen uns so ähnlich, dass die Passkontrolle schon keinen Verdacht schöpfen würde. Besonders dann nicht, wenn ich ebenfalls einen Pferdeschwanz trug. Ich versuchte, das Ganze als Einbruch hinzustellen, und nahm noch einen Dolch und eine Beretta mit. Die liegen in Mamas Keller hinter dem Heißwasserboiler. Ich entschied mich für einen Montag. Da konnte ich mir mit Hilfe meiner Kumpel von der Tippgemeinschaft ein Alibi verschaffen. Gerade an diesem Montag ging es Rebecka recht leidlich, und sie hatte genug Kraft, um zu arbeiten. Aber bereits gegen vier schlich sie wieder nach oben, um sich hinzulegen. Ich packte eine einfache Sporttasche: meine leichten Wanderschuhe, ein paar dünne Lederhandschuhe, eine kleine Taschenlampe, einen Kompass, die Karte des Walds, durch den ich gehen musste, Toilettenbeutel, warmer Pullover, Regenanzug aus dünnem Plastik und Plastiküberzüge für die Schuhe. Und das Wichtigste: die Disketten zum Löschen der Festplatten. Am Vortag hatte ich über Internet bei Avis auf dem Flughafen Landvetter einen Wagen bestellt. Das Ticket für die Abendmaschine war ebenfalls gebucht. Ich brauchte es nur noch am Schalter abholen.«

Er verstummte und trank rasch ein paar Schlucke aus seinem Glas.

»Kurz vor halb sechs war ich im Shakespeare. Ich unterhielt mich lange mit Steven, dem Eigentümer, damit er sich daran erinnern würde, dass ich dort gewesen war. Die anderen kamen gegen sechs, und wir tranken Bier und besprachen den Tippschein der Woche. Ich gab eine Runde Whisky aus. Gegen halb sieben sagte ich halblaut zu Vincent, dass ich auf ein wichtiges Gespräch warten würde und nach Hause müsse. Die Stimmung am Tresen war recht ausgelassen, und ich glaube nicht, dass es jemandem auffiel, dass ich früher ging als sonst. Ich rannte nach Hause und holte meine Tasche. Das dauerte nicht mal eine Minute. Dann eilte ich zur Bayswater Road und nahm mir von dort ein Taxi zur Paddington Station zum Zug nach Heathrow. Fünf Minuten nach sieben holte ich mein Ticket ab und checkte als Letzter ein. Die Tasche ging als Handgepäck durch. Als wir die Maschine verließen, musste ich sie nur packen und zusehen, dass ich der Erste war. Der Mietwagen stand bei Avis schon bereit. Alle Papiere hatte ich schon via Internet ausgefüllt. Vom Flughafen zum Sommerhaus fährt man nur eine Viertelstunde.«

Er trank noch einen Schluck und fuhr dann fort:

»Ich hatte schon auf der Karte eine Stelle gefunden, an der ich den Wagen ungefähr abstellen wollte. In Wirklichkeit war es dann aber schwieriger, als ich gedacht hatte. Aber schließlich entdeckte ich einen Weg. Ich zog die Jacke aus und den Pullover und die Wanderschuhe an. Dann zog ich den Regenanzug über. Mit der Kapuze würde ich nicht so leicht zu identifizieren sein, außerdem war das Risiko nicht so groß, dass ich irgendwelche Haare verlieren würde. Die Handschuhe und Schuhüberzüge steckte ich in die Taschen, Taschenlampe, Kompass und Karte ebenfalls. Ich bin oft im Wald, hatte aber trotzdem Mühe, mich zum Sommerhaus durchzuschlagen. Ich hatte jedoch das Glück auf meiner Seite. Jacob war noch nicht nach Hause gekommen. Wäre er bereits da gewesen, dann hätte ich ihn mit der Axt aus dem Schuppen erschlagen. Die steckte im Hauklotz, als wir im Juli dort waren, und war immer noch dort. Ich zog die Handschuhe an und nahm die Axt mit ins Haus, musste sie aber wie gesagt nie anwenden. Anschließend platzierte ich sie wieder im Hauklotz. Da er nicht zu Hause war, konnte ich die Tür einfach mit dem Ersatzschlüssel unter dem Blumentopf öffnen. Ich zog den Schuhschutz über, nahm das Gewehr aus dem Versteck und lud es. Dann legte ich die Löschdiskette in den Computer und ließ sie laufen. Als Jacob nach Hause kam, zog ich mich in den Wohnraum zurück. Er schloss die Haustür auf und trat in die Diele. Dann erschoss ich ihn.«

Rebecka begann wieder zu jammern, aber Christian schien keine Notiz von ihr zu nehmen. Sein regloser Gesichtsausdruck war kein schöner Anblick. Es war auch nicht besonders angenehm, seinem umständlichen und detaillierten Referat der Morde zu lauschen. Aber er hatte schließlich selbst gesagt, dass es wichtig sei, dass die Sache zu einem korrekten Schluss komme, erinnerte sich Irene.

Ohne die Tonlage zu ändern, fuhr Christian fort:

»Ich hatte genug Zeit, seine Festplatte gründlich zu säubern. Im Versteck hinter der Wandverkleidung fand ich noch etliche Disketten und einige Videos. Ich stopfte alles in eine Plastiktüte. Dann fand ich unter der Terrasse Holzkohle und Spiritus und nahm beides ebenfalls mit. Mir war klar, dass ich im Pfarrhaus ebenfalls Videos und Disketten finden würde. Alles musste verbrannt werden, da es noch weitere Filme mit Rebecka geben konnte. In diesem Versteck fand ich auch das Buch über den Satanismus. Das brachte mich auf die Idee. Rebecka hatte mir erzählt, ihr Vater und ihr Bruder hätten Satanisten übers Internet gesucht. Ich dachte daran, was diese beiden Herren im Internet getrieben hatten, und fand es deshalb nur angemessen, die Computer der beiden Schweine mit einem Zeichen zu versehen. Also tauchte ich einen Pinsel in Jacobs Blut und malte ein Pentagramm auf den Monitor. Deswegen habe ich auch das Kruzifix im Schlafzimmer umgedreht, als ...«

Er unterbrach sich und leerte das Glas. Sie hörten das Gluckern einer Flasche. Er schenkte nach.

»Ich ging durch den Wald, auch wenn das recht anstrengend war. Im Pfarrhaus war alles dunkel. Der Schlüssel lag unter dem Blumentopf, und ich ging rein, nachdem ich die Handschuhe und den Schuhschutz übergezogen hatte. Ich schlich hoch ins Schlafzimmer. Sie schliefen beide. Erst erschoss ich den Pfarrer und dann seine Frau. Sie sollten nie mehr aufwachen!«

Von Rebecka war nichts zu hören, als er einen weiteren großen Schluck Whisky trank. Er hustete, ehe er mit seiner eintönigen Stimme weitersprach:

»Ich löschte die Festplatten und packte alle Disketten und Videos ein, die ich finden konnte. Es waren Unmengen von Disketten, aber nur drei Filme. Da ich auf Jacobs Computer ein Pentagramm gemalt hatte, malte ich hier auch eins. Ich verwendete dafür das Blut des Vaters wie auch der Mutter. Das erschien mir irgendwie ... passend. Sie waren beide schuldig. Tja, dann ging ich durch den Wald zurück. Natürlich, ich verbrannte noch die Videos und die Disketten. Und die Regenmontur, die Handschuhe und den Schuhschutz. Die Plastiktüte behielt ich für die schmutzigen Wanderschuhe. Damit meine Tasche innen nicht schmutzig werden würde. Ich legte auch den Pullover wieder in die Tasche. Dann zog ich wieder mein ordentliches Jackett und die sauberen Schuhe an. Alles lag im Mietwagen. Ich fuhr zurück zum Flughafen. Dort wusch und rasierte ich mich auf der Toilette. Niemand konnte mir ansehen, dass ich gerade drei Menschen getötet hatte. Das Flugzeug hob um 7.20 Uhr schwedischer Zeit ab und landete um 8.20 Uhr englischer Ortszeit. Im Flugzeug schlief ich nicht, denn ich war nicht müde. Ich habe es nie bereut, dass ich diese Schweine erschossen habe, aber manchmal frage ich mich, ob es das wert gewesen ist ...«

Er schaute in Rebeckas Richtung. Immer noch war von ihr kein Laut zu vernehmen.

»Sie begriff sofort, dass ich es gewesen war. Aber sie wollte nicht darüber sprechen. Sie behauptet die ganze Zeit, es sei ihre Schuld, dass sie gestorben sind. Sie hätte mir nichts erzählen sollen, sagt sie. Sie haben sie wirklich kaputtgemacht, ihr eine Gehirnwäsche verpasst.«

Er lachte. Ein kurzes, freudloses Lachen, und trank einen großen Schluck Whisky.

»Jetzt wissen Sie alles. Beide Computer hier habe ich präpariert. Alles wird gelöscht. Es gibt keine Methode, um das eben Gesagte wiederherzustellen. Sie beide müssen eben berichten, was ich Ihnen erzählt habe. Rebecka und ich haben uns entschieden. Für uns gibt es keine Zukunft. Wir sind am Ende unseres Weges angekommen.«

Er stand auf und verschwand aus dem Bild. Wenig später war ein Schuss zu hören und nach einigen Sekunden noch einer.

Irene und Glen saßen wie versteinert da und schauten auf das ordentliche Bücherregal und auf eine schwarze Lehne im unteren Teil des Bildes. Plötzlich wurde der Monitor schwarz, und der Computer verstummte.

Weder Irene noch Glen sagten minutenlang etwas. Schließlich streckte Glen die Hand aus und stellte das Diktiergerät ab.

»Was für ein Glück, dass ich das nach Edinburgh mitgenommen und dann beim Nachhausekommen vergessen habe, es aus der Manteltasche zu nehmen. Alles, was er gesagt hat, ist auf Band.«

KAPITEL 20

Es war gelungen, Lefèvres Handy zu lokalisieren: Mayfair, die Gegend um den Berkeley Square. Exakter ließ sich die Position nicht ermitteln. Erst überlegte Irene, ob sich Rebecka und Christian vielleicht in der Praxis von Doktor Fischer aufhielten, aber es schien unwahrscheinlich, es war einfach zu weit weg.

»Ist bei der Ermittlung irgendeine Adresse in Mayfair aufgetaucht?«, wollte sie wissen.

Glen schüttelte nur den Kopf.

Sie waren immer noch in Lefèvres Büro und etwas ratlos, wo sie anfangen sollten zu suchen.

»Im Regal standen viele Bücher, und es war aus einem hellen Holz«, meinte Glen.

»Haben Sie irgendwelche Titel erkennen können?«, fragte Irene hoffnungsvoll.

»Nein. Der Abstand war zu groß.«

Sie hatten versucht, den Computer wieder zu starten, aber vergebens. Glen hatte bei einem Computerspezialisten der Metropolitan Police angerufen, der geduldig erklärt hatte, wie sie es anfangen sollten. Als alle Versuche gescheitert waren, stellte der Experte nur lapidar fest:

»Er hat eine Bombe gezündet.«

»Eine was?«, rief Glen.

»Nicht so eine. Er hat einen Computervirus überspielt, der die Daten auf der Festplatte zerstört. So etwas kann man auf der Festplatte installieren und zu einem gewissen Zeitpunkt oder bei einer gewissen Gelegenheit aktivieren. So ein Computer lässt sich nicht mehr starten, wie Sie gerade gemerkt haben.«

»Nichts zu machen also?«, stellte Glen niedergeschlagen fest.

»Nein.«

Glen dankte für die Hilfe. Mutlos breitete er die Hände aus und sah Irene unschlüssig an.

»Was machen wir jetzt?«

»Wir versuchen, Andrew St. Clair zu erreichen. Er ist vermutlich der Einzige, der wissen könnte, wo sich Christian aufhält.«

Sie wurde unterbrochen, als Glens Handy erneut klingelte.

Seine Miene hellte sich auf, als er die Stimme am anderen Ende erkannte. Er gab Irene ein Zeichen, näher zu kommen, und sagte:

»Guten Abend, Mr. St. Clair. Das stimmt, dass wir Sie schon den ganzen Abend zu erreichen suchen … Ich verstehe. Doch … sehr bedauerliche Umstände haben das nötig gemacht.«

Ruhig und methodisch referierte Glen die Vorfälle des Nachmittags und Abends. Erst wollte St. Clair ihm nicht glauben. Als Glen am Ende seines Berichts angekommen war und von den beiden Schüssen erzählte, wurde es am anderen Ende erst einmal ganz lange still. Als Andrews Stimme erneut zu hören war, zitterte sie vor unterdrückten Gefühlen.

»Sie sagten doch, dass das Gespräch irgendwo aus der Gegend des Berkeley Square kam. Ich habe noch meine Wohnung in London. Die liegt in der Hill Street, die auf den Berkeley Square mündet.«

»Kann Christian in Ihre Wohnung kommen?«

»Ja. Er hat einen Schlüssel.«

Der Anblick, der sich der Spurensicherung der Metropolitan Police bot, war zwar erwartet, aber trotzdem unerhört tragisch.

Rebecka saß zurückgelehnt in einem weißen Ledersessel mit hoher Lehne. Ihre Augen waren geschlossen. Über der Nasenwurzel hatte sie wie ein zusätzliches Auge auf der Stirn ein schwarzes Loch. Die Rückenlehne war blutbedeckt.

Christian saß, den Kopf gegen ihr Knie gelehnt, vor ihr auf dem Fußboden. Er hatte sich auf die klassische Art umgebracht, durch die Schläfe. Bei der Pistole handelte es sich um eine Magnum, und wegen des großen Kalibers reichte ein einziger Schuss. Die Austrittswunde war bemerkenswert groß, der Schädelknochen weggerissen.

Einen Augenblick lang kam Irene das Ganze wie das Ende einer griechischen Tragödie vor oder wie eine Variante von Romeo und Julia. Aber hier waren es nicht die strengen Väter und alte Familienfehden gewesen, die der Liebe von zwei jungen Menschen im Wege gestanden hatten, sondern vor vielen Jahren begangene Verbrechen, die nur zu neuen Verbrechen geführt hatten. Wer bei dieser Sache die Opfer und wer die Täter waren, ließ sich nur schwer entscheiden.

KAPITEL 21

Was war auf der anderen Seite der Nordsee eigentlich los? Was hatte dieser Irre Lafayet oder wie der auch immer hieß für ein Motiv, Rebecka zu entführen? Was sollte das? Typisch, immer wenn man Irene losschickte! Dann passierten die merkwürdigsten Sachen. Aber am Schluss kriegte sie doch immer alles hin, das musste er zugeben.

Man hätte Rebecka direkt nach den Morden nach Schweden einbestellen sollen. Vielleicht in Begleitung dieses Seelenklempners und einiger Polizisten, aber man hätte sie nach Hause schaffen müssen. Dann hätten dieser Franzose und der Arzt sie nicht vor ihnen verstecken können. So krank, dass sie nicht hätte sprechen können, wäre sie schon nicht gewesen, und sie hätten in einem frühen Stadium der Ermittlung eine ordentliche Zeugenaussage gehabt. Und alles wäre bedeutend billiger gekommen.

Sven Andersson hatte kein Licht gemacht, obwohl es in den Ecken immer dunkler wurde. Er saß an diesem Freitagabend im April in der Dämmerung und trank genüsslich eine wohlverdiente Dose Bier, um ehrlich zu sein, die dritte. Das ging auch niemanden was an, fand er.

Deswegen war er sehr verärgert, als es an der Tür schellte. Automatisch warf er einen Blick auf seine Armbanduhr. Fast neun. Sein erster Impuls war, nicht zu öffnen, so zu tun, als sei er nicht zu Hause. Andererseits kam es nur äußerst selten vor, dass es bei ihm an der Tür klingelte. Es war reine Neugier, dass er von seinem Sessel aufstand und öffnete.

Zu seinem Erstaunen stand sein Cousin Georg auf der Treppe. Er war allein gekommen, ohne die muntere Bettan. Man konnte über sie nichts Böses sagen, aber manchmal ging sie einem trotzdem auf die Nerven.

»Hallo, Sven«, sagte Georg.

Andersson merkte, dass sein sonst immer so selbstsicherer Cousin leicht verunsichert wirkte.

»Hallo. Gibt's was Besonderes?«

Nervös fuhr sich Georg mit der Zungenspitze über die Lippen und zwang sich zu einem Lächeln.

»Kann ich einen Augenblick reinkommen?«

Die Neugier des Kommissars erwachte. Vielleicht war es auch nur sein Polizisteninstinkt.

Andersson trat einen Schritt zurück, um seinen Cousin hereinzulassen. Mit einem Fuß schob er diskret die Stiefel beiseite, die direkt hinter der Schwelle lagen. Sie lagen dort, seit er am vergangenen Wochenende angeln gewesen war. Den einzigen Tag, den er über Ostern freigehabt hatte, hatte er seinem einen Hobby gewidmet, dem Angeln. Sein anderes Hobby war sein Garten. Aber das hatte er denen auf der Arbeit noch nie erzählt.

Er wurde sich bewusst, dass es schon geraume Zeit her war, dass er sein kleines Reihenhaus aufgeräumt hatte.

»Entschuldige das Durcheinander, aber in letzter Zeit war es alles etwas viel. Erst die Schyttelius-Morde und dann der Bandenkrieg, der Ostern ausgebrochen ist ...«

Das musste als Erklärung reichen. Und wenn nicht, dann sollte Georg gefälligst selbst den Staubsauger hervorholen und sich ans Werk machen. Das hier war Svens Durcheinander, und darin fühlte er sich wohl. Auch wenn es momentan vielleicht etwas schlimmer war als sonst. Damit die dicke Staubschicht auf den Möbeln nicht zu sehen war, knipste er nur eine Lampe im Fenster an.

»Willst du ein Bier?«, fragte er.

»Nein, danke. Ich bin mit dem Auto da.«

Natürlich war er mit dem Auto gekommen. Bettan und er wohnten in Billdal am anderen Ende von Göteborg. Andersson unterdrückte einen Seufzer, war aber eigentlich ganz froh. Er hatte nur noch drei Dosen im Kühlschrank stehen.

»Vielleicht einen Kaffee ...?«, fragte er halbherzig.

»Nein, danke. Überhaupt nichts. Ich wollte dir nur ... was erzählen.«

Vorsichtig setzte sich Georg auf die Kante des grünen Sofas. Er hatte vermutlich Angst um seinen hellen Anzug. Das Sofa war nach all den Jahren recht verblichen und sah etwas angeschmutzt aus. Andersson hatte schon wiederholte Male vorgehabt, einen Überzug zu kaufen, aber daraus war irgendwie nie was geworden.

Andersson ließ sich in seinen bequemen Ledersessel sinken. Ein Geschenk zu seinem Fünfzigsten, das er sich selbst gemacht hatte. Vor ihm auf dem fleckigen Couchtisch aus Teakholz stand die halb leere Bierdose.

»Okay. Du willst mir was erzählen. Hier bist du unter Freunden«, sagte Andersson jovial und grinste über seinen eigenen Scherz.

Georg schien nicht einmal bemerkt zu haben, dass es hatte lustig klingen sollen. Verlegen räusperte er sich.

»Es geht um Jacob Schyttelius. Das hat natürlich nichts mit den Morden zu tun. Sowohl ich als auch der Vater fanden, dass es das Beste sei, die Sache auf sich beruhen zu lassen ... sie sollte sozusagen mit Jacob sterben. Der Schaden würde nur umso größer, je mehr man darin herumstochern würde. Und Jacob ist ja, wie gesagt, tot. Er kann sich nicht mehr verteidigen. Und für sie ist es sicher auch das Beste so. Kinder vergessen ja schnell.«

Verwirrt verstummte er und sah seinen Cousin Hilfe suchend an. Andersson verstand nur Bahnhof, und da ihm nichts Besseres einfiel, nahm er einen Schluck aus seiner Bierdose. Was wollte ihm Georg sagen? Etwas über Jacob Schyttelius und ein Kind. Nachdenklich stellte er die blaue Dose wieder ab.

»Wie wäre es, wenn du ganz von vorne anfängst? Am besten auch in der richtigen Reihenfolge.«

»Klar. Natürlich.«

Georg zog eine unsichtbare Falte seines perfekt gebügelten Hosenbeins gerade und räusperte sich erneut.

»Ich finde es ganz richtig, dass ich dir davon erzähle … irgendwie hat es meinem Gewissen doch zu schaffen gemacht … auch wenn es für die Morde ohne Bedeutung ist … natürlich. Also zur Sache. An dem Montag, an dem Jacob erschossen wurde – aber das war natürlich sehr viel später am Abend –, kam der Vater einer unserer Schülerinnen zu mir. Er wartete vor dem Sekretariat auf mich, als ich am Morgen zur Arbeit kam. Er war außer sich. Was nur verständlich ist, wenn es stimmt, was er behauptet. Aber das wissen wir schließlich nicht. Sie kommen aus einer anderen Kultur, in der das Verhältnis zwischen Schüler und Lehrer sehr strikt und autoritär ist. Sie verstehen das mehr informelle Verhältnis zwischen Schülern und Lehrern in den schwedischen Schulen möglicherweise falsch …«

Andersson hatte sich kerzengerade aufgesetzt.

»Wo stammen sie denn her?«, unterbrach er seinen Cousin barsch.

»Aus Syrien. Christliche Syrer«, erwiderte Georg mit schwacher Stimme.

»Wieso war der Vater denn so außer sich?«

Georg rutschte auf dem unbequemen Sofa hin und her. Offenbar fühlte er sich nicht wohl, weder was seinen Platz anging noch seine Situation.

»Er hat behauptet, seine Achtjährige hätte am Wochenende einen Zusammenbruch erlitten. Sie habe gesagt, Jacob hätte sie zu ›hässlichen Sachen‹ gezwungen.«

»Was für hässlichen Sachen?«

»Der Vater sagte, Jacob hätte ihr sein ›Ding‹ gezeigt und sie gezwungen, sich auszuziehen. Dann hätte er sie ... angefasst.«

»Wo war das?«

»In der Schule. Nach dem Unterricht. Jacob soll sich erboten haben, dem Mädchen Nachhilfe zu geben. Sie hat Probleme mit der Sprache und ist ziemlich still. In Mathematik war sie weit zurück.«

Andersson sah seinen Cousin in dem eleganten hellgrauen Anzug lange an. Schließlich sagte er langsam und mit Nachdruck: »Du dummes Arsch!«

Georg zuckte zusammen, schwieg aber.

Erregt stand Andersson auf und begann, im Zimmer auf und ab zu gehen.

»Begreifst du, was du getan hast? Du hast wichtige Informationen in einer Mordsache zurückgehalten! Das ist strafbar! Das ist verdammt noch mal ein Mordmotiv, was du da verschwiegen hast!«

Dann war Andersson gezwungen, Atem zu holen. Georg versuchte, sich zu verteidigen:

»Aber Jacob hat geleugnet. Er beteuerte seine Unschuld. Das Mädchen hätte sein Entgegenkommen missverstanden. Sie hätte bei ihm auf dem Schoß sitzen wollen. Sie hätte so eine Zuneigung zu ihm gefasst. Er hätte alle ihre Zärtlichkeiten zurückweisen müssen. Vielleicht hätte sie sich eingebildet, da sei mehr, oder sich an ihm rächen wollen.«

Andersson sah seinen Cousin finster an.

»Eine Achtjährige?«, fragte er trocken.

»Tja ... Kinder lügen.«

»Wie reagierte Jacob auf die Anschuldigung, er hätte sie gezwungen, sich auszuziehen?«

»Natürlich war er vollkommen entsetzt. Er hat mehrmals versichert, er sei unschuldig. Es graute ihm vor einer Ermittlung. Was würden seine Eltern sagen? Sein Vater war schließlich Hauptpfarrer.«

»Und ein guter Freund von dir ... Hast du ihm geglaubt?«

»Doch ... er wirkte überzeugend.«

»Den Vorwürfen ging also niemand nach?«

»Nein. Schließlich starb er.«

»Da warst du sicher wahnsinnig erleichtert. Keine ungemütliche Publicity für deine Schule. Keine Kürzung von Mitteln. Keine Angst bei den Eltern der anderen Kinder. Alles kam wieder ins Lot.«

Andersson war sarkastisch. Das war ihm egal.

Georg stand vom Sofa auf. Er war fast einen Kopf größer als sein Cousin. In einem Versuch, das Gesicht nicht ganz zu verlieren, sagte er beleidigt:

»Ich bin hergekommen, um dich über etwas zu informieren, was am Morgen des Mordtages geschehen ist. Ich hätte es auch lassen können, da es nichts mit den Morden zu tun hat ...«

Mit drei raschen Schritten stand Andersson vor Georg. Den Kopf in den Nacken gelegt, sah er ihn durchdringend an:

»Wie willst du wissen, dass das nichts mit den Morden zu tun hat? Wie willst du wissen, dass es nicht der Vater des Mädchens oder ein Onkel oder wer auch immer aus diesen riesigen Familien war, der erst Jacob und dann seine Eltern erschossen hat?«

»Wa... warum sollten sie das tun?«

Jede mühsam erkämpfte Überheblichkeit war von Georg abgefallen. Er wich dem Blick seines Cousins aus und versuchte, einen unsichtbaren Fussel vom Ärmel zu bürsten.

»Noch nie was von Vendetta gehört? Dass sie ganze Familien auslöschen, wenn sie sich rächen? Wir haben bisher noch kein brauchbares Motiv, aber das hier ist wirklich ein recht ordentliches«, sagte Andersson mit Nachdruck.

Wieder versuchte Georg, sich zusammenzureißen, und sagte förmlich:

»Es war ein Fehler, herzukommen und deine wertvolle Zeit mit diesen unwesentlichen Informationen in Anspruch zu nehmen, und ...«

»Im Grunde deines Herzens hast du immer gewusst, dass sie verdammt wichtig waren. Sonst wärst du nicht durch die ganze Stadt gefahren, um dein empfindliches christliches Gewissen zu erleichtern!«

In dem dunklen Zimmer blieb es lange still. Die zwei Männer standen da und maßen einander mit Blicken. Wieder war es Georg, der dem Blick als Erster auswich. Steif sagte er:

»Ich gehe jetzt.«

Er drehte sich auf dem Absatz um und eilte in die Diele.

Andersson hörte, wie er die Haustür hinter sich zuknallte. Seufzend ging er zum Couchtisch und nahm seine Bierdose. Er hob die Dose in Richtung der geschlossenen Tür und sagte laut:

»Tu das. Und grüß Bettan!«

KAPITEL 22

Irene schaute hoch und sah ihre Kollegen an. Der letzte Schuss auf dem Tonband, das sie ihnen vorgespielt hatte, war gerade verhallt. Eine ganze Stunde hatten sie mucksmäuschenstill dagesessen, während sie ihnen von den Ereignissen in England und Schottland erzählt hatte. Es hatte fast den Anschein, als wolle niemand das Schweigen brechen, aber schließlich räusperte sich Kommissar Andersson:

»Georg Andersson ... der Rektor der Schule, an der Jacob arbeitete, ließ Freitag von sich hören. Sagte, er hätte sich entschlossen, mir alles zu erzählen ... Erzählte mir was von seinem beschissenen Gewissen!«

Andersson unterbrach sich. Irene fiel auf, dass er hochrot anlief. So war sie nicht vollkommen unvorbereitet, als er plötzlich die Faust auf den Tisch knallte und brüllte:

»Wenn dieses betuliche Arsch nur was gesagt hätte! Dann wären wir dieser Sache viel schneller auf den Grund gekommen! Aber er hatte Angst um den Ruf seiner Schule, und da Jacob tot war, hielt er es für nicht angezeigt, die Sache publik zu machen! Er und die Eltern hielten es für das Beste, nichts zu sagen. So ein dummes Geschwätz! Ich habe ihm wirklich meine Meinung geblasen.«

Es war klar, dass der Cousin des Kommissars sich einiges hatte anhören müssen und dass er einiges wieder gutzumachen hatte, warum, war den Anwesenden aber immer noch nicht klar. Irene erdreistete sich zu fragen, worum es überhaupt ging.

»Am Morgen des Mordtags, also am Montag, kam der Vater einer Schülerin ins Sekretariat. Er war außer sich, und das ist zu verstehen. Seine achtjährige Tochter hatte ihm weinend erzählt, dass sie ihr Lehrer mehrmals zu irgendwelchen sexuellen Handlungen gezwungen hatte. Ratet mal, wer der Lehrer war?«

»Jacob Schyttelius«, riefen mehrere wie aus einem Mund.

»Genau! Georg bestellte Jacob zu sich und erzählte ihm, was der Vater des Mädchens gesagt hatte, aber er stritt alles ab. Sagte, Leute anderer Kulturen könnten das mit der schwedischen Offenheit zwischen Schülern und Lehrern missverstehen. Die Familie des Mädchens kommt aus Syrien. Aber ich habe mich bei der Polizei oben in Norrland erkundigt, dort, wo Jacob vor seiner Scheidung Lehrer war!«

Der Kommissar wedelte mit einigen Faxen in der Luft herum.

»Die kamen vor ein paar Stunden. Dieser verdammte Jacob musste dort seinen Dienst quittieren, weil der Verdacht bestand, er hätte sich Schülern sexuell genähert! Dann zog er hierher, und alles verlief im Sand. Die da oben bei den Lappen waren einfach froh, das Schwein los zu sein!«

Irene erinnerte sich an die traurige und gebrochene Kristina Olsson, Jacobs Exfrau, die nach Karlstad umgezogen war. Jetzt hatte sie auch eine Erklärung für ihre Niedergeschlagenheit. Aber auch sie hatte nichts erzählt.

»Wenn er doch nur was gesagt hätte!«, explodierte Andersson erneut.

Nachdenklich meinte Irene:

»Ich habe lange über etwas nachgedacht, was Svante Malm gesagt hat. Er meinte, der Teufel wohne in uns allen. Wo der Teufel deutlich zum Ausdruck kommt, ist er leicht zu erkennen. Mord, Misshandlung und Vergewaltigung sind handfeste und deutliche Manifestationen des Teufels, die wir bekämpfen können. Aber gegen Glasteufel kann man nicht so leicht angehen.«

»Was erzählst du da für einen Unsinn?«, fauchte Andersson.

Unbeeindruckt fuhr Irene fort:

»Ein Glasteufel ist eine Person, in der das Teuflische durchsichtig ist, man bemerkt es ganz einfach nicht, obwohl es die ganze Zeit da ist. Die Seite, die der Teufel zeigen will, leuchtet stark und blendet alle. Niemand vermutet den Teufel in einem älteren Hauptpfarrer mit einem silbernen Kreuz um den Hals und in goldbestickten Messgewändern. Und wer sieht den Teufel in einem jungen, gut aussehenden und netten Lehrer, den alle Schüler mögen? Niemand. Denn niemand will ihn dort sehen.«

Andersson starrte Irene an, als würde er seinen Ohren nicht trauen.

»Jetzt mal ehrlich … könnte es sein, dass das alles etwas viel für dich war?«, sagte er dann.

»Nein. Ich habe bei dieser Ermittlung in der Tat eine Menge gelernt. Die Opfer der Glasteufel schweigen, denn sie wissen, dass man ihnen ohnehin keinen Glauben schenken wird. Rebecka behauptete bis zuletzt, es sei ihre Schuld, dass ihre Familie getötet worden sei. Die Prophezeiung ihres Vaters war in Erfüllung gegangen. Wenn sie nur einer Menschenseele davon erzählte, dann würden ihr und ihrer Familie schreckliche Dinge widerfahren. Und genau das ist geschehen.«

Kommissar Sven Anderssons Dankesrede anlässlich der Feier seines sechzigsten Geburtstags

»Ich bin wie gesagt kein großer Redner, aber da ich so ein schönes Geschenk von euch bekommen habe – ganz zu schweigen von diesem Fest –, muss ich doch ein paar Worte sagen. Ich wurde etwas verlegen, als Tommy in seiner Rede davon anfing, dass ich kein Geschenk, sondern ein *Erlebnis* bekommen solle. Ich fand, das klang recht bedenklich ...

Ja, danke! Schenkt nach! Schließlich wird man nur einmal im Leben sechzig!

Wo war ich stehen geblieben? Also, ein Erlebnis. Es wird sicher aufregend, London wieder einmal zu besuchen. Ich war zuletzt Anfang der sechziger Jahre dort ... einundsechzig. Wir haben damals die Fähre genommen, meine Güte, wie seekrank ich damals war!

Ich hoffe also, dass das Fliegen viel weniger beschwerlich ist. Dieser ... wie hieß er jetzt wieder? Wo ist der Zettel? Glen Thomsen! Das scheint ja wirklich ein netter Bursche zu sein. Er holt mich vom Flughafen ab, und dann hat er auch noch ein eigenes Hotel ... Was sagst du, Irene? Ach so. Das Hotel gehört seiner Schwester. Dort soll ich also drei Nächte wohnen, und dann soll ich immer in einem Restaurant in der Nähe zu Abend essen.

Und die Visitenkarte der Dame, die das Restaurant besitzt, habe ich ebenfalls bekommen. Sie schreibt, dass sie sich, so gut es geht, um mich kümmern will. Das klingt gut. Donna heißt sie. Vielleicht eine kleine blonde Primadonna? Was!

Dann kann ich euch noch mitteilen, dass ich eine Sondergenehmigung beantragt habe, um noch ein weiteres Jahr hier im Dezernat im Amt bleiben zu dürfen. Freut euch gefälligst! Jetzt frage ich mich nur, was Irene und Fredrik da zu tuscheln haben. Ich habe alles gehört! Hör mal, Irene! Darf ich das dann auch erfahren ... Ach so. Mir erzählt mal wieder keiner was. Aber so ist das wohl, wenn man Geburtstag hat. Vielen Dank euch allen für ein wunderbares Fest und für das schöne Geschenk ... ich meine, Erlebnis. Skål!«

Ein herzlicher Dank an:

Magnus Tuneld von *Mactun Data* in Karlstad für die Hilfe, was Computer angeht.
Peter Jernfält für Korrekturen, was Waffen betrifft.
Alle *Polizisten*, auch ehemalige, die ich um Rat fragen konnte.

HELENE TURSTEN

9,- / 9